VERSUS

CANDY ADLEY

VERSUS

addictives

À Line, qui a tant apporté à ce roman et à ma vie.
À Maud, mon éditrice, qui m'a donné l'envie d'y croire.
À mon mari et mon fils, pour leur patience
et leur soutien.
Aux Art's Angels, toujours dans mon cœur
malgré la distance.
À mes bêta-lecteurs, pour leur précieuse aide
et le temps qu'ils m'ont consacré.

À vous, avec qui j'avais si hâte de partager cette histoire.
Merci d'être là.

1

TOUT COMMENCE ICI

Gwenaëlle

Il est presque une heure du matin, les lumières vont bientôt céder leur place à la profondeur infinie de la nuit, puisque les nuages sont trop épais pour laisser filtrer la douce lueur du clair de lune. Les pieds dans le vide, mes vieux écouteurs vissés dans les oreilles diffusant la *Symphonie n° 5* de Beethoven, je m'autorise à m'évader quelques instants de ce quotidien devenu trop lourd à porter. C'est grâce aux vibrations harmonieuses de cette musique que j'arrive à calmer mes angoisses et mes déceptions. À balayer ces images qui reviennent me hanter chaque fois que j'entends la pluie s'abattre sur les vitres, me rappelant le soir où j'ai cru expirer mon dernier souffle. Ma mère ne va pas tarder à se lever et traverser les quelques mètres qui séparent le canapé-lit de la cuisine pour récupérer sa bouteille planquée sous l'évier, derrière les produits ménagers – elle pense toujours que je n'ai pas remarqué son petit manège. En réalité, je lui laisse ce plaisir ; je préfère qu'elle boive pour mieux dormir plutôt que de la supporter soûle, tout au long de la journée. Cela fait remonter beaucoup trop de mauvais souvenirs… Même si, clairement, je n'ai pas besoin de ça pour me les rappeler.

Un jour, alors que je réalisais un travail d'orfèvre sur un tatouage qui m'avait demandé plus de six heures de concentration, elle a débarqué au salon, ivre morte, et s'est mise à vomir dans les bacs de décontamination. Il a fallu désinfecter de nouveau la salle de stérilisation de A à Z. Heureusement que le jeune homme s'est montré conciliant, bien que je ne l'aie jamais revu après ça – ce qui, entre nous, ne fut pas vraiment une surprise. Durant de longs mois, j'ai essayé d'interdire à ma mère une consommation excessive d'alcool, m'obligeant à entrer dans une relation extrêmement conflictuelle avec elle ; j'ai laissé tomber, à présent. Je me contente de faire en sorte qu'elle garde un semblant de conscience afin d'éviter d'autres situations de ce genre.

Un bruit sourd provient de la cuisine ; mes espoirs de la voir s'en sortir s'amenuisent à mesure que les jours passent. Je m'allonge sur le lit de la minuscule chambre séparée par un simple rideau, ferme les yeux et rabats la couverture jusqu'à mon front. Le grenier réaménagé au-dessus du salon de tatouage n'est pas grand, mais fonctionnel. Disons qu'au moins, nous avons un toit au-dessus de la tête.

Les nuits sont plutôt courtes. La sonnerie tonitruante du réveil m'extirpe d'un profond sommeil à sept heures tapantes. J'exagère toujours le volume de la petite machine pour être certaine de l'entendre au travers de mes écouteurs. Mon éternelle routine commence alors : douche, café, brossage de dents et préparation du salon pour l'arrivée des potentiels clients. À cause de la mauvaise fréquentation du quartier, qui a fortement augmenté ces dernières semaines, ils se font de plus en plus rares. Cela ne facilite pas les affaires.

Lexi, une jeune femme à la tignasse de feu, a rendez-vous pour l'ultime phase de son projet. Après avoir écouté ses demandes, proposé plusieurs esquisses et validé ensemble le dessin final, il est temps de faire couler un peu d'encre !

Hésitante, elle s'avance dans la grande pièce sombre en jetant un œil curieux aux deux présentoirs à piercings, écarteurs et modèles de tatouage. Ses mains se posent sur le comptoir de verre, tandis qu'elle se perd un instant à contempler les rares bijoux en or 18 carats que j'ai intégrés à ma collection, il y a plusieurs mois. Lexi vient tout juste d'atteindre la majorité. J'ai l'impression de me voir à travers elle, quelques années auparavant. Elle vit avec son père, mais leurs relations ne sont pas très bonnes. Nous avons eu l'occasion de discuter à de nombreuses reprises et, bien que nous ne soyons pas encore au stade des confidences, elle m'a vaguement parlé de sa situation. Les similitudes avec ma propre histoire, mes relations plus que tendues avec mon géniteur qui brille par son absence depuis tant d'années, sont si évidentes que j'ai immédiatement été bouleversée par ce petit bout de femme, aussi pétillante que ravagée par la colère et la solitude.

– Bonjour, Lexi. Alors, prête pour le grand saut ?

– Absolument, je suis impatiente !

Elle me sourit timidement en glissant ses mains dans ses poches. Ce cap est sans doute le plus difficile à franchir. Les clients sont, pour la plupart, partagés entre l'excitation de voir leur projet aboutir et la peur d'une douleur trop intense. C'est mon rôle de les rassurer et de tout mettre en œuvre pour qu'ils ne renoncent pas au dernier moment. Ce serait catastrophique, surtout en ce moment, avec mes deux mois de factures d'électricité en retard. J'ai de la chance qu'ils ne m'aient pas encore coupé le courant ! Sans parler de mon loyer, que Celina, la propriétaire du salon – et accessoirement, la mère de mon ex-petit ami – m'a gentiment autorisée à payer un peu plus tard…

Je me désinfecte les mains et les avant-bras, puis invite Lexi à s'installer sur le fauteuil tout en enfilant mon masque et mes gants. Je commence par retracer le contour du dessin sur un calque que je place ensuite sur son épaule. Je pourrais facilement le reproduire à main levée, mais je préfère assurer mes arrières – et rassurer ma cliente. D'autant que cela en garantit l'emplacement exact. Un poignard entouré de roses, dont la pointe brise le cadran d'une horloge. Grâce aux informations que

Lexi m'a communiquées lors de la création du croquis, j'ai rapidement compris qu'il s'agissait d'une histoire douloureuse entre elle et son père.

Comme toujours, lorsque j'ai la possibilité d'établir un lien plus intime avec quelqu'un, les mots restent au fond de ma gorge. Je pourrais lui dire que j'ai aussi vécu ce qu'elle traverse, qu'elle n'est pas seule à devoir affronter l'absence d'une figure paternelle. Au lieu de ça, j'appuie sur la pédale ; la machine à bobines émet ses vibrations familières et les aiguilles s'activent, prêtes à faire pénétrer l'encre sous la peau…

Le vrai travail de précision peut enfin commencer !

Les heures suivantes, je m'attelle à la tâche tout en guettant les réactions de ma cliente. Il est normal que sa résistance à la douleur s'amoindrisse – je suis même étonnée qu'elle ait tenu aussi longtemps sans demander de pause. Je relève les mains, puis la tête ; elle souffle de soulagement.

– Je ne t'ai pas entendue te plaindre une seule fois, tu es vachement courageuse ! déclaré-je en essuyant les pigments qui coulent encore sur sa peau. Tout va bien ?

– Est-ce que c'est fini ? Dis-moi que ça l'est, parce que je ne supporterai pas la douleur une minute de plus ! rit-elle, malgré l'inquiétude flagrante que je perçois dans sa voix.

– Il est terminé, Lexi. Il y aura sans doute quelques retouches à faire, mais je vais te laisser tranquille un petit moment.

– Je peux le voir ?

J'acquiesce et l'invite à me suivre, face au miroir. Mon travail est accompli, j'en suis fière, mais j'ai toujours cette appréhension terrible que le client ne soit pas satisfait. J'ai apposé une marque permanente sur le corps de Lexi, c'est une énorme responsabilité.

Silencieuse, elle observe son nouveau tatouage avec attention. Ses traits se teintent soudainement d'une profonde mélancolie, tout comme l'esquisse de ce pâle sourire qu'elle me laisse entrevoir.

– Il est magnifique… Merci, Gwenaëlle.

– Les choses finissent toujours par s'arranger, tu sais… Il faut y croire, sinon à quoi bon ?

Je me pince les lèvres et me maudis intérieurement. Les mots sont sortis tout seuls ; je regrette aussitôt de les avoir prononcés. C'est vraiment drôle de donner des conseils alors que ma vie est une succession de drames et de mauvais choix. Mais je crois que j'aurais aimé les entendre, à son âge, lorsque j'étais tiraillée entre les disputes de mes parents et mes rêves un peu – beaucoup – trop grands.

Lexi relève ses jolis yeux noisette tandis qu'une larme roule sur sa joue. Elle s'avance si près de moi que je pourrais compter ses taches de rousseur, puis se blottit dans mes bras pour évacuer l'émotion qu'elle tentait de contenir jusqu'alors. D'abord surprise par son geste, je finis par resserrer mon étreinte autour de son petit corps tremblant ; ses sanglots redoublent d'intensité avant de s'apaiser, au bout de longues minutes.

***

Lexi a quitté le salon il y a plus d'une heure. Depuis lors, je griffonne dans mon cahier de croquis et entame ma quatrième Chupa Chups.

C'est une véritable addiction, ces machins-là !

Mon portable vibre, c'est Catalina, ma meilleure amie.

[Un petit verre au Versus, ce soir ?]

Ah, le Versus. Une boîte de nuit du 10e arrondissement, l'endroit huppé du moment. Clientèle triée sur le volet, DJ de renom, cocktails servis avec petits parasols, olives et glaçons multicolores… le tout puant le fric à plein nez et fourmillant de tout un tas d'ego surdimensionnés. Tout ce que je déteste ! Mais ça, je ne peux pas le lui dire : c'est son père qui en tient les rênes.

[Une autre fois, je suis crevée.]

Sa réponse ne tarde pas :

[Dommage… Ça te ferait du bien
de te changer les idées.]

[J'ai beaucoup de choses à faire.
Ne t'inquiète pas et bois-en un pour moi !]

D'accord, c'est un mensonge. Clairement, ça ne se bouscule pas au portillon. Ni client, ni appel, ni projet en cours. Je commence à sérieusement penser à trouver un deuxième boulot pour subvenir à nos besoins. Inutile de compter sur ma mère pour ça, mais si elle pouvait au moins faire l'effort de ne pas dépenser le peu d'argent que nous avons dans l'alcool...

J'entends un vacarme à l'étage. Un bruit de verre brisé. Je rejoins ma mère en grimpant les marches deux par deux et m'écrie à travers la porte :

– Maman ? Qu'est-ce qui se passe ?

Ces dernières semaines, j'ai vu son état se dégrader à vitesse grand V. Je me suis préparée à tout un tas de scénarios possibles. J'en suis même venue à imaginer le pire, chaque fois que je la retrouvais inerte sur le canapé, et puis je m'en suis voulu. J'ai peur de confondre optimisme et naïveté. Comment espérer qu'elle puisse s'en sortir si je n'ai rien de mieux à lui proposer que cette vie merdique, après tout ce que mon père a été capable de lui offrir ?

Avec prudence, j'ouvre la porte de la cuisine. Un mauvais pressentiment me noue l'estomac. J'en saisis rapidement l'origine en découvrant ma mère assise sur le sol, en face d'une bouteille cassée. J'aperçois le sang dégouliner sur sa main, puis le long de son bras.

– C'est pas grave, Chupa, me sourit-elle comme si de rien n'était. Juste un petit accident.

– Tu appelles ça « un petit accident » ? m'agacé-je en me précipitant pour l'aider à se relever. Viens, il faut nettoyer ta blessure.

– Arrête de me traiter comme une enfant, ce n'est pas ton rôle !

– Comporte-toi en adulte, dans ce cas !

– Je fais de mon mieux… Ce n'est pas facile, tu sais.

– Sans blague, grincé-je en sortant la trousse de secours. Donne-moi ta main.

Elle s'exécute en détournant les yeux. Au début, je pensais que c'était à cause de la honte qu'elle ressentait, de la culpabilité qui la rongeait ou de la crainte de me décevoir… Mais il n'en est rien. Si ma mère refuse, à chaque fois, de soutenir mon regard, c'est qu'elle est encore ivre et qu'elle redoute ma réaction. Elle me sous-estime beaucoup trop en imaginant que je ne vais pas m'en rendre compte.

Je serre les dents tout en nettoyant sa main. La rancune est toujours là, douloureuse, tenace, prête à bondir ; j'ai de plus en plus de difficulté à la contenir. Mais je me force à rester calme. Péter les plombs ne servirait à rien, à part peut être envenimer les choses.

– La plaie n'est pas profonde. Je l'ai désinfectée, un bandage suffira.

– J'ai beaucoup de chance d'avoir ma petite infirmière personnelle à la maison, rit-elle en essayant de détendre l'atmosphère et de dédramatiser la situation.

C'en est trop. Je vais exploser. J'inspire profondément pour ne pas laisser s'échapper le venin qui coule dans mes veines. Je ne veux pas que ça arrive. Pas maintenant, pas de cette façon.

Je me dirige vers sa réserve secrète numéro deux – le réservoir des W.-C. – d'où je retire une bouteille dégoulinante. Je la vide dans le vieux bidet avant de lui adresser un regard lourd de reproches, mes bras croisés sous ma poitrine. Là, c'est bien la honte que je vois passer sur son visage. Maintenant, elle sait que je sais. Mais comme toujours, elle donne l'impression que tout est normal, qu'il n'y a aucun problème.

On parle quand même d'une bouteille d'alcool planquée dans le réservoir des toilettes !

Mais non, toujours rien. Pas de remise en question, pas d'explication, pas d'excuses… J'abandonne.

– N'ouvre à personne et repose-toi, m'étranglé-je avant d'attraper mon casque et de m'avancer jusqu'à la porte.

Elle m'interpelle d'une voix nasillarde :

– Où vas-tu ?

– Je sors. J'ai besoin de prendre l'air.

2

PAPA DE L'ANNÉE

Morgan

Une demi-heure de retard.

Ce n'est pas grand-chose, une demi-heure. À peine le temps de laver ma voiture, de cuisiner quelque chose ou de courir sur cinq petits kilomètres. Vraiment pas de quoi en faire une maladie. Mais ces trente minutes-là sont les pires de toutes. Elles me rongent les intestins comme une armée de rats d'égout affamés. Elles s'écoulent au ralenti, me narguent, me rappellent constamment que je n'ai pas vu mourir uniquement ma femme, il y a cinq ans, mais aussi mon courage et ma dignité. Elles ont le goût amer des regrets et l'odeur infecte de la solitude. Elles m'accablent d'une vérité à laquelle j'essaie, tant bien que mal, de me soustraire depuis tout ce temps. Mais j'en suis incapable pour une seule et même raison : Alexandra. Ma fille avait 11 ans lorsqu'elle a perdu sa maman ; moi, l'amour de ma vie. Depuis, je tente de ramener sur le droit chemin l'unique trésor qui me maintient la tête hors de l'eau, mais force est de constater que je ne m'y prends pas du tout de la bonne façon.

Cela fait trente-six minutes qu'elle aurait dû franchir le seuil de la porte, balancer son sac crasseux sur le divan en cuir blanc, me toiser de ses grands yeux caramel tout en mâchant négligemment son chewing-gum avant de monter au premier pour s'enfermer dans sa chambre, sans un mot. Et moi, à chaque fois, je me contente d'être soulagé de la voir rentrer à la maison au lieu de lui passer un savon. Un bon père la punirait parce qu'elle ne respecte pas les règles. Mais je prouve encore une fois que je ne mérite pas le titre de « papa de l'année ».

En attendant qu'elle rentre, je reste assis à cette énorme table en cèdre hors de prix dont je n'ai jamais vraiment voulu, mais que j'ai achetée pour apporter un peu de chaleur à cet endroit sans âme. Aucune photo ne couvre ni les murs immaculés ni le grand buffet en bois sombre à côté de l'entrée. Aucun rideau pour adoucir la morsure brûlante des rayons du soleil qui s'engouffrent par les baies vitrées. Aucune corbeille de fruits, aucune décoration. Aucun livre dans la bibliothèque… Le néant. Un vide immense et Moka, le chat de gouttière aux allures de Garfield que j'ai accueilli après l'avoir trouvé le museau coincé dans une boîte de conserve, qui dort sur la chaise juste à côté de moi. Lui, il se fout des considérations temporelles et des règles de la maison. Je l'envie, parfois. Souvent.

Je soupire, m'appuie sur le dossier et bascule ma tête en arrière, trouvant un intérêt particulier au plafonnier en rotin et à sa grosse ampoule jaune qui dessine de jolies formes d'ombre et de lumière tout autour de lui. Moka s'installe sur mes genoux, je croise son regard curieux, tellement expressif. Il cherche sa place, tournoie plusieurs fois sur lui-même avant de reprendre sa position initiale et de me fixer de ses billes émeraude.

– Je sais, soufflé-je en caressant son pelage roux, je suis lamentable. Mais que veux-tu que je fasse ?

Au bout de quelques secondes, alors qu'il semblait réfléchir, il se lève pour aller laper un peu d'eau dans sa gamelle. Je le suis en souriant et récupère une bouteille de cognac dans la cuisine.

– Tu as raison, un petit verre, ça ne peut pas faire de mal.

***

Finalement, il y en a eu trois. Trois verres que je n'ai même pas savourés en attendant que ma progéniture daigne faire son apparition. La consigne était pourtant très précise : « Tu rentres immédiatement après les cours. » Clair comme de l'eau de roche. À croire que, comme d'habitude, ces mots sont tombés dans l'oreille d'une sourde. Alors, pendant chaque longue minute qu'ont duré ces trois verres, j'ai ressassé toute la colère qui bouillonne en moi et cherché des raisons à ce bordel sans nom qu'est devenue ma vie (la sienne aussi, par la même occasion). Puis, les raisons se sont transformées en excuses, pour ne pas avoir à faire face à la triste réalité : tout est de ma faute.

Absolument tout…

J'ai été un mari pitoyable et absent. Je suis aussi un piètre père. Sans nul doute que tout aurait été beaucoup plus simple si j'étais mort à la place de Claire. Je me demande souvent ce qu'elle aurait fait dans cette situation. Et je crois qu'au lieu de chercher des excuses à tous nos maux, elle tenterait plutôt de trouver des solutions à nos problèmes.

Le bruit de la serrure me sort de mes pensées. J'observe la poignée s'abaisser lentement, d'un mouvement insignifiant, faisant complètement vriller mes nerfs déjà à vif. Mais je perçois son rire avant même qu'elle n'ouvre la porte. Ce son mélodieux que je n'entends pratiquement plus depuis cinq longues années, sauf peut-être quand elle est au téléphone avec ses amis. Non. Je ne peux pas la laisser gâcher sa vie. Je ne veux plus.

– Raccroche ce téléphone, lui ordonné-je en m'approchant de l'entrée.

Elle s'immobilise en relevant les sourcils, jette un coup d'œil en arrière puis me toise d'un air dédaigneux.

– C'est à moi que tu t'adresses ?

Je serre les poings, les dents, chaque muscle de mon être. Bien sûr, je savais que ce ne serait pas simple. Rien n'est jamais simple, de toute façon. Surtout depuis qu'Alexandra nourrit cette terrible rancune contre moi, cette rage d'avoir été abandonnée au moment où elle avait le plus besoin de soutien.

– Qui d'autre ? Raccroche ce téléphone, il faut qu'on parle.

Une lueur de défi scintille dans ses prunelles, le sarcasme inonde ses lèvres recouvertes d'un rouge très (trop) sombre.

Depuis quand se maquille-t-elle autant ?

– Excuse-moi, je dois te laisser, lance-t-elle à son interlocuteur sans me quitter des yeux. Non, rien de grave ; c'est juste mon père qui vient de se rappeler que j'existe.

La pique se veut blessante, carrément douloureuse. Il n'y a pas à dire, ma fille sait frapper là où ça fait mal. Elle en est même fière. Cela se lit sur son visage encadré de ses longs cheveux auburn et de son énorme frange qui lui mange la moitié du front. Le portrait craché de sa mère enseveli sous un amas de colère et de rancœur. Mais je n'ai pas dit mon dernier mot… Pas encore.

– Qu'y a-t-il de si difficile à comprendre quand je te demande de rentrer tout de suite après les cours ?

– Rien. Mais puisque j'ai pas mis les pieds au lycée…

– Tu te fous de moi ? Et je peux savoir où tu as passé ta journée ?

Ma fille s'octroie un court instant de réflexion, comme pour me rappeler que c'est elle qui mène la danse. Un demi-sourire aux lèvres, elle m'examine des pieds à la tête avant de me répondre effrontément, le menton haut :

– Non.

Elle me tourne le dos, s'apprête à monter dans sa chambre lorsque j'attrape mon téléphone encore posé sur la table. Nos liens sont rompus, c'est évident. J'utilise ma dernière cartouche. Après cette ultime tentative, je serai définitivement à court de munitions.

– Très bien. Puisque tu ne me laisses pas d'autre choix…

Je compose le numéro, prêt à aller jusqu'au bout. Pourtant, j'espère sincèrement ne pas en arriver là, que cela déclenchera un déclic et qu'elle acceptera enfin de renouer le dialogue.

– Notre-Dame de Sion, bonjour, me salue une voix féminine à l'autre bout du fil.

– Oui, bonjour, Morgan Delcroix. J'aurais aimé avoir

quelques précisions pour inscrire ma fille dans votre établissement.

– Qu'est-ce que tu fous ?

Bingo.

Alexandra, toujours dans l'escalier, s'est retournée plus vite que son ombre. Je m'écarte quelques instants du combiné que j'ai recouvert de ma paume, avant de lui répondre d'une voix neutre :

– Je t'envoie dans une pension privée, catholique et exclusivement féminine. Comme ça, tu n'auras plus ton loser de père sur le dos. C'est bien ce que tu voulais, non ?

Elle fronce les sourcils en se précipitant vers moi et m'arrache le téléphone des mains. Je la laisse faire uniquement parce que c'est un peu la réaction que je cherchais à déclencher chez elle. Je soupire, glisse mes doigts sur mes lèvres.

– Tu veux quoi ? me lance-t-elle, résignée.

– Que tu respectes les règles et que tu ailles en cours. C'est l'année du bac de français, Alex. Tu ne sais même pas ce que tu veux faire de ta vie. Comment pourrais-je t'aider si tu ne me parles jamais de rien ?

– OK pour les règles et les cours, mais je ne veux pas te parler. Je n'ai rien à te dire.

Déjà sur le départ, je sens mon armure d'homme intouchable se fendre brutalement. Si elle a abdiqué si rapidement, c'est parce qu'elle me connaît. Elle sait que, si c'est là ma seule option, je l'enverrai dans cet internat où elle n'aura plus l'occasion de voir ses amis. Ce serait certainement la meilleure solution, mais j'ai encore envie d'y croire. J'espère si fort qu'elle puisse un jour me pardonner…

– Maman ne t'aurait jamais laissé faire ça, m'adresse-t-elle tristement sans même se retourner.

Les fêlures sont trop profondes. Il ne reste plus grand-chose des protections derrière lesquelles je me cache depuis toujours. Les mensonges ont pris beaucoup de place, j'ai moi-même fini par y croire. Je me ressers un cognac pour ne pas m'effondrer, pour qu'il me donne l'impression d'être plus fort, moins brisé.

– Ta mère est morte, Alexandra.

– Ouais, j'suis au courant.

La porte claque, la totalité du liquide ambré se déverse au fond de ma gorge. La rage qui brûle en moi veut m'inciter à balancer mon verre contre le mur, à hurler, à m'arracher les cheveux, le cœur.

Surtout le cœur.

Mais je n'en fais rien. Au lieu de ça, je dépose délicatement l'objet sur la table et m'allonge sur le canapé. Un peu de repos avant d'aller travailler, voilà ce qu'il me faut. J'ai conscience qu'un jour, tout ce que je garde au fond de moi finira par exploser. Mais ce jour-là n'est pas encore arrivé.

Allongé, les mains croisées derrière mon crâne et les yeux rivés au plafond, je réfléchis. Un truc me chiffonne. Pourquoi n'ai-je pas été prévenu de ses absences ? Ne suis-je pas censé être averti par son école ? Visiblement, Alexandra me cache pas mal de choses… Et je compte bien éclaircir chaque zone d'ombre que j'ai laissée s'étendre, depuis trop longtemps, sur sa vie d'ado. Je *dois* me reprendre en main si je veux la remettre sur le droit chemin.

Le mystère est très vite résolu. Un simple coup de fil à son lycée et je réalise qu'Alex avait inscrit son propre numéro de téléphone à contacter en cas d'absence. Tellement préoccupé par mes propres soucis, je n'avais pas pris conscience qu'elle avait rempli seule son dossier scolaire. Voilà qui est à présent réglé, sans faire de vague et, surtout, en toute discrétion. Mais la culpabilité m'assaille, de plus en plus virulente. Comment ai-je pu laisser tout cela arriver ?

***

La nuit est déjà tombée lorsque j'ouvre les yeux. La fatigue a eu raison de moi. Je ne me suis même pas senti partir.

La grande pendule accrochée au mur de la cuisine affiche vingt-deux heures quarante-six.

Eh merde !

Je bondis du canapé, me précipite dans la salle de bains pour me rafraîchir et saute dans des fringues plus adéquates. Je n'imagine pas la tête de Garett si je me pointe au Versus en survêtement ! L'heure tourne, je me dépêche de rassembler mes affaires et m'arrête devant la chambre d'Alexandra.

– J'y vais. Tu m'appelles s'il y a un souci, d'accord ?

Pas de réponse.

Je pose ma main à plat sur la porte fermée. J'ai envie de la pousser, d'entrer dans son monde. J'aimerais qu'elle m'y laisse une place, mais je sais que ça prendra du temps ; notre relation ne s'arrangera peut-être même jamais.

Se pourrait-il qu'il soit trop tard ?

– Je n'y arriverai pas tout seul… murmuré-je avant de m'éloigner et de rejoindre mon meilleur ami au club, ainsi que mes « distractions » du week-end.

3

BIENVENUE AU VERSUS

Gwenaëlle

Je prends l'avenue de Flandre. Tous les feux sont au vert. La vitesse m'apaise. Je m'engouffre dans la petite rue de Crimée, longeant des dizaines de magasins de quartier, des coiffeurs, des restaurants. J'adore cette sensation de liberté absolue que me procure la moto. L'enivrante – mais bien éphémère – impression d'être maîtresse de mon destin, en complète harmonie avec cette parfaite solitude. C'est ici, maintenant, alors même que le vent s'acharne à souffler contre moi, que j'éprouve enfin le sentiment – le droit – d'exister. Je passe devant le Soltana, un bar à chicha que je fréquentais souvent avec Fabio, mon ex-petit copain élevé au rang de bourreau – et pas uniquement des cœurs. Il a toujours été entouré de jeunes pas très fréquentables. Je passais mon temps à me griller les neurones en fumant des joints avec des gens que je considérais comme ma famille. Défoncée, j'avais enfin l'impression d'être comme tout le monde. Mais quand Fabio s'est mis à prendre de la cocaïne, que j'ai vu les effets sur lui et sur sa personnalité, j'ai su que tout était déjà allé beaucoup trop loin. En empruntant la rue Manin, je réalise être à proximité du parc des Buttes-Chaumont ; l'endroit où nous passions la plupart de nos week-ends en famille à manger des glaces et refaire le monde. J'entends nos éclats de rire, je revois nos parties de cache-cache, nos balades interminables et nos pique-niques au bord de la rivière.

Mes doigts s'accrochent si fort au guidon que c'en est presque douloureux. Cette soudaine vague d'émotion me submerge, c'est incontrôlable. J'accélère, le cœur en lambeaux, les larmes dévalant mes joues sous la visière de mon casque, à l'abri des regards. Je ne comprendrai jamais comment les gens peuvent s'aimer à ce point pour finir par se haïr, ou pire, faire comme si rien n'avait jamais existé. Je voudrais tellement oublier, moi aussi… Mais quelque chose m'en empêche. Mes souvenirs sont comme mes tatouages, imprimés sous ma peau, indélébiles. Je prends la direction du canal Saint-Martin, peu importe où je vais, j'ai juste besoin de rouler sans m'arrêter.

Je pose finalement un pied à terre après avoir rejoint le quai de Valmy. Plus précisément, l'endroit dont tout le monde parle en ce moment. Nous sommes jeudi soir, les gens s'agglutinent devant l'entrée de cette énorme bâtisse en pierre qui me fait face, et dont les lettres VS, lumineuses, presque aveuglantes, trônent en son centre et s'imposent comme un emblème sacré.

Je descends de mon engin en retirant mon casque et mes gants, récupère mon portable dans la poche de mon Perfecto et compose le numéro de Catalina. Elle décroche à la troisième tonalité.

– Gwen ! Tout va bien ?

– Ouais… Écoute, je suis devant le Versus. Tu avais raison, j'ai besoin de m'amuser un peu. Tu viens ?

– C'est génial ! J'y suis déjà, mon père m'a demandé de l'aider pour la mise en place. J'arrive.

Je raccroche, réarrange quelques mèches rebelles et m'approche de la longue file, sous les yeux agacés des culs serrés qui attendent de pouvoir aller siroter leur cocktail hors de prix. Je souris malgré moi en détaillant toutes ces midinettes et leurs robes aussi courtes que clinquantes, rehaussées de talons aiguilles outrageusement hauts. Une pointe de jalousie me picore la peau, je l'avoue. Ces filles sont toutes plus sublimes les unes que les autres ! Je me demande vraiment ce que je fais ici. C'est comme si je n'étais plus qu'un morceau de viande fraîche sur le point de pénétrer dans cette espèce de fosse aux lions. Des prédateurs qui vont me dévorer toute crue en moins de deux !

Les gens sont parfois prêts à tout pour faire partie de ce qu'ils appellent la VGS – Versus Golden Selection –, un titre délivré à quelques rares élus qui ont les moyens et/ou les relations. Il semblerait même que je figure, malgré moi, sur cette fameuse liste, puisque mes *relations* se résument à la fille du boss : Catalina.

Je l'aperçois qui me fait de grands signes depuis l'entrée VIP ; j'avance jusqu'à elle sans relever la tête. Inutile de m'infliger les regards assassins et remarques acerbes de tout ce beau monde.

– Je suis tellement contente de te voir !

Je m'apprête à lui répondre lorsqu'une jeune femme m'agrippe violemment le bras, de l'autre côté de la barrière. Je fais volte-face pour la faire lâcher prise.

– Eh, salut ! Tu te souviens de moi ? me demande-t-elle, faussement surprise. Ça fait un bail qu'on ne s'est pas vues, alors c'est normal si tu ne me remets pas… Tu sais, cette soirée super cool au Baron, sur les Champs-Élysées ; on avait parlé de tout un tas de trucs intéressants et…

– Gwen, tu la connais ? intervient Catalina, habituée aux rapaces qui tentent n'importe quoi en espérant entrer plus rapidement.

– Mais oui, c'est ça ! *Gwen* ! enchérit la jolie blonde, feignant de se rappeler mon prénom.

Malheureusement pour elle, je n'ai jamais mis un pied dans cet endroit.

– Vous devez sans doute me confondre avec quelqu'un d'autre, ça m'arrive tout le temps !

Mon ton sarcastique est à peine dissimulé. Catalina m'attire à l'intérieur. La chaleur m'étouffe soudainement tandis que nous passons devant le vestiaire payant sans rien y déposer. Mon attention est happée par les faisceaux colorés des nombreux spots qui dansent le long des murs blancs, puis sur ce tapis rouge moelleux, impeccable, que je foule avec une inquiétude grandissante. Nous croisons deux agents de sécurité, un homme ressemblant à Bruce Willis et une femme à la peau ébène et au visage sévère, qui me toisent d'un œil méfiant. Cat lève la main avant de s'adresser à eux en souriant :

– Cette bombe atomique est une VGS. Ne faites pas cette tête !

Je ne relève même pas les yeux, trop occupée à poursuivre l'exploration de ce couloir qui s'assombrit davantage et dont les parois ont été recouvertes de grands miroirs. J'y croise mon reflet, des dizaines de fois. À nouveau, la réalité me saute au visage : je n'ai rien à foutre dans ce genre d'endroit ! Mes cheveux roses et mon jean troué font désordre dans ce décor si prestigieux. Je ressemble à ce pauvre éléphant perdu dans un fabuleux magasin de porcelaine et ça me rend terriblement nerveuse.

J'aurais mieux fait d'aller boire une bière chez Éric…

Remarquant mon trouble, Catalina passe un bras par-dessus mon épaule et m'embrasse sur la joue.

– Tu sais, ça manque vraiment de gens comme toi, ici.

– Des phénomènes de foire ? grimacé-je en détournant les yeux.

– Ah, non ! Ça, il y en a à revendre ! rit-elle. Je parle de gens qui ont autre chose à offrir qu'une paire de seins siliconés et une arrogance aussi démesurée que le contenu de leur portefeuille.

J'esquisse un sourire tandis qu'elle me tire joyeusement par le bras. En face de nous, une porte. Ornée du même VS qu'à l'extérieur, elle disparaît, engloutie entre deux pans de mur, dévoilant une immense pièce au design moderne et épuré. Le bar majestueux et illuminé de l'intérieur, qui trône à une vingtaine de mètres sur ma gauche, attire immédiatement mon regard. En face de ce dernier, séparé par quelques tables, un grand escalier ; j'ignore où il mène. Je détaille ensuite les murs bordés de lumières bleues, les superbes lustres en métal sombre suspendus à des fils si fins qu'on pourrait croire qu'ils flottent dans les airs. C'est élégant, grandiose. Je ne m'attendais pas à tomber sous le charme de cette usine à pognon.

– Alors, ça en jette, hein ? résonne la voix de ma meilleure amie, me sortant de la léthargie dans laquelle j'étais plongée depuis plusieurs minutes. Et encore, tu n'as pas vu la grande salle juste derrière, à ta droite. C'est une piste de danse géante !

– C'est incroyable, Cat. Ton père a fait un boulot de dingue.

– Je trouve aussi. Bon, tu sais, les murs étaient déjà là. Et puis, il n'a pas fait ça tout seul. En fait, ils sont deux copropriétaires. Morgan l'a aidé à concrétiser son rêve et s'occupe de la paperasse. Pour le reste, c'est mon paternel qui gère. Je crois que c'était une sorte de deal entre eux…

– Ah, Caty, tu es là ! s'exclame Garett, perceptiblement soulagé de retrouver sa fille. Bonjour, Gwenaëlle, ça me fait plaisir de te voir. Excusez-moi de gâcher vos projets, mais j'ai un souci et j'ai vraiment besoin de toi, Catalina.

Le quarantenaire passe nerveusement sa main dans ses cheveux mi-longs aux reflets dorés. Garett m'a toujours fait penser à ces surfeurs australiens qui envahissent les couvertures de magazines.

– Quel genre ? s'enquiert-elle en fronçant les sourcils.

– Un des serveurs m'a lâché à la dernière minute. Je dois m'occuper du coin VIP ce soir, mais il me faut quelqu'un au bar. Il y a déjà un monde fou qui attend dehors et ils n'arriveront jamais à tout gérer seuls.

Cat me lance un regard désolé avant d'accepter d'aider son père. Ils sont vraiment inséparables, ces deux-là. Au début, je trouvais leur relation très étrange, car je n'avais jamais connu ça avec mes parents. Quand mon géniteur est parti, les rapports avec ma mère se sont plutôt dégradés, contrairement aux leurs qui se sont renforcés de jour en jour. Je crois même qu'à un moment donné, j'ai été jalouse de les voir aussi proches, soudés. Mais lorsque je suis allée chez Cat et que j'ai remarqué toutes les photos de sa maman, que j'ai vu son regard empli d'une tristesse ineffaçable chaque fois qu'elle posait les yeux sur l'une d'entre elles, j'ai réalisé à quel point tout cela n'avait aucun sens.

– Ne t'inquiète pas, la rassuré-je, je vais rester avec toi au bar et faire fuir les gros dragueurs qui te tiendront la jambe toute la soirée.

Si ma vie sentimentale est proche du néant – à cause de ma mère, certes, mais aussi parce que je n'intéresse que les pires ordures qui soient –, Cat peut se vanter d'attirer les hommes comme des mouches. Elle a hérité de la peau caramel et des iris sombres parsemés d'éclats d'or de sa maman. Cette déesse métisse ne laisse pas insensible la gent masculine ; elle fait tourner toutes les têtes ! Heureusement que son petit ami n'est pas trop jaloux, sinon ça ferait bien longtemps qu'il aurait pété les plombs et qu'il passerait ses soirées à refaire des portraits à coups de poing.

Garett sourit en secouant la tête.

– Ça me fait plaisir de te voir ici, Gwen.

– Ce que vous avez fait de cet endroit… c'est magnifique, réponds-je timidement.

– Ravi que ça te plaise. Amuse-toi, ce soir, c'est la maison qui offre. Et si tu as besoin, nous avons un service de voituriers à ta disposition pour te ramener chez toi ; n'hésite pas à me prévenir. Puisque ton nom figure sur la VGS, tu n'auras qu'à venir me voir là-haut, dans le carré VIP.

Je me retourne pour suivre son regard qui s'évade au-dessus du grand escalier noir, juste derrière moi. D'ici, je n'aperçois qu'une sorte de balcon qui surplombe la salle ainsi que trois énormes vitres opaques ne laissant filtrer qu'une étrange lumière vacillante. Elle bouge, rayonne, s'agite, comme si le feu avait pris possession de tout l'étage.

– On l'appelle l'Enfer. C'est Morgan, mon associé, qui lui a choisi ce nom. Tu y es la bienvenue quand tu veux.

Je me retiens de poser les questions qui brûlent mes lèvres. Ça n'a aucune importance de toute façon ; il est impensable que j'y mette une seule de mes Converse. C'est déjà avec beaucoup d'appréhension que je suis entrée ici, alors oser me montrer dans le coin VIP, c'est carrément du suicide. Autant me jeter directement par-dessus cette balustrade !

– Merci, monsieur Moreau.

– S'il te plaît, appelle-moi Garett, depuis le temps !

Il est vrai que ça fait plus de dix ans que je connais sa fille… C'était le 23 février 2012, dans le cabinet du psychologue. Mon père ne supportait plus de me voir dessiner sur ma peau au stylo-bille et a jugé nécessaire que je consulte, en plus des cours de piano imposés. Il n'était pas à court d'idées pour me faire entrer dans son moule de la « famille parfaite et exemplaire ». Cat, elle, avait 14 ans lorsqu'elle a retrouvé le corps inerte de sa mère en rentrant de l'école, une boîte de pilules vide sur la table basse. Une tragédie qui l'a conduite à se faire suivre dans le même cabinet que moi. Depuis ce jour, nous ne nous sommes plus quittées. N'empêche que je n'ai jamais vraiment côtoyé Garett. Je ne sais même pas s'il est au courant de ma situation. Mais visiblement, il ne semble pas conscient que j'ai une véritable aversion pour l'alcool. J'en déduis que Catalina a fait preuve d'une grande discrétion et cela ne fait que renforcer l'admiration et l'amitié que j'éprouve à son égard.

– Je vais essayer, *Garett*.

Il acquiesce et s'éloigne en emmenant Catalina. Elle me promet de faire vite avant de disparaître dans une arrière-salle tandis que je m'approche lentement du bar. Je me retourne une dernière fois vers cet endroit, cet escalier noir qui attise beaucoup trop mon intérêt. J'ai l'impression de faire face au danger, à l'interdit ; à la tour du diable en personne.

4

LA DANSEUSE EXOTIQUE

Gwenaëlle

Cela fait trois plombes que je suis clouée au bar, dans un silence de mort, attendant patiemment le retour de Catalina. Happée par mes pensées, je lève le visage lorsque les battants d'une des sorties de secours, située sous l'étrange petit balcon soutenu par une énorme poutre, s'ouvrent sur une silhouette que j'ai du mal à percevoir à cause du manque de lumière. C'est un homme, à en juger par sa carrure imposante et ses larges épaules. Mais je n'en suis pas certaine. Je plisse les yeux pour tenter d'y relever d'autres détails, comme la couleur de ses cheveux ou celle de ses vêtements… En vain. Une brise glaciale me parcourt les jambes, remonte le long de ma colonne vertébrale et recouvre ma peau d'une salve de frissons ; je ne saurais dire si c'est un courant d'air provoqué par l'ouverture de la porte ou si c'est l'effet de sa simple présence. J'ai l'étrange sensation qu'il me fixe alors que je ne suis pas en mesure de distinguer ses yeux, et encore moins la direction qu'ils suivent en ce moment même. Durant de longues secondes, il reste là, figé dans l'encadrement, et je suis incapable de détourner le regard. Pire, je n'arrive pas à savoir si c'est moi qui suis responsable de ce que j'interprète comme une hésitation silencieuse ou s'il est simplement en train de réfléchir à quelque chose. A-t-il seulement remarqué ma présence ? Je ne suis pas censée être ici, j'en suis bien consciente… Mais lui ? Qui est-il ? Pourquoi utiliser la porte arrière ? Se cache-t-il de quelque chose ? De quelqu'un ?

Catalina refait surface, accompagnée de deux autres personnes qu'elle me présente comme ses collègues de ce soir : Diego, le Latino au sourire charmeur, et Vanessa, la belle brune aux cheveux courts et grands yeux verts. Les échanges de politesse ne durent qu'une poignée de secondes puisqu'il est déjà vingt-trois heures quinze et que les portes du Versus ne vont pas tarder à s'ouvrir. Je croise la mine inquiète de Cat, visiblement pas dans son élément derrière ce bar. Je tente de la rassurer en lui rappelant que je n'hésiterai pas à lui venir en aide si le besoin s'en fait sentir.

Je profite de ce qu'elle me tourne le dos pour jeter un rapide coup d'œil aux étagères à boissons, puis par-dessus mon épaule. Je ressens une déception inexplicable lorsque je constate que l'homme a disparu, tout en laissant planer le doute de l'avoir imaginé.

***

La soirée commence plutôt bien. Catalina prend ses aises et moi, je sirote mon virgin sex on the beach en observant les clients et en pariant sur qui finira la nuit avec qui. C'est bon de changer d'air, parfois. La musique électro est tellement forte qu'elle me rend sourde à toutes ces questions du quotidien qui m'oppressent. Tandis que les basses puissantes font palpiter mon cœur à un rythme beaucoup plus lent, je réalise que la foule, contrairement à l'idée que je m'étais faite, m'apporte un sentiment de sécurité. Je me sens à l'abri, inaccessible… comme si, grâce à tous ces gens, j'étais devenue invisible. Et ça me rassure.

Cat se sert du shaker pour la première fois de la soirée. Elle rassemble les ingrédients d'une piña colada avant de refermer le récipient et commence à l'agiter en tous sens. Elle tente d'amuser la galerie en accompagnant ses gestes d'un petit mouvement de hanches, comme le feraient les danseuses exotiques avec des maracas. Sauf qu'elle n'est pas danseuse exotique, et que l'ustensile n'est pas une maraca… Sans doute a-t-elle fait une mauvaise manipulation puisque la moitié du contenu se retrouve dans ses cheveux qu'elle avait tressés pour l'occasion, et sur son haut blanc, devenu pratiquement transparent au contact du liquide !

À partir de là, les catastrophes s'enchaînent. En voulant se retourner pour prendre des serviettes, elle fait tomber une dizaine de verres qui éclatent au sol dans un fracas abominable. Elle jure et fonce dans la salle adjacente pour y récupérer un balai, puis s'active à nettoyer aussi rapidement qu'elle le peut. Je lui propose mon aide, à plusieurs reprises, parce que je déteste rester là, à la regarder sans rien faire, mais elle refuse. Une fois, deux fois. Les clients s'impatientent ; je sens mes nerfs à vif lorsque j'entends des commentaires déplacés qui fusent de l'autre côté du bar. Ils ne se doutent pas qu'elle est la fille du patron et pour ça, je ne peux pas les blâmer. Difficile d'imaginer un blond aux yeux bleus être le père d'une jeune métisse aux iris noirs. Je sais que cela changerait leur façon de s'adresser à elle, mais ça ne plairait pas du tout à Cat. Alors, je me retiens. Je garde les mots au fond de ma gorge et ravale cette envie irrépressible de tous les envoyer se faire foutre.

– Aïe ! Putain, mais c'est pas vrai ! hurle Catalina en fixant la paume de sa main droite.

Je réagis aussitôt et me précipite vers elle pour vérifier l'ampleur de sa blessure. C'est profond. Trop pour ne pas s'en inquiéter. En un quart de seconde, j'ai conscience qu'elle aura besoin de plusieurs points de suture. J'ai malheureusement trop l'habitude de ce genre de coupure et elle le sait.

Merci, maman.

– Tu n'as pas le choix. Il faut aller à l'hôpital, lui dis-je d'un air désolé, en fermant son poing sur une serviette pour tenter de calmer l'hémorragie.

– Non, ça va. Je vais…

– Quoi ? la coupé-je. Que comptes-tu faire dans cet état ?

Elle souffle, hésitante.

– Je ne peux pas laisser mon père dans la merde, tranche-t-elle sévèrement en espérant me convaincre.

C'est très mal me connaître.

Je souris, secoue la tête et m'empare de la fiche des recettes de cocktails ainsi que de la carte des consommations.

– Très bien. Toi, tu vas à l'hôpital et moi, je reste ici pour aider Garett. Est-ce que Jordan peut t'y conduire ?

Catalina se mordille la lèvre en me sondant de son regard intense. Je devine qu'un tas de choses lui passent par la tête. Elle sait que je n'ai pas le permis B et que je ne peux pas l'emmener voir un médecin à moto puisque je n'ai qu'un seul casque. Et, de toute façon, ce serait bien trop dangereux dans son état. Elle se demande également ce que je m'apprête à faire avec les documents que je rassemble devant moi – j'y ai déposé la carte des consos ouverte à la page des vins – et enfin, elle assimile les informations. Son regard s'illumine tout à coup ; je lui adresse un sourire espiègle pour confirmer ses déductions. Je la connais trop bien et je sais la seule chose qui l'intéresse. C'est un sujet que nous n'abordons pas souvent même si elle aimerait, au contraire, que je me décide à l'assumer. Cat jette un coup d'œil rapide autour de nous et s'approche de moi en baissant le ton :

– Tu vas utiliser ton superpouvoir, c'est ça ?

Je ris en secouant la tête.

À 17 ans, j'ai découvert que j'étais pourvue, tout comme Sherlock Holmes, Mozart et le Docteur Strange, d'une mémoire dite eidétique. Je n'avais jamais réalisé que je possédais quelque chose en plus que les autres avant de faire des recherches sur le Net. J'ai enfin compris comment j'étais capable d'apprendre mes partitions de piano en l'espace de quelques secondes ou de réciter mes poèmes par cœur en ne les ayant lus qu'une seule fois. Mais, puisqu'il y avait de grandes chances de voir disparaître ce *don* à l'âge adulte, j'ai préféré n'en parler à personne, exception faite de ma meilleure amie.

– Ma malédiction, tu veux dire ! Alors ? Jordan est dispo ?

– Normalement oui, grogne-t-elle en récupérant son téléphone. Je vais l'appeler.

Pendant les quelques minutes que dure son coup de fil, j'observe rapidement les quatre pages qui composent la carte des boissons. Celle des vins et champagnes, celle des alcools forts, celle des cocktails et enfin, celle des softs. Je mentirais si je disais n'avoir pas manqué m'étouffer de stupeur en voyant le prix exorbitant de certaines bouteilles. C'est de la folie !

Je doute, entortille nerveusement mes doigts les uns autour des autres. Tous les employés ont tellement d'allure et de classe… Et moi, j'ai des tatouages et un crop-top. Je tire légèrement sur le tissu pour essayer de couvrir davantage mon ventre tout en observant Diego réaliser ses cocktails. Malheureusement pour moi, la mémoire absolue n'est pas un superpouvoir, malgré ce que pourrait en penser Cat. Elle a ses bons côtés, mais il y a toujours un revers de médaille. Je suis prisonnière de mes souvenirs. Même ceux que je préférerais oublier, ceux que je voudrais embellir avec le temps, me dire « finalement, ce n'était pas si grave… ». Tous. Absolument tous sont inscrits comme au premier jour.

– Jordan ne va pas tarder. Alors, comment ça se présente ? m'interpelle Catalina qui range son portable dans sa poche.

– Tout est OK, lui affirmé-je en attrapant délicatement son poignet.

Je me saisis d'un chiffon propre et fais un bandage de fortune autour de sa main blessée. C'est le dix-huitième pansement de ce style que je réalise. Neuf pour ma mère, quatre pour moi, trois pour Fabio et deux pour Catalina. Son premier, c'était parce qu'elle avait marché sur un clou dans un magasin de bricolage.

– Je peux te tester ? s'enquiert ma meilleure amie, des étoiles plein les yeux.

Après tout, si ça l'amuse… Ça me permettra peut-être de me détendre un peu.

– OK. Prends la carte et demande-moi n'importe quoi.

– Si je te dis : une margarita ?

– Cointreau, tequila, citron vert, champagne et bitter.

Tout en récitant la formule, je désigne les bouteilles sur les étagères et dans les frigos. Je peux, à tout moment, revoir la liste et la disposition de chaque ingrédient en convoquant ma mémoire. Elle essaie de me déstabiliser avec deux autres cocktails – mai tai et sex on the beach, plus difficile – mais encore une fois, je n'ai aucun mal à citer les recettes par cœur.

– Tu es vraiment incroyable ! s'exclame-t-elle en souriant. Mais pour les quantités, tu vas t'en sortir ? Tiens, garde ça près de toi, ça t'aidera.

Elle me tend un petit objet en forme de sablier que je m'empresse de détailler avec intérêt.

– C'est un doseur à alcool, poursuit-elle. Tu peux le remplir de cinq à cinquante centilitres. Pour le reste, il va falloir te débrouiller.

– Ça ira, la rassuré-je d'un ton confiant en tapotant mon index sur ma tempe. Tout est là !

Elle me saute au cou, manquant de nous faire basculer en arrière. J'éclate de rire, enroule mes bras autour d'elle en inspirant une grande bouffée d'air chargée de tout l'amour, la force et le courage qu'elle me transmet à son contact.

– T'es la meilleure, murmure-t-elle en me serrant plus fort.

Si j'avais encore quelques hésitations, elle vient de tout effacer en un instant. Je sais pourquoi je veux le faire : pour elle. Parce que Catalina a toujours été là et que je me sens redevable depuis tout ce temps. J'ai l'impression que j'ai enfin l'occasion de lui apporter mon aide et j'ai bien l'intention de lui prouver qu'elle peut compter sur moi.

Garett nous rejoint rapidement. Visiblement, il est déjà au courant de ce qui vient de se passer.

– Caty, tu vas bien ?

– J'ai pas assuré, s'excuse-t-elle. Mais tout est sous contrôle, Gwen va prendre le relais, tu n'as aucun souci à te faire !

Bien sûr, il ne connaît pas mon petit secret. Et j'ai l'impression, au vu de la tête dépitée qu'il tire, que l'idée ne l'enchante pas plus que ça. Il me dévisage de longues secondes. Je me pince les lèvres et détourne le regard, mal à l'aise.

– Tu me fais confiance ? reprend Catalina qui n'a rien raté de la scène, en s'adressant à son père.

– Ne vous inquiétez pas, monsieur Moreau, ajoute Diego en retroussant les manches de sa chemise blanche qui contraste avec sa peau mate, je serai là pour l'aider, et Vanessa aussi.

Garett finit par capituler, bien que très nerveux. Il n'a pas vraiment le choix, de toute façon. Je souris au serveur qui m'adresse un clin d'œil et retourne préparer ses commandes. Encore dos à la foule, je m'accorde une minute pour tenter de faire redescendre la pression.

Mais à l'instant même où je m'apprête à me lancer, quelque chose m'interpelle. Un frisson intense qui longe mon épine dorsale et se meurt entre mes reins. Déstabilisée, j'y pose une main hésitante pour vérifier que personne ne me touche. C'est insensé ! Évidemment que personne ne me touche ! Pourtant, l'espace d'une fraction de seconde, j'ai eu la sensation d'une caresse, d'un souffle… d'un baiser ?

Alors seulement, je comprends.

Avant même de me retourner, je sais que l'inconnu de tout à l'heure est ici, quelque part dans la salle. C'est absurde, mais tellement fort. Je m'oblige à ne pas y faire attention et me plonge dans les commandes qui affluent de toutes parts. Mais le poids de sa présence se fait de plus en plus lourd, saturant l'air au point qu'il en devient bientôt irrespirable.

Je relève finalement les yeux et l'aperçois, vêtu d'un simple tee-shirt gris, appuyé nonchalamment contre cette balustrade. Sa silhouette sculpturale se dessine plus nettement que tout à l'heure, dévoilant ses cheveux bruns, courts et rebelles. Il domine la salle, incontestablement. Non seulement par sa position surélevée, mais aussi par son attitude froide, imposante, presque hostile. Son regard sombre est braqué sur moi, j'en ai le souffle coupé. Une nouvelle brise glaciale effleure ma peau tandis qu'une vague de chaleur fait bouillonner mon sang de l'intérieur. C'est comme si mon corps voulait me prévenir de quelque chose que ma tête n'avait pas encore perçu. Un danger, une menace. Les lumières qui vacillent derrière lui font danser les ombres sur son visage dur et accentuent la largeur de sa mâchoire, l'épaisseur de ses lèvres et la courbe régulière de ses sourcils droits qui lui donnent cet air si sévère. Il est d'une beauté obscure, mystérieuse.

Les haut-parleurs crachent un titre de David Guetta, les stroboscopes s'alignent au tempo des basses, les cris fusent d'un bout à l'autre de la pièce, mais je reste immobile, incapable de détacher mon regard de cet inconnu. Je ne comprends pas ce qui m'arrive. J'ai conscience qu'il faut que je me bouge, que je dois répondre aux clients impatients dont les voix me parviennent à peine, semblables à de lointains échos. Mais la force irrésistible qui émane de cet homme me paralyse. Un rictus étire ses lèvres, je n'arrive pas à dire si c'est volontaire ou s'il s'agit d'une émotion qu'il n'a pas su retenir. Des mains se posent soudainement sur mes épaules ; je sursaute en reprenant conscience.

– Tout va bien ? s'inquiète Diego, en me fixant de ses grands yeux en amande, bordés de longs cils noirs.

– Oui… oui, bégayé-je en secouant la tête.

Il me sourit tendrement pour me rassurer, et ça fonctionne. Mon cœur se calme, la tension qui comprimait mes muscles s'apaise et je reprends finalement le travail sans plus me retourner vers le balcon de l'Enfer.

Inutile, je sais que le diable a déjà disparu.

5

APPÉTIT INSATIABLE

Morgan

Les cinquante places VIP sont déjà toutes attribuées. En temps normal, nos plus fidèles clients ne ratent jamais une occasion de venir au Versus pour profiter de leur statut de VGS et de ses avantages : ambiance intimiste, remise sur leurs consommations, espace de loisirs et spectacles en tout genre… Pourtant, depuis quelques semaines, je note une baisse significative de la fréquentation et je suis incapable de trouver une solution pour remédier à ce problème. La concurrence se fait de plus en plus rude, il va falloir que nous nous démarquions, d'une manière ou d'une autre !

Autre question qui me tourmente depuis que je suis arrivé : qui est cette jeune femme que j'ai trouvée accoudée au bar ? J'ai d'abord été surpris, puis intrigué. Par sa présence, son look, son attitude. Elle n'a pas dit un mot, s'est contentée de me fixer de ses grands yeux d'acier. J'ai parcouru son corps du regard sans retenue, les tatouages sur son bras, la jolie courbe de sa poitrine comprimée dans un tee-shirt noir beaucoup trop moulant. Beaucoup trop court. J'ai essayé de deviner la forme de ses hanches, dissimulées sous son jean taille haute, troué et deux fois trop grand pour elle. En vain. Cela a éveillé en moi une curiosité irrésistible et totalement déplacée. Je devais y mettre un terme au plus vite.

J'ai profité de l'arrivée de Catalina, Diego et Vanessa pour me faufiler (« m'enfuir » serait plus juste) jusqu'à mon bureau, à l'étage. J'aime travailler le soir, dans une ambiance de fête. Je déteste le silence. Le silence, c'est la solitude. Et j'abhorre la solitude. Pourtant, malgré le brouhaha lointain et les nombreux dossiers à traiter, je n'ai pas réussi à la sortir de ma tête. Du haut de mon perchoir, je l'ai observée s'occupant de la blessure de Catalina et quelque chose dans leur conversation a happé mon attention. Un « superpouvoir ». Comment l'ai-je deviné ? Je sais lire sur les lèvres ; c'est mon superpouvoir à moi. Une pratique que j'ai développée durant ma (courte) carrière d'avocat. Cela m'aiguillait parfois sur l'état d'esprit des jurés et de la partie adverse. Je m'en sers encore régulièrement, pour des choses beaucoup moins importantes… Comme obtenir des informations en douce sur les personnes qui m'intéressent. Malheureusement pour moi, je n'ai rien appris d'autre. J'ai prévenu Garett de l'incident, mais je n'ai toujours pas maîtrisé le désir d'en savoir davantage au sujet de cette femme. Remplacer son amie, surtout si elle n'a jamais exercé ce métier, c'est un énorme risque. Cette fille a du cran… Ça me plaît. Ou elle est complètement cinglée et naïve. Ça me plairait beaucoup moins. J'espère sincèrement qu'elle sait ce qu'elle fait, car je n'accepterai pas qu'elle renvoie une mauvaise image du club alors que nous avons réussi à en faire un lieu presque emblématique.

Lorsqu'elle s'est retournée, je me suis égaré quelques instants sur le serpent tatoué dans le bas de son dos, entre ses reins. J'ai eu l'envie irrationnelle de relever son tee-shirt pour le dévoiler entièrement. Pour *la* dévoiler entièrement. Je me demande ce qu'elle cache derrière ses cheveux Malabar et sous toute cette encre qui contraste sévèrement avec sa peau laiteuse. Je n'ai jamais été attiré par les femmes à l'allure extravagante. Je les préfère naturelles et discrètes. Mais il y a chez elle une telle force et, paradoxalement, une extrême fragilité qui me touchent là où elles ne devraient pas. Quelque part dans ma poitrine, là où j'ai beaucoup trop de mal à l'ignorer.

C'est alors que j'ai remarqué ses épaules se tendre nerveusement ; j'ai eu l'impression furtive qu'elle ressentait ma présence. Elle a posé sa main à l'endroit exact où j'ai baladé mon regard. Mais elle s'est contentée d'arborer une attitude très pro en servant ses premières commandes, sans laisser paraître le moindre doute sur son visage.

Et puis, c'est arrivé.

Elle a enfin relevé les yeux. Ses iris métalliques reflétaient les lumières éblouissantes du club et semblaient vouloir m'attirer à eux comme un aimant. Si je n'avais pas resserré mon emprise sur la rambarde en aluminium, j'aurais été tenté de plonger pour la rejoindre. Sauter dans le vide et me perdre un peu plus profondément dans son regard songeur, sublime. Ses lèvres se sont entrouvertes pendant qu'elle poursuivait son exploration. J'ai eu le vertige, pour la première fois de ma vie. J'ai vu naître l'envie irrépressible d'en redessiner le contour avec ma langue et ressenti le besoin urgent de respirer le même air qu'elle.

Tu délires, Morgan ! C'est l'amie de la fille de ton meilleur pote !

Qu'est-ce qui me prend ? J'ai déjà bien assez de choses à gérer avec une ado en pleine crise, je ne vais pas m'en coller une deuxième sur le dos ! Cette fille doit avoir tout juste 20 ans. Je suis ridicule. Et en manque. Mais certainement pas maso à ce point-là ! Heureusement que Diego est intervenu, j'ai ainsi pu rejoindre mon antre pour me remettre au boulot.

***

Ou pas.

Cela fait dix minutes que je tiens mon portable en main, le fais tournoyer entre mes doigts, essayant de me convaincre que c'est une mauvaise idée. Une *très* mauvaise idée. Je me bats contre cet appétit insatiable d'en savoir plus sur cette fille. Je me contenterais de pas grand-chose… Un nom, une adresse. Juste un os à ronger, de quoi me débarrasser de cette curiosité avide. Mais il est hors de question que j'en parle à Garett. Je n'ai pas envie de passer pour un pervers qui nourrit une obsession malsaine à l'égard de l'amie de sa fille. Est-ce vraiment le cas ? Non. Absolument pas. Si je dois me renseigner sur elle, c'est uniquement à des fins professionnelles, voilà tout. Sauf que je ne suis pas certain que Garett le voie de cette manière… Il faut que je sois plus malin que ça.

Je contacte l'un des agents de sécurité qui s'occupe des entrées ce soir.

– Hank.

– C'est Morgan. Avez-vous vu arriver Catalina ?

– Oui, monsieur, répond-il laconiquement.

– Était-elle accompagnée ?

– Oui, monsieur.

Bordel. Il va falloir que je lui tire les vers du nez ou quoi ?

– Son amie ne nous causera pas d'ennuis, j'espère ? Son sac a-t-il été vérifié ?

Ce n'est pas un traitement que je réserve aux excentriques, chaque personne a l'obligation d'en présenter le contenu et de déposer sa veste au vestiaire. Enfin… tous sauf les membres VIP. C'est le maximum que je puisse faire pour éviter le trafic de drogue. Je sais, un sachet de cocaïne est facilement dissimulable dans des sous-vêtements ou une poche de pantalon, mais ce n'est (malheureusement) pas légal de pousser la fouille jusque-là.

– Non, monsieur.

– Je peux savoir pourquoi ?

Silence. Je m'impatiente et l'entends respirer plus lourdement avant de me répondre :

– « Cette bombe atomique est une VGS », monsieur. Ce sont les mots de Mlle Moreau.

Je marque un temps d'arrêt, analyse ses paroles. Les sourcils froncés, un demi-sourire aux lèvres, je raccroche et m'active à ouvrir la Golden Selection sur mon ordinateur. Le plus étrange, c'est que je connais cette liste sur le bout des doigts, je peux donc citer par cœur chaque personne qui y figure… Mais je suis certain de n'avoir jamais entendu parler d'elle. Alors, je comprends. Il y a cinquante et un membres sur mon document. Je tombe rapidement sur celui qui a été ajouté récemment. Gwenaëlle Carlier. Trois secondes plus tard, j'entre son nom dans la barre de recherche Google et je trouve un résultat. Inked Soul, son salon de piercing et tatouage.

J'aurais dû m'en douter.

Et pour ne rien arranger, il se situe dans l'une des pires cités du dix-neuvième arrondissement. Trafics de stupéfiants, agressions, affrontements récurrents entre les jeunes des quartiers et les policiers… Cette nana va vraiment réussir à nous apporter un bon gros lot d'emmerdes ! Voilà qui devrait suffire à calmer mes hormones.

Putain.

J'ai l'impression d'avoir 15 ans, c'est dingue ! Il va falloir que j'aie une petite conversation avec Catalina, nul doute qu'elle est responsable de tout ce cirque.

Je réussis finalement à lever mon cul de cette maudite chaise pour partir en quête de ma partenaire d'une nuit. Un jeu d'enfant. C'est l'avantage d'être propriétaire d'un club : ce ne sont pas les prétendantes qui manquent ! Je ne me mettrais pas dans la catégorie des salauds qui traitent les femmes comme de vulgaires machines à plaisir. J'aime être clair dans mes propos, mes attentes, et je sais me comporter en gentleman. En tout cas, aucune ne s'est jamais plainte jusqu'à maintenant.

À peine ai-je descendu les escaliers qu'une délicieuse créature aux yeux émeraude, assise à une table, me gratifie d'un sourire radieux, m'attirant comme une abeille vers une cuillère de miel.

– Bonsoir. Vous êtes seule ? me renseigné-je, sincèrement surpris.

– Plus maintenant.

Sa voix profonde, qui ne laisse aucun doute quant à ses intentions, est accompagnée d'un geste furtif de la main, caressant l'assise de la chaise juste à côté d'elle. En parfait gentleman, je m'apprête à lui proposer un verre, mais, me rappelant soudain *qui* se trouve derrière le bar, je me ravise. Sans vraiment comprendre cette réaction puérile, j'invite la blondinette à rejoindre l'Enfer en ma compagnie, lui précisant, si nécessaire, que nous disposerons de toute l'intimité désirée. Évidemment, elle accepte. Tout le monde veut avoir la chance de grimper ces marches. Après s'être levée, elle m'attrape sensuellement le bras en souriant de plus belle ; je me demande si ses lèvres gonflées sont figées ainsi ou si elle se force à garder cet air idiot. C'est vrai, au début, c'était craquant, mais là… ça frise la vilaine grimace.

Concentre-toi, Morgan. Son corps. Regarde son corps !

Nous grimpons à l'étage. Je lui propose de passer devant, toujours en parfait gentleman. Détail très important puisqu'en cas de chute, je serai tout à fait disposé à la rattraper. Et si nous évitons la chute, je pourrai en profiter pour dévorer ce joli petit cul. D'abord avec mes yeux. Ensuite, nous verrons…

***

Impatiente, elle me pousse sans douceur sur le canapé en cuir avant de se positionner à califourchon sur moi. Un rictus satisfait et assumé au coin de ma bouche, j'apprécie cette prise d'initiative autant que le sourire lascif qu'elle m'envoie, rempli de promesses de plaisir. Aguerrie dans l'art de la baise rapide, elle vient agripper mes épaules puis coller ses lèvres rouge carmin aux miennes. La sensation n'est pas désagréable, au contraire. Sa respiration se fait de plus en plus profonde lorsque mes mains remontent le long de ses cuisses et se faufilent impudiquement sous sa petite robe gris souris. Elle me donne accès à son cou en relevant le haut de son corps, son bassin presse fermement contre mon sexe.

J'aime ça. Les femmes entreprenantes qui savent ce qu'elles veulent et qui n'ont pas peur de l'exprimer. Surtout si je suis l'objet de leur désir.

Ma langue descend jusqu'à sa poitrine, dans son décolleté plongeant. Sa peau a un léger goût amer, une odeur de parfum trop capiteuse. Elle s'arc-boute de plus belle en tirant mes cheveux ; mes doigts s'agitent sur le tissu délicat de son string tandis que de l'autre main, je fais remonter sa robe à hauteur de ses hanches. Ma paume se délecte de ses fesses rebondies, de sa taille fine et de son ventre plat. Elle retire les bretelles de son vêtement et libère ses énormes seins que je m'empresse de dévorer. Aucun doute, ce sont des faux. Ça ne me dérange pas, je ne suis pas difficile… Bien que je les préfère plus petits. Naturels. Peu importe. Je mordille son téton qui durcit entre mes lèvres, l'aspire, le titille avec ma langue avant d'entreprendre de défaire ma ceinture pour délivrer mon érection presque douloureuse, qu'on en finisse rapidement. J'ai encore beaucoup de boulot et je sais que ma fille n'aime pas passer la nuit toute seule.

Un gentleman, tu disais ? Qu'est-ce qui me prend, bon sang ?

– Tu as de quoi te protéger ? se renseigne-t-elle, haletante, en relevant son visage vers le mien.

J'acquiesce dans un râle traduisant mon état. Elle se décale pour que je puisse récupérer un préservatif dans un tiroir de mon bureau. Lorsque je me retourne pour la rejoindre, je découvre avec stupéfaction qu'elle s'est allongée sur le canapé, une main impudique entre ses jambes. La vision est électrisante. Elle se caresse de manière totalement indécente, mais ô combien excitante !

– Ne termine pas sans moi, plaisanté-je en m'approchant d'elle.

– Il ne faut pas que ça traîne, mon copain doit se demander où je suis.

Je panique. Ces mots me font l'effet d'une putain de douche froide.

Ou comment débander en une phrase.

– Ton copain ? Attends… Je croyais que tu étais venue seule !

– Et moi, que tu voulais baiser, réplique-t-elle avec un aplomb éhonté.

– Mais tu m'as invité à m'asseoir à ta table. Tu cherchais quoi, au juste ?

– Au début, c'était juste pour le rendre jaloux… Mais bon, c'était une occasion à ne pas manquer. T'es vraiment pas mal !

Elle me fixe intensément, sans doute dans l'attente que je termine ce que nous avons commencé. J'aime le sexe, je ne le nie pas, mais je ne veux pas mettre en péril ni ma réputation, ni celle du Versus. Que diraient les gens s'ils apprenaient que l'un des proprios se fait les petites copines de leurs clients ? Ça craint. Vraiment. J'ai trois secondes pour décider si je la saute ou si je lui demande de partir.

Sexe, réputation… Réputation, sexe…

– Excuse-moi, mais je ne peux pas faire ça.

– Quoi ? Sérieusement ? s'insurge-t-elle en se relevant aussitôt, à présent furax.

Un comble !

Inutile de me répéter et d'envenimer la situation. Parfois, les gestes suffisent à se faire comprendre. Silencieux, je lui tends sa petite robe à paillettes qu'elle s'empresse de récupérer rageusement. Elle lâche un « pauvre con » avant de sortir de mon bureau en claquant la porte.

Là, ça devient n'importe quoi. Vraiment n'importe quoi !

6

RENCONTRE AVEC LE DIABLE

Gwenaëlle

Je ne suis pas mécontente que cette soirée soit enfin terminée. J'ai les jambes en coton, un beau début de migraine et des acouphènes du tonnerre. Mes chaussures collent au carrelage, la faute au cocktail qui m'a glissé entre les mains lorsque j'ai paniqué en apercevant le diable qui descendait les escaliers. Une seconde d'inattention, des heures à supporter un bruit de ventouse sous mes semelles. Quant aux tensions douloureuses qui ont envahi les muscles de mon dos, elles sont indénombrables. Ce soir, mon corps a quatre fois son âge et, vraisemblablement, besoin d'un petit temps de réadaptation à la vie qui nécessite une véritable activité physique. Il faut dire que ces dernières années, je me suis habituée à rester des heures dans la même position, concentrée sur mes tatouages. D'où cette sensation désagréable d'atrophie généralisée. Mais… je crois que ça valait le coup, finalement.

– Pas trop crevée ? me demande Vanessa tout en nettoyant le bar.

– Je ne sais vraiment pas comment vous faites pour enchaîner les soirées. Je vais avoir besoin de plusieurs jours pour m'en remettre !

– C'est une question d'habitude, glousse-t-elle. Et puis, ce n'est que trois fois par semaine, du jeudi au samedi. On a tout le reste du temps pour se reposer, alors on ne se plaint pas.

– Tu n'as pas de deuxième job, du coup ?

– Non, c'est ça qui est génial ! Tu sais, ici, ils recherchent l'excellence. Mais tout a un prix… Le salaire est incroyable mais, en contrepartie, tu dois être dispo et tu n'as pas le droit à l'erreur. Sinon, pouf, ajoute-t-elle en claquant des doigts, tu dégages !

– Je vois.

– En tout cas, tu as vraiment assuré ce soir, me complimente-t-elle. Ça fait longtemps que je n'avais pas vu quelqu'un s'adapter aussi rapidement.

– Je confirme, intervient Diego qui nous a rejointes. Tu es un genre de magicienne, ou quoi ? Il m'a fallu étudier la recette du Spécial Versus pendant au moins trois jours, et tu le fais déjà sans même regarder les dosages. C'est impressionnant !

Je rougis en détournant les yeux pour cacher ma gêne. J'aurais peut-être dû faire semblant de me tromper ou de devoir vérifier les ingrédients pour ne pas attirer l'attention. Heureusement, ils passent rapidement à autre chose et nous entamons les derniers nettoyages dans une ambiance un peu moins centrée sur… moi.

***

J'envoie un message à Catalina avant de grimper sur ma moto. Une Honda CB 900 F Bol d'or 79, de couleur bleue, plus proche d'un tas de ferraille que d'une véritable bécane, payée une misère et que j'ai entièrement retapée. Ma mère a tenté de m'appeler trois fois, elle doit sûrement se demander où je suis passée. Je m'apprête à mettre le contact lorsque je réalise que je n'ai pas encore pris mes clés. J'y vais à tâtons. Un trousseau dans une poche de Perfecto, ça se perçoit facilement. Sauf que là, je ne perçois rien du tout.

Je retire mes gants en poursuivant les recherches à l'intérieur de ma veste, puis dans les poches de mon pantalon. Un flash apparaît devant mes yeux : mes clés, sur le bar, juste à côté de la machine à glaçons. Mon visage se décompose. Il y a vraiment des jours où on se demande pour quelles raisons on a décidé de mettre un pied dehors. Aujourd'hui en est un.

Arrête de vouloir changer tes habitudes !

Il n'y a plus qu'à prier que Garett n'ait pas encore verrouillé la sortie de secours par laquelle nous sommes passés avec Diego et Vanessa.

Je sais que le boss est encore là, puisque mes deux collègues de ce soir m'ont expliqué qu'il devait fermer les portes et activer l'alarme avant de partir. Heureusement pour moi, aucune sirène ne se met à hurler lorsque je pénètre dans la grande salle. Un bourdonnement désagréable agresse mes oreilles dans ce silence absolu. Le contraste entre maintenant et il y a une heure est frappant. Là où régnaient musique, rires, tintements de verres, danses énergiques et conversations animées, il ne reste qu'un vide sombre et abyssal, presque effrayant. Et mon cœur martelant ma poitrine. Sous les faibles lumières des veilleuses, j'avance à tâtons jusqu'au bar, repère rapidement mon trousseau et m'apprête à quitter les lieux au moment où mon téléphone vibre. C'est Catalina.

[Oui, ça va mieux. Mon père est parti plus tôt
du Versus, il s'inquiétait pour moi…
Mais il t'appelle demain, sans faute.
Merci encore pour ce soir, t'es vraiment un ange !
Préviens-moi quand tu seras rentrée.
Bisous]

Je dois relire deux fois le texto pour être certaine d'avoir tout compris. Si Garett est déjà parti, alors qui est « le boss qui s'occupe de l'alarme » ? Est-ce que quelqu'un sait qu'il est allé rejoindre Cat ou il a omis de transmettre l'info ? Je dois vraiment rentrer. Ma mère n'a aucune nouvelle et je n'ai jamais découché sans la prévenir. Mais si personne n'est au courant, il faudrait peut-être que je téléphone à…

– Bonsoir.

Une voix vibrante résonne dans mon dos. Je fais volte-face

tandis que mon portable s'écrase au sol et que mon cœur fait un saut périlleux dans ma poitrine.

– Putain, mais vous êtes malade !

J'ai craché ces mots avant même de reconnaître l'homme sublime qui se tient devant moi : Lucifer en personne.

Une nouvelle fois, sa beauté me percute de plein fouet. C'est encore plus violent que lors de ses précédentes apparitions. Il est rasé de frais, son agacement flagrant fait tressaillir sa mâchoire. Il semble très jeune, dans l'obscurité ambiante. Pourtant, en m'approchant un peu, je décèle un certain vécu sur les traits de son visage. Ces cernes marqués par de nombreuses nuits blanches et cette cicatrice qui fend sa joue gauche. Mon regard se fait plus insistant ; il passe une main nerveuse dans ses cheveux et s'appuie contre le comptoir, attendant sans doute que je dise quelque chose – ou que je déguerpisse –, je n'en suis pas tout à fait sûre. Je me maudis intérieurement en mordillant ma lèvre et détaille à présent le manteau beige qu'il a revêtu et qui tombe sur son jean ajusté.

– Eh bien, souffle-t-il amèrement, je vois que votre langage a au moins le mérite de s'accorder avec le reste.

Sa voix m'envoûte, même si elle se veut détestable. Rauque, suave et cette pointe d'arrogance qui se reflète dans son attitude. Je n'ai pas écouté ce qu'il a dit, et je ne cherche pas à comprendre. Je suis enfin assez proche de lui pour voir l'émotion dans ses yeux translucides et je commence à me dire que ce ne serait pas plus mal de conserver une certaine distance. Il me jauge intensément ; quelque chose se réveille au fond de mon estomac. Mon cœur s'acharne contre ma poitrine, la proximité de cet homme m'étouffe. C'est comme si la puissance de son aura piétinait mon espace vital, réduisant considérablement le niveau d'oxygène nécessaire à ma survie alors même qu'il demeure immobile. Pour me donner une contenance et me sortir de cette léthargie ridicule dans laquelle est plongé mon cerveau, je tente un mouvement, ramasse mon téléphone, rompant ainsi le contact.

Mon Dieu, il doit vraiment me prendre pour une idiote !

Par je ne sais quel miracle, je retrouve finalement l'usage de la parole.

– C'est que… vous m'avez surprise, murmuré-je comme pour m'excuser.

Il lève les yeux au ciel en soupirant, puis dépose sa main sur ses lèvres. Elle est si grande qu'elle recouvre pratiquement la moitié de son visage. Je parcours la salle du regard pour éviter d'avoir à croiser le sien. J'ai bien compris que mon corps avait une façon complètement absurde de réagir à sa présence. C'est chimique, incontrôlable. Et c'est pire lorsque nos prunelles s'accrochent les unes aux autres. Mais son parfum s'envole jusqu'à moi. Un mélange viril d'agrumes et de bois. J'ai envie de fermer les yeux et de m'imprégner de ces délicieux effluves avant que cet homme ne disparaisse. Je me retiens. Sérieusement, de quoi j'aurais l'air à humer son odeur comme une ado en train de se shooter aux poppers ?

– Je suppose que c'est pour ça que vous êtes revenue.

Il me tend une enveloppe que je récupère en fronçant les sourcils, sans réellement réfléchir à ce qu'elle peut contenir. J'y découvre deux billets de cent et, sans trop comprendre pourquoi, la balance aussitôt sur le bar, juste à côté de lui. C'est comme si le papier me brûlait les doigts.

– Je ne veux pas d'argent, affirmé-je en plantant mes yeux dans les siens.

Il soutient mon regard, me provoque, me défie. Mon assurance fond comme neige au soleil – comme neige en enfer.

– Vous avez travaillé, vous méritez cet argent. Rangez ça dans votre poche et rentrez chez vous, m'ordonne-t-il d'une voix ferme en me tendant l'enveloppe une nouvelle fois.

– J'ai rendu un service à une amie, je ne veux rien.

– Je n'ai pas pour habitude de faire bosser les gens gratuitement. Alors, faites-en ce qu'il vous plaira, offrez-le au premier sans-abri que vous croiserez si ça vous chante, mais prenez cet argent.

Plus aucun doute possible : mon diable est bien Morgan, le copropriétaire des lieux.

– Non, merci, articulé-je lentement, au cas où il n'aurait pas bien saisi la première fois.

L'impatience se dessine sur ses traits. D'un mouvement inconscient, je fais voyager ma langue à la commissure de mes lèvres, comme assoiffée des siennes. Ma peau tiraille, brûle, frissonne d'une incontrôlable envie de lui. Il s'approche, je recule. C'est instinctif. Sauf qu'au bout d'à peine deux mètres, je bute contre le plan de travail. Il me scrute de haut en bas, mon corps s'embrase sous mes vêtements. Son regard est impassible, je ne sais pas s'il aime ce qu'il voit ou si ça le laisse totalement indifférent. Et le pire, c'est que cette dernière hypothèse me dérange plus qu'elle ne le devrait.

Il fait encore un pas vers moi, attrape délicatement un des pans de ma veste entre son index et son majeur. Je ne bouge plus, observe minutieusement ses gestes sans dire un mot, en pleine confusion. Il glisse l'enveloppe dans une des poches intérieures en prenant soin de ne jamais me toucher. C'est étrange, parce qu'à cet instant précis, je crois que j'aurais aimé qu'il le fasse. J'aurais aimé qu'il faufile ses doigts sous mes fringues pour savoir si leur contact est aussi fou que ce que j'imagine. J'aurais aimé sentir ses lèvres humides embraser mes tatouages, ses dents faire rougir ma peau et sa langue me caresser avec délectation. Ce ne serait pas la première fois que je me laisse aller dans les bras d'un homme que je ne connais pas, mais jamais je n'ai ressenti une telle attirance pour quelqu'un. Jamais je n'ai été confrontée à un besoin d'appartenance si important.

L'air est saturé de son odeur mélangée à celle de l'alcool. Je respire par saccades pour éviter à tout prix d'être submergée. Il me déstabilise et il le sait. Son corps fait barrage à toute tentative de fuite, son visage s'approche du mien. Trop près. Son teint est pâle, aussi sombre que la lueur dans ses yeux. Il est magnifique. Diablement sexy. Ma peau réclame un contact, une caresse, n'importe quoi.

C'est insoutenable. Je ne sais pas s'il veut m'intimider ou me mettre au défi de refuser une nouvelle fois. Une partie de moi a envie de voir jusqu'où il est capable d'aller pour me tenir tête. Sa bouche frôle mon oreille, mais je n'émets aucune protestation et frémis en sentant son souffle chaud s'y répandre. Son timbre profond résonne alors jusque dans mon ventre :

– Rentrez chez vous, mademoiselle Carlier.

Il me surprend à connaître mon nom. C'est un peu effrayant, mais tellement excitant. Parce qu'il ne bouge pas. Il me demande de partir – il me l'ordonne – alors que son propre corps s'y oppose. Durant plusieurs secondes, je le sens se tendre contre moi, lutter contre quelque chose qui semble plus fort que lui tandis que je reste totalement immobile, à sa merci.

Finalement, il s'éloigne et me tourne le dos avant de saisir une bouteille de cognac sur l'étagère. Je vacille, entre soulagement et frustration. Une pointe de déception que je me force à ignorer.

Je lance un dernier regard dans sa direction, parcourant la ligne droite de ses épaules, dont la tension malmène le tissu de son manteau. Mes yeux longent son bras qui se cramponne à son verre déjà vide. Il s'en ressert un autre, comme si ça pouvait l'aider à faire fuir ses démons. Je pense alors à ma mère, perdue, elle aussi. J'ai eu tellement mal de la regarder dépérir, jour après jour, et j'ai chéri si longtemps l'espoir de la voir remonter la pente… Aujourd'hui, je lui en veux autant que je l'aime. Parce qu'elle ne se doute même pas qu'en détruisant sa vie, elle est en train de foutre la mienne en l'air.

Alors, dans la pénombre de cette grande salle vide, je trouve finalement la force de partir, mon casque sous le bras. En me dirigeant vers la sortie, le cœur lourd, la démarche incertaine, je m'autorise à exprimer tout haut ma pensée et finis par briser, non sans peine, ce détestable silence avant de disparaître dans les profondeurs de la nuit.

– Ça ne vous sauvera pas. Ça n'a jamais sauvé personne.

7

BOULEVERSEMENTS IMMINENTS

Gwenaëlle

Je ne me souviens même plus quel chemin j'ai emprunté pour rentrer chez moi. J'étais tellement obnubilée par cet homme, par son visage sortant de l'obscurité pour venir s'imposer sans cesse à mon esprit, que j'ai roulé en mode pilote automatique sur les trois kilomètres qui séparent le quai de Valmy de Curial-Cambrai.

J'entre en prenant soin de ne pas faire trop de bruit au cas où maman se serait endormie malgré mon absence. C'est une chose qu'elle n'aurait jamais faite *avant*. Avant de se noyer dans l'alcool. Avant d'oublier qu'elle était mère. Avant de devenir aussi égoïste et de ne voir qu'au travers de sa tristesse et ses lamentations. Je me demande vraiment si tout cela valait le coup. N'aurais-je pas pu être la petite fille modèle que mon père rêvait d'avoir ? Je crois que j'avais tort de prôner cette liberté illusoire qui ne ressemble en rien à la vie que je m'étais imaginée. J'en suis même certaine. Il suffit de voir où nous en sommes aujourd'hui. Mon patriarche est parti depuis longtemps, il a sans doute déjà refait sa vie ailleurs ; ma mère est une épave alcoolique et moi, du haut de mes 23 ans, je rame de toutes mes forces parce que je me sens coupable de tout. Si seulement je m'étais comportée comme les gamines de mon âge, nous serions encore une famille. Pas parfaite, mais une famille quand même…

– Non, toujours aucune nouvelle. […] J'en sais rien,

elle me tient au courant, d'habitude. [...] Tu ne peux pas comprendre, toi. Je m'inquiète vraiment !

Je monte à l'étage pour rejoindre ma mère, paniquée, qui s'adresse à quelqu'un au téléphone. Mais qui ? Cela fait tellement longtemps qu'elle passe ses journées enfermée ici... A-t-elle gardé des relations de notre « ancienne » vie ? Pourquoi ne jamais m'en avoir parlé ?

– Maman ? Tout va bien ?

Elle fait volte-face, les yeux rougis de larmes, et balance son portable en me sautant au cou.

– Gwen, tu es là ! Mon Dieu, je me suis fait un sang d'encre !

– Je vais bien. À qui tu parlais ?

Elle essuie sa joue d'un revers de main et semble soudain mal à l'aise. Je la connais trop pour ne pas m'en apercevoir. Elle me cache quelque chose.

– Personne. Un ami.

– Un ami ? insisté-je, sceptique.

– N'essaie pas de changer de sujet. Où étais-tu ?

– Catalina avait besoin de moi.

– Et tu ne pouvais pas me prévenir ? hausse-t-elle le ton.

Est-ce que c'est une blague ?

– Maman, je rêve ou t'es en train de me faire une scène, là ? Je devrais m'excuser de vivre et d'essayer de nous sortir de cette merde, peut-être ?

– Écoute... souffle-t-elle. Je te promets que je vais faire des efforts, d'accord ?

– Je ne te demande rien, si ce n'est de ne pas m'entraîner dans ta chute.

– Gwen...

– Bonne nuit, maman.

Il n'y a pas de porte entre le canapé qui lui fait office de lit et le petit coin qui me sert de chambre. Pour avoir un peu d'intimité, il me suffit de fermer l'épais rideau noir, de retenir ma respiration quelques secondes afin d'éviter d'inhaler la tonne de poussière qu'il balaie sur son passage et d'enfoncer mes écouteurs dans mes oreilles. Avant que je ne sois forcée de vendre mon piano, quelques semaines plus tôt, il ne se passait pas une journée sans que je fasse danser mes doigts passionnés sur le clavier en interprétant le *Prélude en do majeur* de Jean-Sébastien Bach, mon préféré. C'est dans ces moments-là que mon piano me manque le plus. Que mon ancienne vie me manque le plus.

Que mon père me manque le plus.

Cette révélation fait littéralement exploser mon petit monde. Mon père me manque. Après toutes ces années passées à le détester, à lui en vouloir de ne jamais nous avoir compris ni acceptés, mes cheveux roses, mes tatouages et moi, je commence à me dire que, finalement, il ne désirait peut-être que mon bonheur, dans une société où la différence n'a pas encore trouvé sa place. Peut-être souhaitait-il simplement me préserver de cet avenir pitoyable qui se profile à l'horizon, et que je n'avais, jusque-là, jamais envisagé ?

Je ferme les yeux et revois son visage. Ce même regard cendré qui m'afflige à chaque fois que je croise mon reflet dans le miroir. Ses cheveux poivre et sel, toujours parfaitement maîtrisés. Ses petites lunettes rondes tombant sur le bout de son nez et son sourire lumineux étirant ses lèvres fines lorsqu'il m'écoutait jouer du piano. Je me souviens comme j'adorais lui inspirer autant d'amour et de fierté.

Ses traits s'évanouissent lentement pour laisser place à d'autres. Un teint lisse, des yeux cristallins, une mystérieuse cicatrice, une mâchoire puissante et une bouche foutrement charnue.

Le diable.

J'essaie tant bien que mal de chasser l'intrus de mes pensées, mais il s'y accroche solidement. Je sais qu'il n'est pas fait pour moi, pire, qu'il est dangereux. Son attitude glaciale, son regard méprisant, ses gestes déplacés et son rapport à l'alcool devraient être largement suffisants pour me convaincre de le fuir comme la peste ! Mais il y a cette chose étrange, inexplicable, semblable à une voix sourde, un lien invisible, qui m'attire vers lui et anime ce désir insensé d'une nouvelle rencontre.

***

Cette nouvelle journée s'annonce plutôt calme. *Trop* calme. J'ai pris des nouvelles de Catalina dès mon réveil, mais elle n'a pas répondu à mes appels ni aux textos que je lui ai envoyés. Ce n'est pas son genre, elle qui est constamment pendue à son téléphone. Je ne m'en formalise pas ; elle doit sûrement avoir pas mal de choses à faire pour organiser son week-end. En revanche, la grande surprise du jour, c'est de voir ma mère s'activer à ranger l'appartement depuis plus d'une heure. C'est une première ! Je n'ose pas lui poser de questions, par peur de la couper dans son élan.

– Je vais faire quelques courses, lancé-je en contournant la petite table basse.

– Tu as de l'argent ?

– J'ai remplacé Cat au Versus, hier. J'ai de quoi nous préparer un bon repas.

Oui, parce que entre un bon repas et une partie de la facture d'électricité… je choisis la bouffe, sans la moindre hésitation !

– D'accord. Fais attention avec ta moto, je ne suis pas tranquille de te savoir sur un de ces engins.

J'ai roulé quelques minutes à peine pour rejoindre le Starbucks. Cela fait bien longtemps que je ne me suis pas autorisé un Frappuccino Choco Chips. Je n'ai toujours aucune nouvelle de Cat et je commence sérieusement à m'inquiéter. Elle devrait être rentrée chez elle, à présent. Je m'apprête à effectuer une dernière tentative lorsque mon portable se met à vibrer dans ma main, me signalant l'appel entrant d'un numéro inconnu. Un potentiel client, peut-être ?

– Gwenaëlle Carlier, bonjour.

– Bonjour, Gwenaëlle, c'est Garett. Je ne te dérange pas ?

L'inquiétude me tord l'estomac. Pourquoi me téléphone-t-il ? Pourquoi pas Catalina ? Est-ce que quelque chose est arrivé à ma meilleure amie ?

– Il y a un problème ? m'empressé-je de demander, le cœur battant à tout rompre.

– Non, non, aucun problème. Je voulais te remercier pour hier soir, tu as vraiment fait de l'excellent travail. Et aussi m'excuser d'être parti sans rien dire. Jordan n'a pas pu rester aux urgences avec Caty, l'attente était trop longue et il vient de trouver un job dans une boulangerie ; il commence très tôt. Je n'ai pas voulu la laisser seule. Bref… Merci, vraiment.

– Je vous en prie, monsieur Moreau.

– Garett, me reprend-il, un sourire dans la voix. Aurais-tu quelques minutes pour passer au Versus ?

Il veut sans doute, lui aussi, me payer pour ces quelques heures de travail. Heureusement pour moi, je ne vais pas avoir besoin d'y retourner.

– Je ne sais pas s'il vous l'a dit, mais j'ai croisé votre associé avant de partir hier soir et il m'a donné une enveloppe.

– Oui, il m'en a parlé ce matin. J'espère qu'il ne t'a pas fait trop peur ? Il a tendance à se montrer assez désagréable.

– Non, ça va, mens-je pour couper court à la discussion. Mais pourquoi voulez-vous me voir, dans ce cas ?

– Je n'ai pas tellement envie d'en parler par téléphone. Quand serais-tu disponible ?

– Si c'est urgent, je peux être là dans dix minutes.

– Parfait, à tout de suite ! La porte de derrière est ouverte.

Je raccroche, hésitante. Je ne sais qu'en penser, mais j'avoue être très intéressée par les raisons de ce soudain rendez-vous.

Après avoir ondulé entre les voitures bloquées dans les bouchons du centre-ville, j'arrive devant le club et m'apprête à rejoindre Garett, partagée entre curiosité avide et appréhension nerveuse.

Détends-toi, bon Dieu !

Je pénètre dans la grande salle, me fige en son centre.

– Il y a quelqu'un ?

Pas de réponse. Je m'approche du bar et distingue des voix tonnantes émanant de l'arrière-salle, où je n'ai encore jamais mis les pieds. Je frappe à la porte afin de signaler ma présence. Sans aucune réaction de leur part, j'appuie discrètement sur la poignée. Une autre pièce m'apparaît, plus sombre et fraîche : la réserve. De grandes étagères, sur lesquelles reposent des dizaines de bouteilles d'alcool, longent les murs beiges sur plusieurs mètres. J'avance doucement en contournant les fûts de bière, ainsi que quelques caisses de fruits entassées juste devant. À ma gauche, les toilettes. Sûrement celles du personnel. Puis, en face, une autre issue. Il n'y a plus aucun doute, l'écho bruyant de deux voix résonne partout dans l'air ambiant, mais provient bien de derrière cette porte, où une pancarte rouge indiquant le mot « privé » est accrochée.

– T'es malade ou quoi ? Non mais tu l'as bien regardée ?

– Je ne vois pas où est le problème, Morgan ! Elle fait du super boulot et on galère à trouver quelqu'un de fiable. Catalina a confiance en elle, on aurait tort de ne pas lui laisser une chance.

Je devine facilement l'objet de leur dispute. Visiblement, les deux associés ne semblent pas d'accord sur mon cas. Je ralentis mon allure pour me sentir moins coupable d'écouter plus longuement leur conversation.

– Elle a des cheveux roses et des tatouages partout, enfin ! Sans parler de sa façon de parler…

– Aucun client ne s'en est plaint, tu sais. Et elle a appris toute seule en un temps record ; elle est douée !

– Il y a des gens doués qui sont beaucoup moins vulgaires que cette fille.

Vulgaire, vraiment ? Il en a d'autres en stock, ce trou d'cul ?

– Laissons-lui une chance. Qu'avons-nous à perdre ?

Silence. Je retiens ma respiration, par peur qu'ils puissent m'entendre de là où ils se trouvent. Les secondes semblent s'écouler au ralenti, mes dents maltraitent ma lèvre inférieure tandis que le sang cogne trop fort dans mes veines.

– Nous ne sommes même pas certains qu'elle accepte, argumente Garett.

– Je t'en prie, s'agace l'autre. Sauf si toute cette encre lui a totalement noyé le cerveau, elle serait idiote de ne pas saisir cette chance.

Enfoiré !

– Gwen ?

Mes épaules se crispent en reconnaissant la voix de Catalina juste dans mon dos.

Je tente de garder une allure naturelle en me retournant vers elle, jouant l'équilibriste entre la colère qui bout en moi et la joie de revoir ma meilleure amie.

– T'es encore en vie, toi ? lancé-je, faussement vexée de son silence.

– Excuse-moi, c'est mon père qui ne voulait pas prendre le risque que je te parle de…

Elle détourne les yeux tout en retenant difficilement le sourire qui naît sur ses lèvres. Je sais à quoi elle fait référence, mais je tente de ne pas trop m'emballer.

N'oublions pas que Lucifer semble enclin à faire de ma vie un véritable enfer. Quelle ironie !

– Tu parles de ma possible embauche au Versus ?

Ses yeux s'illuminent.

– Alors t'es au courant ? Tu vas accepter ? crie-t-elle en joignant ses deux mains, comme si elle récitait une prière.

Dans un élan d'espoir insensé de conserver l'anonymat, je plaque ma paume sur sa bouche pour qu'elle se taise, mais il est trop tard. La porte derrière moi s'ouvre à la volée et, avant même qu'*il* ne prononce un seul mot, des frissons parcourent mon épiderme et une sensation étrange, agréable, brûlante s'invite dans mon ventre lorsque son parfum sature l'oxygène que je respire. Je déteste ça. Je le déteste, *lui* !

Sa voix puissante, teintée de cynisme, s'impose dans le silence ; je ferme les yeux.

– Eh bien, je ne pensais pas que nous serions si nombreux. Mais comme on dit : plus on est de fous…

8

CONVAINCRE POUR MIEUX Y CROIRE

Morgan

Catalina me contourne, tout sourire, pour rejoindre son père. Gwenaëlle ne s'est toujours pas retournée ; j'en profite pour détailler ses réactions, ses fines épaules qui se contractent légèrement et son dos qui se redresse en signe d'alerte. Mes sens s'éveillent, j'ai du mal à en saisir la raison. Comme elle a rassemblé ses cheveux barbe à papa dans une pince marron, je peux aisément parcourir des yeux sa nuque gracile et imaginer mes doigts s'y promener. J'en viens même à me demander si je serais capable de faire naître quelques frissons sur sa peau, à cet endroit.

Merde, Morgan, c'est une gamine !

J'ai vraiment essayé de convaincre Garett que c'était une idée de merde, mais il est persuadé que nous avons besoin d'elle. Je suis assez mitigé. D'abord à cause des vives sensations qu'elle provoque en moi sans même s'en rendre compte, mais également à cause de son look carrément aux antipodes de l'image du Versus que nous souhaitons conserver. Le prestige, la classe, le luxe. Cette fille ne correspond pas au profil, c'est aussi simple que ça. Alors pourquoi Garett s'entête-t-il à ce point-là ?

– Mademoiselle Carlier, pouvons-nous commencer ? soufflé-je, impatient, alors qu'elle n'a toujours pas bougé d'un iota.

Elle se décide enfin à entrer, mais sans jamais croiser mon regard. Elle est mal à l'aise, je le sens. Peut-être parce qu'elle a entendu notre conversation. Sans doute que notre échange de la veille pèse aussi dans la balance. Là encore, je ne sais pas vraiment ce qui m'a pris. L'alcool, peut-être. *Elle*, sûrement. Cela fait longtemps que je n'ai pas éprouvé autant d'intérêt pour quelqu'un ; ça me déstabilise. Mon désir de l'approcher est probablement aussi grand que celui de la fuir. J'espérais l'avoir chassée pour de bon, mais la revoilà encore plus jolie que la veille, avec son visage dégagé, son teint frais, lisse, naturel, ses lèvres humides qu'elle mordille sans cesse, ses prunelles fugaces et son air inquiet. Elle tire sur les manches de son pull vert bouteille pour tenter de cacher son malaise ; c'est adorable. Il n'empêche, elle n'a pas sa place ici, au Versus. Même si je suis agréablement surpris par ce qu'elle dégage, je n'ose imaginer la réaction de certains clients. C'est un risque que je ne suis pas prêt à courir.

– Merci d'être venue aussi rapidement, Gwenaëlle, commence Garett en l'invitant à s'asseoir sur l'un des fauteuils rouges, juste en face de lui.

Cette partie du club n'est pas très grande, mais fonctionnelle. Elle est divisée en trois pièces : la réserve, les vestiaires pour le personnel et le bureau de mon associé. Ce dernier travaille la plupart du temps chez lui, en journée. Et le soir, il est de corvée en Enfer pour s'occuper de la VGS ; je n'ai encore trouvé personne d'autre à qui confier nos plus gros clients. Cet endroit, aménagé d'une grande table en métal noir, de deux sièges et d'une étagère en bois sombre sur laquelle il a joliment disposé quelques photos de sa fille ne lui sert qu'à recevoir, comme aujourd'hui, les potentiels futurs employés.

– Je ne vais pas y aller par quatre chemins, poursuit-il. Je crois vraiment que tu peux apporter quelque chose en plus au club. Tu as fait un travail formidable. Donc, si tu le souhaites, il y a une place pour toi, ici.

Elle ne prend même pas le temps de réfléchir et lui répond d'un ton enjoué :

– Je ne sais pas quoi dire… Merci, Garett ! Et évidemment, j'en serais ravie, mais j'aimerais être certaine que tout le monde soit d'accord avec ça.

Ses mots me sont parvenus avec plusieurs secondes de retard. Sa voix est beaucoup plus douce qu'hier soir. Elle glisse sur ma peau telle la délicieuse caresse d'une plume. C'est drôlement plaisant. Surprenant. Je ne m'attendais pas à ça. Peut-être à quelque chose qui s'accorde un peu plus avec son allure. Un ton impatient, agressif, immature. Comme lorsqu'elle joue à la fille trop têtue. Mais c'est tout l'inverse. Quand je relève la tête, j'aperçois six pupilles me scruter intensément tandis que j'étais perdu quelque part dans les méandres de mes pensées.

Eh merde.

– Quoi ? articulé-je en tentant de masquer mon trouble.

– Êtes-vous d'accord avec ça ? répète-t-elle en me faisant face.

Nos yeux se heurtent et s'affrontent un instant. J'y vois naître de nombreuses choses, comme la fierté derrière laquelle elle cache ses doutes, ou cette once de provocation qu'elle m'adresse sans sourciller. J'aperçois brièvement le grondement d'une colère sourde, l'aigreur d'une douloureuse tristesse, les fêlures que laissent les regrets à l'âme de ceux qui les éprouvent. Toutes ces émotions qui s'emmêlent, se chevauchent, s'enchevêtrent les unes aux autres, semblables aux vagues d'un océan en pleine tempête. Je suis captivé, bouleversé. Plus je sombre dans les profondeurs inaccessibles de son regard, plus j'ai l'intime conviction qu'elle est en mesure de lire en moi. L'équilibre sur lequel j'ai construit mon existence est en train de vaciller sous les prunelles ardentes de cette jeune femme. Non, je ne peux pas laisser faire ça. C'est hors de question.

– Prenons-la à l'essai pour ce week-end, déclaré-je à mon associé. Nous aviserons ensuite.

Je quitte la pièce, mon manteau dans une main et mes clés de voiture dans l'autre. Je râle contre moi-même d'avoir failli perdre pied et, qui plus est, devant tout le monde ! Il ne faut plus que cela se reproduise.

Jamais.

***

Je n'ai pas reçu d'appel du CPE, ça veut dire qu'Alex est bien en cours. C'est loin d'être gagné, mais je suis content d'avoir au moins réussi à la faire retourner en classe. Pourvu que ça dure.

Je suis entièrement responsable de cette situation ; je ne le sais que trop bien. Depuis cinq ans, tout part en vrille sans que je trouve la force de maintenir le cap ni pour ma fille ni pour moi. Juste après la mort de la mère d'Alexandra, j'ai brillé par mon incapacité à la soutenir dans cette épreuve. Je suis persuadé que si je lui avais raconté les circonstances exactes du drame, je l'aurais perdue, elle aussi. Sans vraiment m'en rendre compte, je me suis éloignée d'Alexandra au moment où elle avait le plus besoin de moi. Et j'ai laissé la situation empirer au lieu d'essayer de rattraper mes conneries. Je me suis convaincu que toute cette colère finirait forcément par s'apaiser un jour ; elle n'est rien en comparaison à la haine qu'elle me vouerait si elle venait à prendre conscience de la terrible réalité.

Mon portable sonne, c'est Garett. Ce traître, il ne perd rien pour attendre !

– Delcroix.

– *Delcroix* ? Depuis quand tu réponds comme ça quand je te téléphone ? s'amuse-t-il.

– Depuis que tu prends autant de plaisir à me faire ce genre de coups bas.

– Quels coups bas ? Je ne comprends vraiment pas pourquoi t'en fais tout un cirque. Gwen te fait peur, ou quoi ?

Je ris nerveusement. S'il savait à quel point cette fille me terrifie. *Bordel.*

– Évidemment qu'elle me fait peur, tenté-je pour me défendre sans trop éveiller ses soupçons. Tu imagines un peu ce que vont penser les clients ? Le Versus n'est pas un bar à bière de banlieue ni un vulgaire dancing pour les cas soc' de la ville. Nous aspirons à beaucoup mieux que ça, depuis bien trop longtemps, pour risquer de tout foutre en l'air !

– Tu ne crois pas que t'en fais un peu trop ? rétorque-t-il d'un ton calme et posé.

Il me fatigue à toujours avoir raison.

– Peut-être. Je m'inquiète, c'est tout. La fréquentation a baissé ces derniers temps, je ne voudrais pas que sa présence joue en notre défaveur. Ni que ce soit la porte ouverte à des trafics en tout genre.

– Tu dis ça parce qu'elle a des tatouages ? rétorque-t-il d'un ton empli de reproches.

– Pas seulement. Mais avoue qu'il y a de quoi se poser des questions, tout de même !

– Je te rappelle que j'ai créé une association pour venir en aide aux jeunes des quartiers. Si elle trafiquait quoi que ce soit, l'un d'eux aurait forcément été au courant.

– Tu t'es déjà renseigné ?

– Évidemment ! Je ne suis pas complètement stupide, malgré ce que tu penses. Cat et Gwen se connaissent depuis dix ans, ma fille n'aurait jamais laissé sa meilleure amie plonger dans toute cette merde. J'en suis certain, mais j'ai fait quelques recherches malgré tout. Elle est clean, et si tu m'avais laissé le temps de te l'expliquer tout à l'heure, au lieu de hurler comme un chien enragé, tu le saurais depuis longtemps.

– Je n'ai jamais pensé que tu étais stupide, précisé-je. C'est juste…

– Que tu ne me fais pas confiance, je sais.

Le silence s'installe quelques instants. Il est mon meilleur ami, il me connaît mieux que personne. Mieux que moi-même, sans le moindre doute. Alors, à quoi bon nier ?

– Ce n'est pas contre toi, Garett.

– C'est contre le monde entier, je suis au courant ! rit-il pour détendre l'atmosphère. Mais ce n'est pas pour ça que je t'appelais.

– Je t'écoute.

– Il y a les jumelles Harrison qui viennent ce soir. Il paraît que Diana ne parle que de toi depuis la dernière fois.

Les Twins, comme je me plais à les nommer. Deux

bombes identiques en tous points (absolument tous, j'ai vérifié dans les moindres détails), d'une sensualité exquise et toujours très discrètes sur leurs activités nocturnes.

Bizarrement, cette nouvelle ne me ravit pas outre mesure. Il est clair que, la dernière fois, j'avais passé une excellente soirée dans le petit appart que Garett et moi avons acheté (une garçonnière, pour être exact) afin de ne pas mêler nos enfants à nos histoires de fesses, mais… je ne sais pas. Étrangement, leur visite ne m'emballe pas plus que ça.

– Cache ta joie, ajoute-t-il, en réponse à mon interminable silence.

– Je n'ai pas vraiment la tête à ça, en ce moment. J'ai pas mal de choses à régler, et c'est un peu compliqué avec Alex.

– Tu dis ça comme si c'était nouveau.

C'est vrai. Ce qu'il y a de nouveau, en revanche, c'est l'arrivée de cette petite rebelle aux yeux métalliques. Non ! Je refuse de penser qu'il puisse y avoir un lien. Pourquoi un homme devrait-il forcément avoir une excuse pour ne pas avoir envie de sexe ? Cela fait des années que j'enchaîne les conquêtes, mais j'ambitionne des émotions plus profondes que des orgasmes à répétition. Je recherche quelque chose que je n'ai pas ressenti depuis trop longtemps. Une connexion. Pas seulement des corps, mais aussi des esprits. Une force qui te secoue dans tous les sens avant même de te toucher. Un truc qui balaie tout sur son passage et te fait douter de tes propres certitudes. Ouais. J'espère toujours arriver à oublier Claire, mais il semblerait que personne ne soit à la hauteur de ma femme, l'unique grand amour de ma vie.

– Tu as raison, ça me changera les idées, admets-je plus pour mettre fin à la discussion que par sincérité.

– Morgan, tu sais que je suis là pour toi, n'est-ce pas ?

– Ouais. C'est juste une mauvaise période pour moi. Ça va passer… À ce soir.

Alexandra rentre des cours à l'heure prévue, c'est une première depuis longtemps. Au lieu de monter directement dans sa chambre, comme elle le fait à chaque fois, elle contourne le canapé d'angle en tissu gris chiné et s'assied à la grande table, en face de moi, sans piper mot. Ses ongles multicolores claquent sur le plateau en bois tandis qu'elle me fixe de longues secondes. La patience n'est pas mon point fort, mais je tente de ne pas trop la bousculer.

– J'ai un truc à te demander, lâche-t-elle d'un ton neutre, peu sûre d'elle.

– Je t'écoute.

– Je voudrais inviter quelqu'un, ce soir. Puisque tu n'es jamais là le week-end et que je n'aime pas être seule, je me suis dit que ce serait une bonne idée. Si tu es d'accord…

– Ton petit copain ? Il est dans la même classe que toi ?

Elle rougit légèrement.

– Non. Ni au lycée, d'ailleurs.

– Ah bon ? Mais tu l'as rencontré où, alors ?

– Au cinéma, quand on est sortis avec des amis.

– C'est donc là-bas que tu passes tes journées au lieu de suivre tes cours.

– Papa… souffle-t-elle, exaspérée.

– Quoi ? Tu me demandes de faire venir quelqu'un que je ne connais pas, il va me falloir un peu plus d'infos que ça. Quel âge a-t-il ?

Silence. Elle détourne les yeux, hésitante. Je prends sur moi, car je sais d'avance que sa réponse ne va pas me plaire.

– 19 ans.

– Pardon ? C'est une blague, j'espère ?

Du calme, Morgan.

– Tu pourrais attendre avant de porter un jugement, s'agace-t-elle en fronçant les sourcils.

– Tu as 16 ans, Alex. Il est trop vieux pour toi. Fin de la discussion.

Elle se lève, furieuse. Je serre les poings pour contenir la colère grandissante à mesure que j'imagine ce mec profiter de ma fille.

– Non mais t'es sérieux, là ? D'où tu décides de qui je dois tomber amoureuse ?

– Je suis ton père ; je veux t'empêcher de faire des choses que tu pourrais regretter par la suite.

– Et quoi, tu te réveilles au bout de cinq ans ? Je m'en suis très bien sortie toute seule !

– En séchant les cours et en fréquentant des hommes plus âgés que toi ?

– Ce n'est pas de sa faute si je n'allais pas en cours.

– Je sais, c'est de la mienne. Et crois-moi, je m'en veux terriblement de ne pas avoir fait plus attention à toi. Mais aujourd'hui, je compte bien rattraper mes erreurs.

– Ah ouais ? Et combien de temps ça va durer, cette fois ? Jusqu'à la prochaine bouteille de cognac ?

Le reproche est à peine dissimulé. Je ne pensais pas qu'elle avait remarqué ma consommation (trop) fréquente d'alcool. En fait, je croyais qu'elle ne faisait attention à rien me concernant. Visiblement, je me suis bien planté. Elle m'observe, silencieuse ; je ne sais pas quoi lui répondre. Mais à la seconde même où je lis une once de pitié dans son regard, je pars complètement en vrille.

– À t'entendre, on pourrait presque croire que tu sais déjà tout de la vie. On en reparlera quand tu auras un appart, un boulot, une situation stable, et que tu ne compteras plus sur l'argent de poche de ton alcoolique de père pour te payer tes séances de cinéma.

Mon ton est tellement amer qu'il fait remonter la bile au fond de ma gorge. Quelque chose brûle dans mon estomac. Quelque chose que je retiens depuis trop longtemps. Les mensonges, le déni, la peur, l'angoisse, le dégoût, l'incompréhension. Pourquoi Claire ? Pourquoi pas moi ? Je déteste ce qu'est devenue ma vie. Ce que *je* suis devenu.

Je reprends mes esprits quand Alexandra claque violemment la porte de sa chambre, en haut des escaliers. Je ne me suis pas aperçu qu'elle était montée, bien trop occupé à m'apitoyer sur mon sort.

Tu n'es qu'un sale égoïste, rien de plus.

Résigné, je ne tente même pas de la rejoindre pour apaiser la situation. L'orage finira bien par passer, comme toujours.

9

IRRÉSISTIBLE TORTURE

Morgan

J'appréhende tellement de remettre les pieds au Versus que cela fait plus de quarante minutes que je me planque dans ma voiture. Je suis lamentable. Un vrai gamin ! Je guette l'arrivée de Gwenaëlle depuis tout ce temps, comme une hyène se prépare à bondir sur sa proie. Des désirs antagonistes me dévorent : cette envie folle de la revoir, mais également cet espoir insensé qu'elle aura peut-être renoncé au poste. Je ne sais plus mettre de l'ordre dans mon crâne indécis.

Finalement, il est plus de vingt-deux heures lorsque je franchis les portes du club. Je m'avance vers Garett, surpris de le voir seul derrière le bar à contrôler le fond de caisse.

– Où sont les autres ? demandé-je en jetant un regard circulaire autour de moi.

Un rictus étire ses lèvres ; il m'indique la porte des vestiaires d'un coup de tête en refermant le tiroir-caisse.

– Ils mettent la touche finale.

Je fronce les sourcils, pas certain de comprendre. Curieusement, cela renforce le sourire amusé qui fend son visage et, réaction en chaîne, accentue cette pression qui s'installe entre mes épaules.

– Détends-toi, poursuit-il en riant de plus belle. Je suis sûr que tu vas adorer.

Le mystère reste entier. J'ai bien compris qu'il compte garder les infos pour lui et me laisser découvrir par moi-même à quoi riment toutes ces cachotteries. Nos regards sont braqués sur cette porte désespérément close. C'est long. Très long.

Trop long.

– Qu'est-ce qui se passe là-bas ? insisté-je, faussement calme.

Il ricane, parce qu'il me connaît. Il est conscient que je suis au bord de l'implosion, prêt à tout pour savoir ce qui se trame. Je déteste ce genre de situation. Il me sert un verre de cognac pour m'aider à patienter, mais je n'y touche pas. La remarque d'Alexandra tourne encore dans mon esprit et je crois que, si je veux arranger les choses, je dois commencer par faire des efforts de ce côté-là.

Catalina surgit des vestiaires. Elle s'approche de nous, le même sourire aux lèvres que celui qu'arbore son père depuis mon arrivée.

– Oh, Morgan, tu es là, toi aussi ? Génial ! Alors, vous êtes tous prêts ?

– Prêts pour quoi ? m'agacé-je, la voix saturée d'aigus. Si quelqu'un pouvait m'expliquer ce qui se p…

Oh.

Je comprends enfin la raison de toute cette agitation. Gwenaëlle vient d'apparaître. Évidemment, qui d'autre ? Je vois Vanessa passer dans mon champ de vision sans que je puisse détacher mon regard de la fille-tentation se tenant, immobile, juste devant nous. Les traits de son visage sont rehaussés d'un maquillage naturel qui accentue le gris nuancé de ses iris envoûtants. Ses pommettes sont légèrement colorées, je ne sais pas si c'est à cause du blush ou de notre façon de l'observer. Peut-être juste la mienne ? Un peu de tout cela, sans doute. Ses lèvres roses s'accordent parfaitement à ses cheveux Malabar qu'elle a attachés en une queue-de-cheval au-dessus de sa tête. Mais cette bouche… Bordel ! Tellement gourmande. Je me laisserais bien tenter par un baiser que j'imagine doux, sucré, addictif.

Je serre les dents, attrape mon verre et vide le contenu

d'une seule gorgée. Voilà que j'ai enfin réussi à détourner les yeux, mais tout ce que je souhaite, pourtant, c'est la détailler davantage. Comme si cet aperçu ne m'avait pas suffi. Au contraire, il n'a fait qu'émoustiller cette curiosité insatiable que j'éprouve à son égard. Peut-être pourrais-je simplement lorgner ses chaussures ? N'est-il pas tout à fait innocent de contempler une jolie paire de petites baskets noires, légèrement scintillantes ? Pourrais-je seulement m'arrêter à ses pieds ?

La réponse à cette question se dessine lorsque, même avec la plus grande volonté du monde, mes pupilles ne cessent de remonter le long de ses jambes nues, délicates. Sa peau semble encore plus appétissante à cet endroit-là. J'aperçois quelques traits d'un tatouage sur le bas de sa cuisse, presque entièrement dissimulé par une petite robe noire à manches longues, cintrée au niveau de sa taille fine. Je meurs d'envie de savoir ce qu'il y a en dessous. Apprendre à faire réagir chaque parcelle de son corps et découvrir toutes les traces d'encre qui le recouvrent. Cette fille est un monstre. Un monstre de sensualité et de délicatesse. D'une timidité touchante et d'une beauté à couper le souffle.

– Gwenaëlle, tu es splendide ! s'enthousiasme Garett. Qu'en penses-tu, Morgan ?

Toujours à poser les bonnes questions, celui-là !

Elle n'a pas bougé, juste croisé les bras sous sa délicieuse petite poitrine, en me fixant de ses magnifiques yeux de biche. Mon cœur s'emballe, le sang afflue beaucoup trop fort dans mes veines, c'est insoutenable. La chaleur soudaine qui se propage en moi me donne l'impression désagréable de manquer d'oxygène. Bon Dieu, elle m'excite et ça me met terriblement mal à l'aise.

– Je pense que c'est une tenue beaucoup plus appropriée, en effet. Maintenant, si vous voulez bien m'excuser, j'ai du boulot.

Courage, fuyons…

***

Mon bureau est bien plus spacieux que celui de mon associé. Il faut dire que je passe beaucoup plus de temps ici que lui. J'ai aménagé un petit coin salon en face de la bibliothèque, rien de trop clinquant. Deux canapés en cuir noir et une table basse en verre disposés sur un grand tapis clair et moelleux, aux imprimés géométriques divers. Mon verre vide entre les mains, le cul enfoncé dans l'assise beaucoup trop confortable de ce foutu canapé, je cherche un moyen de redescendre sur terre. Parce qu'il n'y a aucune explication rationnelle à ce qui m'arrive. Je plane complètement. Non, pire que ça : je nage en plein délire. C'est vraiment n'importe quoi ! J'ai envie de me servir un autre cognac, mais je me ravise. Au lieu de ça, j'attrape la petite télécommande sur l'étagère, près de la baie vitrée qui donne accès au balcon, et mets en marche les grands panneaux aux effets de flammes qui s'allument sur les murs de l'Enfer. Il fallait bien que cette pièce mérite son nom. Au mobilier aux teintes rouge orangé s'ajoutent les images et le son, qui sont ultra réalistes. Un léger crépitement de cheminée, perceptible uniquement à cette heure-ci puisqu'il sera recouvert par la musique assourdissante d'ici quelques minutes. C'est apaisant. Mon attention se perd à travers la vitre sur Vanessa, Diego, Catalina et Gwenaëlle qui discutent derrière le bar. Plus précisément sur cette nouvelle venue qui me retourne complètement le cerveau. Bon sang, mais que m'arrive-t-il ?

Je profite de la dévorer du regard, sans retenue, protégé par un filtre opaque qui ne permet pas de voir l'intérieur de mon bureau. Gwenaëlle pourrait bien relever les yeux vers moi qu'elle n'aurait aucune idée de ma présence. De ce combat démoniaque que je mène entre mon esprit me rappelant sans cesse à la raison, et mon entrejambe qui tente de le faire taire en lui infligeant une multitude de fantasmes inavouables. Tous en rapport avec elle, bien entendu. Son corps, sa peau, sa bouche. C'est de pire en pire. J'ai hâte que les Twins débarquent, elles ne seront pas trop de deux pour me changer les idées !

– À quoi tu penses ?

Mon meilleur ami me rejoint à l'étage, comme tous les week-ends, pour s'occuper de la VGS. Nous connaissons chaque membre de cette liste personnellement. C'est un petit plus non négligeable ; ils adorent se sentir importants. Mais Garett préférerait rester en bas afin de pouvoir superviser l'équipe et être présent en cas de problème. Il me traque depuis des semaines pour que j'accepte de mettre quelqu'un d'autre que lui au service des VIP, mais je n'ai pas encore trouvé celui ou celle capable de retenir le nom, l'âge, la profession et les goûts de nos cinquante meilleurs clients.

– Rien, je t'attendais, soufflé-je en regagnant ma chaise.

– Elle est jolie, n'est-ce pas ?

Mon sang ne fait qu'un tour. Je tente de masquer mon trouble, mais je vois à sa mâchoire tendue qu'il a deviné avoir frappé au bon endroit.

– Qui ?

– Gwen, précise-t-il avec insistance.

– Ouais, elle est mignonne. Enfin… c'est une gamine.

– C'est vrai ; je ne savais pas si tu l'avais remarqué.

– Mais de quoi tu parles ? haussé-je le ton en sentant mon malaise grandir sous son regard accusateur.

– C'est la meilleure amie de ma fille, Morgan.

– Je suis au courant, et pas encore complètement débile.

Il secoue la tête en soupirant, exaspéré. J'ai l'impression de m'enfoncer dans des sables mouvants. Plus j'essaie de me débattre, plus je sombre.

– Écoute, t'es un mec bien, alors je vais te laisser le bénéfice du doute. Sache simplement une chose : tu gères tes relations comme bon te semble, mais elle, souligne-t-il en pointant son doigt en direction du bar, tu ne la touches pas.

– Pour qui tu me prends, enfin ? Je suis juste… intrigué. Je me demande ce qui peut pousser une si jeune femme à vouloir adopter ce look. Et je te rappelle que c'est toi qui as insisté pour l'engager. Je pense toujours que c'est une mauvaise idée.

– Je te trouve quand même vachement sur la défensive.

– Parce que tu me fais passer pour un pervers. Je ne suis pas désespéré à ce point !

Toc toc toc.

Sauvé par le gong. Voilà qui va peut-être nous aider à clore cette discussion houleuse, de laquelle j'ai beaucoup de mal à me dépêtrer.

– Oui ? lancé-je, tandis que notre attention se rive à la porte qui s'ouvre lentement.

– Excusez-moi de vous déranger…

Eh merde. Gwenaëlle.

Elle passe la tête dans l'embrasure, le regard fuyant. La culpabilité m'assaille en imaginant qu'elle puisse avoir entendu ce que je viens de balancer à son sujet. Et même si ce n'est pas loin d'être l'extrême opposé de ce que je pense réellement, au moins, comme ça, les limites sont fixées pour tout le monde. Ce n'est peut-être pas une si mauvaise chose.

– Nous n'avons plus de gin, poursuit-elle d'une petite voix hésitante. Vanessa n'en trouve pas dans la réserve.

– Tu veux bien aller vérifier ? me demande mon associé en passant sa main dans sa nuque. J'ai encore pas mal de choses à faire ici.

– Pas de problème.

La fille interdite disparaît dans la seconde. J'attrape mon portable sur le bureau, le glisse dans ma poche et foule le tapis beige sans dire un mot. Je n'ai pas envie de repartir dans cette discussion qui, de toute façon, ne mènera à rien. Garett le sait, je crois même que cela renforce ses doutes. Je le vois à la manière qu'il a de m'étudier, les sourcils légèrement froncés, les lèvres pincées.

– Diana et Loren seront là vers onze heures et demie, m'informe-t-il avant que je ne franchisse le seuil de la porte. Emmène-les à l'appart, prends ta soirée et éclate-toi ; ça te fera du bien.

Je ne m'arrête pas, ne ralentis pas, ne réponds pas. Je me contente d'ignorer sa remarque et de descendre les escaliers en me persuadant que c'est juste une histoire de quelques jours, le temps que je m'habitue à la présence de la jeune femme et à toutes les sensations étranges qu'elle fait naître en moi. Sans jamais relever les yeux, je fonce jusqu'à la réserve. Si je peux éviter de croiser un certain regard d'acier, cela ne pourra m'être que bénéfique. Je souffle après avoir refermé la porte, rassuré d'être enfin à l'abri de toute tentation.

Sauf que le sort en a décidé autrement. Cela aurait été bien trop simple d'avoir quelques instants de répit afin de pouvoir être en phase avec mes actes et mes pensées. Toutes mes réflexions s'envolent en la découvrant devant moi, de dos, sur la pointe des pieds, le corps tendu, un bras en l'air qui cherche à tâtons un objet sur l'étagère. Gwenaëlle ne doit pas dépasser le mètre soixante, ce qui ne lui facilite pas l'accès à toutes les bouteilles. Dans cette position, le tissu de sa robe remonte vers le haut et dévoile beaucoup plus de peau qu'il ne devrait. Beaucoup trop pour ne pas me faire un effet de dingue. Je mordille ma lèvre et me force à détourner les yeux.

Une bouteille vacille, juste au-dessus de sa tête. Je me précipite pour la rattraper avant qu'elle ne tombe, poussé par un instinct protecteur que je ne soupçonnais pas. Seulement voilà, mon corps se retrouve entièrement moulé au sien, mes hanches contre ses reins, ma poitrine contre son dos et mon visage s'imprégnant de la délicieuse odeur florale de ses cheveux. Elle se crispe. Réalisant soudain dans quelle position nous nous trouvons, je me projette aussitôt en arrière. D'abord, parce qu'elle pourrait interpréter cela comme du harcèlement sexuel (il ne manquerait vraiment plus que ça !), ensuite, parce qu'elle ne doit rien avoir manqué de l'effet qu'elle me fait.

– Eh bien, on n'était pas loin de la catastrophe. Vous devriez être plus prudente, mademoiselle Carlier.

Je suis mal à l'aise. Surtout lorsqu'elle se retourne et abaisse le tissu de sa robe sur ses jambes. C'est la première fois de ma vie (ou plutôt la deuxième ; hier soir était une totale perte de contrôle) que je suis incapable de contenir mes ardeurs. Je suis complètement chamboulé. Devrais-je m'excuser ? Faire comme si je ne venais pas de presser accidentellement mon érection contre son adorable petit cul ? Prier pour que j'oublie au plus vite la sensation exquise que ce rapprochement a éveillée en moi ?

Est-ce seulement possible ?

– Merci, monsieur. Je vais faire plus attention, dit-elle d'une voix tremblante.

Nos regards se croisent. Elle est encore plus mignonne que tout à l'heure, avec ses quelques mèches qui lui chatouillent le visage. Je n'avais pas remarqué la longueur impressionnante de ses cils ni la ligne parfaite de ses sourcils. Son teint de pêche rappelle celui d'une ravissante poupée de porcelaine que je ne peux m'empêcher d'admirer. J'enfouis mes mains dans les poches de mon jean pour ne pas être tenté d'effleurer la peau douce et veloutée de son joli minois.

– Écoutez, commencé-je en cherchant mes mots. Je suis désolé pour…

Pour quoi ? Hier soir ? Ce matin dans le bureau de Garett ? Tout à l'heure dans le mien ? De mon manque manifeste de professionnalisme ? Tout ça en même temps ?

Ma mère me disait toujours qu'il faut tourner sept fois sa langue dans sa bouche avant de parler. Et surtout, choisir précautionneusement ses mots avant de commencer sa phrase. Ouais. Il semblerait que tous ces bons conseils se soient fait la malle en même temps que mon self-control.

– Pour ? insiste-t-elle, un demi-sourire aux lèvres.

Revirement de situation. Se pourrait-il que la demoiselle prenne un malin plaisir à me voir aussi déstabilisé ? Le pire, c'est que je réalise qu'elle gagne en confiance à mesure que mon assurance se dissout comme un carré de sucre dans une tasse de café.

– Disons pour tout. Je ne me suis pas montré très avenant depuis votre arrivée.

– C'est le moins qu'on puisse dire. Mais ne vous en faites pas, tout n'était pas si désagréable.

Son sourire s'élargit encore alors que je me décompose,

littéralement. Bon sang, pourquoi faut-il qu'elle soit si surprenante ? Et si belle…

– Vous venez quand même de me sauver la vie ! plaisante-t-elle en me désignant la bouteille que j'ai rattrapée. On pourrait repartir de zéro ?

Elle tend un bras devant elle, sa paume cherchant la mienne. Un contact que je redoute, pour je ne sais quelle raison. Je n'ai jamais été si effrayé par une simple poignée de main, mais je redouble d'efforts pour ne rien laisser paraître. Tout cela n'a que trop duré.

– Absolument, mademoiselle Carlier, affirmé-je en sentant la chaleur de sa peau pour la première fois.

Je m'oblige à ne pas penser à cette sensation grisante qui me parcourt l'échine ni à ces picotements intenses au bout de mes doigts. Je n'ai pas envie de la lâcher. J'aimerais connaître ses sentiments à cet instant précis, savoir si elle ressent quelque chose de similaire à tous ces tourments qui me hantent. Je suis certain d'arriver à le lire dans ses yeux, mais je me refuse à relever la tête. Ce serait le début de la fin. Un nouveau combat que je ne suis pas en état de mener.

Alors je relâche mon emprise et me dirige vers la porte, mais elle m'interpelle avant que je n'aie le temps d'en franchir le seuil.

– Morgan ?

Sa voix vibrante, mon prénom entre ses lèvres… c'est une torture à laquelle je ne suis pas certain de pouvoir m'habituer.

Encore moins y résister.

10

C'EST RIDICULE

Gwenaëlle

Il est vrai que j'éprouve une certaine satisfaction à le voir ébranlé à ce point. Ce n'est que justice, après toutes les saloperies qu'il a balancées sur mon dos – comme s'il fallait être désespéré pour s'intéresser à moi ! Je laisse planer volontairement le silence quelques secondes supplémentaires, observant sa chemise anthracite se tendre au niveau de ses épaules et sa main s'accrocher solidement à la poignée de la porte. Il ne s'est pas encore retourné. Je commence vraiment à croire que ce n'est pas dans ses plans et qu'il n'attend qu'une seule chose : pouvoir détaler comme un lapin !

Je lève les yeux au ciel en secouant la tête et décide de mettre fin à ce calvaire qu'il endure depuis « l'incident » de tout à l'heure. C'est ainsi que j'ai nommé ce rapprochement fugace qui n'a duré qu'une fraction de seconde, juste le temps pour lui de récupérer la bouteille assassine et de réinstaller une distance suffisante entre nos deux corps. Je crois pourtant que j'aurais aimé qu'il y reste un peu plus longtemps. Son comportement est si différent à présent, je le trouve presque touchant dans sa maladresse. Tandis qu'hier soir il puait l'alcool et l'animosité à plein nez, aujourd'hui c'est le contraire. Il sent la menthe et la lavande. J'aperçois même quelques-unes de ses failles, ce qui n'est pas pour me déplaire. Surtout lorsque son corps est soudé au mien et que son souffle chaud se répand dans ma nuque…

– Pour le gin, on fait quoi ? demandé-je d'une voix assurée, chassant tant bien que mal le souvenir de notre proximité.

Les muscles de son dos se détendent légèrement ; il retourne au pied de l'étagère et jette un coup d'œil aux différents étals que j'ai déjà passés au crible. Je me place à sa hauteur et attends patiemment ses consignes, détaillant sans discrétion son profil viril, son nez fin, régulier et ses lèvres charnues qu'il effleure de ses longs doigts.

– Eh bien… je ne vois pas grand-chose d'autre à faire que de retirer les cocktails qui en contiennent. Je me débrouillerai pour en avoir d'ici demain.

– Nous allons perdre un temps considérable au bar. Il va falloir expliquer aux clients qu'il n'y a plus de gin et attendre qu'ils choisissent une autre boisson, ça ne va pas être simple.

– Je ne vois pas d'autre solution. Garett n'a pas de stock là-haut et les magasins sont fermés à cette heure-ci. Ce n'est l'affaire que d'un ou deux cocktails.

– Quatre, en fait, lui précisé-je aussitôt. Le tonic, le bramble, le clover club et le red snapper. Je crois pouvoir trouver quelques bouteilles pour ce soir, mais ce ne sera pas du Tanqueray.

Il relève enfin les yeux, le visage impassible. Soit ce mec est un robot, soit il est vraiment doué pour masquer ses émotions. Contrairement à moi, d'ailleurs. J'esquisse un sourire de façade pour cacher mon manque d'assurance – et pour contenir la fièvre qui m'anime à chaque fois que son parfum s'insinue en moi. Je n'ai aucune idée de la façon dont il va réagir ; je marche sur des œufs en espérant avoir la chance de lui prouver que je ne suis pas la gamine sans cervelle qu'il s'imagine.

– Si vous avez une solution pour ce soir, je suis preneur !

***

En moins de temps qu'il n'en faut pour le dire, je fonce jusque chez moi. Il y a beaucoup de circulation le vendredi mais, grâce à la moto, je ne mets que douze minutes pour arriver au salon. D'après ce que m'a vaguement raconté Cat, c'est Morgan qui s'occupe de la maintenance des stocks et des contacts avec les fournisseurs… Donc, la responsabilité de cette bourde lui revient forcément. Il me sera redevable et je sens que cela pourrait m'être utile, un jour ou l'autre. Je ne manquerai pas une occasion de lui rabattre son caquet, au roi des enfers !

Je tombe rapidement sur la réserve de ma mère en ouvrant la petite trappe dans le mur qui sépare la cuisine de la salle d'eau, et qui donne accès à l'espace en dessous de la baignoire. L'appartement n'est pas très grand, mais elle ne manque pas d'imagination lorsqu'il s'agit de planquer ses litres d'alcool dans les endroits les plus improbables. J'attrape les quatre bouteilles, les range dans un gros sac de sport et rebrousse chemin aussi vite que possible. Mais, avant de franchir la porte de sortie, une question m'interpelle : où est passée ma mère ? C'est évident qu'elle n'est pas ici, je l'aurais forcément remarquée. J'inspecte la pièce une dernière fois, détaille la cuisinière à gaz qui ne semble pas avoir servi depuis son grand ménage de ce matin, ainsi que sa veste négligemment posée sur le dossier du canapé en tissu marron. Partagée entre le manque de temps et l'inquiétude qui me noue le ventre, je décide finalement de retourner au Versus.

Après tout, elle a bien le droit de vivre sa vie, elle aussi…

Lorsque je me gare sur le parking, certains VGS ont déjà pénétré les lieux. Je me hâte de rejoindre Diego et Vanessa. Ces derniers sont soulagés de me voir revenir avant le lancement de la soirée.

– *Nuestra salvadora !*[1] s'exclame le bel Espagnol. Je me demande bien comment on a pu tenir aussi longtemps sans toi !

Je m'empourpre en contournant le bar, un sourire sincère aux lèvres. Je sais qu'il dit ça juste pour me faire plaisir, mais c'est la première fois depuis des lustres que je me sens

1. Notre sauveuse !

réellement utile à quelque chose ; à quelqu'un.

Je range les bouteilles, m'attache les cheveux et relève les yeux sur le balcon du diable. Aucune lumière ne filtre des grandes baies vitrées, j'en déduis qu'il doit être soit dans le bureau de Garett, soit déjà reparti. C'est terrible de réaliser que j'aurais apprécié le voir. Le surprendre à nouveau. Lui décrocher un sourire. Regarder son armure se fendre encore un peu plus. Essayer de comprendre pourquoi il est comme ça : renfermé et détestable. Enfin… la plupart du temps. Parce qu'à présent, je sais qu'il peut aussi se montrer plus aimable. Et maladroit. Je crois sincèrement que le *vrai* Morgan, c'est ce mec-là. J'ai bien tenté d'obtenir des infos auprès de Catalina, mais son père a toujours été très discret à son sujet.

Mais je me rends subitement compte que j'avais tout faux. J'aperçois le roi des enfers descendre les escaliers, deux femmes sublimes, se ressemblant trait pour trait, accrochées à lui comme des sangsues affamées. Et j'exagère à peine ! L'une est en train de lécher outrageusement son cou tandis que l'autre murmure à son oreille des trucs apparemment drôles, puisqu'il éclate de rire en même temps qu'elle. C'est tellement puéril de s'afficher ainsi. Un peu de pudeur, voyons ! S'ils pouvaient se casser la figure, tous les trois… *Ça*, ce serait vraiment marrant.

Aurais-je imaginé l'effet que je lui faisais tout à l'heure, dans la réserve ?

Visiblement, c'est un tout petit détail sans importance pour lui. Et c'est très bien comme ça. J'ai la chance d'avoir obtenu un job auquel je n'aurais jamais pu prétendre ; je ne peux pas tout gâcher. Sous aucun prétexte ! Il me suffit d'éviter de les regarder, lui et ses deux poules en chaleur. Je ne comprends même pas pourquoi ça me dérange. C'est ridicule. Je ne vais tout de même pas être jalouse vis-à-vis d'un mec que je ne connais pas et qui s'est comporté comme un connard avec moi les quatre-vingt-dix pour cent du temps ? Bon, il est vrai que j'éprouve une attirance toute particulière pour les connards, ça, ce n'est pas nouveau. Sauf que là, c'est mon patron. Même si je réserve davantage ce titre à Garett, il n'en reste pas moins son associé.

Je balance nerveusement le chiffon que j'utilise pour enlever les traces sur les verres tout juste sortis de la machine à laver en attendant l'arrivée des clients. Cela n'échappe pas à mes collègues, qui échangent un regard complice – je fais semblant de les ignorer dans un premier temps – et se dirigent aussitôt vers moi. Ils sont adorables, mais aussi très curieux ; je l'ai vite compris. Je m'apprête à les rassurer, sauf qu'une voix s'élève soudain de l'autre côté du bar. Une vibration que je déteste apprécier autant.

– Gwenaëlle, est-ce que tout est en ordre ?

– Oui, cela devrait suffire pour ce soir, mais il faudra faire le plein avant demain, réponds-je rapidement en espérant le voir rejoindre ses deux copines qui ont déjà disparu.

– Je vous revaudrai ça, mademoiselle Carlier.

Son sourire est une arme redoutable, surtout lorsqu'il s'accompagne d'un regard aussi féroce. Je frissonne, serre les dents et tortille nerveusement mes doigts. Ce n'est pas tellement ce qu'il a dit qui me fait cet effet-là, mais la façon dont il a prononcé ces mots. D'une voix douce, sensuelle. Cela sonnait comme une proposition, un premier pas vers moi. Une porte qu'il aurait laissée ouverte après m'avoir invitée à le suivre… Ou alors, c'était juste pour être sympa. Et là, j'aurais vraiment l'air d'une gourde à me dandiner de la sorte.

Face à ce silence gênant que j'ai instauré malgré moi, Morgan frappe le bar du plat de la main en arborant une attitude un peu trop confiante et s'éloigne de quelques pas.

– Allez, bonne soirée, les gars ! La mienne va être dingue ! se vante-t-il juste avant de disparaître par la sortie de secours.

– Alors ça, c'était vraiment bizarre, s'étonne Vanessa, les yeux rivés à la porte.

– Comment ça « bizarre » ? m'interrogé-je, feignant l'indifférence.

– Morgan a toujours été un mec discret, intervient Diego.

Il ne m'a presque jamais adressé la parole depuis que je bosse ici. Et là, c'est comme…

– … s'il voulait se faire remarquer par n'importe quel moyen, termine la jeune femme.

Le poids de leurs sous-entendus m'écrase la poitrine. Son changement de comportement aurait-il un rapport avec moi ? Que cherche-t-il à prouver ?

Le DJ coupe court à notre discussion – et à mes réflexions – en diffusant les premières chansons de son mix. La voix mélodieuse de Sia s'impose dans la salle tandis que nous nous préparons à l'ouverture des portes.

***

Le stock de gin a bien été réapprovisionné pour le samedi, mais je n'ai pas revu Lucifer de tout le week-end. Nous sommes dimanche matin et les remarques de mes collègues tournent en boucle dans ma tête depuis vendredi soir. Je tente de les chasser par tous les moyens : musique, Chupa Chups, dessin, lecture… rien n'y fait. Et je n'arrive toujours pas à me décider si l'idée d'être responsable de ce soudain changement me plaît plus qu'elle ne m'angoisse.

J'entends ma mère qui se réveille enfin. Peut-être pourra-t-elle m'aider à penser à autre chose.

– Tu es rentrée tard, m'étonné-je. C'est déjà la deuxième fois…

– Où sont mes bouteilles ? me coupe-t-elle en revenant dans le salon, paniquée.

– Maman, il est à peine dix heures.

– Où sont mes bouteilles ? répète-t-elle plus fort.

Elle tremble, ravale un sanglot. Je ne comprends pas ce qui se passe.

– Maman… répété-je d'une voix douce, terriblement inquiète.

Elle relève les yeux sur moi ; je peine à la reconnaître. Tout en elle a changé depuis cette période où nous vivions tous les trois, avec mon père. J'apercevais toujours cette petite lueur d'espoir au fond de son regard. Aujourd'hui, c'est l'entièreté de son âme qui a sombré. Elle s'enfuit sans même prendre le temps de rassembler ses affaires, mais je suis beaucoup trop choquée pour tenter de la retenir. Si je ne fais pas quelque chose au plus vite, je vais la perdre définitivement. Le problème, c'est que je ne sais absolument pas comment je suis censée réagir à tout cela. Je n'ai pas d'autre solution que d'appeler Catalina et lui demander de l'aide.

S'il existe une personne capable de me tirer de cet enfer, c'est bien elle.

J'enfourche ma moto et fais rugir le moteur sur environ huit kilomètres de ligne droite pour rejoindre la rue Saint-Martin qui débouche sur l'église Saint-Nicolas-des-Champs. Mon père m'en a toujours vanté les homélies du dimanche, mais je n'avais que faire de son engouement pour la religion. C'est encore le cas, d'ailleurs. Je me demande si ce n'est pas mon manque d'intérêt que Dieu me fait payer aujourd'hui. Peut-être a-t-Il lui-même envoyé le diable à mes trousses ? Je continue vers le sud, rue de la Cité ; j'aperçois Notre-Dame un peu plus loin, sur ma gauche. L'architecture gothique de cette cathédrale est spectaculaire. Même si j'ai déjà pris cette route des dizaines de fois, je suis toujours aussi impressionnée par la beauté de ces monuments. En longeant les nombreuses galeries d'art et les petites bibliothèques qui bordent la Seine, je me souviens que ma mère était une grande admiratrice de Claude Monet. Elle n'arrêtait pas de nous raconter des anecdotes, toutes plus invraisemblables les unes que les autres ; je prenais tant de plaisir à l'écouter et la voir si passionnée.

J'arrive enfin chez Catalina, dans son joli pavillon de Saint-Germain-des-Prés.

– Et ça dure depuis longtemps ? me demande-t-elle après lui avoir expliqué la situation.

– Au début, c'était un verre de temps en temps. Puis plusieurs. Cela s'est vite transformé en une bouteille par jour. Mais elle restait discrète et ne buvait jamais devant moi. Mais ce matin… je ne l'ai plus reconnue. C'était terrifiant.

– Si ta mère a un si grave problème avec l'alcool, tu ne peux pas le gérer toute seule.

– Je n'ai pas les moyens de l'envoyer dans un centre.

– Tu n'as rien à débourser, c'est remboursé par l'assurance maladie des associations, m'affirme-t-elle. Par contre, c'est sur la base du volontariat… Tu ne peux pas la forcer.

– Tu veux dire que ton père et toi pourriez la prendre en charge ? Je croyais que vous ne vous occupiez que des jeunes adultes ?

– Ils ont tous des problèmes de drogue ou d'alcool. Si ta mère veut se soigner, nous ferons tout ce que nous pourrons pour l'aider.

– Encore faut-il qu'elle reconnaisse sa maladie. Je vais devoir lui parler, mais j'ai peu d'espoir.

– Tu sauras trouver les mots. Comme tu as toujours su le faire pour moi. Tu en doutes, mais tu as un don pour soutenir les gens, les écouter. Tu as tant fait pour moi, Gwen.

Sa dernière remarque me touche, me rassure. Je pensais sincèrement ne m'être jamais rachetée pour tout ce qu'elle m'a apporté depuis tant d'années ; je prends conscience que je lui ai peut-être été plus utile que je ne le croyais…

11

EMBAUCHE ET DÉBAUCHE

Morgan

Évidemment, c'est moi qui m'y colle ! Après un week-end entier à tout faire pour ne pas avoir à *la* croiser, je dois me coltiner la signature de *son* contrat puisque Garett est trop occupé avec ses jeunes délinquants et leurs familles (quand ils en ont encore une), parfois plus difficiles à gérer que tout le reste. Mes derbies en cuir noir frappent nerveusement le parquet ciré tandis que mon attention est vouée à la porte de mon bureau. J'appréhende sa venue comme celle de nos plus gros partenaires. Non, en fait c'est bien pire parce que, avec Gwenaëlle, je suis terrifié à l'idée de perdre mon self-control. Elle m'attire alors que tout ce qu'elle représente devrait être une très bonne excuse pour ne pas m'en approcher.

Elle a 23 ans, Morgan !

Pourtant, lorsque nous sommes dans la même pièce, j'en oublie toute raison, jusqu'à me laisser guider par un instinct primaire que je ne maîtrise pas. Et c'est là tout le problème… Parce qu'à partir d'aujourd'hui, elle fera officiellement partie de l'équipe. Je vais la voir souvent, et je remercie le ciel que cela n'arrive pas tous les jours de la semaine !

Toc toc toc.

C'est parti…

– Entrez, mademoiselle Carlier.

Je me lève pour l'accueillir, mais reste planté derrière

mon bureau. Cette distance est nécessaire. Ridicule aussi, sans doute. Disons qu'il s'agit d'une simple précaution puisque, visiblement, je suis incapable de me comporter normalement quand elle envahit mon espace vital.

Je la découvre souriante, les cheveux attachés dégageant ses pommettes rouges, les lèvres humides, brillantes, délicieuses.

Reste sérieux et professionnel. Concentre-toi. Tout ira bien.

Elle s'avance doucement, son attention sillonne l'étagère vitrée derrière moi, où différents bibelots décoratifs ont été disposés à la va-vite, faute de mieux. Sa tenue est simple : jean slim et petit pull noir à col roulé. Elle est divine. J'aurais préféré qu'elle le soit un peu moins.

– Installez-vous, l'invité-je en lui désignant le siège qui me fait face.

Je l'imite et tente d'éviter son regard en fixant la paperasse étalée sur la table, mais son attitude m'interpelle. Un geste étrange alors qu'elle prend place dans le fauteuil. Sa main qui s'élève vers son visage, près de sa bouche ; elle y dépose quelque chose.

Une sucette ? C'est une blague ?

Un tic nerveux fait trembler mon épaule gauche. Je lorgne aussitôt la carafe de cognac qui trône fièrement sur le coin du bureau. Je n'ai pas bu une seule goutte de tout le week-end, je crois que je mérite bien un petit verre !

– Je suis désolée, est-ce que ça vous dérange ? m'interroge-t-elle en faisant référence au bonbon, comme si elle ne venait pas de le rouler d'une manière tout à fait indécente sur sa langue. Ça m'aide quand je suis nerveuse.

– Vous êtes nerveuse ?

Elle hausse les épaules.

– Un peu.

– Ce n'est pas un entretien d'embauche. Votre contrat est juste là, prêt à être signé.

Elle me scrute en glissant à nouveau sa Chupa Chups dans sa bouche.

Sa. Putain. De. Bouche.

Deuxième coup d'œil vers la bouteille d'alcool. Je ne vais pas tenir longtemps à ce rythme-là. Je défais un bouton de la chemise que je porte pour l'occasion. J'ai chaud, j'étouffe. Ça m'apprendra à vouloir impressionner les futurs employés. À vouloir l'impressionner, *elle*.

– Vous semblez mal à l'aise. Tout va bien ? me nargue-t-elle en essayant tant bien que mal de retenir le fou rire suspendu à ses lèvres.

Ces dernières sont recouvertes d'une fine couche de sucre ; je meurs d'envie de les goûter. Je m'efforce de cacher ma confusion derrière un silence prudent. Mon regard parcourt la pièce, évitant soigneusement les dangereuses tentations qui s'y trouvent. La première assise en face de moi, dont les prunelles me dissèquent comme le scalpel d'un chirurgien. La seconde au bouquet d'arômes riches et subtils, enfermée dans sa bouteille de cristal taillée main. Je ne me suis jamais senti ainsi, pris au piège. Même la pression des audiences auxquelles j'ai dû assister, parfois prendre part, n'a pas eu raison de ma capacité à dissimuler mes sentiments, mes émotions ; mon self-control. L'air est chargé d'une électricité presque palpable qui me picote la peau de la tête aux pieds.

C'est trop. J'abandonne. Je me précipite jusqu'à la carafe, me laisse envahir par les effluves puissants qui s'en dégagent et m'en sers deux doigts.

– Tout va bien, Gwenaëlle, déclaré-je d'une voix peu convaincante, avant de boire une gorgée salvatrice de cognac.

– Est-ce que je vous dégoûte au point d'être incapable de me regarder ?

Je ris. Il y a de quoi, non ? Cette fille n'a aucune idée du combat délirant qu'elle déclenche en moi à la simple évocation de son prénom. J'ai tellement envie d'elle, maintenant, là, tout de suite. Je ne me reconnais pas. Je déteste l'animal que je deviens en sa présence. Mais ce qu'il y a de plus fou, c'est qu'elle attise un besoin inédit de franchir les limites.

Des limites qui n'ont plus vraiment de sens lorsqu'elle me pousse si loin dans mes retranchements.

– Je vous regarderai quand vous arrêterez de faire… *ça*.

J'accompagne mes mots d'un geste vague vers sa sucette qu'elle tapote encore contre sa bouche.

– Je vous ai pourtant demandé si cela vous dérangeait.

– Je ne crois pas avoir répondu à cette question. Je le fais maintenant.

– Donc, ça vous dérange ?

– Manger des sucreries durant la signature d'un contrat ne me semble pas très approprié, voilà tout, rétorqué-je du tac au tac.

– Parce que boire de l'alcool, si ?

Je souffle, elle m'exaspère. Et ça me plaît, bordel !

– N'oubliez pas à qui vous parlez, mademoiselle Carlier.

– Techniquement, vous n'êtes pas mon patron tant que je n'aurai pas signé ce bout de papier.

– Mais quand ce sera fait, vous souhaiterez sans doute que notre collaboration ait débuté sur de bonnes bases, je me trompe ?

– C'est un peu tard pour ça.

Ce petit jeu m'amuse. Il me permet de retrouver mes moyens, mes facultés de réflexion. Je m'approche d'elle, m'assieds sur le bord du bureau, les bras croisés sur mon torse. D'ici, je la surplombe, j'impose mon autorité en plongeant dans ses iris d'un gris métallique, toujours aussi troublants. Elle s'apprête à ramener le bonbon près de son visage, mais se ravise à mi-chemin. Son bras reste en suspens durant plusieurs secondes, je devine son hésitation à me défier une nouvelle fois.

Mauvaise idée.

Je suis certain de maîtriser la situation jusqu'à ce que mon regard dégringole sur ses lèvres en forme de O, et les détaille avec insistance. Le temps que je m'en rende compte, je n'arrive plus à m'en décrocher. Je me sens happé par le sourire qu'elle affiche avec autant d'audace que de provocation. Elle est redoutable. Je manque de perdre pied lorsqu'elle approche avec lenteur cette bille sucrée de sa langue humide.

– Signez ce contrat, mademoiselle Carlier, lui intimé-je calmement, en regagnant ma place. J'ai une journée chargée qui m'attend.

Je rêve de saisir son poignet pour stopper cette nouvelle tentative de me faire craquer. Est-ce réellement ce qu'elle cherche ? J'imagine sa peau douce et frissonnante ; mon pouce y dessinant de petits cercles nerveux pour m'imprégner de cette exquise sensation. Ce flash ne dure qu'une poignée de secondes. C'est déjà trop. Je ne dois pas la toucher. Tout, mais ne surtout pas la toucher.

Elle se redresse sur sa chaise, hésitante. Les documents lui ont déjà été envoyés par mail hier après-midi, selon les dires de Garett, alors je ne comprends pas pourquoi elle se met soudain à en feuilleter distraitement les pages. Je m'impatiente.

– Y a-t-il un problème ?

– Non, aucun. Enfin… si, bégaye-t-elle. Je suis désolée, mais je ne peux pas accepter ce poste.

Une nouvelle fois, elle arrive à me surprendre. Totalement. Et pas dans le bon sens. Je vacille entre colère et stupéfaction. Je comprends qu'elle n'aspire pas forcément à devenir barmaid, mais si elle n'est pas assez mature pour se rendre compte que ce job est une aubaine, surtout vu sa situation (je me suis renseigné ; c'était plus fort que moi), c'est son problème. Elle est à un cheveu de la visite des huissiers et semble ne pas en avoir conscience. Ou s'en foutre royalement.

– Vous êtes sûre ?

Elle hoche la tête, un sourire triste habillant ses jolis traits. La déception inattendue qui m'envahit se reflète au travers d'une colère dévastatrice que j'ai besoin d'évacuer sur-le-champ. Parce que je ne veux pas la ressentir. Ça n'a pas de sens, aucune raison d'être.

– Alors foutez le camp d'ici. Vous m'avez fait perdre assez de temps comme ça, râlé-je en balançant mon stylo sur la montagne de paperasse qui s'agrandit à mesure des journées qui défilent.

– Pas la peine d'être aussi grossier, rétorque-t-elle sur le même ton. Vous étiez plus sympa vendredi, quand j'ai sauvé votre cul d'une rupture de stock.

– Et c'est moi qui suis grossier ?

– C'est ça, crache-t-elle en se dirigeant vers la sortie. Tous les mêmes, ces bourgeois de mes deux !

Elle claque la porte, furieuse. Son odeur s'envole partout dans l'air, comme ces millions de petites particules brillant sous les rayons d'un soleil matinal. Mes poumons s'imprègnent de l'oxygène parfumé qui embaume la pièce, tandis que mon corps entier se met en état d'alerte. J'aime beaucoup trop ça ; je ne devrais pas. Je fuis mon bureau en récupérant la liste d'achats à effectuer pour la semaine, sans oublier d'y ajouter deux choses très importantes : un nouveau cerveau et le manuel pour apprendre à s'en servir !

***

Fin de journée, je tourne en rond dans la maison comme un lion en cage. Alexandra n'est pas encore rentrée de son cours de pole dance, Moka ronfle au sommet de son énorme arbre à chat, placé devant la fenêtre afin de lui faire profiter du soleil et de la vue sur le quartier. Je l'envie… Se prélasser des heures durant dans des endroits moelleux et confortables, avec pour seule et unique préoccupation la sonnerie stridente du distributeur à croquettes.

Moi, je me ronge les sangs. Je m'inquiète pour l'avenir de ma fille ; je me demande si son changement de comportement va durer, si je saurai me montrer digne d'un père, si nous pourrons enfin retrouver une véritable complicité. Je crains également la réaction de Garett concernant l'anarchiste de service qui se permet de faire la difficile lorsqu'on lui propose un job de rêve. Je n'ai toujours pas digéré son refus et je suis persuadé que ça va me retomber dessus !

En parlant du loup, le nom et numéro de mon meilleur ami s'affichent sur l'écran de mon portable pour la troisième fois en vingt minutes. Cette fois-ci, je ne peux plus m'y soustraire.

– Allô ?

– Ah, enfin ! Tu cherches à m'éviter ou quoi ? plaisante-t-il sans savoir à quel point il a raison.

Ou peut-être que si ?

– Excuse-moi, je faisais la vaisselle.

– Pas de problème. Tout s'est bien passé avec Gwen ?

– Figure-toi qu'elle a refusé le poste !

– Pardon ? Mais… que s'est-il passé, bon sang ? Tu n'avais qu'à lui faire signer un bout de papier ! Même ça, c'est trop demandé ?

– Je n'y suis pour rien, lui affirmé-je, un peu vexé par ses accusations.

– Oh, si, tu y es pour quelque chose. Tu crois qu'elle se donnerait la peine de se déplacer si c'était pour refuser ?

– Franchement, venant de cette fille, plus rien ne m'étonne.

– Rappelle-la, m'ordonne-t-il sèchement. Débrouille-toi comme tu veux, mais rattrape le coup.

– Tu plaisantes, j'espère ?

– C'est l'impression que je te donne ?

– Non, je n'irai pas me prosterner aux pieds de cette gamine. On trouvera quelqu'un d'autre.

– Morgan, s'il te plaît, soupire-t-il, blasé.

Je ravale l'énorme boule de colère qui me brûle la gorge. Je sens bien que c'est très important pour lui, mais je n'arrive pas à comprendre ses réactions. Ni les miennes, d'ailleurs.

– Pourquoi tiens-tu tellement à l'aider ? lui demandé-je d'une voix plus douce.

Il soupire une nouvelle fois avant de cracher le morceau.

– Tu aurais vu Catalina, après la mort de sa mère…

Elle était inconsolable. Et puis, elle a commencé à me parler de cette fille, rencontrée chez la psychologue. Cat ne connaissait rien d'elle et le Dr Plessis n'a pas pu me donner d'infos à cause du secret professionnel. Alors tu sais ce qu'on a fait ?

– Je m'attends au pire, plaisanté-je pour masquer le trop-plein d'émotions qu'éveillent ses confidences.

– C'était pendant les vacances. Chaque jour de la semaine suivante, on prévoyait des sandwichs, une tablette, des livres, et on allait se garer devant l'entrée du cabinet. On y passait des heures entières à discuter, à rire, jusqu'à ce que Gwen réapparaisse enfin. Elle n'avait pas de téléphone, alors elle cachait des petits messages sur lesquels elle inscrivait les dates de ses prochains rendez-vous, dans la salle d'attente, pour que Catalina les trouve.

– Tu n'as pas changé les horaires de ses séances pour qu'elles puissent s'y retrouver ?

– Impossible, l'agenda du Dr Plessis était bien trop chargé. Mais je l'emmenais deux fois par semaine au même endroit. Une fois pour ses rendez-vous à elle, et l'autre fois pour qu'elle puisse revoir son amie.

– Il y a plus simple pour garder contact, non ? Gwenaëlle n'aurait-elle pas pu lui donner son adresse ? Ou organiser un après-midi au parc avec ses parents, Catalina et toi ?

Il rit. Pourtant, c'est bien de la tristesse que je perçois au travers du combiné.

– Elle était toujours seule à attendre son tour, poursuit-il. Une voiture la déposait devant l'entrée, puis disparaissait. J'ai proposé de la ramener une fois, mais elle s'est mise à paniquer. Quand une gamine de 12 ans te dit : « Mon père ne doit pas savoir que j'ai une nouvelle amie », ça fait un sacré choc !

Ma colère s'est envolée pour laisser place à une profonde inquiétude.

– Tu penses qu'il la battait ?

– Catalina m'a affirmé que non. Si ça avait été le cas, je n'aurais pas eu d'autre choix que d'intervenir. Mais elle m'a décrit son père comme un maniaque du contrôle. Puis elles ont grandi, inventé différents moyens de se retrouver. J'ai vu renaître un magnifique sourire sur le visage de ma fille, au fil du temps. C'est grâce à elle, Morgan.

Je comprends enfin. Il est évident que je réagirais de la même façon pour Alexandra. Son histoire me touche, me bouleverse. Et au risque de le regretter amèrement, je ne suis plus capable de lui refuser quoi que ce soit.

– OK, Garett. Je vais essayer d'arranger ça.

12

PLUGS ? VOUS AVEZ DIT PLUGS ?

Gwenaëlle

Au moment d'entrer dans le bureau de Morgan, je n'étais pas encore certaine d'accepter leur proposition. Bien sûr, j'ai besoin d'argent, sauf que laisser ma mère seule trois nuits par semaine m'angoisse terriblement. Ne pas savoir si elle pourra se débrouiller sans moi, dans quel état je la retrouverai en rentrant... Ça peut paraître dingue, mais les rares fois où j'ai osé lui faire confiance se sont soldées en catastrophes monumentales. Si on additionne à cela son comportement étrange de ces derniers temps, je n'avais pas vraiment d'autre choix que de refuser. Et la réaction ignoble du diablo-con m'a d'ailleurs confortée dans mon idée première. Toute cette histoire ne ferait que compliquer davantage ma situation ; je n'ai pas besoin de ça en ce moment !

Cela fait des heures que je suis au salon, seule au monde. Enfin... presque. Ma mère est à l'étage et s'adonne à sa nouvelle passion : le nettoyage des joints de la salle d'eau. Elle semble aller beaucoup mieux depuis son pétage de plombs. Une prise de conscience ? Je n'en sais trop rien, mais elle n'a pas bu une goutte d'alcool depuis qu'elle est rentrée hier, en fin de matinée. Au lieu de ça, elle passe son temps à astiquer et lustrer les moindres recoins de la maison. Plus rien ne l'arrête ! Et même si ça me fait plaisir de la voir aussi active, j'ai un peu de mal à m'adapter à tous ces changements, à comprendre ce qui lui trotte dans la tête et à savoir comment je dois agir. Il faudrait que je lui parle de ses problèmes d'alcool, mais le moment ne me semble pas bien choisi, surtout si elle me démontre qu'elle peut très bien s'en passer. Je ne suis plus à quelques jours près !

À l'étage du dessous, derrière la petite table qui me sert de bureau, je décide de mettre à jour mon compte Instagram avec des promos sur certains bijoux, ainsi que revoir à la baisse les prix des tatouages. J'ai besoin de clients et je n'ai pas trouvé d'autres solutions pour essayer de les attirer. Ensuite, je tente de réaliser des croquis afin d'agrémenter mon contenu, mais la clochette au-dessus de la porte tinte subitement. Je me dépêche de ramasser les papiers de bonbons qui traînent partout autour de moi – pour le professionnalisme, on repassera – et relève enfin les yeux.

Morgan ?

– Bonjour, dit-il timidement en balayant la salle du regard.

Surprise – un brin agacée, aussi – par sa présence, je me contente de le dévisager quelques instants, de me nourrir indécemment de son charisme débordant à outrance d'un simple tee-shirt bleu, de sa beauté naturelle, fulgurante, détestable, tandis qu'il s'approche en observant avec effroi les tunnels et écarteurs disposés juste à côté de moi, dans la vitrine.

– Je peux vous aider ?

Il ne répond pas, perdu dans ses pensées, toujours à fixer les bijoux en fronçant les sourcils. Je pince les lèvres pour retenir le sourire qui menace de s'y installer, et fais appel à toutes mes forces pour combattre l'envie d'immortaliser sa tête d'ahuri sur une jolie photo volée. À croire qu'il n'a jamais vu ça… Serait-ce possible ?

– Ce sont des plugs, si vous vous posez la question, lancé-je le plus naturellement du monde. Sauf que ceux-ci se mettent dans les oreilles.

Il éclate de rire ; je me crispe et retiens l'envie furieuse d'en faire de même. Je ne m'attendais pas à ça. Et encore moins au plaisir fulgurant d'entendre ce son vibrant et mélodieux. En fait, j'espérais plutôt le déstabiliser une nouvelle fois. Mais c'est sa façon de réagir qui ébranle l'assurance que j'avais réussi à conserver jusque-là. J'arrive quand même à donner le change, je crois. Je me répète quelques règles de base, comme un mantra, pour ne pas perdre la face.

Les épaules en arrière et le menton relevé, Gwen. Ne baisse pas les yeux quand il te regarde. Tiens-lui tête sans être hostile. Montre-lui qu'il ne t'impressionne pas et oublie le reste. Les frissons, c'est juste de la chimie. Comme un Mentos dans une bouteille de coca. Rien de plus qu'une réaction intense et immédiate de deux composés incompatibles… mais qui pourrait tout faire sauter.

– Vous êtes surprenante, mademoiselle Carlier, se contente-t-il de dire en enfonçant ses mains dans les poches de son jean, les yeux pétillant de malice.

– Que faites-vous ici, Morgan ? le questionné-je en réarrangeant le tas de feuilles éparpillées devant moi.

– Je suis venu vous parler. Auriez-vous quelques minutes à m'accorder ?

Il jauge mes réactions en attendant ma réponse. J'aime la douceur dans sa voix. On dirait qu'il s'adresse à une bête sauvage et féroce qu'il tente d'apprivoiser, au péril de sa vie. Ça me plaît, parce que j'ai l'impression que ce n'est pas trop son truc, la compassion. Et surtout, ça veut dire qu'il a conscience que je ne compte pas lui manger dans la main, comme il doit en avoir l'habitude avec toutes les autres. Alors, d'un simple regard, je l'invite à poursuivre. Après tout, puisqu'il s'est donné la peine de venir jusqu'ici, c'est la moindre des choses.

– J'aimerais comprendre pourquoi vous avez refusé ce contrat. Ne pourrait-on pas essayer de trouver un terrain d'entente ?

– Parce que vous avez du temps à perdre, à présent ? répliqué-je sèchement.

D'accord, je ne fais pas beaucoup d'efforts, mais cette manie qu'il a de souffler le chaud et le froid commence sérieusement à me taper sur le système. Et dire que je ne le connais que depuis quatre jours, ça promet !

– OK, je l'ai méritée, celle-là, admet-il. Vous aviez l'air tellement motivée que je me demande si ce n'est pas à cause de moi que vous avez changé d'avis.

– Vous croyez m'impressionner à ce point ?

Il hausse les épaules, sa bouche esquissant un sourire insolent et foutrement sexy.

– Est-ce le cas ? Parce que même si je grogne un peu, je ne mords pas, vous savez. Enfin… pas toujours.

Je rêve ou il essaie de me séduire ? Je n'en suis pas certaine, mais la teinte sensuelle qu'ont prise ses mots m'incite à le penser. Le pire, c'est que ça réveille quelque chose dans mon corps. Au fond de mon estomac. Et même un peu plus bas. Une chaleur intense, délicate, qui fait crépiter mes entrailles et nourrit mes fantasmes. Je vois subitement naître le désir de sentir ses dents s'enfoncer dans ma chair et de découvrir chaque parcelle de sa peau du bout des doigts. Du bout des lèvres.

– Vous êtes très insistant pour quelqu'un qui me trouve vulgaire. Et… qu'est-ce que vous avez dit, déjà ? Ah, oui : « Une idiote dont l'encre de tous ses tatouages lui a complètement noyé le cerveau. »

– Vous avez une très bonne oreille, ainsi qu'une incroyable mémoire, Gwenaëlle.

Je me crispe.

– Et vous, un sacré culot ! le contré-je en croisant les bras sous ma poitrine, sans relever sa dernière remarque.

Il rit encore. Pourtant, je n'ai pas l'impression qu'il se moque de moi. Je crois plutôt que c'est la situation qui l'amuse. Ma rancune s'évapore à mesure qu'il parvient à fendre mon armure. Il me fait complètement craquer, cet enfoiré. Son visage est détendu, adorable. Seule cette longue cicatrice sur sa joue gauche assombrit ce sublime tableau. Pas qu'elle soit repoussante, bien au contraire… C'est juste qu'elle fait ressortir sa part d'ombre, en dépit du sourire angélique qui adoucit ses traits. Mon cœur s'affole.

Je détourne les yeux et inspire profondément pour tenter de me calmer. J'ai du mal à nier l'attirance que j'éprouve pour lui, c'est troublant.

– Comment puis-je me faire pardonner ? insiste-t-il en faisant la moue, le regard suppliant.

Mon Dieu, il est à tomber !

– Oubliez ça. Je ne reviendrai pas sur ma décision.

Il est sur le point d'abandonner. Je le vois à sa mâchoire tendue et au long soupir qu'il laisse échapper bruyamment. J'aimerais qu'il s'en aille. Parce que je commence à beaucoup trop apprécier sa présence. Je ne peux pas me le permettre. Je ne dois pas m'attacher.

Finalement, Morgan acquiesce, résigné, la mine triste. Il m'adresse poliment quelques mots de remerciement en s'apprêtant à quitter le salon. Je ne comprends pas d'où me vient cette envie folle de le retenir, de l'entendre rire encore. Contre ma peau, ce serait d'autant plus agréable. En fait, en dehors de ces moments d'agacement mutuel, ce mec m'apaise. Je ne vois plus que l'instant présent lorsqu'il en fait partie. Je ne pense pas au passé, ne m'inquiète plus pour l'avenir. Je n'ai pas l'habitude, mais j'y prends goût.

Le diable n'a pas encore refermé derrière lui que j'entends un cri étrange, à l'étage. Une plainte, un gémissement de douleur et puis… plus rien.

– Maman ?

L'inquiétude s'empare de moi. Je m'adresse à la porte, mais cette dernière reste désespérément close. Aucune réponse.

– Maman, tout va bien ? insisté-je en grimpant les marches deux par deux.

En entrant dans la pièce, j'y découvre l'horreur : ma mère allongée sur le sol, le corps pris de convulsions, ses vêtements recouverts de vomi. Je panique.

– Maman ! Qu'est-ce qui se passe ? Réponds-moi !

Je m'agenouille à côté d'elle, priant pour qu'elle recouvre enfin ses esprits. Les larmes affluent sur mes joues, je suis morte de peur et incapable de réfléchir.

Sursaut de conscience. J'attrape mon portable pour

appeler les secours lorsque Morgan débarque soudain dans la pièce avant de déplacer quelques meubles autour de nous.

– C'est une crise d'épilepsie, venez m'aider.

– Quoi ? murmuré-je, confuse.

– Gwenaëlle, pour une fois, faites ce que je vous demande !

Je m'exécute. Il m'enjoint de retirer la ceinture de maman pendant qu'il lui maintient la tête bien en place. Le silence qui règne est glacial. Je n'entends que la respiration lourde de ma mère, je ne vois que son visage tordu par la contraction intense de tous ses muscles. Je ne veux pas la perdre, elle est ma seule famille.

– C'est la première fois ? s'informe Morgan, d'une voix douce et rassurante.

– Oui. Elle n'a jamais fait ça. Est-ce que c'est grave ?

– Je vais appeler mon médecin, c'est un ami. Et il me doit un service, me sourit-il pour détendre l'atmosphère.

Comment peut-il être aussi calme alors que ma mère est en train de mourir ? Je suis incapable de lui répondre, tant les sanglots m'étreignent la gorge. Malgré tout, je suis heureuse qu'il m'ait rejointe.

Au bout de quelques interminables secondes, après que Morgan a raccroché de son coup de fil, ma mère finit par se détendre. Je respire enfin. Elle reprend peu à peu ses esprits, retrouve une attitude plus ou moins normale, bien que légèrement confuse.

– Ça va, maman ?

– Oui, pourquoi ? demande-t-elle en s'installant sur le canapé avant de relever les yeux vers moi. Tu pleures ? Qu'est-ce qui se passe, Chupa ?

Dois-je lui expliquer ce qui vient de se produire ? Attendre qu'elle reprenne complètement ses esprits ? Je cherche du soutien auprès de Morgan. Ce dernier s'approche de nous en glissant sa main dans ses cheveux.

– Elle ne s'en souvient pas, Gwenaëlle… C'est normal.

– Qui êtes-vous ? Qu'est-ce que vous faites ici ?

– C'est… hésité-je en détournant les yeux de lui.

– Morgan, un ami de votre fille, termine-t-il à ma place.

Vous venez de faire une crise d'épilepsie, madame. Vous vous sentez bien?

– Oui, ça va.

– Cela vous est-il déjà arrivé?

Elle réfléchit.

– Maintenant que j'y pense, je me suis parfois demandé pourquoi j'avais du sang sur mes vêtements et même… ça, grimace-t-elle en se rendant compte de l'état de son pull.

– Et tu n'as pas jugé bon de m'en parler? m'agacé-je soudainement, prise par l'émotion. Pourquoi je n'ai rien vu?

Cette dernière phrase, je me l'adresse à moi-même, le visage enfoui dans mes mains. Je tremble de peur, de colère. Mes larmes se remettent à couler le long de mes joues, j'ai honte que Morgan assiste à tout cela.

– Un ami médecin va venir vous ausculter, poursuit-il. Ça ne vous dérange pas?

– Non, non… Pas de problème.

Nous avons attendu l'arrivée du docteur dans un silence de mort. Maintenant qu'il est enfin là, Morgan et moi descendons pour leur laisser un peu d'intimité. Je n'ose dire un seul mot ni croiser le regard du diable, qui mérite de moins en moins son titre de maître des enfers.

– Vous voulez prendre l'air? propose-t-il timidement en s'approchant de moi.

Je lui tourne le dos pour éviter qu'il puisse voir mon visage défait. Je ne sais même pas pourquoi je pleure encore, les larmes refusent de s'arrêter de couler. C'est comme si toutes les émotions que je m'efforçais de ne pas ressentir me submergeaient en même temps. Angoisse, colère, douleur, amertume, dégoût, rage, tristesse.

– Venez, ça vous fera du bien, insiste-t-il en posant sa main sur mon épaule.

Ça me plaît. Ça me dérange… Je ne sais plus. Tout se bouscule et je n'arrive pas à mettre de l'ordre dans ma tête.

– Merci pour tout, Morgan, mais vous devriez rentrer chez vous, je vais rester auprès de ma mère, articulé-je difficilement en me retournant.

Il a retiré sa main. Je fuis ses iris translucides, je n'ai plus la force de me mesurer à lui ni l'envie d'y lire de la pitié. Je ne veux pas me confronter à ce qu'il ressent, j'ai trop de choses à gérer pour me heurter à ce qu'il pourrait penser de moi. Je préfère ne pas savoir, si bien que je ne le regarde même pas sortir du salon. Je me contente de fermer les yeux en entendant la porte claquer et d'ignorer la pointe douloureuse qui m'abîme un peu plus le cœur.

Cela n'aurait jamais dû arriver.

13

JUSQU'À L'ÂME

Morgan

– Je vous sers quelque chose ?

– Un cognac, s'il vous plaît.

Le serveur, dont l'allure me rappelle un étrange mélange entre Dwayne Johnson et le Père Noël, pouffe en déposant son mégot imbibé de salive dans le cendrier, juste à côté de moi.

– Désolé, princesse, on n'a pas d'ça ici.

Il me toise, un sourire aux lèvres, en glissant sa main sur toute la surface de son crâne rasé. J'ignore sa remarque. Je ne suis pas idiot au point de chercher les ennuis, surtout pas avec un type de sa carrure. Il doit faire au moins un mètre quatre-vingt-dix, minimum cent kilos. Je lorgne l'étagère derrière lui, à la recherche de l'alcool qui m'aidera à oublier le bordel sans nom qui règne dans ma tête.

– Vodka ?

Il acquiesce. Dieu merci. Après me l'avoir servie dans un verre plus ou moins propre, il referme la bouteille, puis passe ses doigts dans sa longue barbe blanche.

– Attention à la gueule de bois, princesse.

Je réalise maintenant d'où vient cette odeur de cigarette froide qui empeste toute la salle. Son haleine réveillerait un mort ! Il rit et retourne à ses petites affaires, devant le poste de télévision, dans une pièce minuscule se situant à l'extrême gauche du bar. Je comprends pourquoi il y a si peu de clients ici. Mais, pour tout dire, cela m'arrange bien. Moi qui ai toujours aimé le monde et le bruit, je recherche un peu de calme, ce soir. Et ce petit bar, non loin de chez Gwen, fera parfaitement l'affaire. J'ai besoin de me concentrer sur mon cerveau déglingué. Et puis, l'alcool m'aidera sans doute à tout oublier quand j'aurai enfin accepté que j'ai un béguin d'adolescent pour cette gamine.

C'est de pire en pire !

Quand je repense au nombre de fois où j'ai eu envie de la prendre dans mes bras…

Voilà, c'est justement à propos de ce genre de truc que je dois arrêter de cogiter. C'est déplacé. Je ne peux pas être aussi touché par ce qui lui arrive. Du moins, pas de cette façon. Pas si fort, si brutalement.

J'attrape mon verre, bascule ma tête en arrière et l'ingurgite cul sec. J'adresse un signe à Papa-Dwayne-Noël pour qu'il m'en serve un autre, ce qu'il fait non sans pousser un soupir d'agacement. Il me laisse la bouteille à proximité avant de retourner fissa devant son écran.

Mon téléphone vibre. Un message reçu de Fred, mon ami médecin.

[Je viens de finir avec Mme Carlier.
Je prends son dossier en charge. A+]

[OK, merci pour tout.
Bonne soirée, à bientôt. M]

Mon portable toujours en main, je voyage dans ma liste de contacts, jusqu'à tomber sur son nom à elle. J'ai enregistré son numéro sitôt après avoir trouvé l'adresse de son salon de tatouage, sur Internet. L'envie de lui écrire est oppressante. Pour ne pas y succomber, j'avale mon deuxième verre d'une traite, mais c'est tout l'inverse qui se produit. Au lieu de m'en dissuader, il me donne le courage de me lancer.

Nouveau message à Gwenaëlle.

[J'ai besoin de savoir si vous allez bien. M]

J'attends. Pas longtemps. Une poignée de secondes, à peine.

[Vous êtes ivre ?]

Je souris sans cesser de pianoter sur le clavier.

[Pas encore.]

[Votre voiture est toujours là.
Où êtes-vous ?]

[Saviez-vous que le Père Noël était chauve ?]

Silence radio. Dix minutes et deux autres vodkas plus tard, j'entends sa voix douce qui glisse dans mon dos, sur mes épaules et le long de ma nuque. Un plaisir intense s'empare de moi, annihilant les doutes et les questions sous lesquels je croulais jusqu'à maintenant.

– Ne te dérange pas pour moi, Éric, je sais où sont les verres.

En une phrase, j'ai déjà appris deux choses : elle a l'habitude de venir ici et Papa-Dwayne-Noël s'appelle Éric. Bizarre. Ça ne lui va pas du tout. Je lui aurais plutôt donné un nom américain, genre Brent ou Doug. Douglas ! Ça, ça en jette !

Je ris en entamant mon… cinquième verre ? Je ne tiens plus les comptes.

– Pas de cognac ? se moque-t-elle gentiment en s'installant à côté de moi.

– Pas de sucette ?

Elle sent bon. C'est fou comme son parfum est agréable. Doux. Frais. Fruité. Je la regarde enfin, mon cœur fracasse ma cage thoracique. Mes mains me démangent de ne pas oser la toucher. Mes lèvres brûlent d'une envie de parcourir son épiderme. Elle est d'une beauté époustouflante, presque irréelle. Ses iris gris ressortent davantage à cause du rouge qui les entoure. Son teint est pâle, mais ses pommettes sont toujours légèrement rosées. Peut-être est-ce dû à la lumière reflétant la couleur de ses cheveux sur sa peau ? Et sa délicieuse bouche qu'elle mordille, encore et encore. Se rend-elle compte que je deviens complètement dingue ? Qu'elle fait ressortir ce côté immature que je pensais avoir dépassé depuis bien longtemps ? Tu parles. Tout ça, ce ne sont que des conneries. Je ne suis plus qu'un pauvre gosse devant ses grands yeux d'acier et, pour être totalement honnête, j'adore ça.

– Ce soir, je vous suis. J'ai besoin de quelque chose de plus fort ! m'explique-t-elle en attrapant la bouteille d'alcool.

Je l'observe sans retenue tandis qu'elle se sert une double… non, une triple dose avant de se l'envoyer comme un vulgaire verre d'eau. Elle grimace en tirant la langue. Je ne peux contenir mon sourire amusé.

– Sacrée descente.

– Merde alors, c'est vraiment dégueu, ce truc !

– Vous n'aviez jamais goûté de vodka ? m'étonné-je en me redressant sur mon tabouret.

– Je n'ai jamais bu d'alcool avant aujourd'hui.

J'analyse ses mots, non sans cacher ma surprise. Arborer une dégaine pareille et ne jamais avoir bu une seule goutte d'alcool ? Comment est-ce possible ? Bon, c'est vrai qu'en y réfléchissant, ça n'a pas grand-chose à voir… Mais je la croyais plutôt du genre à se défoncer tous les week-ends à la tequila boom-boom. Elle s'apprête à se resservir, mais je l'en empêche en posant ma main sur le dessus de son verre.

– Si vous dites vrai, vous feriez mieux d'en rester là pour ce soir.

Elle soupire, nos prunelles s'opposent une nouvelle fois. L'effet dans mon corps est presque instantané. La voir me défier réveille en moi l'envie de la punir de la plus délicieuse des façons. Pour son plaisir, pour le mien, ici, maintenant, sur ce bar.

Pense à autre chose, merde !

Le désir coule dans mes veines, le sang afflue beaucoup trop fort et l'oxygène commence à me manquer. Elle repose finalement la bouteille. Je prie pour qu'elle cesse de me fixer comme ça, si intensément, mais elle n'en fait rien. D'un geste fluide et parfaitement maîtrisé, Gwenaëlle attrape mon verre et en vide le contenu d'une seule gorgée.

Elle finit par fermer les yeux, plaçant une main devant sa bouche pour retenir un haut-le-cœur. Manifestement, la deuxième tournée a plus de mal à passer.

– Ça va ? m'inquiété-je sincèrement.

– OK, je m'arrête là.

– Sage décision.

– Morgan…

Mon Dieu. Elle a une manière si sensuelle de soupirer mon prénom. C'est une torture, un véritable appel au crime. Les limites redeviennent tellement floues.

– … merci encore pour votre aide. Je ne sais pas comment j'aurais géré ça sans vous.

– Je vous en prie.

– Je peux vous poser une question ?

Non.

– Allez-y.

– Vous aviez l'air à l'aise avec… la crise de ma mère. Vous y avez déjà été confronté ?

– Moustache.

– Moustache ? répète-t-elle, incrédule, un sourire curieux habillant ses jolies lèvres.

– Mon chat. Il était épileptique. Malheureusement, il est mort.

Son visage devient livide. Je réalise ce qu'elle s'imagine.

– Non ! Il n'est pas mort à cause de ça ! Il a vécu de longues et belles années avec moi et puis… il est mort de vieillesse. Il avait 17 ans.

– BORDEL DE MERDE, MAIS PASSE-LE, CE PUTAIN DE BALLON !

Douglas… Brent… non… Éric vocifère devant la TV.

Mal à l'aise, je suis sur le point de proposer à Gwenaëlle de rentrer chez moi. Enfin… moi chez moi et elle chez elle (ou pas ?), mais elle pousse un éclat de rire, et tout fout le camp.

J'entends le barman qui claque la porte pour s'enfermer dans son placard à balais et puis… plus rien. Plus de cris de supporters enragés. Plus de hurlements de commentateurs sportifs… jusqu'à ce que la demoiselle s'esclaffe de plus belle avant de reprendre son souffle.

– Éric a parié toutes ses économies sur ce match, m'explique-t-elle en secouant la tête. Ça fait deux ans qu'il le repasse en espérant que le résultat va changer !

Je ne l'écoute pas. Je devrais, mais je suis happé par ses lèvres qui remuent, s'étirent, disparaissent entre ses dents. Ça vire carrément à l'obsession. Je les imagine frémissantes, suppliantes. Sur les miennes. Sur mon corps. Partout.

Un éclair de lucidité me traverse de part en part lorsque sa voix sonne comme un électrochoc :

– Vous avez envie de m'embrasser ?

Oui.

– Non.

– Vous mentez.

Contrôle.

– C'est l'alcool qui parle, Gwenaëlle.

– Qui parle pour vous ou pour moi ?

Les deux.

– Pour vous.

– Vous mentez encore.

Contrôle !

– Je ferais mieux de vous ramener chez vous.

– Je préférerais… que vous m'embrassiez…

Elle se relève, s'approche et se penche vers l'avant en posant ses mains sur mes cuisses. Ses ongles s'enfoncent dans mon jean, c'est délicieux. Bordel de merde. Elle semble si obstinée, prête à faire n'importe quoi pour avoir ce qu'elle veut, contrairement à moi qui perds tous mes moyens face à elle. Que ne donnerais-je pas pour qu'elle défasse ma ceinture et relève mon tee-shirt, que je puisse enfin sentir ses doigts sur ma peau.

Contrôle...

– Si je fais ça, vous allez me détester.

Elle s'approche encore. Son visage n'est plus qu'à quelques millimètres du mien tandis que ses paumes remontent près de mon entrejambe. Je vais craquer. Mes résistances s'effondrent. L'alcool. Elle. Surtout elle. Ses courbes. Mon désir de la caresser, de l'entendre gémir, crier. La sentir sous moi, sur moi. Putain.

– Ne vous en faites pas pour ça. Je vous déteste déjà, Morgan...

C'en est trop. À quoi bon résister ? Je n'en ai plus l'envie ni la force. Je la veux, elle. C'est incontrôlable, et ça le restera tant que je n'aurai pas goûté à ses lèvres.

Juste un baiser.

Rien qu'une seule fois...

– ET ÇA SE DIT FOOTBALLEURS ? TOUS DES BRANLEURS, CES PETITS MERDEUX EN SHORT ! se remet à hurler Doug... (Brent ?) en refaisant surface.

Je saute littéralement de mon tabouret et m'éloigne de Gwenaëlle qui reste là, le regard suppliant, le souffle court, le visage confus. Je crois ne l'avoir jamais trouvée si belle. Touchante. Désirable. Interdite. J'attrape un billet dans mon portefeuille, le dépose sur le bar et me sauve plus vite que mon ombre. Je ne veux pas qu'elle puisse voir à quel point je suis troublé. Si elle se rend compte que j'étais sur le point de succomber, cette femme ne ferait qu'une bouchée de moi.

Il faut que je garde mes distances, bordel. Il le faut !

– Morgan ! Où est-ce que vous allez ? s'agace-t-elle dans mon dos en me suivant jusqu'à l'extérieur.

– Je rentre chez moi.

– Quoi ? Maintenant ?

J'accélère. Je n'ai qu'une idée en tête : rejoindre ma voiture le plus vite possible. Fuir.

– Retournez auprès de votre mère, mademoiselle Carlier.

– Vous vous foutez de moi ? Regardez-moi quand je vous parle !

Elle m'attrape furieusement les épaules et je fais volte-face. Les souvenirs me submergent, les démons resurgissent. Je ressens à nouveau ces lames qui me transpercent la peau. Les cris. Une douleur insupportable qui me paralyse. Puis le néant. Le visage sans vie de ma femme. Son corps baignant dans son propre sang. Non ! Pourquoi ici ? Pourquoi maintenant ?

Je plaque soudainement Gwenaëlle contre le mur, guidé par une rage destructrice. Pendant une fraction de seconde, elle disparaît. Les yeux pourtant toujours posés sur elle, ce sont les assassins de Claire qui s'emparent de ma vision et me rendent aveugle à tout le reste. Gwenaëlle n'a rien à voir avec eux, mais mes démons semblent plus forts à mesure que je m'affaiblis. Ils sont ancrés en moi, font partie intégrante de ce que je suis. Je ne veux pas que cette fille-lumière souffre. Sa vie est déjà assez compliquée comme ça, trop de choses l'empêchent de briller sans que je vienne l'éteindre à jamais.

Son corps est emprisonné entre mes bras. Elle est si proche, vulnérable, irrésistible ; ses prunelles accrochées à mes lèvres. Ma respiration se calme, ma colère s'estompe. En un rien de temps, elle arrive à dissiper les ombres cruelles qui hantent mon existence depuis cinq longues années. La douceur de son geste, lorsqu'elle pose tendrement sa paume sur ma joue, se répercute dans mon cœur. Je ferme les yeux, combats toutes les vives sensations qui s'emparent de moi. Elles sont pourtant tellement agréables, salvatrices. Ses doigts redessinent le contour de ma cicatrice ; d'ordinaire, je ne supporte pas ça. Sauf maintenant. Sauf quand ce sont ses mains délicates qui glissent sur mon visage. Les émotions sont beaucoup trop difficiles à gérer, plus encore lorsqu'elle me touche ainsi, jusqu'à l'âme. Non. Je n'ai pas le droit de ressentir ça !

Les mots qu'elle m'avait adressés lors de notre première rencontre me reviennent soudain en mémoire, comme un dur retour à la réalité :

« Ça ne vous sauvera pas. Ça n'a jamais sauvé personne. »

Mais qui a dit que j'avais envie d'être secouru ?

– Vous ne me sauverez pas non plus, Gwenaëlle.

Je m'enfuis ; elle ne me suit pas, cette fois-ci. La brise fraîche me glace les os, je peine à contrôler mes pieds qui refusent de s'éloigner d'elle. Pas comme ça. Pas après ce qu'elle a vécu ce soir. Pas après ce que j'ai ressenti ; ce que j'ai eu l'impression qu'elle ressentait aussi. Mais je n'ai pas d'autre choix.

Je ne veux pas la faire sombrer dans mon enfer.

14

SUBIR OU SE BATTRE

Gwenaëlle

Tu n'es qu'une pauvre idiote!

Boire, ça rend complètement stupide. J'en ai eu la preuve il y a deux jours, lorsque j'ai littéralement supplié Morgan de m'embrasser. Depuis, je n'ai aucune nouvelle. Il ne m'en a pas donné, et moi non plus. Plutôt crever qu'admettre à quel point j'avais envie de l'appeler. À quel point j'en ai toujours envie. Garett a essayé de me joindre trois fois, Catalina six fois plus, mais je n'ai répondu ni à l'un, ni à l'autre. J'ai honte d'être attirée par l'associé du père de ma meilleure amie. Ce serait vraiment trop bizarre de me pointer avec lui lors d'un dîner au restaurant ou à un barbecue chez Cat, un dimanche midi.

Et je ne sais même pas pourquoi je pense à tout ça.

Sans doute à cause des minutes qui s'égrènent tandis que je patiente dans la salle d'attente. Ma mère est en consultation chez le médecin, analysant les résultats de la prise de sang qu'elle a faite hier matin. Je m'inquiète pour elle, pour sa santé, pour notre avenir. Je me maudis d'être aussi bête – et autant en manque de ce mec. Comment est-ce possible? Je ne sais rien de lui, à part peut-être qu'il souffre d'un sévère trouble de la personnalité.

Maman débarque enfin, une feuille entre les mains. Elle semble anxieuse, perdue dans ses pensées. Je la suis jusqu'à la voiture, où elle se décide à briser le silence, d'une voix tremblante:

– Je dois aller faire des examens à l'hôpital.

– C’est grave ? m’inquiété-je en m’obligeant à ne pas paniquer.

– La prise de sang a révélé un taux élevé de… hésite-t-elle en cherchant un petit bout de papier sur lequel elle a griffonné des notes. De progastrine. Ce n’est pas encore sûr, je dois aller faire un scanner le plus tôt possible.

– Qu’est-ce qui n’est pas sûr ?

– Il pense à une tumeur.

Je manque d’air. L’angoisse creuse ma poitrine, grignote mes certitudes à une vitesse monstrueuse.

– Ne t’inquiète pas, me rassure-t-elle en posant sa main sur ma cuisse. Ça va aller. Je me sens très bien !

– Quand as-tu rendez-vous ?

– Pas avant des semaines… Tu sais, les hôpitaux sont toujours surchargés. Mais le médecin les a appelés directement, si quelqu’un se désiste, je serai prioritaire.

– Ça veut bien dire qu’il se fait du souci, non ?

– Il est prudent, c’est tout. Mieux vaut ne pas faire traîner ce genre de chose.

Elle met le contact, nous rentrons sans plus échanger un seul mot. Je m’inquiète pour elle, mais j’essaie de ne pas le montrer. Je n’imagine pas ce qu’elle peut ressentir ; j’aimerais pouvoir la soutenir jusqu’à ce qu’on lui annonce que c’était une fausse alerte. Parce que c’en est forcément une !

***

Ma mère a reçu ce matin un coup de fil de la secrétaire de l’hôpital. Une place s’est libérée pour elle, en fin de matinée. Nous avons préparé ses affaires, de quoi tenir deux jours, le temps de faire tous les examens nécessaires.

À présent, je me retrouve seule dans cette cage à lapin qui me sert d’appart, à me ronger les sangs. Je risque de la perdre et je ne peux absolument rien faire pour l’aider. Je déteste me sentir si impuissante, inutile.

Il est un peu plus de treize heures lorsque je décide de tromper mon estomac avec quelque chose. Une Chupa Chups fera l’affaire. Je n’ai pas faim. Ma vie part en lambeaux ; je me contente de la regarder s'écrouler comme un château de cartes. Je n'arrive plus à joindre les deux bouts avec le salon. Même si la publication Instagram a généré beaucoup de participations et de partages, je crains que cela ne soit pas suffisant pour remonter la pente. Et j'ai tiré un trait sur la seule solution qui aurait pu m'aider à me sortir de ce pétrin, il y a de cela deux jours déjà…

Idiote !

Quelqu'un entre, l'espoir renaît. Voilà à quoi j'en suis réduite : un grincement de porte et j'ai l'impression que tout redevient possible.

C'est Catalina, elle semble furieuse. Elle *est* furieuse. Elle s'avance d'un pas énergique en ajustant sa besace bleu marine sur son épaule, ses pupilles meurtrières braquées sur moi.

– Je peux savoir pourquoi tu ne réponds à aucun de mes messages ?

– Excuse-moi, je… j'ai été pas mal occupée ces derniers temps… bafouillé-je, la voix tremblante.

– Je me suis inquiétée, reprend-elle plus calmement. Tu aurais au moins pu t'arrêter deux minutes pour me donner des nouvelles.

– Ma mère est à l'hôpital.

Elle fronce les sourcils, me sonde plus intensément encore. Avec tout ce qui s'est passé ces derniers jours, je n'ai même pas pris le temps de lui en parler. J'aimerais pouvoir mentionner Morgan, son comportement, le mien… mais je sais à quel point elle trouverait tout cela déplacé. Si elle me disait éprouver une profonde attirance pour un ami de ma mère, ça me ferait tout drôle. Bien sûr, aujourd'hui, je serais beaucoup plus indulgente par rapport à mes propres sentiments, mais avant cela, j'aurais eu bien du mal à l'accepter. Alors je me contente de lui raconter les mésaventures de maman, sans lui préciser que le maître des enfers était de la partie, lui aussi. Une chose en entraînant une autre, je commence à vider mon sac sur les inquiétudes qui me rongent, les décisions que j'ai tellement peur de regretter et enfin, celle que je regrette déjà.

– C'est moi qui vais devoir bosser au Versus à ta place, m'avoue-t-elle.

– Ils n'ont trouvé personne ? Je croyais qu'ils ne manquaient pas de candidats pour ce « job de rêve ».

– Je sais, je ne comprends pas non plus. En plus, ça fait trois jours qu'ils se prennent la tête, c'est lourd.

– Pourquoi ?

– Il semblerait que Morgan a encore merdé sur un truc. Mon père n'apprécie pas.

– Merdé à propos de quoi ?

– Alors ça, je n'en ai pas la moindre idée ! rit-elle. Mais l'ambiance risque d'être un brin tendue ce week-end… J'espère que ça va s'arranger.

– J'espère aussi… soufflé-je en détournant les yeux.

Je ne sais pas pourquoi la culpabilité me dévore les entrailles. Est-ce de ma faute ? Non, aucune chance. Ce serait me considérer comme bien plus importante que je ne le suis pour eux. Ils ont sûrement bien d'autres problèmes à régler !

– Donc, en fait, reprend-elle, hésitante, tu as refusé le poste à cause de ta mère, c'est ça ?

– Ouais. C'est triste à dire, mais je n'ai pas confiance en elle. Imagine qu'elle oublie d'éteindre sa clope avant de s'endormir et qu'elle foute le feu à la baraque ! Et maintenant, avec ce qui lui arrive, ce n'est vraiment pas le moment de la laisser toute seule…

Elle acquiesce en essayant de masquer ses véritables pensées derrière un sourire de façade. Mais je devine les reproches, la désapprobation, l'agitation qu'elle tente de contenir. Je ne le supporte pas.

– Quoi ? lancé-je froidement, lui offrant la possibilité de m'avouer enfin ce qu'elle a sur le cœur.

– Tu ne pourras pas toujours vivre ainsi, t'en es consciente ?

– Que veux-tu que je fasse ?

– Que tu te reprennes en main, bon sang ! Regarde-toi ! Cloîtrée depuis tout ce temps dans ce trou à rat… Tu mérites tellement mieux. Ça me révolte de te voir gâcher tes talents parce que ta mère est incapable de se gérer toute seule. Elle n'a pas le droit de foutre ta vie en l'air !

– Je ne l'abandonnerai pas, tranché-je, les larmes aux yeux.

J'ai mal. Parce que je sais qu'elle a raison. Parce que je déteste envisager la possibilité de partir loin de celle qui m'a donné la vie, ma seule famille. Parce que je n'ai aucune idée de comment m'en sortir sans faire souffrir ceux que j'aime…

– Ce n'est pas ce que je te dis, Gwen. Je voudrais juste que tu réagisses avant qu'il ne soit trop tard. Je suis sûre que ce n'est pas ça dont tu rêves… ajoute-t-elle en désignant la grande pièce sombre et froide dans laquelle nous nous trouvons.

– De toute façon, je ne sais rien faire d'autre ! rétorqué-je subitement, les nerfs à vif. Tu as tort de croire en moi, Cat.

– Tu sais faire tout un tas d'autres choses, et tu apprends très vite. Tu comptes laisser gagner ton père, c'est ça ? Parce qu'en continuant de te dénigrer ainsi, c'est exactement ce qui va se passer.

Sa remarque me touche. Non, elle me transperce la chair et les os. Elle résonne dans ma tête comme un coup de marteau sur une plaque de métal. La vérité peut faire mal, c'est vrai. Mais prononcée alors qu'on a déjà un genou à terre, elle est capable de tout démolir sur son passage. La colère remonte à la surface. Les souffrances, les déceptions du passé. Je retiens les larmes qui menacent de brûler mes paupières.

– Comme si c'était aussi simple…

– Non, Gwen, rien ne l'est. Jamais. C'est à toi de choisir entre subir ou te battre. Et je ne te reproche rien, parce que… je n'ai même pas su voir la détresse sur le visage de ma mère. J'aurais pu m'effondrer, me sentir coupable, mais j'ai décidé d'avancer.

– Mais si elle était encore là, ne ferais-tu pas tout ce que tu peux pour l'aider à s'en sortir ?

– Ce que tu fais pour ta maman, ça te rassure peut-être, mais ça ne l'aide pas. Et toi non plus, d'ailleurs.

– Et je suis censée faire quoi, d'après toi ? soupiré-je, résignée.

Elle rit, comme si j'étais incapable de voir la réponse qui me crève pourtant les yeux.

– Accepte le job que mon père te propose et tire-toi de ce trou ! Soutiens ta maman, reste avec elle si c'est ce que tu souhaites, mais n'aie jamais peur de lui dire ce que tu penses. Je t'assure qu'elle a besoin de l'entendre. Je sais que c'est terrible ce qui lui arrive, mais avec sa façon de vivre, c'est malheureusement trop tard pour se plaindre. Soit c'est une fausse alerte et ça l'aidera à se rendre compte que la situation ne peut pas durer, soit les prochains mois vont être très compliqués pour vous deux. Sauf que tu ne pourras pas te battre à sa place, Gwen. Être là, la soutenir, OK, mais la vie continue malgré tout. *Ta* vie continue malgré tout.

– Et si je n'y arrive pas ?

Cette fois, c'est un torrent d'eau salée qui inonde mes joues. Catalina me sourit tendrement et s'approche de moi pour me prendre dans ses bras. Je remercie le ciel d'avoir croisé la route de cette fille, parce que sans elle, j'aurais déjà sombré depuis bien longtemps. Mon cœur se gonfle d'espoir, peu m'importe si ça ne dure pas. J'en ai tellement besoin !

– Tu devrais en parler à mon père, me murmure-t-elle d'une voix douce. Je suis certaine qu'il pourrait t'aider.

– Pourquoi ferait-il ça ?

– Parce que tu comptes, Gwen. Pour moi, pour lui. Je sais que tu feras le bon choix, j'ai confiance en toi.

Je ne comprends sa remarque qu'au moment où elle dévoile un petit tas de feuilles caché dans sa besace et le pose sur la table. Sans m'adresser un mot ni un regard, Cat quitte la pièce. Je tombe alors sur les premiers paragraphes du contrat que j'ai refusé il y a quelques jours, paraphé en bas de chaque page et dont les dernières lignes sont griffées de la signature de Garett.

M'offrirait-il une seconde chance ?

***

Je viens d'appeler ma mère qui finit à peine ses examens de la journée. Elle est épuisée et je ne la comprends que trop bien. Le soleil s'est couché depuis plusieurs heures ; il semblerait que les médecins ne lui laissent aucun moment de répit. Je sais qu'ils doivent agir rapidement pour prévenir les risques d'une tumeur – si elle existe réellement – et c'est dans ce sens-là que je tente de la rassurer. Encore une nuit et elle sera de retour au bercail, loin des scanners et des aiguilles. Il va finir par lui plaire, notre charmant taudis !

De mon côté, je n'arrive pas à tomber dans les bras de Morphée. Je tourne, réfléchis, calcule, mange des Chupa Chups, dessine, discute avec mon moi intérieur. Les questions ne trouvent pas toujours de réponse – ni même de légitimité – et j'envisage de plus en plus sérieusement de me laisser tenter par ce job. Le seul véritable point noir au tableau, maintenant que j'ai décidé de mettre le problème d'alcool de ma mère dans la case « imposer une hygiène de vie plus stricte », n'est autre que le diablo-schizo qui ne va sûrement pas apprécier de m'avoir dans les pattes. Ça ne devrait même pas m'atteindre, mais c'est plus fort que moi. Je n'ai pas envie de commencer un nouveau travail pour y retrouver une ambiance aussi malsaine qu'à peu près tout ce qui m'entoure aujourd'hui.

« C'est à toi de choisir entre subir ou te battre. »

Les mots de ma meilleure amie résonnent encore. Elle est comme un ange gardien assis sur mon épaule, me répétant sans cesse cette phrase depuis son départ. C'est au bout de plusieurs instants de réflexion que j'en arrive à cette simple conclusion : après tout, qu'ai-je réellement à perdre ?

Vingt petites minutes plus tard, je me gare devant le Versus. Ce dernier n'ouvre pas avant une bonne heure, mais je sais qu'ils sont déjà tous là pour faire la mise en place. J'attrape mon portable et envoie un texto à Catalina, qui débarque dans la seconde. Elle m'invite à la suivre, tout sourire, et m'accompagne directement jusqu'au bureau de Garett, qui se lève d'un bond lorsqu'il m'aperçoit.

– Gwenaëlle ! Quelle bonne surprise ! Je peux faire quelque chose pour toi ?

Mon regard vacille entre le contrat que je tiens entre mes mains tremblantes, Catalina qui se mordille la lèvre pour cacher sa joie et son père qui me fixe avec un gros point d'interrogation collé sur le front.

– En fait, je… j'ai… bafouillé-je, nerveuse. J'ai quelque chose à vous remettre. Mais je comprendrais si c'est trop tard. Ne vous sentez surtout pas obligé d'accepter. J'ai refusé une première fois ce contrat alors…

– Le contrat ? me coupe-t-il, le regard lumineux. Tu as changé d'avis ?

Je hoche la tête timidement pour dire oui.

– Je suis tellement heureux que tu sois là ! Quand peux-tu commencer ? Demain ? Ou la semaine prochaine, si tu as besoin de plus de temps.

– Tout de suite, affirmé-je en déposant le dossier sur son bureau. Je suis prête, Garett.

15

COMME CENDRILLON

Gwenaëlle

Tout se déroulait plutôt bien jusqu'à ce que Morgan débarque au Versus en m'assassinant du regard. Je m'y étais un peu préparée, mais mes mains se sont quand même mises à trembler lorsque j'effeuillais la menthe pour les Mojitos. Heureusement pour moi, il n'a pas jugé bon de m'adresser un mot et s'est empressé de rejoindre son antre. Les heures se sont enchaînées rapidement et sans accroc. Vanessa et Diego semblaient tous deux ravis de me retrouver, et je dois bien avouer que je partageais leur enthousiasme. Quant à Catalina, elle était trop contente de pouvoir enfin profiter d'une soirée en amoureux.

Je ne sais par quel miracle, le diable n'est pas réapparu. Je ne m'en plains pas, au contraire. Maintenant que je fais officiellement partie de l'équipe, j'ai droit à mon trousseau de clés ; la porte principale, les deux secondaires et celle de la réserve. Aussi, à ce titre, j'ai hérité des corvées des nouveaux venus : faire les fermetures durant le premier mois. Je pensais que mes collègues en profiteraient pour se tirer d'ici un peu plus tôt, mais j'ai pratiquement dû les chasser pour qu'ils rentrent chez eux.

Je noue le dernier sac-poubelle et m'apprête à aller le déposer dans le container du parking lorsqu'un bruyant raclement de gorge me fait sursauter. Encore. Je n'ai même pas besoin de lever les yeux pour le reconnaître ; son odeur a éveillé mes sens aussi rapidement qu'un détecteur à incendie. Et l'incendie, en l'occurrence, c'est celui qui se répand ardemment dans mes veines.

– Putain, râlé-je en déposant le sac près de la sortie, le cœur battant à tout rompre. Il faudrait vraiment songer à vous accrocher une clochette autour du cou !

– Qu'est-ce que vous faites ?

– Ce que je fais ? répété-je en m'attachant les cheveux pour éviter de les tremper dans l'alcool dégoulinant partout sur le comptoir que j'ai rejoint. C'est une question purement rhétorique, rassurez-moi ?

J'enfile des gants de nettoyage jaune citron et commence à frotter mon poste de travail. Décidément, ma maladresse ne s'est pas arrangée. Et je n'ai même pas l'excuse de l'avoir aperçu en compagnie de ses deux pouffiasses.

J'ose enfin un regard dans sa direction. C'est la première fois que je le vois comme ça, pas rasé et les cernes marqués. Le pire, c'est que ses cheveux désordonnés, sa chemise noire et son jean délavé ne le rendent que plus attirant encore. Comment peut-il être aussi beau alors qu'il est presque trois heures du matin ? Sans blague… Je dois ressembler à Cendrillon juste avant qu'elle ne rencontre sa marraine la bonne fée, tandis qu'il est l'imposant prince du feu ; celui-là même qui consume mes entrailles et enflamme sournoisement mon bas-ventre.

Qu'est-ce qui m'arrive, bon sang ?

– Vous avez fini par changer d'avis, constate-t-il, un sourire sarcastique au coin des lèvres.

Je soupire en ramenant une mèche rebelle derrière mon oreille.

– Écoutez, je sais que cela ne vous fait pas forcément plaisir, mais vous ne pensez pas qu'on pourrait éventuellement se comporter en adultes ? Ou mieux, s'éviter quand c'est possible et se supporter le reste du temps ?

– Comment va votre mère ?

Sa question me prend de court. Je stoppe mon nettoyage et plonge dans son regard incertain. N'y a-t-il donc que cela qui l'intéresse ? J'aimerais croire que non, parce que ça changerait beaucoup de choses. À commencer par l'image que je m'en fais. Pourquoi semble-t-il toujours si hésitant, fébrile, lorsqu'il s'adresse à moi ? D'où vient cette terrible cicatrice sur son visage ? De quoi ne pourrais-je pas le sauver ? De ses démons ? De son passé ? De lui-même ? Je n'aime pas ça. Toutes ces questions qu'il fait naître en moi alors que je ne devrais pas m'intéresser à lui. Je me connais assez pour savoir que c'est beaucoup trop dangereux ; en apprendre davantage, c'est prendre le risque de m'attacher. Un risque que je dois écarter à tout prix.

– Ça va, merci, lancé-je en décrochant péniblement mes pupilles des siennes.

– Bien… Elle est entre de bonnes mains.

Je ne réponds pas, me contente de hocher discrètement la tête avant de me remettre au boulot. J'ai presque fini, mais sa présence me déstabilise. Mes gestes ne sont pas naturels, et plus je me force à le rester, moins j'ai l'air convaincante. Surtout au bout des trois longues minutes pendant lesquelles il n'a pas cessé de scruter mes moindres mouvements. Je balance mon éponge sur le comptoir en soufflant et tente d'attraper, avec mes gants recouverts de savon, une mèche de cheveux qui me chatouille le nez.

– Il va me falloir une autre éponge, celle-ci est HS.

Il me dévisage, se retient de rire. Je ne sais pas ce qu'il trouve de si amusant, mais j'aime la façon dont il me regarde. C'est doux. Mais fort, aussi. C'est une chose indéfinissable, tellement profonde, qu'il semble être le seul à provoquer en moi. Je détourne les yeux en retirant le latex de mes doigts, plus pour me donner une contenance que par nécessité.

Il s'approche en saisissant l'une des serviettes propres que j'avais préparées. Toujours avec ce même sourire franc, il relève sa main et commence à essuyer délicatement une trace de savon laissée sur le bout de mon nez. Je me crispe, mon rythme cardiaque s'affole et je crois ne plus savoir respirer correctement.

– Je ne suis pas certain que ce détergent soit bon pour votre peau, déclare-t-il avec tendresse.

– Vous…

Il ramène le tissu sur ma bouche ; je suis pourtant certaine qu'il n'y avait pas de mousse ici. Il le fixe, comme pour être sûr que mes lèvres ne vont pas recommencer à remuer sitôt qu'il l'aura retiré.

– Vous allez encore me demander de partir ? soufflé-je malgré tout, d'un ton presque suppliant.

– Je devrais le faire.

– Alors pourquoi ne le faites-vous pas ?

– Parce que vous…

Il s'arrête quelques instants, la mâchoire serrée et les épaules tendues. Sans doute s'interdit-il de prononcer les mots qui lui brûlent la langue. Le combat est acharné, il se lit sur les traits de son visage aussi bouleversé que suintant la fatigue. Je suis moi-même à fleur de peau, perdue entre son odeur envoûtante, l'appel au péché de ses lèvres foutrement charnues et cette attitude hostile qu'il a envers moi depuis le premier jour, prête à resurgir à n'importe quel moment.

– Vous n'arrêtez pas de parler et c'est très… frustrant, avoue-t-il, la voix étranglée par une vive émotion.

– Frustrant ? m'étonné-je en souriant. De m'écouter parler ?

– De ne pas être en mesure de vous faire taire, mademoiselle Carlier.

Nous y sommes. Il a brisé ses chaînes, lâché les chevaux, ouvert la boîte de Pandore… et que sais-je encore ? Il fait très chaud, tout à coup. Ma libido grimpe en flèche, aussi rapidement que le mercure de mon thermomètre intérieur. Déboussolée, euphorique, nerveuse, je tente malgré tout de garder un semblant de raison. Non, je ne vais pas lui faciliter la tâche. Hors de question qu'il pense pouvoir faire ce qu'il veut de moi, même si cette idée fait crépiter un endroit bien précis entre mes jambes.

– Et vous comptez y parvenir avec ce vieux torchon humide ? le provoqué-je en arquant un sourcil.

À cet instant, je ne sais plus si je fais preuve d'un courage à toute épreuve ou d'une stupidité sans nom, mais cet élan d'enthousiasme me pousse à m'emparer de la serviette qu'il tient toujours juste devant mon visage pour la laisser tomber au sol. Sa main, quant à elle, reste en suspens à quelques centimètres de mes lèvres.

– Poursuivez… le défié-je une nouvelle fois.

Mon cerveau cesse définitivement de fonctionner lorsque ses doigts me frôlent. Je réalise que ce geste, tout juste perceptible, me chamboule entièrement. C'est trop. Trop peu. Je devrais lui demander d'arrêter, mais j'ai bien trop envie qu'il continue son exploration. Je reste immobile, absorbée par sa façon si soutenue de plonger ses prunelles ardentes dans les miennes, totalement confuses. Tout est tellement intense. Il scrute mes réactions tandis que son pouce s'écrase littéralement sur ma chair pulpeuse, redessinant son contour avec délectation. Ses yeux quittent les miens pour mieux se satisfaire du spectacle qu'il donne l'impression de maîtriser à la perfection. Il s'approche, les traits déformés par cette douleur qui ne lui laisse aucun répit. Une envie qu'il réfute. Un désir qu'il contrôle. Un besoin qu'il se refuse à assouvir. Son haleine chaude s'insinue en moi et stimule le plaisir qui se manifeste dans chaque parcelle de mon corps. Ça dévore ma peau aussi fort que la morsure d'une flamme. Aussi douloureusement que celle du froid.

– Demandez-le-moi encore, Gwenaëlle, murmure-t-il, désespéré.

Je sais ce qu'il veut ; je comprends à quoi il fait référence sitôt qu'il prononce ces quelques mots. Une supplique que je n'aurais jamais cru entendre de sa bouche.

– Vous avez envie de… m'embrasser ? hésité-je, le cœur martelant ma poitrine.

– Vous n'imaginez pas à quel point.

Je souris, c'est plus fort que moi. D'abord, parce que j'aime sa franchise. C'est une chose à laquelle il ne m'a pas vraiment habituée jusque-là. Ensuite, parce qu'il n'a pas l'air de se douter un seul instant du désir insatiable qu'il fait naître en moi.

– Oh, je crois que si…

Mes derniers mots meurent entre ses lèvres. Morgan m'embrasse fougueusement, comme un animal affamé à qui on offre enfin de quoi se rassasier. Je ne sais retenir un gémissement de plaisir qui s'échappe de ma gorge lorsque ses dents marquent ma peau d'une volonté brute, sauvage. Mon corps répond instantanément à cet appel, se cambre contre lui et savoure sa proximité avec une envie irrésistible d'aller plus loin.

Je ne maîtrise plus mes gestes, propulsée dans un monde où plus rien ne compte que lui. Il s'accroche à mes hanches et les agrippe fermement, pendant que mes mains remontent jusqu'à ses épaules, sa nuque. Ma poitrine collée à son torse, je sens nos cœurs tumultueux tenter de s'accorder, de battre dans un même rythme toujours plus soutenu. De délicieux effluves de fruits s'envolent tout autour de nous lorsque je passe mes doigts dans ses cheveux courts, incroyablement doux, pour le ramener encore plus près de moi et approfondir notre baiser. J'ai l'impression de mourir ; de renaître. Sa langue cherche la mienne, la trouve, la balance, la renverse puis la dévore.

Jamais, de mes 23 années d'existence, on ne m'avait embrassée de la sorte. Avec autant d'appétit, d'ardeur et d'exigence. De sensualité si virile.

C'est la première fois que je ressens un truc aussi fort, puissant. Une sensation enivrante, une chaleur frénétique qui s'emparent de mon corps et de ce qui se trouve à l'intérieur. Tout est noyé sous ce torrent de désir qu'il a éveillé en moi à l'instant même où son regard a plongé dans le mien. Et là, c'est une explosion des sens qu'il provoque en passant ses paumes sous ma robe, enflammant mon épiderme de ses doigts vigoureux qui me découvrent avec tant d'impatience. Il me saisit et me soulève de plusieurs centimètres pour me hisser sur le bar. Ma respiration devient chaotique ; plus encore lorsqu'il s'installe entre mes jambes, fond dans mon cou, lèche ma peau, puis remonte pour mordiller délicieusement mon oreille. Insatiable, j'empoigne sa crinière sombre, la tire en tous sens tandis que mes cuisses emprisonnent sa taille, faisant relever indécemment ma robe jusqu'à mes hanches. Je manque de défaillir en sentant son excitation, au travers de son pantalon, presser contre ma petite culotte. Son prénom se soustrait à la barrière de mes lèvres, dans un murmure suppliant, et dont l'écho semble l'inciter à poursuivre ses caresses lascives. Ses paumes remontent indécemment jusqu'à ma poitrine pour envelopper sensuellement mes seins, avant de jouer avec mes tétons pointant à travers la dentelle fine de mon sous-vêtement.

Tout en me maudissant d'avoir mis un soutien-gorge aujourd'hui, je m'arc-boute contre lui et me laisse engloutir par cette onde de plaisir qui m'irradie de la tête aux pieds, s'arrêtant plus longuement entre mes cuisses. Je souffle de satisfaction à chaque fois qu'il découvre, du bout de sa langue et de ses mains, une nouvelle parcelle de ma peau.

Puis il relève le visage pour m'observer plus en détail. Le regard qu'il m'adresse à cet instant me bouleverse. C'est un autre homme qui se tient devant moi. Fragile. Torturé. Mon cœur perd le rythme, tressaute, s'emmêle, tiraillé entre l'excitation de le sentir si proche et la déchirure de le voir anéanti par des événements antérieurs, sûrement en rapport avec la cicatrice qui fend sa joue. Alors qu'il est immobile, magnifique, à bout de souffle, le regard féroce, les lèvres rougies par le baiser intense que nous venons d'échanger et le corps tendu contre le mien, quelque chose se brise subitement. Je ne saurais dire quoi, mais son expression se transforme du tout au tout. Il se renferme, s'assombrit… m'échappe encore.

En reculant d'un pas, il met fin à ce moment intime et tire un trait sur ce que nous partagions. Il ne me reste qu'un goût de cendre au fond de la gorge, marqué du souvenir impérissable de ses baisers.

– Je vous prie de m'excuser, je… je n'aurais pas dû, bafouille-t-il d'une voix faible en me tournant le dos.

Je soupire, redescends de mon perchoir où il m'a lâchement abandonnée et me rhabille en essayant de ne pas me laisser submerger par la déception, la colère, la lassitude de ce petit jeu qui n'a déjà que trop duré. Je tente de le rassurer malgré le malaise flagrant qui s'empare de moi.

– Tout va bien, Morgan.

– Non, tout ne va pas bien, rétorque-t-il sévèrement. Vous êtes employée ici et je refuse d'avoir ce genre de relation avec un membre du personnel.

– Vous faites chier, lâché-je, excédée par son attitude.

– Quelle maturité !

– C'est vrai que vous êtes un bien meilleur exemple à suivre !

J'attrape mes affaires et m'apprête à déguerpir le plus loin possible de cette ambiance oppressante – de lui –, lorsqu'il tente vainement de me retenir.

– Gwenaëlle…

– Ça va, ne vous fatiguez pas, le coupé-je sans me retourner. Vous n'aurez qu'à sortir la poubelle en partant.

16

TU NE RÊVES PAS

Morgan

La mort est partout.

Cette route est sombre, la brume épaisse rend la visibilité très faible. Je ne sais même pas comment je suis arrivé ici. Le marquage au sol se distingue à peine sous la lumière de mes phares et je n'ai pas croisé une seule voiture depuis des heures. J'ai mal dans la poitrine. Vraiment très mal. Il faut que je rentre au plus vite ; quelque chose ne va pas. J'accélère. En passant la cinquième, je me redresse pour tenter de savoir d'où vient cette douleur. Je glisse ma main sous ma chemise. Mon torse est humide, visqueux. Bordel, mais qu'est-ce qui se passe ? Paniqué, je la retire et la découvre ensanglantée. J'ai cessé de regarder la route une fraction de seconde… Tout va trop vite. J'ai à peine le temps d'apercevoir une silhouette, une femme à la crinière de feu au milieu de la chaussée, en uniforme de flic. Claire ? Non ! Il n'y a plus que le cri strident des roues qui dérapent, mon cœur qui s'arrête, son corps sur mon pare-brise, l'éclat du verre brisé…

Puis une voix, que je reconnaîtrais entre mille.

– Papa ! Réveille-toi, putain !

J'émerge de ce foutu cauchemar essoufflé, complètement désorienté, des gouttes de sueur perlant sur mon front.

– Alex ? Qu'est-ce que tu fais là ?

– Je t'ai entendu crier, je suis venue voir si tu allais bien…

– Ça va, articulé-je péniblement. Un mauvais rêve, c'est tout.

Elle m'observe du coin de l'œil, hésitante, avant de poursuivre :

– Tu n'arrêtais pas de répéter son nom…

– Son nom ?

– Celui de maman.

Pourquoi ai-je l'impression de me reprendre un coup de poignard à chaque fois que quelqu'un me parle de Claire ? Cette souffrance ne cessera-t-elle donc jamais ?

Le magnifique jeu d'ombre et de lumière que dessine le rayonnement de la lune sur son visage me rappelle à quel point Alexandra ressemble à sa mère. C'est ahurissant. Elle a cette même force dans le regard, une détermination qu'elle dissimule trop souvent sous sa masse de cheveux roux et ses trois couches de maquillage. Elle se métamorphose, et j'ai l'impression d'avoir raté chaque étape de son évolution. Hier encore, nous décorions sa chambre avec de grands posters de Nemo, le petit poisson-clown élevé par son père, et voilà qu'aujourd'hui, je réalise que je ne connais pas celle qu'elle est en train de devenir…

Elle me sort de mes réflexions en s'asseyant sur le bord du lit, et me demande d'une voix tremblante :

– Pourquoi on ne parle jamais d'elle ?

Parce que je suis un trouillard. Un égoïste. Parce que j'ai honte. Parce que je ne suis pas prêt. Parler d'elle au passé, c'est admettre sa mort. Avouer que je suis coupable. Je ne peux pas !

– Je n'en sais rien, Alex, soufflé-je finalement. Je crois qu'au fond, j'ai toujours du mal à accepter.

Elle se contente de hocher la tête sans m'adresser le moindre regard. Peu m'importe. Elle est ici et nous parlons, c'est inespéré. J'en viens même à me demander si je ne suis pas encore en train de rêver.

– Tu me fais une place ? lance-t-elle en se rapprochant du haut de la couette. Enfin… tu ne dors pas à poil, j'espère ?

Je ris. Surpris, ému, ensommeillé, je l'observe avec tendresse tandis qu'elle s'installe sous les draps.

– Non, rassure-toi, je préfère largement mes pantalons de jogging. D'ailleurs, je me souviens comme ça rendait ta mère complètement dingue.

Je m'interromps en riant, puis croise son regard. Des larmes ont pris possession de ses iris aux nuances de miel, tandis qu'un sourire mélancolique a envahi ses lèvres. J'ai l'impression de sentir mon cœur s'ouvrir, se tordre, se retourner pour finalement s'apaiser. C'est une sensation étrange… inédite.

– Tu aimerais qu'on aille la voir, ce week-end ? proposé-je, la voix brisée par l'émotion.

Une larme s'échappe ; elle mordille l'intérieur de sa joue le temps d'une courte réflexion.

– Je ne peux pas ce week-end. J'ai déjà prévu des trucs.

Elle se retourne, dos à moi. J'ai l'impression d'avoir brisé ce que nous étions en train de retrouver après tout ce temps. Je me déteste de n'avoir, encore une fois, pas su trouver les mots pour arranger les choses.

Mais son timbre résonne à nouveau, à peine perceptible :

– Lundi après-midi, je n'ai pas cours, si tu veux.

La manière si douce dont elle a prononcé ces mots me laisse littéralement sans voix. Je suis comme transporté sur un petit nuage, heureux, mais effrayé à l'idée de m'endormir et me rendre compte que tout cela n'a existé que dans ma tête…

Alors, afin d'être certain de ne pas être encore perdu dans mes songes, je décide de rester éveillé jusqu'au lever du soleil. Il transperce déjà mes rétines tandis que j'ai rejoint la cuisine pour préparer le petit déjeuner et, si je doutais toujours de cette réalité invraisemblable qui m'entoure, je me suis finalement fait une raison lorsque ma première gorgée de café m'a méchamment brûlé la langue.

Non, Morgan. Tu ne rêves pas.

Je suis rassuré. Je devrais l'être, tout du moins. Alexandra a accepté de renouer le dialogue, et c'est tout ce qui devrait compter à mes yeux. Pourtant…

Elle accapare chacune de mes pensées.

Ce goût sur ma langue. Cette odeur de rose qui a comme imprégné ma peau. Le son guttural et étouffé de ses petits gémissements dont l'écho résonne encore en moi… C'est insensé. Embrasser cette fille, c'était la dernière chose à faire. La *pire* chose à faire. La chose à ne *jamais* faire. Jamais ! Mais, bon sang… Comment résister ?

Déjà trois jours qu'elle m'a rejoint dans ce bar miteux, et qu'elle m'obsède complètement. Trois jours à regretter de ne pas m'être abandonné à la tentation insoutenable de ses lèvres… Et voilà que c'est tout l'inverse, aujourd'hui. Je l'ai embrassée. J'ai savouré la douceur de sa peau. C'était exquis. Comme un avant-goût du paradis. Putain ! Je me déteste. Pour ça, et pour un tas d'autres choses. Le plus terrible, c'est que j'en redemande. Je veux sentir ses cheveux chatouiller mon corps pendant qu'elle y baladera passionnément sa langue. Je veux voir sa peau frissonnante me supplier de la caresser, encore et encore. Je veux la voir rougir de plaisir sous mes assauts. Je veux son regard profondément ancré dans le mien lorsqu'elle jouira en criant mon nom.

Pitié… Pense à autre chose !

J'attrape ma tasse de café et la vide d'une traite. La brûlure du liquide se répand à l'intérieur de moi et je prie pour qu'elle soit douloureuse au point de m'en faire oublier le bordel que cette gamine a foutu dans ma tête.

– Tu es réveillé depuis longtemps ? m'interpelle Alexandra en débarquant dans la cuisine.

– Oui, je n'arrivais pas à dormir. Tu ronflais tellement fort !

Elle se mordille la lèvre en souriant et relève les sourcils tandis que je tente de garder mon sérieux. Malgré les tourments que Gwenaëlle me fait endurer, je ne peux m'empêcher de me sentir plus léger à chaque fois que j'aperçois ne serait-ce que l'ombre d'un sourire sur le visage de ma fille.

– Arrête, je ne ronfle pas, lance-t-elle en se servant un verre de jus d'orange.

– Qu'en sais-tu ? Un vrai sonneur ! m'esclaffé-je en rinçant ma tasse de café.

Elle rit, manque de recracher la gorgée qu'elle n'avait pas encore avalée.

– Un quoi ?

– Le sonneur de cloches qui dort si profondément que même leur son n'arrive pas à le réveiller. Ça ne te dit rien ?

– C'est n'importe quoi…

– Pas tant que ça. La preuve !

Elle secoue la tête, ses cheveux en bataille et sa frange rangée sur le côté. Le regard qu'elle me lance, rempli d'une émotion que je ne saurais déchiffrer, me cloue littéralement sur place. Son sourire s'efface, l'inquiétude pointe désormais sur ses traits marqués. J'angoisse à l'idée de la voir s'éloigner à nouveau. C'est incontrôlable !

– Tu sais… hésite-t-elle. Je crois que si je ronflais, quelqu'un me l'aurait déjà dit…

Je me raidis, la colère picorant ma peau, juste entre mes épaules. Pourtant, ce sentiment est vite remplacé par un autre, qui m'aide à garder mon calme. Je suis touché qu'elle se confie à moi, enfin. Qu'elle me parle de sa vie, de ses relations. Ce n'est pas forcément par là que j'aurais commencé, mais je refuse de tout gâcher.

– Tu veux dire… quelqu'un avec qui tu as dormi ?

Elle hoche la tête en croquant dans sa tartine au beurre de cacahuète. J'essaie de me concentrer sur ce truc immonde qu'elle adore étaler sur son pain depuis notre séjour à San Francisco, pour ne pas partir en vrille. D'accord, elle a 16 ans, mais quand même. C'est trop jeune pour avoir des… rapports. Sexuels. Bordel. Si son petit copain l'a forcée à faire quoi que ce soit, je ne réponds plus de rien !

Elle fuit mon regard, sans doute parce qu'elle peut aisément lire la contrariété qui tend chacun de mes muscles.

Respirer. Ne pas tout gâcher. Être à l'écoute. Indulgent. Compréhensif.

– Vous vous protégez, au moins ?

– Papa ! rétorque-t-elle, aussi gênée qu'agacée par mon manque de tact.

Les mots sont sortis tout seuls et l'intonation dans ma

voix n'était pas franchement des plus agréables. Mais merde, je suis son père, pas son ami. Même si j'aimerais bien l'être aussi…

Seigneur, je suis censé dire quoi, là ?

– Quoi « papa » ? J'imagine que tu… enfin… que vous…

– Stop ! Je ne veux pas avoir cette discussion avec toi.

Elle se lève d'un bond et attrape son vieux sac à dos qu'elle avait déposé au pied du canapé. Après m'avoir lancé un rapide « à ce soir » sans même se retourner ni me laisser le temps d'en placer une, elle disparaît en claquant la porte. Je souffle ; un sourire étire discrètement mes lèvres à la sensation de cette douce chaleur qui gonfle dans ma poitrine.

Ça s'est plutôt bien passé, non ?

***

Cela fait des semaines que je ne suis pas allé à la salle de sport. La motivation n'était plus présente, mais je me rends compte aujourd'hui que ça m'a énormément manqué. Cette douleur dans mes muscles alors que je répète incessamment les mêmes mouvements. Cette force d'esprit qui me faisait défaut depuis si longtemps, et que je retrouve enfin. L'envie, le besoin de repousser mes propres limites. Soulever des charges toujours plus lourdes, puis relâcher. Soulever, relâcher. Soulever, tenir, encore… un… peu… et relâcher. Je crois que, finalement, il reste quelque chose au fond de moi. Une petite étincelle. Le désir de me battre, de retrouver goût à la vie… Cela fait si longtemps que je n'avais pas ressenti cela.

Après une bonne séance d'entraînement, je m'enferme dans une cabine de douche pour me rafraîchir. J'ai un rendez-vous avec un de nos récents partenaires qui souhaite organiser une soirée dégustation au Versus, et comme je n'ai plus le temps de repasser chez moi… j'en profite. La fréquentation à l'heure du déjeuner est assez faible, ça me laisse une certaine intimité dans le vestiaire. Le calme. Le bruit de l'eau qui s'écoule sur mon crâne et dégringole jusqu'à mes pieds. La buée qui danse autour de moi, la lumière des néons qui s'y engouffre en formant des ombres étranges. Un visage qui se dessine. *Son* visage. Gwenaëlle.

Eh merde !

Le combat continue. Je me précipite sur le shampooing, en déverse partout et commence à frotter nerveusement mes cheveux pour tenter de la chasser de ma tête. Je ferme les yeux. Mauvaise idée. Il faut que je sorte d'ici. Je me savonne énergiquement les épaules, les bras, le torse, le ventre. Je frissonne. Sans que je puisse le contrôler, ce sont ses mains que je perçois sur mon corps… Elle m'apparaît, à genoux devant moi ; ses lèvres pastel, gourmandes, scellées autour de mon sexe. L'effervescence me submerge, c'est instantané. C'est dingue ce que cette fille provoque en moi, alors qu'elle n'est même pas là.

J'empoigne ma verge, la serre entre mes doigts tout en entamant de lents va-et-vient. L'exaltation est décuplée par mon imagination qui la voit, elle et sa tignasse rose, l'engloutir avec un appétit insatiable. Je bouillonne de l'intérieur. D'une main tremblante, celle avec laquelle je ne suis pas en train de me branler comme un adolescent qui découvre les plaisirs solitaires, je tourne le thermostat de la douche à l'extrême droite, dans un ultime espoir que la température glaciale de l'eau m'aide à garder le contrôle. Inutile. Je n'arrive pas à m'arrêter. C'est trop bon de la voir, de la sentir.

Mes gestes s'intensifient tandis qu'elle m'inspire un fantasme toujours plus érotique : mes doigts cramponnés à ses hanches et ses fesses, pressées contre mon bassin, claquant au rythme infernal de mes coups de boutoir. Je sens l'orgasme poindre au plus profond de moi ; j'accélère. Envie d'elle, tellement fort. Sa peau, sa bouche, ses petits seins moulés dans le creux de mes mains. Son corps qui se cambre sous ma langue, ses cris qui se mêlent à mes gémissements.

Oui.

Son regard perdu, suppliant alors qu'elle se balance, excitée, excitante, d'avant en arrière. Mon cœur s'affole, le sang afflue beaucoup trop fort dans mes veines. Je vais jouir. Jouir pour elle. En elle. Putain.

Oui !

Appuyé contre le mur, englouti par le plaisir, j'explose. Littéralement. C'est tellement brutal que j'ai besoin de plusieurs minutes pour retrouver mes esprits. Pour réaliser ce que je viens de faire. Pour m'en vouloir d'avoir pris mon pied en pensant à elle. De me plaire à m'imaginer envahir son esprit comme elle occupe le mien. Est-ce qu'il lui arrive de penser à moi de cette façon ? Ouais, j'adorerais ça.

Bordel. Là, tu déconnes sérieusement, mec.

17

LE FLÉAU

Gwenaëlle

En me réveillant ce matin, je savais que cette journée n'allait pas être des plus simples à gérer. Le baiser de Morgan – et pas que le baiser – m'a obsédée toute la nuit. Il m'a empêchée de fermer l'œil. Encore maintenant, alors que je sèche mes cheveux dont le rose commence à s'estomper significativement, je n'arrive pas à penser à autre chose. Aussi, je me demande si réellement, à l'avenir, je pourrai me satisfaire de moins que ça. Parce qu'il est clair qu'on ne m'avait jamais embrassée ainsi et qu'il sera difficile au prochain de faire mieux. C'est étrange. Absurde. Surprenant. Mais merde, j'ai tellement aimé cette force presque animale qui nous a poussés l'un vers l'autre ! J'essaie de me raisonner, de contenir cette envie folle de recommencer… Mais les émotions remontent à la surface ; celles que j'ai ressenties à l'instant même où ses lèvres ont percuté les miennes. Il a bouleversé toutes mes certitudes en une fraction de seconde. C'est terrifiant, en fait. Il a ce pouvoir sur moi, celui de me faire planer, toucher les étoiles, pour ensuite me faire retomber, écorchant ma peau comme la blessure du goudron brûlant. Le pire, c'est que je ne sais même pas si ça représente autre chose pour lui qu'une simple erreur de parcours.

Après avoir demandé au taxi d'attendre mon retour et traversé les couloirs de l'hôpital, je frappe à la porte de la chambre de maman. À cette heure-ci, elle devrait déjà être prête à partir. Et si je lui parlais de tout ça ? Peut-être aura-t-elle quelques conseils à me donner ? Je n'en sais rien… Quoi qu'il en soit, je suis contente de la retrouver. Parce que même si je ressasse souvent les mauvais moments, elle reste ma mère, et je l'aime. Je veux l'aider à s'en sortir, nous le devons toutes les deux.

J'entre, impatiente, mais inquiète à la fois. Je n'ai plus eu de nouvelles depuis son dernier message de ce matin ; elle n'avait pas encore obtenu les résultats de ses examens. J'appréhende un peu ce silence qui ne lui ressemble pas.

La pièce est déserte, la salle de bains ouverte est vide également. Plus aucune trace d'un quelconque patient en ces lieux. Ce n'est pas normal.

– Maman ? tenté-je, malgré l'évidence de la situation.

J'attrape mon portable. Rien. Je compose son numéro. Messagerie. Peut-être que nous nous sommes croisées et qu'elle m'attend en bas, à l'accueil ? Je sors de la pièce quand une infirmière m'accoste en souriant, les mains plongées dans les poches de sa longue blouse blanche.

– Gwenaëlle Carlier ?

– Oui. Je cherche ma mère, Nadia Carlier. Vous ne l'auriez pas vue ?

– Si, justement. Elle a quitté l'hôpital ce matin et m'a demandé de vous remettre ceci.

Je saisis machinalement le bout de papier qu'elle me tend tandis que mon cerveau est encore en train d'analyser sa phrase.

Elle est partie ? Où ? Et pourquoi ?

Toujours comme un robot dont les gestes sont programmés à l'avance, j'ouvre la feuille pliée en deux et découvre ce que je redoutais le plus au monde : une putain de lettre d'adieu !

Chupa,

Je ne sais pas vraiment par où commencer… Les erreurs sont nombreuses, les regrets si douloureux. Plus rien n'a de sens aujourd'hui, pas même ma présence à tes côtés.

J'ai été ces chaînes à tes chevilles durant trop longtemps, le moment est venu de t'en libérer.

Je garde espoir de redevenir la femme que tu as connue, autrefois. Celle que j'ai abandonnée en chemin, au profit d'un homme qui nous a tourné le dos, mais aussi parce que j'avais cessé d'y croire. Celle qui n'aurait jamais accepté de te voir si malheureuse. J'ai fermé les yeux, c'était tellement plus facile. Je m'en veux, ma douce. Aujourd'hui, je te comprends enfin. Je ressens à mon tour toute cette rancœur si légitime qui brûle en toi. J'aimerais t'offrir une vie meilleure, une épaule sur laquelle tu puisses te reposer. Une mère, tout simplement. Pour cela, j'ai besoin de m'éloigner. De disparaître. De renaître. Je dois te donner une véritable chance de t'en sortir. Tu penseras certainement que je suis lâche et que je t'abandonne mais, avec un peu de recul, j'espère que tu comprendras. J'ai confiance en toi et je sais de quoi tu es capable, même si toi, tu n'en as pas conscience.

Ne t'inquiète pas pour moi. Mes résultats sont bons, mais je dois me soigner de cet autre fléau qui nous gâche la vie depuis toutes ces années.

Je t'aime trop pour t'imposer cela plus longtemps.

Maman.

Un trou béant se forme dans ma poitrine. La terre s'ouvre sous mes pieds. Je tombe. La chute est interminable. Douloureuse. Poignante. J'ai l'impression d'avoir quitté mon propre corps et de le regarder sombrer, se débattre puis se noyer sous mes angoisses les plus profondes. Comment est-ce possible ? Après tout ce temps, toutes ces épreuves que nous avons traversées ensemble ; comment peut-elle me faire ça ? Disparaître en ne laissant derrière elle qu'une simple lettre. Ne valais-je donc pas mieux que ça ? Pensait-elle sincèrement qu'un peu d'encre sur une feuille blanche suffirait à apaiser la douleur de son départ ? Eh bien, non. Qu'elle aille se faire foutre ! Elle et tous les autres, d'ailleurs. Je n'ai besoin de personne.

Personne !

Je retourne au taxi qui m'attend là où il m'a déposée quelques minutes plus tôt. Le chauffeur, appuyé contre la portière, me regarde avec insistance. Du moins c'est ce qu'il me semble apercevoir au travers de ses grandes lunettes noires et sous l'ombre de la visière de sa casquette NY. Anéantie, encore sous le choc du départ de ma mère, je m'agace à penser qu'il n'a rien d'autre à faire que de reluquer une pauvre fille dont les larmes inondent les joues rougies par cette chaleur étouffante. J'ai tellement besoin d'extérioriser ma tristesse et ma colère que je ne prends même pas la peine de retenir mes mots.

– Vous voulez ma photo ? craché-je en détournant les yeux.

– Mauvaise nouvelle ?

Putain de merde.

Cette voix. Elle me transperce la peau comme un million d'aiguilles. Même si elle me paraît beaucoup plus douce que la dernière fois, même si elle m'a accompagnée durant bon nombre de moments très agréables, elle me renvoie instantanément à cette intolérable souffrance. À la source de mes démons les plus enfouis, les plus secrets.

***

Sept ans plus tôt

23 h 57.

Toujours aucune nouvelle de lui.

La pluie commence à s'abattre sur le Velux de la cuisine. J'ai préparé le dîner mais, de rage, je viens de tout jeter à la poubelle. Celina est partie se coucher depuis plus de deux heures ; elle m'a pourtant prévenue que Fabio rentrait très tard en ce moment. Visiblement, il a même oublié notre date d'anniversaire. Deux ans, ça se fête, non ? Ça fait des semaines que je prépare cette soirée, que je mens à mes parents pour pouvoir passer du temps avec lui. J'avais dressé la table, mis des bougies, de la musique… Je suis dégoûtée. Je croyais qu'on avait dépassé ça, tous les deux. Les faux plans et les mensonges. J'essaie de l'appeler de nouveau, mais je tombe encore sur sa messagerie.

J'ai voulu partir bon nombre de fois, mais je ne l'ai pas fait. Au lieu de ça, je me suis allongée sur le canapé pour l'attendre jusqu'à une heure du matin. Une heure dix-huit pour être précise. Fabio s'est pointé complètement défoncé ; j'ai vrillé.

– Je peux savoir où t'étais ? hurlé-je alors qu'il a à peine franchi le seuil de la porte.

– Qu'est-ce qui t'arrive, encore ?

– Ce qui m'arrive ? Tu te fous de moi, j'espère ? Ça fait des heures que j'essaie de te joindre !

– Oh, ça... Ouais, désolé ma puce. J'ai perdu mon téléphone.

– C'est ça, prends-moi pour une conne, en plus.

– Mais non, ma puce... insiste-t-il d'une voix nasillarde qui fait grimper ma rage à un niveau jamais atteint.

– Ta puce ? Je crois que tu n'as pas bien compris, Fabio. Si je suis encore ici, c'est juste pour pouvoir te dire en face que toi et moi, c'est terminé. J'en ai vraiment marre que tu te foutes de ma gueule !

– Ferme-la, putain. Tu me fatigues ! Viens, on va se coucher.

Je me fige, les sourcils arqués, la bouche ouverte, totalement sidérée par le culot dont il fait preuve. Ce mec n'a plus rien du garçon que j'ai aimé.

– Je me casse... Inutile de m'appeler en chialant demain, je ne te répondrai pas !

Je tourne les talons, mais son ton se fait plus grave, plus menaçant.

– Ah ouais, et tu comptes aller où ?

– Peu importe, du moment que c'est loin de toi, soufflé-je en retenant mes larmes.

Il parcourt la pièce en une fraction de seconde. Sa paume percute ma gorge ; je suis projetée contre le mur. Ses phalanges se resserrent autour de mes carotides. L'oxygène me manque. J'ai mal. Mes yeux exorbités, brouillés par la terreur, restent ancrés à son visage effrayant, sinistre. Je sens mon cœur palpiter sous ses doigts, de plus en plus fort. Je vais mourir. Mes bras s'agitent mécaniquement pour tenter de le faire lâcher prise, en vain. Incapable de prononcer un seul mot, pas même une plainte de douleur, je me tourne vers mon unique espoir de survie en priant ce Dieu auquel je n'ai pourtant jamais cru. Ma conscience se fait plus sourde, jusqu'à ne devenir qu'un bourdonnement au fin fond de mon esprit embrumé. Je n'ai plus d'air. Mes muscles me lâchent. Ma vision s'assombrit. Je ne le vois plus, mais son regard méprisant me hante encore. Pourquoi ? Je croyais qu'il m'aimait. Je croyais… Je…

Mon corps entre brutalement en contact avec le sol. Je m'écroule à ses pieds dans un gémissement convulsif, la respiration bruyante et saccadée. La peur m'empêche de faire le moindre mouvement. Je ne suis qu'à quelques mètres de la porte, elle semble pourtant trop loin pour envisager la fuite. Le silence règne en maître ; je n'ose relever la tête. Rôde-t-il encore dans les parages, tel un prédateur sur le point d'achever sa proie déjà blessée ? S'est-il évanoui dans la nuit, comme le croque-mitaine au premier rayon du soleil levant ?

Sa voix amère, dont l'écho me glace le sang, s'élève dans la pièce sombre, répondant ainsi aux interrogations derrière lesquelles j'avais caché le maigre espoir de m'en sortir indemne.

– T'as rencontré quelqu'un ?

Non !

Je ne riposte pas, terrifiée à l'idée d'empirer les choses. Devant mon mutisme, il continue son monologue. La situation m'échappe à nouveau.

– DIS-MOI QUI, SALE PUTE !

Je ferme les yeux. C'est un cauchemar. Je vais me réveiller… Il faut que je me réveille ! La brutalité dont il fait preuve, son air méprisant, la douleur qui s'étend sous et sur ma peau, tout ça ne laisse aucun doute : c'en est fini de mes espoirs et de tous les projets d'un avenir radieux auprès de lui. Comment est-ce possible ? Il empoigne mes cheveux, me soulève aussi facilement qu'une poupée de chiffon. Un chiffon souillé par la honte, la désillusion. Enlisée dans les mensonges et les non-dits, notre histoire est morte à petit feu dans le creux d'une petite cuillère.

La drogue m'a dépouillée de celui que j'ai aimé.

Ne supportant plus mon silence, il me gifle. Le choc de l'impact me fait valser à travers la pièce dans une danse chaotique, infernale. Je m'accroche à l'une des chaises, tel un naufragé à une brindille flottant dans les eaux troubles d'une existence anéantie.

– Fabio… Arrête… le supplié-je, à bout de souffle.

À bout de larmes.

– Pourquoi tu m'as fait ça ?

– Il n'y a personne d'autre, je te le jure !

L'élan d'un fébrile instinct de survie me pousse à lui faire face pour tenter de l'en convaincre. Son regard s'adoucit, l'espace d'un instant, lorsque je saisis sa main avec tendresse. Mais la colère est toujours là, sous la surface. Elle redouble d'intensité. On ne se bat pas contre un homme rendu sourd et aveugle par tous les produits qu'il a consommés. On implore sa clémence. Il attrape violemment mon poignet, me gifle encore. Je tombe.

– TU MENS ! s'époumone-t-il en m'assénant plusieurs coups de pied dans le ventre et la poitrine.

La souffrance est intolérable. Recroquevillée sur moi-même, les yeux clos, noyés dans leurs propres larmes, je prie cette fois-ci pour que la mort m'emporte le plus tôt possible. J'encaisse. J'étouffe. Lentement. Mes os se brisent, ma peau éclate. Il faut que ça s'arrête. La détresse coule dans mes veines, comme mon sang sur le parquet. Pitié. Je veux…

– Fabio, ça suffit ! Éloigne-toi d'elle !

***

Fabio se tient debout devant moi, la mine livide. Je peine à le reconnaître tant il a changé depuis la dernière fois. Mais mon corps tremble. Mon cerveau tourne à plein régime. Il ne différencie pas le passé du présent. Prisonnière d'une peur viscérale, de ces démons aux multiples visages, je fuis. Je dois m'éloigner de lui. J'entends sa voix, lointaine, me sommer de faire attention. Mes jambes refusent de s'arrêter. Elles se rappellent l'erreur qu'elles ont commise de ne pas s'enfuir quand elles le pouvaient encore. Le soleil m'éblouit, je bouscule des corps étrangers qui se déplacent autour de moi. Je rate la marche du trottoir, me rattrape de justesse avant de tomber. Des cris. Un bruit de klaxon. L'ombre d'un gros véhicule qui glisse sur le sol en se rapprochant inexorablement de moi…

Mes démons arriveront-ils finalement à avoir ma peau ?

18

LES MAUX DU PASSÉ

Gwenaëlle

Ce parfum, je le reconnaîtrais entre mille. *Stronger with You* d'Emporio Armani. La dernière fois que je me suis blottie dans ce cocon aux effluves épicés de vanille et de sauge, c'était le jour de mes 17 ans. Mes parents se disputaient encore, c'était plus fréquent ces temps-là. Fabio a senti, au timbre mélancolique de ma voix résonnant dans le combiné du téléphone, que j'avais besoin de lui, d'une présence rassurante à mes côtés. Par amour, il n'a pas hésité à grimper le mur de notre spacieuse villa, au péril de sa propre vie. Bon, c'est vrai, ce n'était pas la première fois… Mais la tâche n'en devenait pas moins dangereuse. Aussi souvent qu'éclataient les disputes de mes vieux, j'espérais sa venue dans ma chambre d'adolescente, à la décoration un peu excentrique après que j'ai repeint mon cadre de lit en jaune citron et mon armoire à fringues en vert bouteille. Sous mon matelas, un pot de peinture rouge coquelicot attendait de recouvrir ma bibliothèque, mais je n'ai malheureusement pas eu le temps de terminer tous mes projets qui, pour certains, demeurent toujours dans un petit coin de mon esprit.

Pourtant, c'était un jour important. Sans le savoir, j'assistais à nos derniers instants de quiétude, apaisée dans ses bras, sa voix douce murmurant les mots que j'avais tellement besoin d'entendre.

« Je t'offrirai la vie dont tu as toujours rêvé, Gwen. Je te le promets. »

Reprise de conscience.

Le présent m'est inaccessible, écrasé par les souvenirs qui subsistent et prennent beaucoup trop de place puisque enracinés dans mon esprit. Mes yeux cherchent un point d'ancrage, égarés entre songes et réalité. Fabio me tient toujours contre lui ; je me projette en arrière, assez loin pour m'extirper de son emprise. Je me rappelle celui qu'il a été jadis : un pilier indispensable à mon équilibre, l'élément essentiel de mon bien-être. Étrangement, c'est la première fois que je repense à lui de cette façon, avec une nostalgie presque indolore.

Presque.

Il n'essaie pas de me retenir et glisse ses mains dans les poches de son chino beige. Sa veste en jean se tend au niveau de ses épaules voûtées ; il cherche à capter mon regard mais, encore sous le choc de ce qu'il vient de se passer, je ne trouve pas la force de lui faire face.

– Gwen… Est-ce que ça va ? s'enquiert-il, la mine déconfite.

Il va pour se rapprocher de moi, mais avant même qu'il ait réduit la distance entre nous, mon instinct de survie me pousse à reculer d'un pas.

– Ne t'approche pas !

– Je ne voulais pas te faire peur, excuse-moi.

– Tu pensais que ça me ferait plaisir, peut-être ? répliqué-je d'un ton acerbe, guidée par la peur.

Les muscles de sa mâchoire tressaillent, il baisse les yeux en secouant la tête, abattu.

– Ouais. Je ne sais pas pourquoi j'ai pensé qu'après tout ce temps…

Les maux du passé inondent à nouveau le présent.

– J'aurais oublié que tu as failli me tuer ?

Mes mots sont durs, tranchants. Je les voudrais aussi douloureux que les coups encaissés ainsi que le terrible silence qui a suivi son départ.

– Je m'en veux tellement, si tu savais… Je me suis laissé entraîner dans toute cette merde parce que je croyais que c'était la seule solution pour t'offrir une vie de rêve. Mais je me suis retrouvé coincé et j'ai perdu la raison. Gwen, tu dois probablement t'en foutre, mais depuis ce soir-là, j'ai changé. J'ai pris conscience du monstre que j'étais devenu et j'ai payé pour tout ça.

– Moi aussi, j'ai changé, Fabio. Et je ne referai plus les mêmes erreurs, assuré-je en fronçant les sourcils, le regard menaçant.

Il soupire.

– Accorde-moi cinq minutes. J'ai tellement de choses à te dire. Je t'en prie, Gwen. Cinq minutes et je disparais de ta vie pour toujours.

– Cinq minutes et tu t'en vas !

Je n'en ai pas envie, mais je sais qu'il ne me laissera pas tranquille si je refuse. En souvenir de toutes les fois où il a été présent pour moi, j'abdique.

Il acquiesce en souriant, une lueur d'espoir éclatant dans ses prunelles tristes. Nous nous installons à la table d'un café, non loin de notre point de rencontre. J'ai insisté pour être entourée de beaucoup de monde, cela me rassure. Ici, la terrasse est bondée ; ça respire la joie de vivre, celle qui me manque et que j'entends bien retrouver. Les rires m'apaisent et le soleil réchauffe peu à peu le sang glacé qui peinait à circuler dans mes veines.

Avant même que nos boissons ne soient servies, il retire sa casquette et ses lunettes en soupirant. J'ai l'impression de pouvoir lire en lui, comme j'ai toujours su le faire. Ses iris sombres reflètent toute l'amertume que lui inspire son passé sali par la haine et le dégoût de lui-même, mais également la force, le désir de me prouver qu'il n'est plus cet homme-là.

– D'abord, je veux que tu saches que je suis clean. J'ai fait de la tôle, un séjour en centre de désintox et j'ai monté ma boîte. Aux yeux de la société, j'ai payé pour mes conneries… Mais les seuls qui m'importent réellement, ce sont les tiens.

Tu as des années de retard.

– Qu'est-ce que tu veux, exactement ? Que je te félicite ? Que j'apaise ta conscience ?

– J'aimerais tellement que tu me pardonnes… avoue-t-il, la voix vibrante d'une émotion qu'il peine à contenir.

– Tu as brisé ma vie et mes rêves ce soir-là ! Tu m'as abandonnée, Fabio. Je ne pourrai jamais te pardonner.

– Tu sais que je ne t'aurais jamais fait de mal, n'est-ce pas ?

Faux. Faux. Faux ! Menteur !

– Mais tu l'as fait… murmuré-je en fermant les yeux, laissant les larmes dévaler mes joues et inonder mes lèvres.

– Ce n'était pas moi, c'était la drogue, Gwen. Je t'en prie, dis-moi que tu me crois. Tu ne peux pas avoir oublié tout le reste…

– Je n'ai rien oublié. Rien du tout, assuré-je en masquant l'ironie que sa réplique m'inspire. Mais quand je te regarde, je ne ressens plus que la douleur de tes coups, de tes mots et puis… celle de ton silence.

Tout est là, plus inaliénable que l'encre avec laquelle je raconte des histoires sur les peaux.

– Je suis contente que tu aies pu trouver la paix, refaire ta vie, reprends-je malgré la boule d'angoisse qui encombre ma gorge. Mais ne me demande pas d'en faire partie. J'ai mis tellement de temps à me reconstruire après tout ça.

– Tu ne pourras donc jamais me pardonner ?

Sa voix est douce, mais teintée de peine et de regrets. Je hausse les épaules en balayant une larme d'un revers de main. Mon cœur ne sait plus s'il doit se protéger ou lâcher prise. Le pardon n'est pas une décision que je vais prendre à la légère, du jour au lendemain. Non. Je dois être prête. Entièrement. Pas uniquement parce qu'on me répète que cela m'aidera.

– Je n'en sais rien, soufflé-je en secouant la tête. C'est encore trop tôt. Et honnêtement, je ne sais pas si j'en serai capable un jour.

Mon portable vibre, le prénom de ma meilleure amie s'affiche au-dessus de ces quelques mots :

[Besoin de toi.]

Je repose l'objet après avoir rédigé une réponse rapide et relève la tête lorsque le timbre confus de Fabio résonne à nouveau, juste en face de moi.

– Je comprends. Mais sache que je ne suis plus cet homme-là. Il est sans doute trop tard pour ça, mais je te présente mes excuses, Gwen. J'espère sincèrement qu'un jour tu pourras me pardonner. Je ferai n'importe quoi pour ça !

– J'ai besoin de temps, lancé-je en me levant de ma chaise, au moment où le serveur dépose enfin nos cafés. Je dois y aller, maintenant. Ne cherche pas à me recontacter, je... je ne suis pas prête.

***

Quarante minutes après que le taxi m'a déposée devant le salon pour que j'y récupère ma moto, j'arrive chez Catalina. Voilà qui m'aidera à me changer les idées. Complètement déboussolée par les derniers événements, je me perds à contempler le magnifique paysage qui s'offre à moi tandis que je franchis le grand portail bleu. Je suis toujours impressionnée de voir les longues haies de thuyas en bordure du chemin caillouteux, parfaitement entretenues. Cat adore s'occuper des plantes, les regarder s'épanouir. Elle aime tout ce qui touche à la nature. Ce magnifique jardin à l'étang féerique, aux nombreux arbres exotiques et parsemé de fleurs aussi colorées que délicieusement parfumées, est entièrement né de ses mains. Quand ils ont acheté cette maison, avant la mort de la mère de Catalina, il n'y avait qu'une immense et désertique étendue de terre, dont elle a su voir immédiatement tout le potentiel. Elle en a fait un véritable paradis.

– Je suis là ! crié-je en pénétrant dans le grand hall lumineux.

Elle déboule des escaliers pour me sauter au cou, le visage blême et les traits déformés par la tristesse.

– Je suis tellement contente de te voir...

– Qu'est-ce qui t'arrive ? Quelque chose ne va pas ?
– C'est fini avec Jordan.
– Pardon ?
Surprise, je me fige, interloquée. Je ne m'attendais pas à ça.
– Il a quitté le centre… pour une nana qu'il a rencontrée à une de ses séances de groupe. Ça faisait des mois qu'il me trompait, putain !
– Tu… tu veux dire que son nouveau job à la boulangerie, c'était des craques ?
– Je n'en sais rien et je m'en fous ! Les personnes comme lui ne changeront jamais. Elles ont le mensonge et la trahison encodés dans les veines, crache-t-elle en pleurant toutes les larmes de son corps.
Je l'emmène jusqu'à la table de la cuisine où sont disposées une carafe de jus d'orange frais et une corbeille de fruits. Cat se laisse tomber sur sa chaise en cachant son visage rougi et bouffi entre ses mains, preuve que le torrent a débuté il y a un bon moment. Sa douleur m'atteint, je ne supporte pas de la voir dans un tel état. Elle qui est toujours si positive et solaire ! Il semblerait que le sort s'acharne à faire de nos vies de véritables enfers sur terre !
– Ne dis pas ça. Certaines personnes s'en sortent, tu sais, tenté-je de la rassurer. Jordan n'était pas le bon, c'est tout.
– Comment peux-tu encore croire à ce genre de connerie ? s'agace-t-elle en frappant sa paume sur le plateau en verre.
– Figure-toi que j'ai croisé Fabio. Tu n'en reviendrais pas de sa transformation ! Enfin, physiquement parlant, parce que pour le reste…
L'ambiance n'était déjà pas au beau fixe. À présent, elle est carrément angoissante. Cat m'étudie d'un œil grave tandis que je me rappelle combien elle le déteste. Viscéralement et épidermiquement parlant. Le choléra aurait eu moins d'effets sur elle que mon ex…

À raison, mais là n'est pas la question.

– Fabio est revenu ? Et tu l'as revu ? Quand ? Pourquoi ?

Tiens, elle en oublie Jordan.

– Le hasard.

– Oh, arrête ! Rien n'est jamais le fruit du hasard avec lui.

– Il a peut-être changé. J'en sais rien… Il avait plutôt l'air en forme, je trouve.

– Putain, mais tu plaisantes ? Ta super mémoire super infaillible te fait défaut ou quoi ? Ce mec t'a brisée, Gwen ! hurle-t-elle, furieuse.

– Je suis au courant, merci ! rétorqué-je sur le même ton. Il m'a juste offert un café, alors calme-toi.

– Me calmer ? Tu devrais fuir ce gars comme la peste ! Mais non, madame va boire des cafés avec lui ! Je rêve… Ne me dis pas qu'il t'a encore retourné le cerveau ? S'il s'approche de toi, je jure que je lui fracasse sa petite gueule d'ange contre un mur, à cet enfoiré ! Et il risque de goûter à ses couilles en prime !

Non, mais peut-être est-il temps d'avancer. D'avancer vraiment.

– Gwen ! me supplie-t-elle en découvrant l'hésitation qui s'imprime sur mon visage.

Cette discussion ne nous mènera nulle part. La tension monte trop vite, la colère gronde trop fort. Ni elle ni moi ne sommes en état de gérer correctement nos émotions. Autant y mettre un terme tout de suite.

– Je n'aurais jamais dû t'en parler. Appelle-moi quand tu seras calmée ; il faut que j'aille bosser.

Sans lui laisser le temps de riposter, je claque la porte et enfourche ma moto. Mais rien ne fait taire les voix dans ma tête ni les souvenirs qui, toujours, m'enchaînent aux pires moments de mon passé.

J'accélère, me concentrant sur l'asphalte lisse qui défile à la même allure soutenue que mes pensées. La vitesse m'octroie quelques secondes de liberté pure, là où personne d'autre que moi ne peut avoir le contrôle.

Les secondes s'égrènent, les conclusions s'installent, aussi vivaces que les maux. Ces derniers temps sont très – trop – riches en événements. J'aurais besoin de me retrouver au calme pour faire le point, mais voilà que je vais bientôt devoir faire face à Morgan, le mec bipolaire qui m'embrasse pour me prendre la tête pas moins de trois secondes après. Un emmerdeur de première, capable d'embraser les petites culottes. Un duel à lui tout seul. Une énigme pourtant aussi attirante qu'énervante.

Putain, ça promet.

19

L'UN D'ENTRE EUX

Morgan

Pour éviter toute autre rupture de stock, j'ai décidé d'inventorier toutes les bouteilles qu'il nous reste en réserve. C'est donc assis sur un fût de bière que je m'attelle à la tâche. Un calepin entre les mains, un stylo-bille dans la bouche, une jambe croisée sur ma cuisse et une fesse détruite par le rebord en métal de la bonbonne, je lorgne l'étagère depuis vingt bonnes minutes. Je n'ai toujours rien noté sur ma feuille ni daigné me déplacer pour y voir plus clair.

Une productivité qui frôle le néant absolu.

Honnêtement, je ne sais même plus ce que je fous là. Est-ce que je cherche à éviter la fille-tornade, ou à tomber sur elle à tout prix ? La voilà, la vraie question.

Je me décide enfin à bondir de mon siège de fortune pour faire semblant d'être voué à ma tâche lorsque j'entends du grabuge derrière la porte.

– Si, papa, je t'assure. C'est hyper important.

– Qu'est-ce que tu veux que je fasse ? souffle Garett, le timbre las. Il a peut-être vraiment changé. Je me bats depuis des années pour donner une seconde chance à tous ces jeunes en manque de repères et tu remets tout en question à cause de cet abruti de Jordan. Je comprends que tu sois blessée après ce qu'il t'a fait, mais ça ne veut pas dire qu'ils sont tous comme lui !

– Ça n'a rien à voir avec Jordan. C'est de Gwenaëlle que je te parle.

Ma curiosité est piquée au vif. Je tends l'oreille (comme si ce n'était pas déjà le cas) pour ne rien manquer de leur conversation.

– Je te le redemande : que veux-tu que je fasse ?

– Il faut la protéger ! Ce mec est un grand malade. Je sais qu'il prépare quelque chose.

– Et je suis censé agir sur des suppositions ? C'est quoi le problème, exactement, avec ce type ?

Silence. Merde. Je remarque à cet instant que je retenais ma respiration depuis de longues secondes. Je me rapproche de la porte à pas de loup. Sont-ils toujours là ? Si je sors et que je tombe sur eux, ils cesseront probablement leur discussion… Mais je veux savoir de quoi il est question. Gwenaëlle aurait-elle des ennuis ?

Et bordel, pourquoi est-ce que ça m'intéresse autant ?

– C'est son ex, finit-elle par avouer, la voix étranglée par l'inquiétude. Il lui a fait du mal. Beaucoup de mal.

– Du mal comment ? Il lui a brisé le cœur ? s'enquiert Garett, visiblement soucieux de la même chose que moi.

– Ouais, ricane-t-elle, amère. Et quelques côtes, par la même occasion.

Mon estomac vient de se retourner, littéralement. Mon sang palpite tellement fort que je l'entends marteler à mes oreilles, au même rythme que la colère sourde qui alourdit chaque muscle de mon corps.

– Il la frappait ?

Il semble profondément choqué. Je le suis aussi. La rage me gagne, me dévore.

– Une fois. Celle de trop.

– Elle a porté plainte ?

– Papa… s'agace-t-elle.

– Quoi ? Tu m'appelles pour me demander de l'aide, j'ai le droit de poser la question, non ?

– Bien sûr que non, elle n'a pas porté plainte ! Elle n'en a parlé à personne, penses-tu. Juste à moi, parce qu'elle ne voulait pas que ses parents soient au courant.

– Son nom ?

Ouais, putain. Son nom.

– Fabio Mendes. C'est le fils de sa proprio.

Je note précieusement cette info dans un coin de ma tête.

– Le mieux à faire, pour l'instant, c'est de ne pas trop t'éloigner d'elle. Je vais me renseigner, d'accord ?

Les voix se taisent, mais mon cœur fracasse tellement fort ma cage thoracique que j'entends presque les craquements de mes os chaque fois qu'ils encaissent le choc.

Catalina a raison, il faut faire quelque chose.

L'accès à la réserve (et, accessoirement, le seul passage qui mène au bureau de mon associé) s'ouvre sur Garett. Il fronce les sourcils en me découvrant dans le noir, l'oreille presque collée contre le bois de la fine paroi qui nous séparait.

Pris en flag !

– Tu écoutes aux portes, toi, maintenant ? me lance-t-il, surpris, en allumant.

– Du tout, affirmé-je en cachant la fiche désespérément vide. Je faisais l'inventaire. Pour les bouteilles.

– C'est bien, tu vas finir par apprendre de tes erreurs ! Mais puisque tu es là, dis-moi ce que tu penses de tout ça.

Je veux lui montrer la douleur de se faire briser les os, à ce petit con.

– De tout ça quoi ? feins-je de ne pas comprendre.

– Oh, je t'en prie, ne fais pas l'innocent ! De l'ex-copain de Gwen. De son retour, de l'inquiétude de Catalina, de ce que je suis censé faire. Tu as bien un avis, non ?

Je hausse les épaules. Après tout, puisqu'il sait que je sais…

– Qu'est-ce qu'il lui veut ?

– Apparemment, juste lui offrir un café. Et lui demander pardon.

– Tu as l'air de penser qu'il peut avoir changé.

Il soupire en se laissant lourdement tomber sur sa chaise.

– Question d'expérience. Les ados que j'aide ont tous un passé difficile. Agressions en tout genre, consommation de drogue, trafic, prostitution… mais je crois en eux, Morgan. J'y crois alors même que leur propre famille a baissé les bras. Chacun a le droit à un nouveau départ. Le passé ne doit pas constamment nous définir. Je ne peux pas retourner ma veste uniquement parce que, cette fois, je connais la victime du méfait… si ?

– Je comprends.

C'est évident. Quand j'étais avocat, je ressentais exactement la même chose, et je croyais au principe de la présomption d'innocence, aux deuxièmes chances. Or, tout n'est pas si simple. Défendre, oui, mais à quel prix ? Jusqu'à quel point devons-nous ignorer notre conscience pour faire notre devoir ? Si seulement j'avais su répondre à cette question avant de *la* perdre…

***

Cinq ans plus tôt

– Alors tu vas le faire ? me demande-t-elle, le regard triste.

– C'est mon métier, Claire. Je dois le défendre.

– Et le mien, c'est de mettre les criminels comme lui en prison, me rappelle-t-elle comme si je pouvais l'avoir oublié.

– Je sais, bon sang ! Mais c'est ma première grosse affaire, je vais être jugé par mes pairs et mes patrons. Si je foire ce dossier, je peux dire adieu à tout ce pour quoi j'ai bossé jusqu'à présent. Tu étais là, tu sais que j'ai trimé jour et nuit ces sept dernières années pour passer le barreau. Tu sais tout ce que j'ai sacrifié pour notre avenir. J'ai à peine vu grandir ma fille… Tu ne peux pas me demander de tout envoyer valser maintenant !

– Cet homme est un monstre, Morgan. Il a tué des dizaines de personnes, dont des victimes de l'âge de Lexi !

– Je suis son avocat ! Merde, on ne va pas se disputer tous les matins à propos de ça, si ?

***

– Ça va ? m'interpelle Garett, l'angoisse déformant ses traits.

– Excuse-moi, j'étais perdu dans mes pensées.

– Claire ?

Je ne peux empêcher un sourire nostalgique d'étirer mes lèvres. C'est *toujours* Claire.

– Et pour les monstres qui l'ont tuée ? le questionné-je d'une voix étouffée tout en m'éloignant de lui.

– Quoi ?

– La plus jeune avait à peine 17 ans. Tu aurais cru en elle ? À la rédemption ? ajouté-je douloureusement.

– Tu sais que ça n'a rien à voir. Son père était un terroriste. Elle et sa mère étaient complètement sous son emprise.

– Ça ne répond pas à ma question.

– Tu n'as pas envie d'entendre la réponse, Morgan.

– OK. Alors tu admets que tu aurais été prêt à venir en aide à celles qui lui ont ôté la vie, c'est ça ?

– La petite Telma n'était qu'une gamine…

– NE PRONONCE PAS SON NOM !

Tout part en vrille, plus rien n'a de sens. Mon corps ne me répond plus, mon cerveau est brouillé par toutes ces voix qui hurlent et se mélangent dans ma tête. La mienne. Celle de Claire. Celle d'Alexandra. Celle de Garett. Celles des médecins et des psychologues.

« Ça passera, avec le temps. Sois patient. » « Comment as-tu pu me faire ça ? » « Je te déteste. » « Je t'aime. » « Lâchez ce couteau ! » « Ce n'est pas de ta faute. » « Tu aurais pu éviter ça. » « Assassin. » « Menteur. » « T'es un homme bien, Morgan, essaie de l'accepter. » « Maman ne t'aurait jamais laissé faire ça. » « Ça ne vous sauvera pas ; ça n'a jamais sauvé personne. »

Gwenaëlle.

« Vous avez envie de m'embrasser ? »

Une lumière perce au fond de ce tunnel interminable. Ses lèvres sur les miennes. Ses paumes délicates sur ma joue meurtrie. Mes démons criards qui murmurent et puis se taisent, enfin.

Le flou qui s'étendait à l'horizon reprend peu à peu forme humaine. Garett s'approche de moi, le visage livide. Il hésite un court instant, pose sa main sur mon épaule. Je le vois, mais ne le regarde pas, les yeux perdus dans un vide immense, angoissant.

– Morgan… Excuse-moi. Je suis désolé. Je pensais que tu allais mieux… Pardon.

J'ai l'impression de flotter au-dessus de mon enveloppe charnelle. C'est comme si j'avais quitté mon corps pour m'éloigner de cette douleur qui me détruit un peu plus chaque jour, agonisant sous cette impuissance asphyxiante. Mécaniquement, je m'échappe, ignorant les suppliques et les excuses sincères de mon meilleur ami. Je ne lui en veux pas, non. J'ai simplement besoin d'être seul, de retrouver le véritable sens de la vie. Trouver la force de consentir à cette loterie infernale qui nous inflige le pire : perdre ceux qu'on aime. De voir partir les innocents pendant que les coupables s'asseyent sur les principes fondamentaux de notre société. D'accepter qu'il existe des gens capables de les défendre et, surtout, me pardonner d'avoir été l'un d'entre eux.

Ouais. Comme si c'était possible.

***

Je pousse la porte du bar, comme si mes gestes étaient programmés à l'avance. Elle émet un grincement si aigu que les quatre clampins ayant eu la bonne idée de faire honneur à ce pub défraîchi se retournent vers moi alors que je n'ai même pas encore pénétré dans la salle. Visiblement en pleine partie de poker autour de la grande table ronde qui trône au centre de la pièce, je les ai dérangés par mon entrée bruyante.

Je m'avance. Sans surprise aucune, l'endroit est toujours aussi vide, sombre et puant, à l'image de mes souvenirs. Une vieille odeur de cigare bon marché flotte dans chaque recoin, c'est écœurant.

Rassurant aussi. C'est ça, le plus étrange.

L'un des joueurs, que je reconnais aussitôt grâce à sa longue barbe et son crâne luisant, se lève en soupirant, puis traverse les quelques mètres qui nous séparent. Son habituel accueil blasé fait partie du décor. Mon arrivée ne l'enchante pas et ça tombe plutôt bien, je suis d'humeur à emmerder le monde.

– Qu'est-ce que je te sers aujourd'hui, princesse ?

– Vous n'avez toujours pas de cognac ? lancé-je, un rictus au coin des lèvres, tout en prenant place sur un tabouret haut.

– Non, mais j'ai quelque chose qui devrait te plaire…

Il se retourne, attrape deux verres minuscules et les remplit d'un liquide transparent. La bouteille qu'il tient a, comme par hasard, été dépourvue de son étiquette. Ça sent l'entourloupe au moins aussi fort que la puissante odeur qui s'en dégage !

– À la tienne, me lance-t-il avant de porter son shooter à ses lèvres.

Je l'imite, sans vraiment me poser de questions quant à son contenu. Tout alcool est bon à boire, ce soir. Si ça peut m'aider à oublier les…

– Oh, bordel de… craché-je en retenant les larmes qui me montent aux yeux.

L'enfoiré ! Il veut me déchausser les dents ou quoi ?

Je grimace en sentant la brûlure du liquide envahir mon palais et se répandre jusqu'à mon estomac. Absinthe. Je reconnaîtrais ce goût d'anis et de plantes entre mille. C'est frais, fort, légèrement amer. Le genre de truc qui vous réveille un macchabée. Dire que je trouve ça bon serait un peu exagéré, mais ça a au moins le mérite de dissoudre mes réflexions aussi rapidement que le comprimé d'aspirine que je vais bénir demain matin.

– Ça décoiffe, hein ? se moque Éric en refermant la bouteille. Rien de mieux pour oublier ses problèmes de cœur.

C'est sûr que, quand tu en es à compter tes dents, tu ne penses plus à ton cœur, bordel de merde !

– Bon, Ricky, c'est pour aujourd'hui ou pour demain ? hurle une femme impatiente aux faux airs d'Amy Winehouse depuis la table de jeu.

– Faites une partie sans moi, lui répond-il sans me quitter des yeux.

Il ajoute, assez doucement pour que moi seul entende :

– De toute façon, je n'ai plus rien à parier…

– Les affaires sont difficiles ?

Il hausse les épaules, un sourire amer donnant le ton à ses mots.

– On n'a pas tous la chance d'être nés avec une cuillère en argent dans la bouche.

Je ris à mon tour, loin d'être déstabilisé par sa remarque.

– On ne parie pas tous nos économies sur le résultat d'un match de foot.

Il ricane sec en secouant la tête. J'ai du mal à dire s'il est agacé ou amusé.

– Gwen n'a pas su tenir sa langue ?

Sa langue ? Putain. Pourquoi parle-t-il de sa langue ?

Sa voix éraillée par l'alcool et le tabac a pris une teinte beaucoup plus douce. J'y décèle une profonde tendresse qui m'étonne de sa part et me donne envie d'en apprendre davantage à propos de leur relation.

– Vous vous connaissez depuis longtemps ?

Il relève brusquement la tête, les sourcils si froncés que j'en ai mal pour lui et les pupilles me sondant d'une intensité presque palpable. Je soutiens son regard, immobile, pas certain de ce qu'il attend de moi.

J'ai dit un truc qu'il ne fallait pas ?

– Très longtemps. Et j'ai beaucoup d'affection pour cette petite, m'affirme-t-il en prenant un air plus menaçant. Alors je te conseille de bien te comporter avec elle, vu ? On lui a déjà brisé le cœur, elle ne mérite pas ça. Considère-toi comme averti.

Je mordille ma lèvre inférieure et fais tournoyer le liquide dans mon verre en observant les quelques gouttes qui s'y promènent.

– Vous faites erreur, je ne suis que son patron.

– Son patron ? Elle a laissé tomber les tatouages ?

Je hausse les épaules, l'air détaché.

Et le verre toujours désespérément vide.

– Je n'en sais rien. Du moment que ça n'interfère pas dans son travail, je suppose qu'elle peut continuer à faire les deux.

– Et c'est quel genre de boulot ?

– Vous savez, Éric, je serais plus à même de répondre à toutes vos questions si je n'avais pas le gosier aussi sec !

Il rit en attrapant la bouteille de vodka, puis vient s'installer à côté de moi. Je réalise à nouveau que, mis à part les trois joueurs de poker, je suis encore le seul client.

Ont-ils tous eu assez de bon sens pour fuir cet endroit le plus vite possible ?

– Alors, ce job ? insiste-t-il, ostensiblement très curieux. C'est légal, au moins ?

– Pourquoi ? Elle a déjà enfreint les règles ? riposté-je du tac au tac en tentant de glaner quelques infos au passage.

– Oh, je sais ce que t'essaies de faire, petit malin ! Mais je ne te dirai rien du tout.

– C'est ce qu'on verra, affirmé-je en lui remplissant son verre. Je n'ai pas utilisé toutes mes cartes…

… *et la bouteille est encore pleine.*

20

SEXY EN DIABLE

Gwenaëlle

Il est pratiquement deux heures du matin quand j'arrive chez moi. Travailler m'a fait un bien fou. Cela m'a permis de ne plus trop penser au départ inattendu de ma mère ni au retour surprise de Fabio. Et, comble du bonheur, Morgan a brillé par son absence. Tant mieux ! J'ai autre chose à foutre que de m'occuper de ses états d'âme et de son incapacité notoire à se contrôler. À commencer par apprendre de mes erreurs. S'il y a bien une leçon à tirer de tout cela, c'est qu'il est temps de vivre pour moi. Plus pour les autres. Seulement, voilà… À présent que j'ai retrouvé cette solitude inhabituelle et ce silence mortel, je suis contrainte d'affronter les craintes de voir toute ma vie voler en éclats.

Je soupire, immobile, fatiguée, perdue. La brise fraîche s'infiltre par les fenêtres dans un sifflement lugubre tandis que le petit carillon frappe doucement contre la porte vitrée, tel un esprit vengeur revenu de l'au-delà pour finir son sale boulot.

Bordel, quelle angoisse !

Je m'apprête à rejoindre ma chambre lorsque les phares d'une voiture balaient la pièce de part en part, découpant mes meubles dans un jeu de clair-obscur pas fait pour m'apaiser. Je me retourne et distingue un gros 4x4 gris qui ralentit devant l'immeuble, avant de se garer à la va-vite à hauteur de l'entrée. L'inquiétude monte d'un cran. Je ne sais pas ce que cette personne me veut, mais une chose est certaine, ce n'est pas une heure pour prendre un rendez-vous ! La portière s'ouvre, une ombre passe ; je me crispe. Avec un peu de chance, le conducteur ne m'aura pas vue. Il jette un coup d'œil à l'intérieur tout en posant ses grandes mains sur la vitre pour atténuer le reflet éblouissant de ses phares qu'il n'a même pas pris la peine d'éteindre. La lumière manque, de ce côté-ci. Le contre-jour m'empêche de détailler son visage, qui semble à moitié recouvert par quelque chose…

C'est alors que sa voix étouffée résonne depuis l'extérieur. Mes inquiétudes s'envolent et les battements de mon cœur retrouvent peu à peu un rythme normal.

– Gwen, t'es là ? J'ai vu ta moto garée devant. J'ai un colis pour toi !

Je déverrouille la serrure, Éric soupire un grand coup avant de rejoindre sa voiture et d'ouvrir la portière côté passager.

– Un colis ? À cette heure-ci ? insisté-je, incrédule. C'est une blague ?

– Écoute… C'est soit je te le dépose là, soit je le laisse dormir dehors. Je suis fatigué et je n'ai vraiment pas envie de jouer la nounou !

Je n'ai aucune idée de ce à quoi il fait référence. Je n'attends rien du tout, encore moins quelque chose venant de lui. Mon regard ne le quitte pas jusqu'à ce qu'il récupère quelque chose – ou quelqu'un – sur le siège, fasse passer son bras par-dessus ses larges épaules et me rejoigne en titubant.

– Morgan ? réalisé-je au bout d'à peine quelques secondes. Qu'est-ce qui lui est arrivé ?

– Il a voulu jouer au plus malin, se gausse-t-il. Ça va aller ? Je vous ai vus tous les deux, la dernière fois. Et comme je sais que c'est ton boss, je me suis dit que…

Que tu pouvais le ramener chez moi pour que JE fasse du Morgan-sitting ?

– T'inquiète, je vais m'en occuper. Et s'il n'arrive pas à

monter à l'étage, il dormira sur le fauteuil de tatouage.

– Ça me semble un bon compromis, opine-t-il, narquois. Allez ! La fête est finie, princesse, ajoute-t-il à l'attention de Morgan, qui se contente de grogner un truc inaudible.

– Merci, Éric. T'es pas un aussi mauvais bougre que ce qu'on dit, finalement, lancé-je plus fort en oubliant l'heure qu'il est, alors qu'il s'éloigne, déjà sur le départ.

Il se retourne, tout sourire. Je lui adresse un clin d'œil complice en essayant de soutenir le poids presque mort de Lucifer qui, sans même s'en rendre compte, est en train de m'arracher des cheveux coincés dans le bracelet de sa montre. Sa proximité devrait être troublante, comme les fois où il a envahi hardiment mon espace vital, mais force est de constater que l'odeur de vodka qu'il transpire par tous les pores de sa peau annihile complètement l'aura démoniaque de son sex-appeal.

C'est toujours ça de gagné.

Les premiers pas sont laborieux, douloureux pour mon dos qui peine à supporter l'homme de marbre, mais dont les jambes se sont transformées en Carambar mou.

– Faites un effort, bon sang ! le supplié-je, déjà essoufflée, ajustant notre position après qu'il m'a fait perdre l'équilibre. On ne va jamais y arriver !

Il éclate de rire. Je suis épuisée. Amusée. Agacée, aussi. Je ne sais pas exactement quel sentiment prend le pas sur l'autre.

– Merde alors, je… je n'aurais pas dû boire autant, se marre-t-il en manquant de s'étaler sur la première marche de l'escalier. Alexandra, il faut qu'on ouvre les fenêtres, il fait une chaleur à crever, ici !

Hein ?

Alexandra ? Qui est Alexandra ? Sa petite amie ? Si c'est le cas, il ne semble pas ressentir le besoin de se cacher lorsqu'il fréquente ces deux pouffiasses de jumelles… Serait-ce l'une d'entre elles ? Ou sa femme ? Non, il n'a pas d'alliance, j'en suis certaine. Pour le reste, il n'a pas tout à fait tort… c'est une vraie fournaise, ici !

Quand nous arrivons en haut, je l'abandonne afin d'aller ouvrir la fenêtre du salon, celle de la cuisine, puis le Velux de la salle de bains pour faire un courant d'air. De retour sur mes pas, une poignée de secondes plus tard, il n'a toujours pas bougé, mais balaie la pièce du regard, les traits perplexes. Une main fourrageant durement ses cheveux courts, l'autre massant sa nuque, il scrute l'appartement à cent quatre-vingts degrés, comme s'il y avait une énigme cruciale à percer. Ses lèvres remuent, mais aucun son intelligible n'en sort.

S'il vomit, Éric devra revenir nettoyer !

Sa nervosité grimpe de façon inquiétante. Je tente d'attirer son attention d'une voix douce tout en m'approchant de lui avec prudence.

– Morgan ? Morgan, tout va bien ?

– Qu'est-ce qui s'est passé ici ? Où… où est le canapé ? poursuit-il sans même avoir réalisé ma présence. Bordel, je nage en plein délire ou quoi ? Qu'est-ce que t'as foutu de tous les meubles ?

Sa voix monte dans les aigus, empreinte d'un affolement manifeste. Il faut que je l'aide à reprendre ses esprits, je ne voudrais pas qu'il plonge dans je ne sais quelle folie. Après tout, je ne sais pas ce qu'il a consommé ce soir. Je l'attire lentement jusqu'à la cuisine en tirant sur son bras musclé, tendu par l'anxiété, avant de l'asseoir sur l'une des quatre chaises qui entourent la table à manger. Morgan étudie encore l'appartement à la recherche de quelque chose.

Quelqu'un ?

– Je vais vous faire un café bien serré, l'informé-je en posant ma main sur son épaule solide. Ça vous fera du bien. Je reviens dans une minute.

Il tique, son trapèze tressaute tandis qu'il passe compulsivement ses doigts sur sa nuque. Toujours aucune prise en compte de ma présence. Je vais finir par me vexer ! Au lieu de ça, il me tourne le dos et prend un timbre plus niais :

– Moka ? Moka ! T'es où ? Minou, minou, minou !

Je m'efforce de ne pas rire lorsqu'il émet des sons étranges avec sa bouche, tout en poursuivant les recherches depuis sa place. Visiblement, c'est son chat qu'il appelle – mais qui ne lui répondra pas.

– Morgan, s'il vous plaît, regardez-moi.

Il cache son visage dans ses paumes en soupirant bruyamment. J'ai du mal à comprendre pourquoi il paraît si contrarié. Il ressemble à un enfant perdu qui s'enferme dans sa bulle pour ne pas avoir à affronter la réalité. Il grogne quelque chose que je ne saisis toujours pas et puis se lève d'un bond. Je sursaute, rattrapant de justesse la tasse de café brûlant qui manque de me glisser entre les doigts.

– Il faut que ça s'arrête, murmure-t-il avant de plonger ses pupilles dilatées dans les miennes. Va-t'en ! Sors de ma tête !

Je me fige, déstabilisée par son ordre émis avec douleur. Il continue son monologue en titubant à travers la pièce sombre et enfin fraîche, et je ne peux que m'enfermer dans un silence ému devant cet homme aux mille tourments.

– Je ne dois pas penser à toi. Il faut que j'arrête de te voir partout, tout le temps. C'est insupportable ! Si au moins t'étais pas aussi jolie…

Je me suis égarée entre les soupirs qui ponctuent chacun de ses mots. J'ai du mal à savoir si c'est à moi qu'il s'adresse ou s'il m'utilise comme une simple projection afin de se libérer de ses démons. J'ai peur de ce que je ressens, à cet instant. Mon cœur qui cogne, ma peau frissonnante qui l'appelle, des doutes qui s'installent. Cette petite voix qui me hurle que j'ai tort de prendre mes désirs pour la réalité.

– Morgan, c'est… c'est moi, Gwen, murmuré-je dans un souffle.

Sa mâchoire tressaille dans un mouvement presque imperceptible. Il me sonde de ses iris impénétrables, figé sur place, les cheveux en bataille et les sourcils obliques. Quelque chose se brise à l'intérieur de moi. Le mur, les barrières ; ces barricades érigées depuis tant d'années. Tout fout le camp alors même que j'ignore s'il a enfin conscience d'être en face de moi. Gwenaëlle, la gamine vulgaire et tatouée. L'idiote aux cheveux roses et à la repartie trop piquante. Je me sens si ridicule à imaginer pouvoir lui faire autant d'effet.

Autant que lui m'en fait.

– Ça suffit, grommelle-t-il en serrant les poings.

Ses mots me parviennent tout juste alors qu'il s'enfuit je ne sais où. L'appart n'est pas très grand ; il trouve refuge dans la salle de bains. Le verrou ne fonctionne pas, mais ça, il ne peut pas le deviner. J'hésite avant de prononcer désespérément son nom derrière la porte, à plusieurs reprises, jusqu'à entendre l'eau de la douche couler à flots et, ainsi, brouiller toute tentative de communication. L'angoisse ne me quitte pas. Dans l'état où il est, j'ai vraiment trop peur qu'il puisse lui arriver quelque chose. Pour vérifier que tout va bien, je décide d'entrer malgré son besoin de s'isoler, de fuir.

Je découvre Morgan – heureusement, habillé – allongé dans la baignoire, recevant l'eau glacée comme un liquide divin qui le laverait de tous ses péchés. C'est l'image qu'il donne, vu d'ici. Il a les paupières closes. Je ne suis pas certaine qu'il ait remarqué ma présence. Pour être franche, je ne suis pas sûre que sa conscience soit encore capable de discerner la réalité. Moi, même dans le noir, j'aurais deviné qu'il était là : la pièce porte son odeur. Je m'approche, ne sachant pas s'il faut que je m'annonce ou, au contraire, que je reste discrète. Lui ne bouge toujours pas d'un iota, l'eau ruisselant sur son corps comme sur un rocher façonné par les vagues d'une tempête redoutable, invisible. Si au moins j'arrivais à distinguer sa respiration, cela pourrait me rassurer sur son état. Je tends le bras devant moi aussi discrètement que possible, mais il me saisit le poignet sans même ouvrir les yeux. Je n'ai pas le temps d'esquisser un mouvement que j'entends ses suppliques, ses prières qui, cette fois-ci, ne permettent plus le moindre doute quant à la personne pour qui il les récite.

– Gwenaëlle… S'il te plaît… Laisse-moi tranquille…

– Très bien, maugréé-je en me relevant. Mais si vous

vous noyez, faites-le en silence. Et comptez pas sur moi pour vous faire du bouche-à-bouche.

Mon sang ne fait qu'un tour. J'ai du mal à comprendre ma propre réaction. Je m'éloigne de lui et quitte la pièce en réalisant que c'est bien à moi qu'il s'adresse depuis tout à l'heure. En prenant conscience que, dans son état, le mensonge est inconcevable ; seule la vérité s'abat sur les lèvres d'un homme dont la lucidité est noyée sous une telle quantité d'alcool. Il m'a avoué toutes ces choses et je suis incapable de savoir comment réagir à tout cela.

Je n'étais pas prête.

Mes semelles abîment un peu plus le carrelage en terre cuite, déjà fendu de long en large. Je fais les cent pas depuis plusieurs minutes lorsque soudain, je n'entends plus l'eau couler. À l'instar de mon corps qui s'immobilise entièrement, mon cœur a manifestement cessé de pulser. Un silence implacable domine cette demeure qui ne m'a jamais semblé si inconfortable qu'en cet instant. Je fixe la porte close, jambes tremblantes et lèvres sèches. Quelque chose se passe de l'autre côté. Je le devine lorsque la poignée s'abaisse et que le grincement caractéristique du battant s'infiltre jusque sous ma peau, au fond de mes entrailles, dévoilant l'ombre imposante de cet homme sublime.

Il se tient là, juste devant moi, sexy en diable. Ses vêtements trempés épousant les formes de son corps sculpté à la perfection. Toujours accroché à cette foutue poignée, il me scrute d'un regard trop intense. Le genre de regard qui vous emporte par-delà toute raison ; qui vous fait entrer en combustion spontanée. Littéralement. Je ne sens plus mes orteils. Ils ont disparu sous les millions de décharges électriques qui remontent le long de mes jambes jusqu'à former une explosion dans mon bas-ventre. C'est instantané, incontrôlable. L'air est saturé d'une énergie puissante, sensuelle, presque animale, qui me transperce de part en part. Sa voix vibrante renforce le désir qu'il fait naître en moi.

– Tu es réelle, n'est-ce pas ?

– C'est ce que j'essaie de vous faire comprendre depuis tout à l'heure…

Il s'avance, anéantissant la distance qui restait entre nous ; celle qui me permettait de garder cet espoir ridicule de ne pas me laisser dévorer par le démon de l'enfer. Une multitude de frissons envahissent mon épiderme, ma respiration déjà saccadée se coupe lorsque je sens son visage se rapprocher de mon oreille, son souffle enivré caresser ma peau sensible et survoltée pour me murmurer :

– J'ai eu une révélation, Gwen.

– Laquelle ? chuchoté-je, en manque d'air.

– Ce n'est pas l'alcool qui me grille le cerveau. Pas l'alcool qui me donne l'impression de cramer de l'intérieur. C'est toi.

Ses mains agrippent soudain les miennes qu'il retient fermement contre son torse détrempé. Je dévie mon regard dans la pénombre, sachant qu'aucune lueur ne pourra m'atteindre ici, que l'obscurité est la gardienne du secret de mes joues rosies. Pourtant, en dépit de l'eau froide qui le recouvre, s'infiltre sur mes vêtements, ma température corporelle n'a pas baissé d'un degré et je jurerais que l'intensité de ses yeux bleus est en train de me consumer.

Le diable n'a jamais été aussi attirant.

21

DIS-MOI CE QUE TU DÉSIRES

Morgan

Gwen est bien là, devant moi, ses paumes emprisonnées dans les miennes, près de mon cœur affolé frappant mes côtes de l'intérieur. Je suis incapable de détourner les yeux de son visage agité, cherchant à capter son regard farouche qu'elle s'obstine à détourner de moi. C'est tellement frustrant de n'avoir aucune réponse aux révélations que je viens de lui faire ! Mais je ne peux qu'attendre. Attendre et espérer. Un mot, un geste… n'importe quoi qui puisse dissiper mes doutes ou, au contraire, justifier mes craintes. Elle est totalement maîtresse de la situation ; c'est effrayant de constater qu'elle détient tous les pouvoirs. Celui de me faire chavirer et plonger avec elle. Celui de m'abandonner à mes désirs et mes illusions.

Mais quels désirs ?

Quelles illusions ?

Pourquoi elle ?

D'un mouvement rapide, ses iris couleur tempête s'ancrent finalement à mon bleu limpide, balayant les quelques mèches de cheveux pastel qui recouvraient son visage incliné vers le sol. Son air désorienté n'augure rien de bon. Trop d'hésitations se bousculent et de questions s'affrontent. J'aimerais lui laisser le temps de savoir ce qu'elle veut, de l'exprimer, de s'éloigner si elle le souhaite, mais cette attente silencieuse est tout bonnement insupportable. Il n'y a plus que les battements assourdissants de cette grenade dans ma poitrine, prête à exploser, soulignant chaque seconde comme un décompte avant que vienne s'abattre l'irrévocable sentence du condamné. Gwenaëlle devine l'impatience qui me ronge, j'en suis intimement convaincu. Surtout lorsque je sens une légère pression de ses doigts sur mon thorax, puis ses ongles s'enfoncer dans ma chair à travers le tissu encore imbibé d'eau.

Tente-t-elle de me retenir ou de me repousser ?

Sa voix s'élève, fébrile. Instinctivement, ma respiration se bloque et mon attention est happée par les mots qui s'échappent de sa gorge serrée.

– Je… hésite-t-elle. Je vais aller voir si je vous trouve des vêtements secs.

Elle s'éloigne. Merde ! Toutes mes perspectives se brisent comme le verre éclaterait au contact de ce carrelage ocre. Je tente de la retenir, mes doigts encerclant ses mains qui finissent par glisser lentement hors de ma portée. Inutile d'insister. Après avoir poussé un lourd soupir de frustration et m'être laissé tomber dans le canapé, je me maudis intérieurement tout en l'observant traverser la pièce à une allure digne d'un cheval de course.

Bordel ! Je suis vraiment le dernier des imbéciles !

C'est à ce moment précis, alors que je pensais avoir tout fichu en l'air, mon visage planqué entre mes mains depuis de longues secondes, que je sens quelque chose. Une présence. L'assise du canapé en faux cuir beige qui remue, quelqu'un qui s'y installe silencieusement, les effluves d'un parfum addictif et envoûtant. Je relève mes yeux embrumés sur cette femme qui semble me faire perdre toute raison.

Plus encore que cette foutue bouteille de vodka.

– Voilà de quoi vous changer, me montre-t-elle d'un geste de la main. Vous n'êtes pas dans votre état normal, vous devriez vous reposer.

– J'ai l'air con si je te dis que je me sens plus lucide dans cet état que toutes ces dernières années ?

Elle sourit. J'aime ça. C'est plaisant de voir son visage

reprendre des couleurs et rayonner ainsi, même dans la pénombre. Surtout lorsque c'est tout spécialement pour moi.

– C'est l'alcool qui parle, riposte-t-elle en copiant mes propres mots, lors de notre récente rencontre au bar.

– Peut-être, admets-je en haussant les épaules. Mais l'alcool ne ment pas. Au pire, il nous fait avouer ce que l'on cache le reste du temps.

Sa jolie lèvre charnue disparaît entre ses dents, la chaleur lui monte aux joues. Je sais qu'elle pense à la même chose que moi : notre baiser. Un plaisir partagé, assouvi, sans nous soucier des conséquences, juste parce que nous en avions terriblement envie tous les deux. Comment ne pas y songer alors que son corps se trouve si proche, à demi allongé sur ce canapé devenu tout à coup très confortable, bien que trempé de l'eau qui coule encore de mes vêtements ? Notre proximité, cette tension exaltante, le silence qui règne ici… tout cela nous confère une intimité bien trop tentante pour ne pas sauter sur l'occasion. Sur sa bouche. Sa peau que je voudrais moi aussi marquer.

Sur elle, tout entière.

– Et après ? murmure-t-elle d'une petite voix confuse, plus pour elle que pour moi.

– Et *maintenant* ? réponds-je malgré tout avec insistance.

Nos regards se confrontent ; cette fille flingue un truc indescriptible en moi. Ses doutes me font oublier les miens.

– Gwen… À toujours vouloir tout contrôler, on laisse passer le temps sans le vivre. Et je sais de quoi je parle.

Je ne le sais que trop bien.

Celle qui désinhibe mes convictions ferme les yeux, comme coincée entre les deux feux d'une guerre faisant rage au plus profond d'elle-même. Je la sens perdue, assaillie par de nombreuses questions que sa raison tente de lui imposer. N'y tenant plus, je prends son visage en coupe pour l'obliger à me faire face. Gwen sursaute, mais ne me repousse pas.

– Regarde-moi, lui intimé-je avec douceur. Dis-moi simplement ce que tu désires, là… tout de suite.

– Alors ça, c'est beaucoup trop facile venant de quelqu'un qui n'a rien à perdre !

– On n'est pas au club, ici. Je ne suis pas ton patron, tu n'es pas ma serveuse. D'autres objections ?

– Vous dites ça maintenant… souffle-t-elle en me sondant, une douleur visible sur ses traits froissés.

Et encore ce fichu vouvoiement, cette distance qu'elle cultive alors que nos espaces personnels se confondent, que quelques centimètres en moins me permettraient de goûter ses lèvres, capturer sa langue, aspirer sa chaleur. Ne plus crever de froid à l'intérieur.

– … mais demain, reprend-elle après une courte hésitation, quand les effets de l'alcool se seront dissipés…

– Je serai toujours le même, lui souris-je. Avec mes idées à la con, mon caractère de merde et mes principes bien carrés. Ce sera moi, mais en moins courageux et entreprenant que maintenant parce que oui, l'alcool m'aide à être un peu plus honnête et spontané.

Elle va pour intervenir, je la fais taire en immobilisant ses lèvres humides de mon pouce. Je ressens ses infimes tressaillements tels des séismes. J'aimerais déjà en faire plus, mais j'ai encore un sursaut de retenue, parce que je ne suis pas le connard qu'elle semble penser, et qu'avec cette fille-lumière, rien ne se passe comme avec les autres. Je veux qu'elle ait envie de moi aussi fort que j'ai mal de cette envie dévorante d'elle.

– Demain matin, la seule question que j'aimerais qu'on se pose n'est pas pourquoi on aura cédé à ce qui nous attire l'un vers l'autre, mais pourquoi on a autant résisté, toi et moi.

Mon membre aux abois se redresse dans mon pantalon, mais je crois qu'il va devoir se calmer. Gwen ne bouge plus, les iris intenses, toujours en proie à ses craintes que mes mots ne semblent pas capables d'apaiser. Je décide de battre en retraite. Je m'autorise à appuyer mon front contre le sien, m'astreignant à une tranquillité qui m'étonne moi-même, alors que je n'aspire plus qu'à une seule chose : ce besoin viscéral de l'allonger sur ce canapé pour lui prouver à quel point je la désire comme un malade, jusqu'à ce que nos corps soient aussi épuisés que repus.

Je recule en murmurant :

– OK, oublions…

Me prenant de court, Gwenaëlle ne me laisse pas aller plus loin. Ses mains se posent par-dessus les miennes, toujours plaquées sur ses joues, puis ses lèvres s'abattent sur ma bouche, me coupant le souffle et m'arrachant au fil fragile de mes pensées.

Les multiples sensations qui se mettent soudain à affluer dans mon corps sont déroutantes, exacerbées par tout l'alcool qui coule dans mes veines. Gwen attise la flamme d'une émotion oubliée depuis trop longtemps. J'ai bien conscience que mon désir pour cette jeune femme n'a fait que croître durant ces derniers jours, au simple souvenir d'avoir respiré, pour quelques secondes à peine, le même air qu'elle… Mais ce que je ressens, là, maintenant, est irraisonné. Une vague brûlante qui enfle en moi, tel un tsunami d'ardeur et d'ivresse se mélangeant à la satisfaction de cette nouvelle proximité. Un appétit sauvage ; celui de la posséder, d'unir nos corps impatients, fiévreux, enfin délivrés des entraves qui les retenaient jusqu'alors.

– Je ne sais pas oublier, Morgan, souffle-t-elle entre deux baisers.

Je la laisse prendre le contrôle de la situation, parce que d'ici très peu de temps, je ne serai plus en mesure de me maîtriser. Sa langue danse avec la mienne dans un rythme toujours plus soutenu, passionné. Ses petites mains audacieuses pressent sur mes épaules tendues et je bascule en arrière, prêt à l'accueillir tandis qu'elle s'assied à califourchon sur mes jambes.

Je resserre mon emprise sur ses cuisses nues, dévoilées par une nouvelle robe-pull noire qui remonte indécemment sur sa taille et me nargue par la vision renversante de son string blanc, tout en dentelle transparente, à hauteur de mon sexe. Mon cœur rate un battement, ma respiration se creuse et le sang afflue plus fort le long de ma queue.

J'étudie le tatouage sublime, constitué de nombreuses fleurs accrochées les unes aux autres, qui recouvre sa hanche et s'étend sur le haut de sa jambe. L'encre noire ressort terriblement bien sur sa peau claire ; une toile divine que j'aimerais contempler des heures durant. Mon exploration se poursuit vers sa délicieuse poitrine ronde et ferme pour laquelle je manifeste déjà un intérêt tout particulier, pendant que ses doigts traînent sur ma chemise encore mouillée et entreprennent d'en ouvrir le premier bouton. Le contact de ses mains brûlantes sur mon épiderme glacé me bouleverse. Il n'y a plus que cette pulsion effrénée de plonger avidement en elle qui compte. Tout a perdu son sens et, pourtant, rien ne m'a jamais semblé aussi évident. Ses hanches se balancent lascivement contre moi ; c'est délicieux, mais tellement intense que c'en est presque douloureux. Je m'empare de ses cheveux pour les rassembler à l'arrière de son crâne.

– Alors, j'y aurai eu droit, finalement… lui murmuré-je en souriant.

– De quoi tu parles ?

– Du bouche-à-bouche.

Elle se marre, mais je ne lui laisse pas le temps de répondre. Déjà en manque, je l'attire à nouveau pour dévorer goulûment sa lèvre inférieure. Elle pousse un gémissement qui résonne partout à l'intérieur de moi, faisant vibrer chacune de mes terminaisons nerveuses, attisant mes pensées les plus obscènes à son égard.

Je ne suis plus qu'un amas d'os et de chair avide de la découvrir dans son plus simple appareil, et n'aspire qu'à l'emmener dans les dimensions supérieures pour lui ouvrir les portes du septième ciel.

C'est un supplice. Tout cela ne va pas assez vite ; je la veux. Et je la veux maintenant ! Habilement, je la déloge pour l'allonger à mes côtés tandis que je me relève et tire violemment sur les pans de ma chemise, envoyant valser les fermoirs nacrés à travers la pièce. Cette frénésie incontrôlable qui s'abat sur moi ne semble pas l'effrayer, au contraire. Ses iris détaillent sans retenue mon torse, s'assombrissent lorsqu'ils redessinent la ligne de la longue cicatrice qui sillonne ma poitrine, à hauteur de mon cœur.

– Ne pose pas de question, lui ordonné-je avec douceur.

Elle remonte à la marque sur ma joue. Je devine son esprit s'échauffer au travers de sa mine perplexe, mais elle ne dit rien. C'est un passé que je ne veux pas évoquer ; dans lequel je refuse de replonger. Pas maintenant. Ses lèvres frémissantes et son regard éperdu ne la rendent que plus séduisante encore. Sa respiration haletante se distingue aisément au travers de ses vêtements, mais je convoite bien plus que cela. Je la veux nue, gémissante, à ma merci. Dans la précipitation, dictée par ce désir fougueux que j'ai de plus en plus de mal à contenir, je lui retire sa robe en la passant par-dessus sa tête avant que son corps tremblant ne retombe gracieusement sur l'assise du canapé.

Elle est divine. Cette vision m'ôte alors le peu de raison qui subsistait encore. En plongeant le visage dans son cou, mes mains partent à la rencontre de la douceur de son soutien-gorge en triangle, assorti au bas. Aucun artifice, aucun effet push-up sur ses seins qui pointent à travers la dentelle. Je les englobe, les masse tout en mordillant sa peau laiteuse et délicieusement parfumée, encouragé par la pression de ses doigts dans mes cheveux et ses petits gémissements hachés qui me rendent complètement fou de désir. J'écarte le tissu et m'empresse de prendre son téton dur et rosé entre mes lèvres, de le faire tournoyer sous ma langue, de le pincer entre mes dents. Suppliante, fébrile, Gwenaëlle se cambre contre ma bouche en pressant de plus belle sur mon crâne, la respiration saccadée et les jambes enroulées autour de mes hanches. Dieu, que j'aime ça ! Ses talons appuient sur mes fesses et renforcent le frottement de mon sexe contre son bas-ventre. Je ne suis pas loin de lui arracher son string et de la prendre sauvagement, d'assouvir mon fantasme d'un seul coup de reins foudroyant et salvateur.

Comme si elle lisait dans mes pensées, elle retire ma ceinture avec dextérité, le regard brillant d'une lueur animale. Je ne sais pas où je puise la force de me retenir encore, mais le fait est que je n'en ai pas terminé avec elle. Je veux tout connaître d'elle.

Absolument tout.

Je recule, sourire aux lèvres, juste assez pour descendre caresser son ventre de ma langue, embrasser son épiderme et effleurer son string sans jamais la quitter des yeux. C'est d'ailleurs grâce à ce point d'ancrage que je remarque l'angoisse flagrante qui tord soudain ses traits ; je relève rapidement la tête, inquiet.

– Tout va bien ?

– Ouais. Enfin… non, avoue-t-elle, le souffle court. Je préfère que tu ne fasses pas ça.

– *Ça* quoi ?

– Tu sais… hésite-t-elle, mal à l'aise. Ta bouche… *ici*.

Ai-je bien saisi ce qu'elle essaie de me dire ? Serait-ce l'alcool qui me joue des tours ?

Non, je ne peux pas le croire. Pourquoi se priver délibérément d'une source de plaisir aussi intense et sensuelle ? C'est insensé !

– Je ne suis pas certain de comprendre, insisté-je.

Elle soupire, échevelée, les pommettes en feu.

Magnifique.

– Ce n'est pas mon truc, c'est tout.

– Impossible.

– Morgan, s'il te plaît…

– Si ce n'est pas ton truc, c'est forcément qu'on s'y est mal pris avec toi.

– Tu dis ça comme s'il y avait des règles préétablies. Je n'ai pas le droit de ne pas aimer, tout simplement ?

– Si, bien sûr. Mais je ne voudrais pas que tu te refuses quelque chose sous prétexte que tes anciens partenaires n'étaient pas assez à l'écoute.

– Parce que tu l'es, toi, à l'écoute ?

Je ris. Cette fille aura ma peau. Nous devrions être en

train de prendre notre pied, mais non, même là, nous peinons à trouver un terrain d'entente… C'est désespérant !

– Je suis tout ouïe, lui assuré-je en embrassant l'intérieur de sa cuisse. Dis-moi ce que tu n'as pas aimé.

– Arrête. On ne peut pas juste passer à autre chose ?

– Sûrement pas ! Par exemple, si je fais ça, lui demandé-je en l'embrassant chastement au niveau de son pubis, par-dessus son string, est-ce que tu aimes ?

– Oui, acquiesce-t-elle en se mordillant la lèvre.

– Et ça ?

Je descends lentement, ajuste la pression de mes baisers et tente de garder mon calme à mesure que je sens, sous ma bouche affamée, la moiteur de son sous-vêtement.

Gwenaëlle ne dit rien, mais son corps s'arc-boute contre moi. Son souffle s'accélère. Ses pupilles se dilatent davantage. C'est à n'y rien comprendre ! Il est clair qu'elle en veut encore… Alors pourquoi s'obstine-t-elle à me dire le contraire ?

22

BONHEUR OUBLIÉ

Gwenaëlle

Comment lui dire ?

Je suis terrifiée à l'idée qu'un homme m'embrasse *là*. J'ai honte d'avouer que je n'ai encore jamais laissé personne y glisser autre chose que ses doigts durant les préliminaires et que j'ai juste pratiqué le sexe de façon traditionnelle, jamais orale. J'ai si peur qu'il se sente obligé de continuer même si cela ne lui plaît pas. Peur de ne pas être à la hauteur s'il me demande une fellation. Pire, d'être ridicule… De tout faire foirer alors que j'ai tellement envie de lui. De le faire fuir avec mon inexpérience.

Mais je ne veux pas m'étendre sur le sujet, juste que Morgan lâche l'affaire et continue ses caresses. Qu'il revienne dévorer avidement mes lèvres – celles du haut – comme il le faisait si bien jusqu'à présent.

– Excuse-moi d'insister, j'essaie juste d'apprendre à te connaître… susurre-t-il tendrement, en remontant vers mes seins à moitié dénudés, qu'il titille de sa langue. Et plus égoïstement, je meurs d'envie de toi. Tout toi, sans exception.

Son haleine alcoolisée s'envole jusqu'à mes narines. Curieusement, cela ne me dérange plus tant que ça. Il n'y a plus que le timbre rauque de sa voix virile descendant un peu plus dans les octaves alors que lui aussi aimerait migrer vers mon sud.

Sans blague ! se moque ma libido bien moins soucieuse que moi.

– On a tous nos petits secrets, non ? lancé-je en glissant innocemment mes doigts sur sa joue gauche.

Il sourit puis revient m'embrasser sauvagement. Il abdique sans rechigner, collant ses hanches aux miennes ; je sens son membre bandé chercher désespérément le moyen de s'extirper de son jean et son boxer qui le maintiennent trop à l'étroit. Je crève d'envie de lui ôter ses vêtements, mais son corps soudé au mien ne m'en laisse pas la possibilité. J'en profite pour crocheter mes jambes autour de sa taille tout en promenant mes mains sur ses épaules robustes, contre ses omoplates, puis le long de son trapèze en remontant jusqu'à sa nuque puissante. Sa peau suave et fraîche contraste avec la mienne, avec la chaleur environnante saturée de son odeur qui s'infiltre en moi et embrase l'oxygène dans mes poumons. C'est tellement intense de sentir cette attraction féroce crépiter entre nous et, à la fois, de vibrer sous la douceur et la tendresse de ses gestes.

Cet homme a vraiment tout pour plaire. Pour *me* plaire.

Enfin, tout… sauf son putain de caractère !

Il recule d'un pas ; le froid qui s'insinue entre nous est un véritable supplice. Douloureux, mais nécessaire. Habilement, j'ouvre le bouton de son pantalon pour y glisser mes doigts tandis qu'il imite mon geste, passant sa main sous le fin tissu de mon string. À peine ai-je frôlé sa verge qu'il souffle lourdement, plonge son regard indescriptible dans le mien et découvre, à son tour, les réactions enthousiastes de mon corps. Une connexion instantanée de nos deux êtres en pleine effervescence, guidée par ce désir réciproque qui nous révèle et nous consume. Son empreinte s'imprime plus profondément encore que l'encre sous ma peau. J'aimerais qu'il me soigne de l'intérieur, qu'il sauve ce qui peut l'être encore.

– Bordel, Gwen… jure-t-il, la voix graveleuse. Tu es trempée !

Son timbre refait vibrer mes entrailles. Je relève le bassin pour que ses mains joueuses me libèrent enfin de cette furieuse envie qui a pris possession de mon âme. Il enfonce deux doigts en moi ; je retiens un gémissement qui fait gonfler la bulle de plaisir s'immisçant dans mon bas-ventre. Elle est là, déjà si proche ; je la sens envelopper chaque organe, déverser son essence dans chaque veine. Son prénom s'échappe de mes lèvres frémissantes, suppliantes, qu'il revient embrasser tout en accentuant ses caresses. Je resserre la pression autour de son pénis, peinant à garder le rythme et incapable d'adopter la bonne posture.

– S'il te plaît… le supplié-je, au bord du précipice.

– Regarde-moi. Je veux te voir jouir.

Il me sonde de ses billes céruléennes, la respiration hachée et le corps plaqué contre le mien. L'orgasme s'étire, s'allonge, s'impose dans toutes les parcelles sensibles de ma personne.

– Non, pas comme ça, l'interromps-je en attrapant son poignet qui s'active entre mes jambes.

Il s'arrête. Les perles de sueur qui se sont formées sur son front coulent le long de son visage imperturbable et viennent s'écraser sur mes pommettes échaudées. Je l'observe, pas certaine qu'il ait bien saisi le message.

Un sourire fend soudain ses traits marqués par le manque de sommeil et l'excitation. Même comme ça – surtout comme ça –, il est magnifique, son regard inquisiteur soutenant le mien, mal assuré.

– Je vous trouve très autoritaire, mademoiselle Carlier.

Je panique.

– Non, c'est juste que je… Enfin, tu sais… Je préfère que tu…

– Vos désirs sont des ordres, me coupe-t-il en se redressant avant de récupérer quelque chose dans son portefeuille.

Une capote. Oh, mon Dieu. Alors on va vraiment faire ça ? réalisé-je tout à coup, comme si je n'en avais pas pris conscience jusqu'à présent.

Je crois que Morgan remarque cette seconde de doute qui traverse mes pensées. Il me scrute, les sourcils froncés et son petit étui en plastique dans la main.

– Tu es sûre de toi ? Je ne veux pas que tu aies de regrets, Gwenaëlle.

J'acquiesce en hochant la tête. Son pouce, qui chassait une de mes mèches rebelles, descend à présent sur ma bouche, en redessine le contour.

– Dis-le.

– J'en suis certaine, lui affirmé-je avec une conviction qui me comprime la poitrine. J'ai envie de toi, Morgan.

Il place la pochette du préservatif entre ses dents pour retirer plus aisément la barrière de vêtements qui reste entre nous. Ainsi, en une poignée de secondes, il a baissé son pantalon, son caleçon, et m'a dépouillée de mon string. J'apprécie qu'il prenne les choses en main. Ma respiration se creuse plus intensément encore. Je n'ai jamais trouvé la nudité particulièrement attirante… jusqu'à aujourd'hui. Morgan est sublime, sexy, irrésistible. Si proche de la perfection. Son torse large et musclé, ses abdos minutieusement sculptés, sa queue au garde-à-vous, prête à entrer en action. Je vacille entre pur désir et vive appréhension.

Peu importe ce que l'avenir nous réserve. Je plonge en chute libre avec lui, sans en craindre les conséquences ; sans avoir peur de la violente douleur de l'impact. Je veux faire ce dont j'ai vraiment envie, sans prendre en compte ni les règles, ni l'avis des autres.

Morgan déroule le latex le long de son pénis, je le contemple avec admiration. Impatience. Curiosité. Je regretterais presque de ne pas me laisser tenter par la caresse innocente de ma langue sur cette partie si délicate de son anatomie. Goûter à la virilité brute – la sienne –, pour la première fois de ma vie. Non. Je range cette idée dans un coin de mon esprit. Tout cela me rend beaucoup trop nerveuse. Je ne veux pas prendre le risque de tout gâcher ; pour rien au monde.

Il se penche sur moi, ramène mes bras au-dessus de ma tête en tenant fermement mes poignets. Dieu, que c'est excitant ! Son corps pressé contre le mien, le désir qui transpire par tous les pores de sa peau et son regard, son *putain* de regard qui me transperce l'âme et me fait oublier jusqu'à mon propre prénom.

Une première!

Mon épiderme s'embrase, le sang pulse dans mes veines et s'abat sur mon cœur comme le torrent incontrôlable de cette passion qui me submerge. Morgan accapare mes lèvres sans ménagement ; je lui rends son baiser avec encore plus d'ardeur. Il me maintient en place alors que je commence à remuer sous lui, cherchant désespérément son contact contre mes parties les plus intimes. Une douce béatitude ricoche sur mon corps tremblant, puis sur le sien, majestueux.

Il fait glisser lentement son gland le long de mon sexe en feu. Je bouillonne de l'intérieur. Ses pupilles dilatées plongent dans mon regard, cette mer de métal aimantée par son aura magnétique. Il est si beau avec ses épaules tendues et sa mâchoire crispée, ses cheveux en bataille que je rêve d'empoigner jusqu'à bout de forces. Je suis affamée, en manque d'air, agitée, consumée par le désir.

– Morgan… le supplié-je encore, entre deux baisers.

En un coup de reins, il entre en moi. L'effet est tellement plus fort que tout ce que j'ai pu imaginer, ou même ressenti jusque-là. L'électricité me parcourt l'échine avant de s'infiltrer par toutes mes terminaisons nerveuses. Un gémissement s'échappe de ma gorge tandis qu'il mordille ma lèvre inférieure un peu plus fort à mesure que mes chairs se détendent sur son passage. La sensation est brûlante, dévastatrice. Ses va-et-vient puissants imposent leur rythme. La respiration bruyante et la voix profonde, Morgan murmure mon prénom à plusieurs reprises ; ça me plaît beaucoup trop. Il colle son front au mien, caressant mon visage de son haleine chaude, mais toujours en bloquant mes poignets. L'excitation ne couvre pas le manque de sa peau sous mes doigts. Je tente de me soustraire à son emprise, il me retient en secouant la tête, un sourire diaboliquement sexy peint sur ses lèvres.

– Tu te la joues Christian Grey ?

– Je ne te savais pas amateur de ce genre littéraire, se moque-t-il en s'immobilisant au-dessus de moi.

Putain, non ! Mais pourquoi il s'arrête ?

Plutôt crever que d'admettre à quel point cela me frustre. J'essaie de feindre l'indifférence pendant qu'il fait mine de réfléchir en me sondant d'un air curieux.

– Ne pense pas m'avoir percée à jour, Sherlock, raillé-je, frondeuse, en levant les yeux au ciel. Tout le monde le connaît, même toi !

Il capture à nouveau mes lèvres, sans pour autant relâcher la pression sur mes avant-bras. Je ne sais pas si c'est pour me faire taire, imposer son autorité ou juste parce qu'il en mourait d'envie, mais je m'en moque. La fougue de ses baisers m'est devenue presque aussi vitale en cette seconde que l'oxygène que je respire par saccades. Il m'emplit à nouveau, lentement, savoureusement, ses hanches s'emboîtant aux miennes dans une cadence voluptueusement alanguie. Chaque centimètre qu'il fait coulisser en moi est une délicieuse torture qui me fait vibrer de la tête aux pieds, accentuée par ses bras qui m'enserrent et son souffle chaud, haletant, qui se propage sensuellement dans mon cou.

Il est couché sur moi, son ardeur monte. Il me pénètre pleinement, de plus en plus vite, de plus en plus fort. Mes reins se creusent pour le recevoir plus loin, mus d'une volonté inédite qu'il prenne toute la place. Ce qu'il fait. Je peine à retenir mes cris, mes suppliques décousues tant le plaisir tord mon ventre et contrôle absolument tout ce que je croyais posséder. Tant il ravage tout sur son passage, allant jusqu'à balayer chacune de mes certitudes. M'arrachant à ma prison de souvenirs, pour un instant.

Un instant où ne demeurent que lui, moi et cette attraction indéfinissable qui nous emporte dans les méandres d'un bonheur oublié.

Jusqu'à l'extase.

23

QUELQUE CHOSE DE DIFFÉRENT

Morgan

Le brouillard. L'odeur caractéristique des sièges en cuir de ma nouvelle voiture. Un goût âpre et métallique qui tapisse le fond de ma gorge. Le silence. Que fais-je ici? J'ai du mal à respirer. Il vaudrait mieux que je rentre. Par où? J'accélère sans reconnaître le chemin de la maison. Je longe un bois lugubre semblable à une masse d'arbres morts imbriqués les uns dans les autres. Plus loin, un portail en fer forgé, dont l'entrée est surmontée d'un globe orné de lys qui dominent une couronne. Je reconnais cet endroit pour l'avoir côtoyé durant quelques années: le palais de justice de Paris. Je sors de la voiture, les doubles battants s'ouvrent automatiquement sur mon passage, laissant filtrer le vacarme des pas qui résonnent sur le carrelage du gigantesque hall, pourtant à des dizaines de mètres de moi. Ça n'a aucun sens. Quelqu'un attend ma venue, je crois. Une présence familière qui se démarque de cette atmosphère sinistre. Sentiment étrange. Je lève les yeux sur l'énorme bâtisse de pierre à la façade néo-classique et sur ses quatre grandes colonnes qui trônent en son centre.

– Morgan…

Une voix. Sa voix. Douce, mélodieuse, bien que lointaine. J'ai l'impression de la découvrir alors même que je la connais déjà par cœur. Elle m'avait tellement manqué!

– Claire ? l'appelé-je en la cherchant du regard, tout autour de moi. Où es-tu ?

– Morgan, aide-moi…

La peur. La douleur. Son intonation désespérée me glace soudain les os.

– Claire ! Je ne te vois pas. Parle-moi !

Son cri de détresse vient de partout et de nulle part à la fois. Il fait si sombre ; j'ai si froid. L'écho se fait plus puissant, plus douloureux encore qu'une lame tranchant ma chair.

– Morgan, aide-moi ! me supplie-t-elle une ultime fois.

Panique. Je me retourne en direction du grand escalier. Son corps gît sur le béton, allongé à la lueur d'une lune aussi rousse que les cheveux recouvrant son visage. Je me précipite vers elle, jusqu'à être totalement paralysé. Seuls quelques pas me séparent de ma femme, mais je ne suis plus capable de faire le moindre mouvement. Je tombe à terre.

Bordel, mais que se passe-t-il ?

– Claire ! Réponds-moi, je t'en prie…

Elle ne réagit pas. J'use de mes dernières forces pour réduire la distance entre nous. Ma carcasse est tellement lourde, engourdie. Le temps ne s'écoule pas normalement. Les secondes s'éternisent tandis que je sens des larmes brûler mes joues, abraser mes cellules jusqu'à mon cœur. Littéralement.

Du bout des doigts, je remonte le long de sa gorge et tente de trouver son pouls, mais mes gestes sont mal coordonnés ; mes mains tremblent. J'aperçois quelque chose derrière son oreille ; une petite note de musique. Claire n'a jamais eu de tatouage, mais je le reconnais. Non, c'est impossible ! Une mare de sang s'étend sous cet amas de chair sans vie. Je suffoque, englouti par la vague d'une angoisse insoutenable. J'écarte ses cheveux de feu de son visage blême, me retrouve en face de grands yeux ouverts, mais vidés de toute émotion. Un regard d'acier sans plus aucune âme pour l'habiter.

Il pleut; l'orage gronde. Tout s'éclaire. Tout s'assombrit davantage. Sa tignasse rose m'apparaît après que le sang qui la recouvrait s'est dissous sous cette pluie battante. Non! Ça ne peut pas être réel. Pourquoi elle? Je t'en prie, Gwen…

Gwen…

– Gwen!

Je me réveille dans un lit qui n'est pas le mien. Le matelas n'est pas très confortable, le soutien des coussins pratiquement inexistant. Assis, le souffle court, la tête en vrac, je tente de me rappeler les récents événements. Comment suis-je arrivé ici, dans un endroit si peu semblable à ceux que je fréquente d'habitude? Tout me revient en mémoire, aussi brutalement que la migraine frappe contre mes tempes. Ma dispute avec Garett, ma soirée au bar avec Éric et… *elle*. Son rire. Son odeur. Sa peau. La douce mélodie d'un « nous » qui a fait battre mon cœur un peu trop vite, un peu trop fort, durant chaque seconde de cette nuit magique. L'harmonie de nos corps qui ne sonne plus à présent qu'au travers du souvenir de ma femme, que j'ai regardée mourir après avoir juré de l'aimer jusqu'à mon dernier soupir. Celle que j'ai l'impression terrible d'avoir trahie à l'instant où j'ai vu naître des sentiments pour une autre; où je me suis senti revivre alors que je ne mérite pas de seconde chance.

– Salut, m'adresse timidement Gwenaëlle après avoir surgi de derrière le rideau, les cheveux trempés.

Elle s'immobilise, mais les effluves fruités de son shampooing parcourent rapidement la pièce pour venir chatouiller mes narines. Cette fille est sublime; si naturelle et lumineuse malgré l'ombre qui froisse la douceur irrésistible de ses traits. Les rayons du soleil caressent ses fines épaules, son cou gracile, redessinant la courbe élégante de sa poitrine drapée d'un léger tissu blanc. Elle m'inspire tellement de liberté, d'espoir et d'indépendance. Douce colombe, symbole de cette paix inespérée;

celle à laquelle j'ai goûté la nuit dernière. L'évidence s'impose à moi tandis que je suis happé par sa candeur. Non, je ne regrette pas ce qu'il s'est passé entre nous. J'en avais terriblement envie. Et c'est d'ailleurs encore le cas. C'est plutôt ce qu'elle a provoqué en moi qui me pose un problème. Quelque chose de différent s'est produit hier soir. Différent de toutes mes précédentes relations. Plus intense, plus vrai. Plus grand.

Quelque chose que je n'avais plus connu depuis la mort de Claire.

Je ne devrais pas éprouver pour cette gamine autre chose que ce désir pur, cette attirance physique démesurée. Que dis-je ? Je ne devrais rien ressentir du tout ! Pourtant, après ce que je lui ai avoué hier soir, il ne m'est plus possible de revenir en arrière. De nier l'évidence. Trop tard pour poursuivre toute cette mascarade que je pensais à tort pouvoir contrôler. Elle me plaît, et le fait de n'en avoir pas le droit rend la chose bien plus tentante encore.

Serait-ce pour cela que je m'accroche à cette fille ? Pour ce goût d'interdit qu'ont ses lèvres ? Pour cet avenir illusoire qui nous est promis ? Pour la certitude que ce « nous » est déjà foutu d'avance ?

– Est-ce que… ça va ? insiste-t-elle prudemment en s'avançant jusqu'au bord du lit.

Pas vraiment, non.

Pourtant, j'acquiesce. Mes doutes et mes hésitations ne sont pas les bienvenus ; j'en ai parfaitement conscience. Gwen semble tout aussi perdue que moi et je ne crois pas qu'y ajouter mes tourments soit ce qu'elle attend de moi. Être celui qui remet de l'ordre dans tout ce merdier, voilà le rôle que je dois assumer.

– Et toi ? lui demandé-je en frottant ma main dans mes cheveux.

Elle hausse les épaules en mordillant l'intérieur de sa joue, pendant que ses petits doigts nerveux s'entortillent les uns aux autres. Je souris tant elle me touche dans sa fragilité. J'aime la regarder. Contempler toutes les manies qu'elle a sans même s'en rendre compte.

Ça non plus, je ne devrais pas l'apprécier autant.

– Je crois, lâche-t-elle au bout de quelques secondes de réflexion. Est-ce que tu veux… un café ? Prendre une douche, peut-être ? T'as aussi le droit de te barrer d'ici en courant, tu sais.

Je ne peux retenir le rire sonore qui traverse la barrière de mes lèvres. Sa franchise m'étonnera toujours.

– J'ai déjà pris une bonne douche froide hier soir, et il est beaucoup trop tôt pour courir, la taquiné-je avec un aplomb qui me surprend moi-même. Mais je veux bien un café. Noir, s'il te plaît.

– OK, je te prépare ça.

Son rire discret s'évanouit tandis qu'elle s'éclipse par-delà le rideau foncé qui cesse de remuer à peine une seconde après son départ. J'attrape mes vêtements qu'elle a pris soin de déposer juste à côté du lit, sur une chaise en bois à l'assise bleu roi, décousue et rafistolée par endroits. Le tee-shirt au-dessus de la pile n'est visiblement pas le mien, mais impossible de mettre la main sur la chemise qui recouvrait mes épaules (et le reste) hier soir encore.

Le canapé, ricane ma conscience qui se délecte de me rappeler constamment la tournure qu'ont prise les événements de la veille.

Mon Dieu, je me suis vraiment comporté comme Tarzan !

Je cherche à tout prix un moyen de ne pas repenser à son corps sous le mien, à ses gémissements de plaisir, à la teinte sombre qui emplit ses iris lorsqu'elle jouissait sous mes assauts.

Putain de merde.

La fragrance prononcée du café parvient jusqu'à moi et m'apporte le coup de fouet dont j'avais besoin pour commencer à m'habiller. Caleçon, jean brut pas tout à fait sec, ceinture marron et derbies en cuir assorti tachés par l'humidité et trempés à l'intérieur (les noyer dans la baignoire n'était pas franchement l'idée du siècle), me voilà fin prêt à affronter la fille-tentation qui patiente de l'autre côté…

Ce que j'ai appris au sujet de Gwen, c'est qu'on ne sait jamais à quoi s'attendre avec elle. Par exemple, je pensais la trouver soit en train de siroter son café, soit en train de faire les cent pas dans le petit espace qui lui sert de pièce à vivre, un malaise flagrant qu'elle tenterait tant bien que mal de dissimuler sous un sourire un peu trop forcé pour être sincère… mais non. La demoiselle s'active de part et d'autre de l'appart, fouillant chaque recoin, ouvrant les tiroirs des deux commodes alignées sous les fenêtres, allant jusqu'à démolir les coussins du canapé. Je l'observe quelques instants, ne sachant pas si je dois rire ou m'inquiéter sérieusement. Mais après avoir aperçu l'ombre d'une angoisse sourde ternir son joli minois, je décide qu'il est temps de la prévenir de ma présence.

– Tout va bien ? Tu as perdu quelque chose ?

– Oui… J'en sais rien… souffle-t-elle en posant une main lasse sur son front. Laisse tomber.

– Dis-moi, insisté-je. Je peux t'aider ?

– Je ne crois pas, non. Ma mère est partie je ne sais où. Je m'inquiète.

Je fronce les sourcils, analysant la situation avec le peu d'éléments dont je dispose.

– Elle est partie ? Dans son état ? m'étonné-je alors que le souvenir de sa crise d'épilepsie remonte à la surface. Ta mère a fait des examens plus approfondis ? Si elle est seule, ça peut être dangereux. Qu'en disent les médecins ? Elle doit prendre un traitement ? Peut-être qu'elle…

Je me tais tandis que je m'efforce de ne pas perdre la face devant ses yeux ronds comme des soucoupes, ses sourcils haussés jusqu'au milieu de son front. Le silence s'alourdit et s'étend sur plusieurs longues secondes que j'ai l'impression de voir s'écouler au ralenti. Gwen se met à sourire légèrement en attrapant une tasse de café fumant et me la tend.

– Oui, elle est partie. Oui, dans son état. Je ne sais pas si elle est seule, c'est bien pour ça que je m'inquiète. Encore que, parfois, mieux vaut être seul que mal accompagné, surtout dans son cas, ironise-t-elle, plus pour elle que pour moi. Oui, elle a fait des examens ; les médecins affirment qu'il n'y a pas de tumeur, ou qu'elle est bénigne, je n'ai pas eu plus d'infos. Ma mère m'a laissée avec un simple « je vais bien », alors va savoir si c'est juste pour me rassurer qu'elle a dit ça ! Pour le traitement, aucune idée, elle ne m'a rien dit. Et pour le reste… tu n'as pas fini ta phrase.

Quelle mémoire incroyable ! Depuis qu'elle m'a récité par cœur le nom de chacun des cocktails qui contenait du gin et qu'elle m'a ressorti amèrement les mêmes mots que j'avais employés pour la décrire, dans le bureau de Garett, je me doutais bien qu'il y avait un lien.

– Tu n'as vraiment aucune idée d'où elle pourrait être allée ? Tu as peut-être oublié quelque chose, un indice qui pourrait nous mettre sur une piste.

Elle sourit en secouant la tête, comme si je venais de dire la plus grosse bêtise du monde. Cela ne fait que confirmer un peu plus mes soupçons.

– Oui, Sherlock, je suis certaine de n'avoir rien oublié. Mais il y a eu cet appel… à un ami. Je ne sais pas qui c'était. Peut-être s'est-elle réfugiée chez lui ?

– C'est possible, affirmé-je en haussant les épaules, plus intéressé par les secrets de la fille-mystère que par la pseudo-disparition de sa mère.

Cela fait sans doute de moi un sale con égoïste, mais c'est pourtant le cas !

J'avale une longue gorgée de café pour me donner une contenance et pouvoir la sonder plus intensément encore. J'aimerais réussir à lire en elle, trouver des réponses sans qu'elle ait besoin de les formuler à voix haute… Mais l'examen minutieux que je lui fais passer, alors qu'elle se contente de me fixer d'un œil rieur, est interrompu par la mélodie stridente de mon téléphone qui provient de quelque part, par terre, sous un des coussins qui faisaient naguère office de dossier du canapé.

Ce foutu canapé sur lequel j'ai pris tant de plaisir à découvrir son corps.

– C'est au moins la quatrième fois qu'il sonne, me lance Gwenaëlle en se retournant vers la petite cuisinière de camping qui lui sert de chauffe-eau. Tu devrais répondre, je crois que c'est important.

J'attrape rapidement l'objet au sol. L'effet de panique est immédiat lorsque j'aperçois le prénom qui s'y affiche en lettres capitales.

Merde, Alex !

24

THANOS N'A QU'À BIEN SE TENIR

Morgan

Je ne sais pas vraiment ce qui va se passer, maintenant. L'avenir qui m'est destiné est tellement flou, depuis si longtemps déjà. La mort de Claire a déclenché un véritable raz de marée dans lequel je me suis noyé sans même essayer de regagner la rive. J'ai coulé vers le fond, porté par ce courant dévastateur, sans même prendre la peine de regarder autour de moi ni tenter de sauver ce (ceux) qui pouvait l'être encore. Pourtant, avant cela, toute ma vie était réglée comme du papier à musique. Fraîchement diplômé, je me sentais plus que prêt à me lancer dans la carrière prometteuse qui s'offrait à moi. Premier dossier, première chance. J'avais tout pour réussir. Une grande capacité d'analyse, l'intégrité, la discrétion, la ténacité…

Cette affaire, c'était un bon moyen de faire parler de moi dans le milieu. Un cas complexe et sensible sur lequel j'étais commis d'office. Mon client était soupçonné d'avoir perpétré un attentat dans un centre commercial. Une cinquantaine de victimes, dont vingt-trois morts, étaient à déplorer. Toutes ces familles brisées, ces destins fauchés. Bien relayé dans les médias de l'époque, il n'a jamais été revendiqué par aucune organisation terroriste. L'acte isolé d'un déséquilibré solitaire, sombre et taciturne, qui voulait faire entendre sa cause. Un comble. Ça s'annonçait difficile, les preuves étaient accablantes. Mais j'avais été choisi pour défendre cette personne et j'avais prêté serment ; plus rien ne pouvait m'arrêter. C'était maintenant ou jamais, je n'avais pas le droit à l'erreur… et j'ai merdé. J'ai tout foutu en l'air en laissant mes sentiments me dicter sournoisement la tournure que j'ai voulu faire prendre à ce putain de procès. J'aurais pu faire mieux. J'aurais dû être plus fort.

– Papa ! crie Alex, descendant les escaliers en trombe avant de me sauter dans les bras.

Si je m'attendais à un accueil comme celui-là, j'aurais disparu bien plus tôt !

Je ne me souviens pas de la dernière fois où ma fille s'est montrée si sentimentale. Ni d'ailleurs depuis quand je ne lui ai plus adressé une quelconque marque d'affection. Le constat est sans appel, douloureux. Si je m'en veux de n'avoir jamais trouvé la force de remonter la pente depuis cinq ans, je me déteste d'autant plus de n'avoir pas su le faire pour elle.

Il n'est pas encore trop tard, je crois.

– Tout va bien. Je suis désolé d'être parti sans rien dire, soufflé-je en la serrant de plus belle contre moi.

Dieu, que c'est bon !

Elle me repousse brusquement, le démon de la colère semblant soudain avoir pris possession de chaque parcelle de son être. Ma fille est en ébullition, le visage fermé et le regard assassin. C'en est presque effrayant de voir à quel point c'est sa mère que je distingue au travers de cette rancune tenace.

– Et s'il t'était arrivé un truc ? T'as pensé à ce que je pourrais ressentir, moi, toute seule ici ?

– Alex, tout va bien, répété-je sans trop comprendre sa réaction on ne peut plus exagérée. Ce n'est pas la première fois que je…

– Je suis au courant, me coupe-t-elle, agacée. Mais les autres fois, Garett ne m'a pas appelée en me disant que vous vous êtes disputés à propos de maman et qu'il s'inquiète de ne pas savoir où tu es. T'es pas tout seul, OK ? Des gens se font du souci pour toi et t'as pas le droit de disparaître sans prévenir, merde !

– Garett n'aurait pas dû te raconter ça. Je vais bien. J'avais juste besoin… d'espace.

Et de m'abandonner dans les bras de cette fille-lumière. Avoir l'impression de revivre. Rien qu'une fois.

– Mon cul, ouais. T'étais avec une femme ?

– Parle correctement, s'il te plaît.

– Tu éludes.

– Parce que ça ne te regarde pas.

– Donc, t'étais bien avec une femme. J'en étais sûre ! crache-t-elle, excédée. Tu vois, je croyais que tout allait changer, mais ça ne fonctionnera jamais. T'auras toujours besoin d'aller baiser tes putes…

– Alexandra !

– Elles prennent trop de place ! s'époumone-t-elle, la voix brisée par la douleur presque palpable qu'elle garde en elle depuis tout ce temps.

J'ai du mal à savoir comment nous en sommes arrivés là. Sans doute est-ce de ma faute, comme toujours, mais je suis incapable de comprendre à quel moment la conversation a dégénéré à ce point-là. Encore moins ce que je suis censé lui dire pour apaiser ses craintes qui, visiblement, ont un rapport avec les femmes que je fréquente.

Nous restons plusieurs secondes ainsi, à nous regarder en chiens de faïence sans piper mot, le souffle court, la gorge serrée et mon cœur battant à tout rompre.

Je suis complètement perdu.

– Qu'est-ce qui te prend, Alex ? Je ne comprends rien…

– Bien sûr que tu ne comprends rien. Tu n'as jamais rien compris. Je croyais que t'allais enfin faire attention à moi. Que t'allais réaliser que j'avais besoin de toi. Mais t'es qu'un putain de sale égoïste. Tu l'as toujours été !

– Change de ton, je te rappelle que je suis ton père. Pas le meilleur, d'accord, mais je fais ce que je peux.

– *Mon père* ? ricane-t-elle, acerbe, en récupérant son sac en tissu crasseux sur le canapé. Ça fait longtemps qu'il est mort ! Je n'ai pas perdu que maman, ce jour-là… Je vous ai perdus tous les deux.

Voilà qu'elle m'inflige le coup de grâce. La porte d'entrée claque derrière elle et je crois n'être même plus en mesure d'entendre mes propres pensées tant ses paroles résonnent en moi. Je sens que je perds l'équilibre sous la force de cet uppercut. In extremis, je m'échoue sur un des fauteuils tandis que la pièce semble tourner de plus en plus vite autour de moi. Le poids de ce silence m'étouffe. J'aimerais m'enfuir loin de cette solitude dans laquelle j'ai cru devoir m'enfermer pour survivre. Que ne donnerais-je pas pour me retrouver auprès de Claire, là où l'air était nettement plus respirable ? Là où tout semblait beaucoup plus simple et facile à surmonter. Là où ma femme et moi formions encore une équipe soudée, prête à affronter chaque épreuve de la vie, jusqu'à ce que la plus terrible d'entre elles vienne nous séparer.

Par ma faute.

Mais à force de m'apitoyer sur mon sort, j'ai fini par délaisser la seule personne qui compte réellement. Il faut que je réagisse. Je ne peux pas perdre ma fille.

Comme si cela ne suffisait pas, Gwen s'insinue dans chacune de mes pensées. Le souvenir de cette folle nuit que nous avons passée ensemble, ce délicieux moment hors du temps. Je devrais me sentir coupable, mais je crois qu'Alex a raison : je suis un putain de sale égoïste, incapable de m'en vouloir d'avoir enfin laissé parler cette voix intérieure ignorée pendant de trop longues années. Mais là n'est pas la question. J'ai beaucoup trop de choses à gérer et je compte bien ne plus répéter les mêmes erreurs.

Ma fille doit être ma priorité. Elle aurait dû l'être depuis toujours.

À partir de maintenant, il n'y aura plus qu'elle.

***

Quand j'arrive au Versus, plus tôt que le reste de l'équipe, Garett me demande de le rejoindre dans son bureau. Je ne peux m'empêcher de lui partager mes doutes concernant la relation catastrophique que j'entretiens avec ma fille. J'ai besoin de conseils si je ne veux pas perdre Alex pour de bon… Et s'il y a bien quelqu'un qui puisse m'aider, c'est mon meilleur ami, le papa poule le plus compatissant et digne de confiance que je connaisse !

– Tu crois vraiment que ça s'est toujours bien passé avec Catalina ? m'interroge-t-il par une question sonnant comme un aveu, un demi-sourire aux lèvres. Elle aussi a eu sa crise d'ado, comme la plupart des jeunes de son âge.

– La plupart d'entre eux ont encore leur mère, lui fais-je remarquer en m'appuyant sur le rebord de son bureau. On fait un pas en avant et trois en arrière avec Alex.

– Ça fait onze ans que Maria s'est suicidée. Il y a eu des hauts et des bas, tu t'en doutes bien. Elles étaient tellement proches toutes les deux… Cat avait l'impression d'être abandonnée, trahie. Mais je crois qu'elle avait besoin de sentir qu'elle n'était pas seule, que je partageais sa colère et son chagrin.

Ouais, tout ce que je n'ai pas su faire, en somme.

– Putain… juré-je en frottant nerveusement mes paumes sur mes cuisses. Je suis vraiment le pire père de l'univers !

– Thanos[1] n'a qu'à bien se tenir, rit-il en se plaçant juste devant moi, ses bras croisés sur sa poitrine. Tu t'attendais à quoi ? La paternité, ce n'est pas seulement des câlins et un peu d'argent de poche.

– Tu ne pourrais pas me soutenir un peu, non ?

– C'est d'un gros coup de pied au cul dont tu as besoin. Et j'ai justement de toutes nouvelles pompes qui se feraient un plaisir de te remettre sur les rails.

– Alex m'a dit que j'étais mort avec Claire, ce jour-là, reprends-je plus sérieusement. Le pire, c'est que je crois qu'elle a raison.

Garett marque un temps d'arrêt, puis me jauge intensément de ses grands yeux azur en expirant tout l'air de ses poumons.

---

1. Super-vilain dans les deux derniers films des *Avengers*, Thanos n'a pas hésité à tuer et mutiler ses propres enfants pour arriver à ses fins.

– Les disputes ne sont pas forcément une mauvaise chose, poursuit-il. Elles permettent parfois de crever l'abcès, même si ça fait mal d'entendre certaines vérités.

– Et je suis censé faire quoi, moi, maintenant ?

– Ses paroles te font réfléchir, c'est un bon début. Mais ce qui pourrait vraiment faire avancer le Schmilblick, c'est que tu te confies à elle. Les secrets enfouis trop profondément finissent toujours par pourrir. Ta relation avec Alex n'est pas saine, elle le ressent forcément. Vous vous terrez dans vos non-dits depuis cinq ans, pas étonnant que ça te pète à la tronche.

– Ça changerait quoi de lui avouer le véritable mobile des assassins ? Je ne vois pas en quoi cela pourrait arranger nos rapports.

– Tu te sentirais plus léger. Elle mérite de connaître la vérité, conclut-il en m'assénant une tape amicale sur l'épaule. Allez, au boulot ! Les VIP ne vont pas se servir tout seuls. D'ailleurs, en parlant de ça…

– Je sais, râlé-je en levant les yeux au ciel. Il faut que je trouve quelqu'un pour te remplacer. J'y travaille.

Il secoue la tête en souriant, faussement exaspéré. Nous quittons le bureau pour rejoindre l'étage, non sans que je puisse me retenir de jeter un œil curieux derrière le comptoir. J'y croise le regard farouche de Gwenaëlle, qui rougit sitôt qu'elle m'aperçoit. Évidemment, cette image de ses joues enflammées me ramène à nos corps brûlants qui s'enlacent et se réclament toujours plus fort. Mon épiderme s'active, mes terminaisons nerveuses s'affolent. Cette fille est tellement belle, putain. Le goût de ses lèvres renaît sur ma langue. Je me nourris de la mélodie harmonieuse de son rire, de sa façon si peu naturelle de faire semblant de rien devant ses collègues.

Devant moi.

J'adore être le seul en mesure de deviner ses pensées. Cette intimité silencieuse que nous partageons. Ce lien fragile, mais tellement intense qui s'est tissé entre elle et moi. Peut-être est-ce moi qui l'imagine ? Non, je refuse de le croire. Ces regards indiscrets qu'elle coule partout sur moi, ces dents qui marquent imperceptiblement sa lèvre inférieure, ces petits doigts qui se cramponnent au rebord du bar comme si l'équilibre venait soudain à lui faire défaut : tout m'indique qu'elle est soumise au même combat. Je sais qu'elle pense à toutes les choses que nous avons partagées cette nuit, au moins aussi fort qu'elles envahissent mon esprit, mon corps déjà en manque du sien. Ces caresses, ces baisers, ces cris, cette façon si sensuelle de remuer sous moi, sur moi…

– Tu comptes installer ton lit de camp ici ou on peut y aller ? m'interpelle Garett.

– Allons-y ! le contourné-je sans trop m'attarder sur les soupçons que je sens peser partout sur moi.

Merde.

À peine arrivé dans mon bureau, tandis que je fais mine de chercher un dossier imaginaire dans un tiroir, mon associé claque la porte derrière moi. Une colère sourde recouvre son visage, tel un masque de carnaval. Visiblement, ça va être ma fête.

– Je n'aime pas ça, Morgan.

– Quoi ? feins-je de ne pas comprendre.

– La façon dont tu la regardes ! Tu me prends pour un con, ou quoi ?

– Pitié, tu ne vas pas recommencer ? En quelle langue il faut que je te l'explique ? Gwenaëlle ne m'intéresse pas !

Il ricane, mais ses yeux clairs me mitraillent, littéralement. Je n'ai jamais autant désiré qu'il puisse ne pas lire en moi, comme il le fait si facilement, depuis si longtemps.

– Qui est-ce que t'essaies de convaincre, là ?

– Tu commences vraiment à me faire chier, Garett !

– Je veux juste savoir une chose, Morgan. Une seule, insiste-t-il en cherchant à capter mon regard.

– Quoi ?

Mes pupilles fuyantes rencontrent les siennes. Mon cœur cogne, ma gorge se serre. Lui mentir, c'est le trahir. Lui dire la vérité, c'est lui donner toutes les raisons de me détester.

– Est-ce que je peux te faire confiance, oui ou non ?

J'ai de la peine à déglutir, du mal à réfléchir. Le temps me manque, le courage aussi. Ainsi, après avoir pris une profonde inspiration, je lui balance sans sourciller :

– Tu peux. Maintenant, si tu permets, on a du boulot.

***

Jusqu'ici, la soirée se déroule plutôt bien, outre le fait que j'ai volontairement raconté des salades à mon meilleur ami. J'ai dû lui donner un coup de main lorsqu'il a fallu changer un fût de bière et préparer quelques cocktails. L'ambiance de la VIP room est plus calme, plus feutrée. La salle a volontairement été insonorisée avec du matériel haut de gamme qui ne laisse transparaître que les puissantes basses dans un vrombissement sourd et lointain. Bien sûr, nous avons également la possibilité d'augmenter le volume si les VGS sont d'humeur plus festive.

Moi, ce qui me plairait, c'est vendre des alcools et parler de leur qualité. Malheureusement, ce lieu attise la jeunesse et l'envie d'une notoriété illusoire ; et ces personnes sont, pour la plupart, plus intéressées par l'amertume du houblon que par l'arôme riche et fruité d'un bon Baron Otard Extra, le meilleur cognac qu'il m'ait été donné de savourer.

La graine d'une idée germe dans mon esprit brumeux : organiser une dégustation d'alcools raffinés pour attirer une clientèle plus exigeante. Une ambiance intimiste, chaleureuse. Tout changer pour un soir. Ce nom, le Versus, n'en prendrait alors que plus de sens.

Soudain, une tornade déboule dans mon bureau, affolée, avant de se planter devant la baie vitrée opaque du grand balcon. Je ne réagis pas instantanément à cette intrusion brutale et attends plusieurs secondes des explications qui ne viennent pas.

– Catalina ? demandé-je prudemment tandis qu'elle me tourne le dos. Un problème ?

– Ouais. Un *énorme* problème.

Le silence s'allonge. Personne ne m'a jamais couvert d'éloges pour ma patience. Normal, je n'en ai aucune. Je me lève brusquement et m'installe à ses côtés, regardant dans une direction similaire à la sienne.

– Et quel est-il ?

– Tu vois ce mec, juste là, avec la veste en jean ? pointe-t-elle d'un doigt tremblant sur la vitre.

Sa voix se brise. L'anxiété gagne mes nerfs et tend mes muscles.

– Oui, pourquoi ? Il t'a fait quelque chose ?

– Non… pas à moi. C'est Fabio. L'ex-petit copain de Gwen.

Il est inutile de poursuivre ; mes oreilles tintent d'une colère contenue. Je sais qui il est et ce qu'il lui a fait. Ce que je ne sais pas, par contre, c'est comment il ose se pointer ici après ça. Une chose est certaine : je ne le laisserai plus s'en prendre à elle.

Plus jamais.

25

LES PIÈCES DU PUZZLE

Gwenaëlle

Je ne l'ai pas remarqué immédiatement. Il faut dire que ce soir, le club est bondé. Je ne sais pas où j'avais la tête, dans mes cocktails ou dans la caisse enregistreuse. Un peu partout à la fois, mais certainement pas sur le garçon à la veste en jean, prostré, face à moi, qui me fixe à présent d'un air embarrassé. Fabio tente un sourire un brin forcé en s'accoudant contre le bar. Je sens mes muscles se tendre tellement fort que j'ai l'impression qu'ils vont lâcher. Je peine à contenir le torrent de rage et de peur qu'il fait naître en moi.

– Salut, Gwen ! Je ne savais pas que tu bossais ici, c'est cool ! crie-t-il, trop confiant, au travers de la musique assourdissante.

– Tu te fous de moi ou quoi ? Qu'est-ce que tu fais là ? Je croyais avoir été claire !

Il fronce les sourcils en agitant ses mains devant lui, sa bouche répétant des « non » à n'en plus finir. Les clients me hèlent comme ils le feraient pour un taxi aux heures de pointe. Je ne réagis pas, pétrifiée à l'idée de replonger dans cet enfer que je pensais enfin derrière moi. Je veux qu'il se casse d'ici, putain !

– Tu te méprends, Gwen ! Je suis aussi surpris que toi, je t'assure. Je viens rejoindre des potes qui m'ont invité, et voilà que je tombe sur toi. C'est quand même dingue !

– Bon, tu commandes, mec ? T'es pas tout seul ! râle un

jeune homme aux cheveux blancs comme neige en poussant son verre vide juste devant lui.

– Oui, bien sûr, pardon… Je vais te prendre trois bières, s'il te plaît. Promis, après ça, tu ne me revois plus.

– J'ai déjà entendu ça, craché-je pour moi-même en commençant la préparation des pressions.

Je sais que je n'ai rien à craindre, que toutes ces personnes autour de nous me confèrent l'assurance d'être en sécurité face à lui. Mais l'angoisse est toujours là. Viscérale. Sournoise. Indomptable.

Fabio tient pourtant parole. Il récupère ses consos puis disparaît dans la foule.

Ce n'est qu'après la fermeture que je réalise combien j'apprécie davantage une salle vide que la présence de tous les clients. Pouvoir enfin baisser la garde, être certaine qu'il n'est plus là, qu'il ne m'observe pas depuis un coin sombre, tel un prédateur attendant le bon moment pour me lacérer de ses griffes.

En parlant du chasseur et de sa proie, j'aperçois Morgan qui descend l'escalier d'une démarche pleine d'assurance, le torse moulé dans un polo bordeaux dont les manches courtes marquent la taille impressionnante de ses biceps, tandis que je donne un coup de chiffon aux verres tout juste sortis de la machine.

Bordel. Pourquoi faut-il qu'il soit toujours si proche de la perfection ?

Je me maudirais presque d'avoir zappé Fabio aussi rapidement.

Presque.

Le fait est qu'après tout ce que Morgan m'a fait cette nuit, il n'y a rien d'assez fort pour venir ternir ces souvenirs qui demeureront à jamais gravés dans ma mémoire, tout comme la chaleur de ses lèvres sur ma peau. La seule chose que je puisse espérer, maintenant, c'est de ne pas sentir le feu embraser mes joues – et le reste – chaque fois qu'il posera ses yeux sur moi.

– Bonsoir, m'adresse-t-il en souriant, le plus naturellement du monde.

Mon Dieu. Ça la fout mal si je lui saute dessus, là, tout de suite ?

– Bonsoir.

Bien. Mon ton est calme, ma voix n'a pas tremblé, c'est un bon début.

– Ça va ? Tu n'es pas trop crevée ?

Je manque de faire tomber le verre que je m'apprêtais à ranger. Merde. Est-ce qu'il s'inquiète pour moi ?

– Ça va, acquiescé-je en tentant de cacher mon trouble. Enfin, un peu. Tout le monde est arrivé en même temps alors on a eu un gros rush, mais je vais m'en remettre.

– Tout s'est bien passé, donc, enchaîne-t-il immédiatement. Aucun problème au bar ?

– Aucun problème, assuré-je en omettant volontairement l'épisode « Fabio ». Tout roule, comme d'hab.

– Bien. Je voulais…

Il marque une pause en jetant un coup d'œil circulaire autour de nous afin de s'assurer que personne ne nous écoute.

– … m'excuser pour ce matin. Je ne voudrais pas que tu penses que je me suis servi de mon portable pour pouvoir m'éclipser plus rapidement.

– Pour être honnête, ça ne m'avait même pas traversé l'esprit. Mais maintenant que tu le dis…

Il rit. Bordel de merde, ce son ! Je l'ai entendu tellement de fois durant nos ébats. Quand j'exigeais. Quand je suppliais. Quand j'ai eu besoin de faire une pause, aussi.

– Tu devrais savoir que ce n'est pas mon genre.

– Eh bien, non, je ne sais rien du tout. Mais si tu veux que je te croie, tu n'as qu'à me prouver qu'Alex n'est pas le numéro de Garett que tu as renommé en cas de conquêtes un peu trop collantes.

Je sais, Morgan n'a absolument rien à me prouver, mais j'ai besoin de réponses depuis qu'il a prononcé ce prénom à de – trop – nombreuses reprises. Je n'arrête pas de me faire des films au sujet de cette Alexandra, et je dois en avoir le cœur net.

– Tu regardes trop la télé, Gwen, se moque-t-il gentiment. Mais puisque tu veux tout savoir, Alexandra est ma fille. J'ai complètement oublié de la prévenir et j'avais peur qu'elle se fasse du souci pour moi.

Mon stress grimpe en flèche. Je me sens oppressée, mal à l'aise. Et ce n'est pas le fait d'apprendre qu'il a un enfant, mais plutôt de réaliser à quel point cela suscite en moi tant d'autres questions.

Qu'en est-il de sa mère ? Morgan et elle sont-ils toujours ensemble ? La trompe-t-il à chaque occasion ?

– Ta fille ? répété-je, incrédule. Tu… tu es marié ?

Je retiens la bile qui me monte à la gorge. L'angoisse d'avoir été utilisée par un homme volage, menteur et manipulateur. Se pourrait-il que le diable se joue de moi depuis le début ? Non, je refuse d'y croire.

– Je l'ai été. Mais à présent, je vis seul avec ma fille.

Malgré moi, je soupire de soulagement. Un grand sourire se dessine sur ses lèvres, devant ma mine rassurée.

– Je ne voulais pas me montrer si curieuse, c'est juste que… coucher avec des hommes mariés, ce n'est pas trop mon truc, tu vois. Je préfère quand… ils sont libres, quoi. Mais bon, ça ne veut pas dire que je couche avec tous les mecs célibataires que je rencontre, hein… Je…

À quel moment tu la fermes, Gwen ?

– Est-ce que tu voudrais parler de ce qui s'est passé entre nous ?

Nous.

Panique. Sujet sensible. Trop récent. Trop intense. Trop…

– Non… Pas vraiment… finis-je par articuler péniblement sans même le regarder. C'était juste…

– Une pulsion ?

– Voilà, c'est ça. Une pulsion. Tu… es d'accord ?

Ses pupilles s'agrandissent, dévorant toujours plus de bleu. Elles harponnent mes lèvres que je sens s'assécher sous cet assaut ardent. Mon souffle devient erratique, ma gorge un désert graveleux lorsque je perçois mon propre désir s'y refléter. Je transpire une envie de lui qui dégouline de ma nuque jusqu'à mes reins, longeant ostensiblement ma colonne vertébrale.

Une envie de lui qui se manifeste partout ailleurs.

– Absolument, me confirme-t-il d'une voix vibrante, sans esquisser le moindre mouvement. Et j'en garderai un délicieux souvenir, Gwenaëlle.

Alerte ! Y a-t-il un pompier dans la salle ? Parce que je brûle, littéralement. Aussi fort à l'intérieur qu'à l'extérieur.

Devant ma perte de moyens flagrante, Morgan se mordille la lèvre pour se retenir de rire et s'empresse de reprendre une attitude plus neutre.

Dieu merci.

– Tu as fini ? Je te raccompagne à ta voiture ? me propose-t-il pour changer de sujet.

– Oui, tout est OK ici. On peut y aller.

L'air frais m'aide à recouvrer mon calme. Je suis consciente que je ne pourrai pas réagir ainsi chaque fois que Morgan se trouvera dans les parages, mais tout est trop récent. Et puis, c'est mon boss. Et il est papa. Le pire, c'est que l'intensité avec laquelle je repense à notre corps-à-corps ne diminuera jamais, malgré toutes ces raisons qui me poussent à tirer un trait sur lui. Ma mémoire épidermique me donnera toujours l'impression de le revivre comme s'il venait tout juste de se produire. Mais plus que tout, je veux en profiter pendant que ce souvenir fait encore partie des bons. J'en ai besoin.

Une silhouette se devine dans la pénombre du parking. Elle se déplace, se rapproche. Tout va si vite que je n'ai pas le temps de me faire un film. Je reconnais la jeune femme que j'ai tatouée récemment, s'avançant vers nous, une besace beige qui frappe sa hanche au rythme de sa démarche rapide, presque hostile.

Lexi ? Mais que fait ma cliente ici ?

Alors que je m'apprête à formuler cette demande à voix haute, elle porte son attention sur Morgan, moins hésitant que moi à poser des questions :

– Alex ? Qu'est-ce que tu fais là ? Tout va bien ?

– Ouais, mais la personne qui devait me ramener à la maison m'a lâchée, et comme j'étais pas très loin…

Hein ? Lexi est… Alexandra ?

Mon cerveau tourne à plein régime. Les pièces du puzzle s'emboîtent les unes aux autres à une allure impressionnante. Son père, sa relation conflictuelle avec lui, l'aversion de ce dernier pour les tatouages – enfin, jusqu'à hier soir où il a fini par les aimer, je crois –, le regard paniqué que la jeune femme me lance en ce moment même… Je ne suis pas certaine de ce qui se passe ni de comment je dois réagir à tout cela.

– OK, tu as bien fait, reprend Morgan après un court instant de réflexion. Ça fait longtemps que tu m'attends ? Tu aurais dû m'envoyer un texto, je serais sorti plus tôt.

Et peut-être parce qu'il se rappelle ma présence après son mitraillage de questions, il s'empresse d'ajouter en pivotant vers moi :

– Au fait, je te présente Gwen, une employée du Versus. Gwen, Alexandra, ma fille.

Avant même que je n'aie le temps d'ouvrir la bouche, elle prend les devants en me tendant la main :

– Ravie de te rencontrer, Gwen.

J'opine discrètement du chef pour lui signaler que j'ai compris où elle voulait en venir, même si je n'en saisis pas encore les raisons. Après tout, elle est majeure, elle fait bien ce qu'elle veut, non ?

– Enchantée.

– Bon, on y va, papa ? Je suis crevée… enchaîne-t-elle mollement à l'attention de Morgan, qui approuve en déverrouillant son Audi R5 noir mat garée un peu plus loin.

– Va m'attendre dans la voiture, je te rejoins tout de suite.

Elle s'exécute et, un court instant, je crains qu'il ait compris notre petit manège. Un doute éphémère qui s'évapore dans les airs lorsque, de sa voix grave et empreinte d'une profonde inquiétude, il m'interroge :

– Tout va bien entre nous, n'est-ce pas ?

Je souris – rougis, par la même occasion. C'est encore

ce *nous* qui m'a collé des frissons sur à peu près toute la surface de mon épiderme. Mais le plus difficile reste à contenir ce feu d'artifice qui éclate à l'intérieur de moi. Ça s'envole, craquelle et bout dans tous mes organes.

– Tout va bien, Morgan.

– Bien. Bonne nuit, alors. Et sois prudente.

– À demain, conclus-je en enfilant mon casque.

Évidemment, je ne peux m'empêcher de le regarder s'éloigner. Quelque chose hurle en moi, une voix sourde que je n'arrive pas à faire taire. Un cri étranglé pour le retenir, juste une fois encore. Un besoin urgent de ses bras, dans lesquels j'ai eu l'impression de trouver une part de moi qui me manque à nouveau.

Et sans laquelle je ne me sens plus vraiment moi-même.

Il entre dans sa voiture, je démarre. Le bruit assourdissant de mes quatre-vingt-quinze chevaux ne couvre pas la cacophonie qui s'en donne à cœur joie dans ma poitrine. Mais j'ai encore tant de choses à mettre au clair dans ma vie, inutile d'en rajouter avec d'autres questions, d'autres doutes. D'autres espoirs.

Cet appartement désertique ne m'aide pas à penser à autre chose qu'à tout ce que j'ai raté. Le retour de Fabio m'affecte bien plus que je ne le voudrais ; je suppose que c'est pour cela que je cherche à me rapprocher de Morgan. Bien que j'aie conscience qu'il s'agit d'une mauvaise idée, plus encore maintenant que je sais avoir déjà rencontré sa fille, échangé quelques mots, quelques… *confidences*. Décidément, le sort s'acharne ! Comme si le fait qu'il soit mon patron, qu'il ait le pouvoir de foutre tous mes projets en l'air en un claquement de doigts et qu'il soit le meilleur ami du père de Catalina ne me suffisait pas ; je ne cesse de m'accrocher plus durement à lui. Pour oublier. Parce qu'il est le seul, à ce jour, qui parvienne à refermer les tiroirs de mes souvenirs durant une nuit entière.

Et ma mère qui ne daigne toujours pas réapparaître. Est-elle seulement encore vivante ? Bon sang ! Comment a-t-elle pu croire que je ne m'inquiéterais pas de son absence, entre ses idées noires qui nous ont pourri la vie et, à présent, ses crises d'épilepsie qu'elle ne se rappelle même pas ? J'angoisse chaque nouveau jour de recevoir un coup de téléphone de la police. De l'hôpital.

De la morgue.

Je jette mon emballage de sucette à la poubelle en ressassant toute cette merde, quand une ampoule s'allume soudain au-dessus de ma tête.

La poubelle ! C'est la seule chose que je n'ai pas encore fouillée.

Ni une ni deux, je vide le contenu sur la table. Ça pue, ça dégouline, c'est dégueulasse, mais je m'en contrefous. S'il y a un indice là-dedans, je dois le trouver !

Après une minute à peine, mes efforts paient. Sous mes doigts tremblant d'anxiété, un bout de papier chiffonné me dévoile quelques gribouillis qui, je l'espère, m'apporteront des réponses salutaires. C'est bien l'écriture de ma mère. Un numéro de téléphone inscrit sous un « H nouveau », souligné deux fois. Je m'empresse de composer les dix chiffres sur mon portable sans m'inquiéter de l'heure tardive. Je dois savoir !

Appel en cours.

Répondeur.

« Vous êtes bien sur la messagerie de Henri Carlier, je ne suis pas disponible, mais laissez-moi un message et je vous recontacte au plus vite. »

Henri… Carlier ?

Papa ?

26

RENDEZ-VOUS

Morgan

Gwenaëlle se montre distante envers moi, depuis deux jours que nous nous sommes quittés sur ce parking. Enfin, envers tout le monde, je crois. C'est ce que j'ai pu en conclure après l'avoir longuement observée vendredi et samedi. Elle ne parle pratiquement pas, perdue dans ses pensées, à un million de kilomètres de la planète Terre.

De moi.

Je n'aime pas ça. J'ai pris l'habitude de la voir si pétillante, à toujours vouloir ramener de la joie et de la bonne humeur dans ce club. Mais depuis vendredi, elle semble éteinte, ailleurs ; désemparée. Ma colombe, porteuse de lumière, ne brille plus que par son silence. Elle semble avoir totalement rompu le contact avec les gens qui l'entourent. Le pire, c'est cette impression asphyxiante d'être en partie responsable de son état. Le doute s'insinue sournoisement en moi, même le sommeil ne l'endort pas. Je n'aurais pas dû l'entraîner dans cette folie, moi, le plus adulte de nous deux. J'ai laissé mon corps dicter ma conduite au lieu d'écouter ma raison. Voilà le résultat !

Tu parles d'une réussite.

Toutefois, je ne peux m'empêcher d'y voir un lien avec le retour de son ex. Son changement soudain d'attitude correspond aussi à cette visite de jeudi soir. Même si elle avait l'air de gérer la situation en enfourchant sa moto, avant de disparaître dans la nuit. Peut-être faisait-elle semblant pour me tenir à l'écart de tout cela. Parce qu'elle estime que ça ne me regarde pas.

Après tout, sommes-nous seulement amis ?

Sans parler de la disparition de sa mère. Bon sang… J'aimerais tellement pouvoir faire quelque chose. Apaiser ses angoisses, alléger cette charge mentale qui pèse sur elle.

La voir sourire à nouveau.

Risible, quand je constate le foutoir sans nom qu'est ma propre vie. C'est comme vouloir l'aider à nager alors que je suis moi-même incapable de garder la tête à la surface plus de dix secondes. J'ai le sentiment de faire couler le petit radeau qu'elle s'est construit, d'être trop lourd, de prendre trop de place. Impuissant, je nous regarde prendre l'eau pendant qu'un tsunami s'approche et s'apprête à tout balayer sur son passage. Gwen a besoin de soutien. Celui de ses amis, des gens qu'elle aime et en qui elle a confiance.

Pas d'un connard égoïste qui réfléchit avec tout sauf son putain de cerveau.

Et même si je crève à petit feu de voir la fille-lumière dans cet état, je me suis juré de m'occuper d'Alex en priorité. C'est tout ce qui doit compter pour l'instant.

D'ailleurs, cette dernière m'en veut toujours. Elle n'est pas encore revenue de sa nuit chez Olivia. Sa mère m'a dit qu'elles s'éclataient dans la piscine, je n'ai pas eu le cœur à lui rappeler que nous devions nous rendre au cimetière.

Alors, j'y suis allé seul.

Le cimetière de la Villette s'étend sur plus d'un hectare. Il est facile de s'y perdre, entre ses nombreux sentiers de pierre, tous semblables les uns aux autres, et ses quelque deux mille cinq cents concessions ombragées d'érables, de tilleuls et de marronniers. Je n'y viens pas souvent, mais je connais par cœur le chemin jusqu'à Claire. Je passe d'abord non loin de la tombe d'Auguste Heng, un artiste suisse mort en 1968, et sa belle pleureuse qu'il a lui-même sculptée. Puis près du soldat Maurice Thiéry, tombé pour la France en 1917.

En poursuivant ma course au rythme effréné des battements de mon cœur qui tambourine de plus en plus vite, je ralentis devant une vieille dame déposant un bouquet de chrysanthèmes sur une sépulture bien entretenue. Entre les rides que les années ont laissées sur leur passage, je lis le chagrin qui froisse encore son visage. Son regard perdu vers les lettres gravées dans la pierre me confirme que ce défunt a compté pour elle, et que le temps n'est rien quand le deuil est de la partie.

Je n'aime pas être ici. Je suffoque, étriqué dans mon propre corps, rongé par ce manque qui ne s'éteint jamais. La douleur croît à chaque pas me rapprochant de l'emplacement choisi pour le repos éternel de mon épouse. Ma peine est immense lorsque je réalise, à chacune de mes rares visites, que l'amour de ma vie est enfermé à jamais dans cette boîte, à plusieurs mètres sous terre. Seule.

Enfin, ce qu'il en reste…

J'ai la nausée autant que le pas lourd. L'ambiance est pesante, sinistre, malgré les puissants rayons du soleil qui pourraient presque rendre cet endroit charmant.

Presque.

La mort est trop présente, son aura est partout. Rien ne la rend supportable, pas même les fleurs qui nous font croire, l'espace d'une seconde, que les couleurs sont lénitives ; que la vie continue sans nos chers disparus. Le silence m'agresse, le calme m'oppresse. J'ai l'impression d'être à nouveau pris au piège d'un de ces rêves étranges qui hantent si souvent mes nuits. Ceux dans lesquels Gwen est venue s'immiscer sans que j'en comprenne les raisons.

Non. Elle n'a pas sa place ici.

Je suis figé devant la tombe de celle qui a partagé ma vie durant trop peu d'années. Des souvenirs remontent à la surface. Trop puissants pour que je puisse lutter. Nous n'étions que des ados lors de notre première rencontre, mais l'évidence était telle que nous avons rapidement projeté un avenir à deux. Le cœur glacé du gamin solitaire commençait déjà à fondre face au sourire solaire de cette nouvelle venue.

J'étais l'ombre et elle, la lumière ; tout le monde le disait. Je rêvais d'une grande carrière pendant qu'elle se battait d'arrache-pied pour rendre ce monde meilleur. L'arrivée d'Alex a chamboulé nos plans. Surtout les miens. Je n'étais pas prêt à devenir père ; je n'ai jamais su comment l'être. Heureusement pour Alexandra, Claire a assumé son rôle de mère à la perfection. Malheureusement pour moi, il était déjà trop tard lorsque je me suis rendu compte avoir laissé de côté ma vie de famille au profit de mes heures de travail.

Je suis toujours aussi pathétique, sauf que Claire n'est plus là pour rattraper mes conneries ni me faire briller aux yeux de notre fille. J'ai perdu le peu d'estime accumulée ces seize dernières années et, chaque fois que je pense ne pas pouvoir tomber plus bas, j'y parviens avec une facilité déconcertante.

Oui, pour ça, mes ressources sont inépuisables !

Un rire amer, teinté de regrets, s'échappe de ma gorge nouée. C'est Claire qui aurait dû se trouver là, debout devant la tombe de son mari, tué cinq ans plus tôt. Moi qui devrais reposer six pieds sous terre en acquittement de *mes* erreurs. Pas elle. Moi ! Ce jour-là, la justice des hommes a rendu son verdict pour condamner un coupable, mais l'injustice a bousillé plusieurs vies innocentes. Ce jour-là m'a fait asseoir en silence sur le banc des accusés et depuis, je paie le prix fort d'une seule décision.

Bien sûr, Claire aurait mieux géré la situation que moi. Ma femme se serait battue en gardant la tête haute tandis que je ne suis plus que l'ombre de moi-même sans elle. Je donnerais tout pour prendre sa place… Mais c'est impossible. Rien ni personne ne sera jamais en mesure de la ramener là où elle devrait être : auprès de notre fille. Et ça me rend fou de chagrin.

Fou de rage.

Probablement fou tout court.

C'est la colère qui m'aide à rester debout depuis tout ce temps. C'est aussi elle qui m'a éloigné de mon enfant, de mes proches ; du monde entier. Mais sans cet ouragan qui tourbillonne à l'intérieur, je m'écroulerais sous le poids de son absence. Sous le poids d'un rôle que je suis incapable de tenir. Sous le poids d'une culpabilité écrasante, d'une solitude irascible.

Et de cette vie, que je ne mérite pas. Même si je survis plus que je ne vis.

– Salut.

Un simple mot qui catapulte mes pensées douloureuses et apporte un peu de lumière à la froideur de mon âme. Sa voix douce, mais hésitante, me ramène dans une réalité à laquelle je ne suis soudainement plus certain de vouloir me soustraire.

– Alors tu es venue… laissé-je échapper malgré moi, en observant son profil fin, son petit nez retroussé aux innombrables taches de rousseur et sur lequel trône une énorme paire de lunettes de soleil.

Alexandra hausse les épaules en s'avançant près du gros caillou, y dépose un bouquet d'amaryllis, les fleurs préférées de Claire, puis revient se placer à mes côtés.

– C'est une promesse que j'ai aussi faite à maman. Je ne voulais pas la décevoir, avoue-t-elle péniblement en croisant les bras sur sa poitrine.

– Aucun risque, affirmé-je en frôlant son bras. Je suis certain qu'elle est très fière de la merveilleuse jeune femme que tu es devenue.

Elle souffle en affichant un sourire amer, identique à celui qui étirait mes lèvres quelques instants plus tôt.

– Elle ne serait certainement pas très fière de ce que *nous* sommes devenus.

Touché.

– On a un peu de mal à communiquer, c'est vrai.

– Tu sais, poursuit-elle comme si elle ne m'avait pas entendu, depuis que maman n'est plus là, j'ai l'impression d'être un poids pour toi. J'ai toujours pensé que t'aurais préféré être seul, mais que tu devais te coltiner ta gamine parce que tu n'avais pas vraiment le choix. Ce silence qui a suivi sa mort, c'était… déroutant. Alors j'ai fait du mieux que j'ai pu pour ne pas trop traîner dans tes pattes, pour que tu remarques à peine ma présence. Cette situation avait l'air de te convenir, et ça m'allait à moi aussi… Mais c'est vite devenu trop difficile à supporter. Ton indifférence, c'était pire que tout. La plupart du temps, j'attendais que tu t'endormes sur le canapé pour me coucher près de toi. Je me débrouillais pour disparaître avant que tu te réveilles.

– Alex, je…

– Laisse-moi finir. S'il te plaît.

Elle prend une profonde inspiration et retire ses lunettes avant de poursuivre. Ses yeux caramel me foudroient des doutes, de la peur et de tout l'espoir qui les remplissent.

Je prie le ciel pour qu'elle puisse un jour me pardonner.

– Les années ont passé. Je sentais bien que tu faisais des efforts à certaines occasions, mais ça ne durait jamais. Et je ne te facilitais pas vraiment la tâche, reconnaît-elle d'un ton empli d'une culpabilité touchante. Je ne veux pas te jeter la pierre, papa. Même si ça ressemble à des reproches, ce n'en sont pas. Mais il fallait qu'un de nous deux crève l'abcès et je crois que si maman était là, elle nous aurait enfermés dans une des cellules du poste de police jusqu'à ce qu'on trouve un terrain d'entente.

Je souris avec elle, les larmes menaçant de dévaler mes joues pour la première fois depuis bien longtemps. Chialer, ça n'a jamais vraiment été mon truc. Mais habitude ou pas, ça remue trop fort mes entrailles pour que j'arrive à les contenir. Les mots de ma fille écorchent mon cœur de père, même si je ne suis pas digne de ce titre. Pas digne d'elle, de sa force qu'elle tient de ma femme.

– Ouais, c'est sûrement ce qu'elle aurait fait. Mais si ta mère était encore là…

– Je sais. Je n'en serais probablement jamais venue à te détester, me coupe-t-elle, la mine triste.

– Et je ne t'aurais pas donné toutes les raisons du monde pour le faire, Alex. Je te demande pardon. Si je pouvais revenir en arrière pour arranger les choses, je ferais n'importe quoi pour t'épargner toute cette souffrance.

– Et si on regardait plutôt devant ? On pourrait essayer de… je ne sais pas…

– D'être une famille ?

– Ouais, acquiesce-t-elle, le visage lumineux. Ce serait chouette.

J'ai envie de lui dire que ce ne sera pas simple. Que ça risque de prendre du temps avant que nous trouvions nos marques, elle et moi, mais je crois qu'elle en a déjà conscience. Les mots sont parfois futiles lorsqu'il est question d'amour, alors je m'avance prudemment en tendant les bras vers elle, l'invitant silencieusement à venir se blottir contre moi. Sans doute est-elle un peu grande pour ça… mais je tente le coup. Qu'est-ce que je risque, après tout ? Au pire des cas, elle se foutra de moi et me laissera planté là, comme un con, au milieu de cette allée de cimetière. Le jeu en vaut la chandelle.

D'un revers de manche, elle essuie son nez en m'observant de son éternel petit air irrévérencieux et, sans crier gare, me saute littéralement au cou. Je manque de perdre l'équilibre sur la tombe de Claire et je ne peux m'empêcher de rire à cette pensée.

Même loin de nous, elle nous inonde de sa présence. C'est un peu comme si nous étions à nouveau réunis, tous les trois.

– Alex, je crois bien qu'elle est fière de nous, là.

Elle rit de plus belle. Putain. Le plus incroyable c'est que maintenant, tout de suite, je me sens plus fort. Beaucoup plus fort.

Invincible.

27

TOMBÉE DANS LE PANNEAU

Gwenaëlle

Ces dix chiffres, que j'ai regardés à peine plus de six secondes, tournent en boucle dans ma tête depuis presque une semaine. Ce foutu bout de papier a tout remis en question. Depuis de longues années déjà, j'ai collé le visage d'un monstre sur l'image de mon paternel. Parce que c'était plus facile d'accepter qu'il puisse nous avoir abandonnées, maman et moi, en me persuadant qu'il était foncièrement mauvais, et que seul un homme chez qui toute trace d'empathie et d'amour avait disparu serait capable de faire ça à sa famille. À présent, alors que mes propres mots reviennent hanter mon esprit, je me demande si ce n'est pas moi qui ai créé ce monstre que je m'applique à détester depuis si longtemps.

« Je ne veux plus jamais entendre parler de lui ! »

Voilà, dans les grandes lignes, ce que j'ai hurlé à ma mère le jour où leur divorce a été prononcé. Aurait-elle simplement respecté ma volonté ? Ai-je le droit de la blâmer d'avoir souhaité conserver un lien avec le père – si je peux encore le nommer ainsi – de son enfant ? N'aurait-elle pas pu réaliser que mes paroles étaient celles d'une jeune femme blessée par le départ d'une personne qui, malgré tous ses torts et ses travers, comptait énormément pour elle ?

Je suis fatiguée. Ce passé que je croyais derrière moi revient en force ; je ne suis pas de taille à l'affronter.

Comme si mes souvenirs ne me pourrissaient pas assez l'existence, voilà que les fantômes de mon ancienne vie réapparaissent à ma porte, me rappelant qu'ils n'ont pas disparu simplement parce que je m'efforce de ne plus penser à eux. Le pire, c'est que Fabio s'est imposé à moi sans me laisser le choix de le tenir ou non à l'écart. Pour Henri, c'est différent. C'est à moi de savoir si je souhaite renouer avec lui ; connaître les raisons de cette absence, de ce silence. À moi de décider d'ouvrir la boîte de Pandore d'une existence brisée par les drames familiaux.

Et lui, aura-t-il seulement envie de me revoir ?

La clochette de l'entrée sonne l'arrivée de ma cliente. Sans même relever la tête, je me prépare mentalement à affronter Lexi – Alex –, qui n'est autre que la fille de mon boss.

Et accessoirement, le mec avec qui j'ai couché, qui me fait un effet de dingue et que j'essaie, tant bien que mal, de maintenir le plus loin possible de moi. Précisément à cause de ces deux premiers points.

Il est vrai que le prénom sur sa carte d'identité était le même que celui affiché sur le téléphone de Morgan… Mais honnêtement, combien y avait-il de chance ? Elle m'a demandé de l'appeler Lexi, comme le font tous ses amis. Je ne me suis pas posé plus de questions. Il n'y avait d'ailleurs aucune question à se poser ! Le nom de famille aurait pu me mettre la puce à l'oreille si seulement j'avais lu ce foutu contrat que j'ai signé au Versus. Sauf que j'étais davantage intéressée par l'horaire imposé et le salaire qu'on me proposait que par l'identité du diable.

Le savoir m'aurait sans doute évité quelques situations délicates mais, dans le fond, je crois que le résultat ne serait pas si différent.

Je prends une profonde inspiration pour paraître naturelle, malgré les muscles de mon dos, aussi tendus que les deux câbles de deux mille trois cent trente-deux mètres qui maintiennent le pont du Golden Gate.

Mémoire, mémoire, fais-toi un peu oublier.

Sauf que ce n'est pas la jolie rouquine qui franchit le seuil de la porte, mais mon ex-petit copain qui revient à la charge avec son sourire Colgate, ses yeux pétillant de malice et ses boucles sombres qui retombent sur son front. J'inspire une nouvelle fois. Je dois affronter cette foutue peur qui tétanise mes nerfs et trouver le moyen de faire comprendre à Fabio que j'ai besoin de temps.

Beaucoup de temps.

Un siècle, au minimum !

– Salut Gwen, me lance-t-il en brandissant un carton de pizza. Je ne sais pas si tu as déjà déjeuné alors je t'ai apporté quelque chose à manger.

Je me fous de pourquoi il est là. Sa présence me dérange. Lui et moi dans la même pièce, ça semble tellement étrange. Tout cela sonne faux et je ne vais pas tomber dans le panneau encore une fois.

– Qu'est-ce que tu fous ici, Fabio ? C'est encore un hasard que tu sois passé devant le salon avec ton carton de bouffe ? À quoi tu joues ?

Mon ton est aussi venimeux que le poison mortel d'un mamba noir. Je ne suis plus la petite souris qu'il a serrée entre ses phalanges meurtrières pour le plaisir de la regarder suffoquer, avant de la jeter à terre en la laissant pour morte.

Contrôler. La. Peur.

– Je ne joue pas. Il fallait que je te parle.

– Comment je dois te le dire pour que tu comprennes ? Je ne veux rien avoir à foutre avec toi !

– Je sais. Mais c'est autre chose cette fois. C'est… à propos de ma mère.

Je marque un temps d'arrêt. L'inquiétude qui galope sur la carcasse blindée de mon cœur est trop bruyante pour être ignorée. Si Celina a des ennuis, après tout ce qu'elle a fait pour moi, je ne peux pas rester là sans rien faire.

– Parle, lui ordonné-je d'un ton toujours aussi dur.

– Elle a des problèmes depuis quelque temps, souffle-t-il en baissant les yeux. Ses traitements coûtent cher et avec l'argent qu'elle touche, elle a à peine de quoi s'en sortir.

J'essaie de l'aider comme je peux, mais j'ai des projets, moi aussi.

– J'ai plusieurs loyers en retard, mais d'ici la fin du mois, je pourrai tous les payer… Ou presque. Peut-être qu'il m'en faudra deux, mais pas plus. Avec mon salaire du Versus, je vais pouvoir m'en sortir.

– Même quatre mois de loyer ne suffiront pas, Gwen.

– Qu'est-ce que je suis censée faire, alors ? T'es venu pour me demander du fric, c'est ça ? T'as vraiment un sacré culot, craché-je, pleine de rage. Tu crois que tu vas m'avoir en utilisant l'affection que j'ai pour ta mère ?

– Non, Gwen ! Je ne suis pas là pour ça ! rétorque-t-il. Elle… elle a reçu une offre d'achat pour le salon. Un montant qui ne se refuse pas. Pas lorsque le bien est dans un quartier aussi pourri, que pratiquement tout à l'intérieur est à refaire. Isolation, électricité, tuyauterie… C'est une aubaine. Une aubaine qu'elle va laisser passer pour toi.

– Comment ça, *pour moi* ?

– Elle se sent tellement coupable depuis ce soir-là.

Un frisson glacial s'insinue jusque sous mon épiderme. La douleur resurgit aussi fort que l'écho du craquement épouvantable de mes os brisés. Mes poumons encaissent les coups, l'oxygène est expulsé hors de mon corps. Je suffoque. J'ai mal…

J'ai peur.

Contrôler. La. Peur.

– Pourquoi se sentirait-elle coupable ? C'est grâce à elle si je suis encore vivante.

Une grimace de dégoût passe sur son visage ; il ne tente même pas de la dissimuler sous ses faux airs de mec inébranlable. Je veux croire que c'est aussi difficile pour lui que pour moi d'aborder ce sujet ; qu'il arrête de faire comme si tout allait bien, qu'il affronte cette réalité qui nous saute aux yeux. Je ne lui pardonnerai jamais ce qu'il m'a fait !

– Ouais, je sais. Mais elle s'en veut de ne pas être intervenue plus tôt. Depuis tout ce temps, elle essaie de se racheter. Mais aujourd'hui, c'est elle qui a besoin d'aide.

– Celina n'a rien à se reprocher, elle n'est pas responsable de tes actes. Je l'appellerai et je m'arrangerai avec elle. Le message est passé, tu peux partir, maintenant.

La cloche de l'entrée sonne une nouvelle fois, je l'entends à peine. Le tintement aigu est brouillé par ma respiration chaotique et les pulsations assourdissantes de mon cœur meurtri. Quant à Fabio, il reste là, stoïque, en face de moi. Les mains dans les poches, il me scrute d'un air de chien battu. Putain. Il n'a pas le droit de me regarder comme ça ! Comme si c'était moi la méchante. Comme si j'étais injuste envers lui alors que je suis la seule à revivre ce moment avec une intensité que peu de gens sont en mesure de comprendre.

– Gwen, insiste-t-il une dernière fois, je…

– Tire-toi, putain ! Je ne veux plus te voir, c'est clair ? Ni ici ni ailleurs !

– Il y a un problème ? s'interroge une voix derrière lui.

Lexi est là, les sourcils froncés et le regard féroce – le même que son père. Non. Je ne veux pas que Fabio s'en prenne à elle. Pitié. Je… je ne contrôle pas cette putain de peur. Je n'y arriverai jamais. C'est comme si le drame avait eu lieu aujourd'hui même. Je me rappelle chaque seconde, chaque mot. Je suis tributaire d'une mémoire cruelle qui retrace cette nuit d'horreur avec exactitude, pour m'enfermer dans une prison de souvenirs cauchemardesques dont je ne peux pas m'échapper.

– Aucun. J'allais partir. Je vous laisse ça ici, ajoute-t-il en déposant la pizza sur une des chaises vers l'entrée. Bon après-midi.

Je ne réponds pas. Mon corps se remet doucement de ses émotions, sauf mes mains, qui ne cessent de trembler.

– Excuse-moi, Lexi. Il me faut juste une minute.

– Qu'est-ce qui s'est passé ? Tu veux que j'appelle les flics ?

Je secoue la tête en esquissant un sourire rassurant, histoire de détendre un peu l'atmosphère.

– Ce ne sera pas nécessaire, tout va bien.

Elle m'inspecte et relève les sourcils, pas convaincue du tout.

– Ça n'en a pas vraiment l'air.

– C'est juste… un ex, expliqué-je laconiquement. Il est légèrement insistant et ce n'est pas toujours facile de s'en débarrasser.

Avant qu'elle ne surenchérisse, je me dépêche de détourner la conversation :

– Si on parlait plutôt de notre petit numéro de jeudi soir ? Ton père n'est pas au courant pour le tatouage, n'est-ce pas ?

– Non, je ne lui ai rien dit. Notre relation est un peu… compliquée.

– J'ai cru comprendre, oui. Mais tu es majeure. Tu as le droit de…

– Je sais, me coupe-t-elle, mal à l'aise. C'est juste qu'on essaie d'arranger les choses et je ne pense pas que lui en parler maintenant nous aide à avancer.

Je ne peux pas lui donner tort. La réaction de Morgan, lorsqu'il a aperçu les dessins qui recouvraient mon bras, n'était pas franchement celle d'un mec ouvert à la discussion. Et je n'imagine même pas si cela concerne sa fille !

– Je comprends. Moi aussi, j'ai toujours eu des rapports assez tendus avec mon père. Et quand il a vu que j'étais tatouée, il m'a foutue à la porte !

– Sérieux ? s'étonne-t-elle en écarquillant ses jolis yeux noisette. Et ta mère n'a rien fait pour l'en empêcher ?

– Elle a essayé au début, mais je suis quand même partie. C'était mieux pour tout le monde et je croyais que ça les aiderait à améliorer leur relation.

– Ça a fonctionné ?

Je soupire. Quand j'y repense, c'était illusoire d'espérer qu'ils restent ensemble. Leur histoire battait de l'aile bien avant mon départ. Mais j'imaginais qu'avec l'amour, on pouvait tout affronter. Je m'y accrochais. Parce que l'espoir, c'est tout ce qui me restait.

– Pas vraiment, non. Ils ont divorcé, mon père s'est barré. Du coup, j'ai fait faire trois autres tatouages et j'ai teint mes cheveux en rose !

– Belle revanche, admet-elle en acquiesçant d'un signe de tête. Je pourrais peut-être envisager le bleu…

J'éclate de rire en imaginant la tronche de Lucifer si sa progéniture se pointe avec la crinière turquoise.

– Je crois que ton père ferait une syncope !

– C'est clair, mais ça lui ferait les pieds ! renchérit-elle en essayant de contenir son fou rire, les larmes aux yeux.

Nous rions de bon cœur quelques longues secondes, mais après analyse de ses mots, je retrouve mon sérieux.

– T'as l'air de lui en vouloir à mort.

Elle hausse les épaules en détournant le regard.

– Ouais. En fait… je sais qu'il me ment depuis cinq ans à propos des circonstances de la mort de ma mère. Le pire, c'est qu'il pense le faire pour me protéger. Sauf qu'en réalité, c'est lui qu'il protège, parce qu'il me prend pour une gamine incapable de comprendre. Mais la seule chose que je ne comprends pas, c'est pourquoi il ne me fait pas confiance.

Je reste interdite. Ses confessions me touchent, me remuent, me bouleversent. Je cherche les mots pour la rassurer, des phrases bateau, des conseils sommaires, mais rien ne parvient jusqu'à mes lèvres. La vérité, c'est qu'elle a déclenché une bombe à l'intérieur de moi sans même s'en rendre compte. Morgan est veuf, Alexandra a perdu sa maman et tous deux n'ont jamais vraiment réussi à prendre un nouveau départ depuis le drame. J'ai tellement de peine pour eux. J'aimerais pouvoir faire quelque chose… Mais quoi ?

– Lexi, je… je ne sais pas quoi dire. C'est…

– Excuse-moi, me coupe-t-elle en expulsant tout l'air de ses poumons. Je n'aurais pas dû te dire tout ça. C'est ton patron et je ne veux pas créer le moindre souci entre vous. Mon père, c'était vraiment un mec cool avant la mort de ma mère. Mais je crois qu'il ne fait que survivre depuis.

– As-tu essayé de lui parler ?

– J'ai tellement de trucs à lui dire que je ne sais jamais par où commencer. Et puis, nos conversations ne durent jamais très longtemps avant qu'on ne se prenne la tête et qu'on ne disparaisse chacun de son côté.

– Tu m'as dit que vous essayiez d'arranger les choses, non ?

– Ouais, sourit-elle en croisant les doigts. Espérons que cette fois-ci sera la bonne !

Elle semble ravie et j'en suis très heureuse. Malgré tout, je ne peux m'empêcher d'avoir l'impression de m'enliser dans une histoire qui m'échappe de plus en plus ; dans des sentiments irrationnels pour un homme qui m'est interdit.

Parce que je suis son employée.

Parce que je suis trop jeune pour lui.

Parce que *son* meilleur ami est le père de *ma* meilleure amie.

Parce que je connais sa fille et que nous sommes liées par un mensonge.

Parce qu'il est veuf et visiblement incapable de faire son deuil.

Bordel… Dans quelle merde je me suis encore fourrée, moi ?

28

JOYEUX ANNIVERSAIRE

Morgan

Aujourd'hui, c'est l'anniversaire d'Alex. J'ai prévenu Garett que je prenais ma soirée pour la passer avec ma fille, ce qu'il a grandement approuvé.

Je trépigne derrière la porte en attendant qu'elle rentre. Moka tournoie entre mes jambes, comme s'il ressentait l'impatience qui me dévore, et m'empêche de m'asseoir ne serait-ce qu'un instant. Ou alors c'est seulement parce qu'il veut sa gamelle de croquettes. Le pauvre doit avoir faim. Ça fait des heures que je m'affaire à concocter un programme tout spécialement pour Alex.

Pour nous.

J'ai tellement hâte de voir sa réaction. Un peu le trac aussi, c'est vrai. Je ne m'attends pas à ce qu'elle me saute dans les bras. Ni, d'ailleurs, à ce qu'elle pousse un cri de joie ou se mette à pleurer. Non. Je me contenterai d'un sourire, d'un silence surpris, d'un regard reconnaissant.

Juste qu'elle s'asseye, tout simplement, et accepte de passer ce moment en ma compagnie.

J'entends sa clé dans la serrure. Je bondis sur la poignée, les mains moites et le cœur battant. Elle sursaute en retirant les écouteurs vissés dans ses oreilles.

– Tout va bien ?

– Oui, ça va, tenté-je de la rassurer, peu convaincant. J'ai préparé un truc pour ton anniversaire, mais si ça ne te plaît pas, on peut changer les plans, d'accord ? Aller au resto, au bowling ou même à un Laser Game, pourquoi pas ?

– Papa… sourit-elle. Si tu commençais par me laisser entrer ?

Je me décale en glissant une main agitée à l'arrière de mon crâne.

– Bien sûr. Excuse-moi, je suis un peu nerveux.

– Sans blague ! Tu me fais peur, là.

Elle observe la pièce sans piper mot. J'ai du mal à trouver les miens pour lui expliquer.

Je n'ai jamais su les trouver.

– C'est quoi, ça ? demande-t-elle en désignant la clé USB sur la table.

– Ton cadeau.

– Une clé USB ? C'est… gentil. Merci. Bon, t'aurais au moins pu l'emballer…

Je me mords la lèvre pour ne pas éclater de rire tandis que je saisis ce qu'elle pense avoir compris.

Pitié, je ne suis quand même pas aussi nul que ça… Si ?

– Non, Alex… ton cadeau, c'est ce qu'elle contient, me moqué-je doucement.

Intriguée, elle la prend entre ses doigts avec beaucoup de précaution. Ses yeux font des allers-retours entre l'objet et moi. Moi et l'objet. Ses lèvres s'entrouvrent, aucun son n'en sort. Mon nez me pique, ma vision se trouble.

Foutues larmes !

Je détourne le regard en souriant pour tenter de masquer mes faiblesses, même si je n'en suis plus vraiment capable en cet instant. Face à elle. Devant autant d'attente et d'espérances. Je sais qu'elle sait. Qu'elle est en mesure de lire en moi et de réaliser que cette petite chose qu'elle tient entre ses mains renferme les souvenirs de toute une vie.

De *nos* vies.

– Est-ce que c'est… Ce sont des trucs sur maman ?

J'acquiesce, la gorge nouée et le palpitant entre deux cadences. Elle ferme le poing comme si elle possédait l'objet le plus précieux au monde. L'intensité de ses prunelles scintillantes manque de briser mes dernières défenses. Mon cœur rate un battement. Plusieurs. Trop. C'est une véritable cacophonie dans ma cage thoracique. Une perle salée s'enfuit et roule sur ma joue ; je m'empresse de la balayer d'un geste maladroit en cherchant une échappatoire.

J'ai besoin d'une seconde pour reprendre mon souffle.

– J'ai préparé des trucs à manger dans la cuisine, je vais les chercher. Branche-la, mais attends-moi pour commencer.

Les images s'enchaînent ; Alexandra ne touche pas au plateau-repas. Elle reste immobile durant plus d'une heure, ses billes noisette rivées sur l'écran. En fait, je me demande même, à un moment donné, si elle respire encore.

J'ai déjà vu ces films des dizaines de fois, ne serait-ce qu'en les regroupant sur cette clé. Mais cette vive émotion qui danse sur le visage de ma fille, je la découvre pour la toute première fois. J'assiste à un des plus merveilleux spectacles qui m'ait été offert de toute mon existence. Ses lèvres qui esquissent des sourires à quelques occasions pendant que les larmes suspendues au bord de ses longs cils noirs menacent d'inonder ses joues. Ce calme, cette quiétude qui règne tout autour de nous, c'est tellement apaisant. Rassurant. Agréable.

Elle bouge. Enfin, c'est beaucoup dire. Disons qu'elle se penche légèrement pour attraper un mouchoir dans la boîte en carton qui traîne sur la table avant de le tapoter délicatement sur le haut de ses pommettes.

– Tu ne regardes pas ? s'enquiert-elle en se tournant promptement vers moi.

– Si, si. J'étais… distrait.

– C'est un peu gênant quand tu me fixes comme ça, tu sais.

– Tu as raison, excuse-moi.

Je me réinstalle sur le canapé et en profite pour me rapprocher d'elle. Pas trop, quelques centimètres, juste pour réduire encore la distance qui nous sépare.

– Je me souviens de ça, lance-t-elle tandis que Claire, souriante et lumineuse, se dirige vers la mer, les cheveux cuivrés virevoltant au gré du vent. C'était pendant nos vacances en Sicile. Tu m'avais presque entièrement enterrée dans le sable et t'avais fait croire à maman que tu ne te rappelais plus où ! Elle s'était mise à hurler en gesticulant sur toute la plage. Elle ressemblait à une folle furieuse !

Je ne peux me retenir de la suivre dans son éclat de rire chantant.

– Elle m'aurait fait la gueule toute la soirée si tu ne lui avais pas dit que c'était ton idée.

– Ouais, ajoute-t-elle d'un air complice, mais c'était la tienne !

– Ça, c'était censé être notre petit secret.

Un rire lui échappe. Un rire né grâce à moi. J'ai encore du mal à l'envisager. Même s'il n'a duré qu'une fraction de seconde, il est la preuve que tout n'est pas perdu.

– Tu crois qu'elle nous entend, de là où elle est ?

Je baisse les yeux sur le plat de pop-corn.

– Je n'en sais rien. Mais j'aime à le penser.

– Moi aussi.

Elle s'allonge, pose sa tête sur mon épaule en portant à nouveau son attention sur le film. Je n'ose plus faire un seul mouvement de peur qu'elle en profite pour s'échapper.

– Papa ?

– Hmm ?

– Merci. C'est le plus beau cadeau que tu pouvais me faire.

Et tout explose à l'intérieur. J'ai réussi. *Nous* avons réussi. Rien n'est encore gagné, mais j'ai confiance.

Je sais que le plus merveilleux reste à venir.

***

Je suis un homme nouveau quand j'arrive au Versus. Plus léger, plus confiant. Garett m'a fait remarquer, juste au cas où je ne m'en serais pas rendu compte, que j'ai un petit sourire débile scotché au coin des lèvres. Il lui a fallu à peine trois secondes pour en comprendre les raisons et s'en réjouir à son tour. Jusqu'ici, j'étais persuadé que rien ni personne ne pourrait taire cette voix hurlant sa joie d'un bonheur retrouvé.

J'avais tort.

Tort de penser que revoir Gwenaëlle ne me ferait aucun effet. Tort de croire qu'il me serait facile d'ignorer cette… chose qu'elle a déclenchée au fond de moi. Je suis incapable d'oublier l'attirance que j'éprouve à son égard. Mon envie d'elle ne me laisse aucun répit. Elle est devenue une véritable obsession. J'essaie de concentrer toute mon attention sur d'autres affaires : mes projets, les clients (j'en viens même à prendre la place de Garett au bar pour me changer les idées), mais rien n'y fait. J'ai besoin de la voir, de croiser son regard, de me sentir proche d'elle ne serait-ce que durant un court laps de temps. C'est viscéral. Juste m'assurer qu'elle va mieux, que son visage a retrouvé ses couleurs, sa lumière. L'observer sans qu'elle me remarque. Me cacher, comme toujours, derrière cette vitre opaque et glaciale que je frôle du bout des doigts, comme si un miracle pouvait la faire disparaître et remplacer ce morceau de verre par son corps. Sa chaleur. La douceur de sa voix ; celle de ses baisers.

Bordel. C'est n'importe quoi !

J'inspire profondément en fermant les yeux. À croire que je ne peux pas me contenter d'aller bien. Juste *bien*. Il faut toujours qu'un truc cloche, déraille ou dysfonctionne. Et le truc en question, c'est ma relation avec cette fille. Gwen incarne à elle seule tous mes fantasmes et, en même temps, une réalité qui m'est interdite.

Je n'en suis pas beaucoup plus loin dans ma réflexion quand mon regard dévie de lui-même vers une silhouette qui me semble étrangement familière, bien que venue du passé. Ma déglutition marque une pause, des images dont je ne veux pas me bombardent de toutes parts. Je secoue la tête pour les chasser, persuadé que tout ça n'est qu'une hallucination fomentée par mon imagination trop ébranlée ces derniers temps. Pourtant non, c'est bien elle ; elle est bien là, se déhanchant dans sa combinaison bleu électrique avec laquelle elle ne passe pas inaperçue. Aucun doute. Même de loin, même de haut et avec quelques années de plus, je la reconnais.

À croire que le passé ne reste jamais trop loin de la surface.

29

LE HASARD FAIT BIEN LES CHOSES

Morgan

Mes jambes me portent de l'autre côté de cette vitre, vers le petit balcon qui surplombe la salle, à la vue de tous. Mes yeux ne décollent pas de cette femme qui me tourne le dos en tentant de se frayer une place au bar. Sauf que moi, j'ai besoin de réponses. Je veux qu'elle me remarque et m'explique ce qu'elle fait ici. Qu'elle me dise pourquoi elle débarque maintenant alors que je commençais tout juste à m'alléger de certaines douleurs d'un passé chaotique. Elle ne peut pas être au courant, mais la coïncidence reste troublante. Mon corps n'en fait qu'à sa tête et sans même m'en rendre compte, j'ai dévalé l'escalier, traversé la pièce et me retrouve dans son sillage, là où rien, pas même cette musique perçante, ni ce brouhaha assourdissant, ne sera en mesure de couvrir ma présence.

– Maryline ?

Elle se retourne en écarquillant ses jolis yeux émeraude et m'adresse un sourire à en faire pâlir les plus grandes stars de cinéma.

– C'est pas vrai ! Morgan ? C'est bien toi ?

– Qu'est-ce qui t'amène ici ?

Elle commence à siroter son cocktail et me fixe d'un œil amusé en tournoyant une de ses mèches chocolat entre ses doigts. Maryline a toujours été joueuse. Redoutable et très joueuse.

Elle se rapproche de moi, la démarche assurée, et colle littéralement ses lèvres à mon oreille.

– Excuse-moi, je n'entends pas bien ce que tu dis. Tu n'as pas un endroit plus calme pour discuter ?

Le club est tellement plein que cette proximité est plutôt chose commune. N'importe qui voulant se faire comprendre doit tirer un trait sur son espace vital et se mélanger à celui des autres. Pourtant, je sens un truc qui pèse sur moi. Et ça ne vient pas d'une quelconque réaction à l'attitude de Maryline qui, soit dit en passant, me laisse complètement de marbre.

Cela ne me ressemble pas, d'ailleurs.

Là, c'est autre chose. Je ne peux pas l'ignorer. C'est comme si quelqu'un amassait des dizaines de camisoles de plomb sur mes épaules et que mes jambes fléchissaient peu à peu sous cette force invisible.

Et quand je croise le regard de Gwen, c'est carrément sur ma poitrine qu'on jette des pierres plus lourdes les unes que les autres. La fille-mitraillette ne cache pas son hostilité à nous voir si proches l'un de l'autre. Je n'ai jamais aimé les femmes jalouses ; sauf la mienne, bien entendu. J'ai oublié ce concept d'appartenance depuis la mort de Claire. Aujourd'hui, je ne fais que subvenir à des besoins primaires avec des partenaires qui y prennent, elles aussi, beaucoup de plaisir. Je ne veux pas qu'on s'attache parce que je n'aime pas les promesses en l'air. Entre adultes consentants, il y a toujours moyen de s'accorder et faire en sorte que tout le monde y trouve son compte. C'est ainsi que je vois les choses depuis que ma chair est à nouveau sur le marché des célibataires.

Mais comme toujours avec cette nana agaçante au possible, rien ne se passe comme cela devrait. Toutes mes certitudes foutent le camp et j'en viens à remettre en question chaque point de ma longue liste de règles indiscutables. C'est insensé. Je vois naître cette envie d'aller lui parler, de la rassurer, de lui prouver qu'elle seule est capable de détraquer à ce point mon cerveau.

Et le reste !

Nos regards ne se soutiennent qu'une poignée de secondes, mais un million de choses s'y passent. Je réalise que je ne ressens peut-être pas qu'une attirance physique pour elle. Pourrait-il y avoir plus que cela ? Serait-il possible que je…

Une main sur ma joue me force à changer d'horizon et me ramène parmi les mortels. Maryline m'observe, dubitative, sans retirer sa paume de mon visage.

De ma cicatrice.

J'attrape son poignet sans douceur pour qu'elle comprenne que je n'apprécie pas les libertés prises à mon encontre, et en profite pour la guider jusqu'à mon bureau. Je veux savoir ce qu'elle fiche ici.

Et je veux le savoir *maintenant.*

J'ouvre la porte, l'invite à entrer. Ses talons claquent sur le parquet. Elle ne se fait pas prier pour s'installer sur l'un des fauteuils en déposant son petit sac noir à ses pieds.

– Maître Navarro, lancé-je en prenant place à mon tour. Que me vaut l'honneur de ta visite ?

Elle redresse les épaules, sa combinaison se tend au niveau de son joli décolleté.

Toujours aussi charmante.

– Une visite ? Non, je suis juste venue fêter mon départ, d'ici quelques jours. Et voilà que je tombe sur toi. Incroyable ! Le hasard fait plutôt bien les choses, on dirait.

– Le hasard et moi, on n'est pas très copains.

– Toujours sur la défensive, Maître Delcroix.

– L'offensive, c'était ton truc. Une adversaire redoutable ! Mais moi, j'ai quitté le barreau il y a des années.

– Je sais. Et c'est bien dommage, d'ailleurs, ajoute-t-elle en scrutant mes réactions. Tu étais plutôt doué.

Pour tout foirer, oui.

– Les choses changent. La vie te fait parfois emprunter des chemins différents de ceux que tu avais prévus. Il faut s'adapter, c'est tout.

– La vie ? s'étonne-t-elle, le ton désapprobateur et le

sourire amer. Morgan, tu as tout laissé tomber pour de mauvaises raisons.

– Perdre ma femme est une mauvaise raison, selon toi ?

Mon timbre était trop sec, cassant. La question a fusé plus vite que ma pensée. Mais Maryline a piqué là où ça fait mal, là où personne n'a le droit de toucher.

– Ce n'était pas ta faute, s'empresse-t-elle de combler le blanc, repentante, percevant qu'elle m'a autant blessé qu'énervé. Ce procès était perdu d'avance pour ton client, tu n'aurais pas…

Mon téléphone sonne.

Dieu merci.

Je me dépêche de répondre pour m'échapper de cette conversation, que je n'avais pas prévu d'avoir ce soir. Ni jamais. Même si Maryline est au courant de toutes les failles de ce dossier, elle n'arrivera pas à me convaincre que le destin de Claire était de rendre son dernier souffle sur le parking du palais de justice. Personne ne le pourra.

Jamais !

– Morgan Delcroix.

– Salut, Morgan, c'est Steve Ferro.

Steve, le patron du Freedom, un club concurrent du centre-ville. C'est étrange, il ne m'appelle que très rarement, et jamais à une heure aussi tardive.

– Steve ? Est-ce que tout va bien ?

– Moi, ça va, oui. Par contre, tu devrais te dépêcher de venir chercher ta fille avant que je prévienne les flics.

Je peine à faire le lien et ne saisis pas bien pourquoi il me parle d'Alexandra. Tout s'enchaîne trop vite dans mon cerveau qui tourne au ralenti, assailli par un trop grand nombre d'informations, alors que mon palpitant, lui, semble déjà avoir compris.

– Quoi ? Alex est chez toi ? Mais…

– Elle est entrée avec une fausse carte. T'as de la chance que je t'apprécie, mon pote. Mais ramène-toi au plus vite. Et prépare de l'aspirine.

– J'arrive !

***

Après avoir récupéré ma fille complètement torchée dans ce night-club, je l'ai mise au lit. Depuis, j'ai presque fait des trous dans le sol à force d'allers-retours en traînant les pieds dans le salon. Le besoin d'explications était insoutenable, mais ma lucidité m'a vite fait comprendre que l'alcool lui avait noyé absolument toute la sienne. Dans la voiture, elle m'a même supplié de ne pas prévenir son père parce qu'il lui ferait la peau, c'est dire !

Évidemment, je n'ai pas dormi de la nuit. J'ai entretenu mon humeur de chien avec les dix mille questions qui m'ont envahi l'esprit, mais surtout avec les dix mille réponses que je n'ai pas été capable de trouver. J'entends du bruit dans sa chambre. Moka bondit du canapé avec toute la grâce du félin et monte les escaliers au pas de course. Je me lève à mon tour, plutôt dans le genre ours mal léché, et grimpe jusqu'à l'étage en ruminant toute ma contrariété et ma détermination.

La porte de sa chambre est ouverte, j'entends l'eau couler dans la salle de bains. Finalement, ces quelques minutes supplémentaires ne seront peut-être pas de trop. J'aimerais qu'on puisse avoir une discussion, qu'elle me donne les raisons de ce comportement décevant alors que je croyais qu'on allait repartir sur de bonnes bases.

Tu parles.

Je ne résiste pas à la tentation et me faufile dans son antre sans faire de bruit. J'ai conscience que si elle me trouve ici, j'anéantirai toutes mes chances d'un dialogue constructif, mais c'est la première fois que j'ai l'occasion d'entrer puisque, habituellement, elle ferme à clé. Je souhaite juste essayer de savoir qui elle est, ce qu'elle aime, au travers de quelques objets entreposés sur son bureau. Une photo de sa maman, à côté d'une de notre famille. Un collage avec quelques-uns de ses amis. Un globe marqué à chaque endroit que nous avons déjà visité. Un tas de feuilles, probablement des notes pour son bac de français qui approche à grands pas.

Je soupire.

Je dois bien admettre que je n'apprendrai jamais mieux à la connaître qu'en parlant avec elle. Mais comme je suis censé lui passer un savon, cette stratégie semble légèrement compromise pour l'instant. Bordel. Pourquoi c'est toujours si compliqué ? Je m'apprête à quitter la pièce, pas plus avancé qu'avant (même encore plus perdu) quand j'aperçois ce dessin qui sort de son tiroir. Une fraction de seconde, je pensais que ma fille était une artiste et m'avait caché ce don. Mais je déchante aussitôt. Rien ne m'avait préparé à ça. À cette incompréhension. À cette peur panique qui dévore mes entrailles aussi vite que mon cerveau analyse ce que j'ai sous les yeux. Sur le papier, un tatouage ; l'encre de mes pires cauchemars.

Parmi les fleurs et les aiguilles d'un cadran d'horloge brisé, un poignard.

Une arme qui pourrait sembler anodine si ma femme n'était pas morte de sa lame. Si je n'avais pas, moi aussi, failli perdre la vie sous ses coups. Si seulement j'étais capable de comprendre pourquoi elle veut graver sur sa peau l'objet qui lui a pris sa mère à jamais ! Pourquoi ne pas afficher un poster de son assassin dans sa chambre, pendant qu'elle y est ? La rage s'éveille sournoisement et menace de prendre le contrôle de mes actes.

Et ça aurait pu s'arrêter là. Ça aurait *dû* s'arrêter là. Parce que je n'étais pas prêt non plus à encaisser tout le reste. Cette signature qui n'en est même pas une. Deux lettres qui se chevauchent et me foutent la nausée. Mes soupçons se confirment en détaillant la petite carte de visite qui l'accompagne. Je ne respire plus.

G.C. Inked Soul.
Gwenaëlle Carlier.

30

QUE ME RESTERA-T-IL ?

Gwenaëlle

« J'avais peur avant, je parlais tout bas
J'étais jamais devant, oh, non
Aujourd'hui j'ai bien changé, crois-moi
Fais bien attention à toi
Ton jeu, je le connais déjà
J'suis libre et ça ne changera pas
Oui, fais bien attention à toi »[1]

Certains jours, on voit les choses sous un autre angle. On a parfois besoin de changement, de mettre un peu d'ordre dans sa vie. Ça peut se résumer à un voyage autour du monde ou à un simple coup de balai sous les meubles. Heureusement pour moi et mon portefeuille, je fais partie de la deuxième catégorie.

Ce changement soudain, je le dois à Angèle. Jeune artiste au talent certain qui s'exprime sur des rythmes entraînants auxquels mon corps ne peut résister. Ses mots me donnent de la force, m'inspirent, me motivent. J'ai tout de même troqué mon balai contre un aspirateur pour plus de confort et de rapidité et, grâce à la musique qui inonde mes oreilles à un volume démesuré, je n'entends même pas le bruit désagréable de la machine. En fait, je n'entends rien d'autre, et c'est là tout le but de la manœuvre. N'écouter

1. Angèle, « Libre », *Nonante-Cinq*, 2021.

que les paroles de cette chanson ; surtout pas mes pensées qui vagabondent sur des sentiers tortueux, ni le serpent sournois qui ondule dans mon estomac depuis hier soir et que j'ai nommé, en mon âme et conscience : jalousie.

Après des heures à m'entretenir avec ma mauvaise foi, je suis forcée d'admettre que voir cette femme faire du rentre-dedans à Morgan – au sens littéral du terme –, si proche de lui jusqu'à fourrer sa langue dans son oreille – à croire que c'est une habitude chez les nanas qu'il côtoie –, ça ne m'a pas vraiment aidée à fermer l'œil de la nuit. Et tout ça sous mon nez, comme s'ils étaient seuls au monde ! D'accord, j'exagère un peu. À peine. Encore, si ça s'était arrêté là ! Mais non, bien sûr, il a fallu que diablo-con l'emmène dans son bureau. Le « baisodrome de l'Enfer ».

Au moins, comme ça, les choses sont claires : je ne suis rien. Rien d'autre qu'une pulsion éphémère alors qu'il a tatoué chacune de ses caresses sur ma peau. Nous nous sommes mis d'accord là-dessus : du sexe, rien de plus. Et il n'en reste qu'un joli souvenir. Morgan m'a demandé si j'avais besoin d'en parler, j'ai refusé. Qu'aurais-je pu dire ? D'autant plus que, dans le fond, je suis sur la même longueur d'onde que lui. Encore plus maintenant que sa fille me confie ses secrets ! Je n'imagine même pas le malaise si le diable et moi partagions autre chose qu'une relation purement professionnelle.

Non, vraiment, c'est très bien comme ça.

Je sens une pression sur mon épaule qui fait éclater la bulle de mes pensées. Je sursaute en me retournant, prête à bondir sur…

– Morgan ?

Il me fait signe d'enlever mes écouteurs. Je m'exécute, trop surprise par sa présence pour remarquer qu'Angèle continue de pousser la chansonnette à plein régime. J'en profite pour éteindre l'aspirateur dans le même élan.

– Je t'ai appelée plusieurs fois, tu ne m'as pas entendu, s'explique-t-il durement, les sourcils froncés et la mâchoire tendue.

Il est rasé de frais, j'ai du mal à savoir si je le préfère ainsi ou avec sa barbe de quelques jours. Sa beauté naturelle n'en reste pas moins envoûtante, malgré son tee-shirt blanc qui, tendu au niveau de ses épaules, n'augure rien de bon pour moi.

– Désolée, je faisais un peu de rangement.

– Eh bien, fais une pause, lâche-t-il en retournant près du comptoir en verre. Il faut que je te parle. Maintenant.

D'accord. Ça n'a clairement rien d'une visite de courtoisie.

– Tout va bien ?

– Pas vraiment. Vous vous êtes bien foutues de moi, sur le parking.

Son ton est froid, sa mine sombre. Il me tend une feuille, chiffonnée par endroits, que je m'empresse de saisir pour enfin comprendre de quoi il retourne.

Le tatouage de Lexi.

– Écoute, soufflé-je d'une voix douce pour ne pas envenimer la situation, je sais ce que tu penses, mais…

– Non, c'est toi qui vas m'écouter. Si t'as envie de recouvrir ta peau de tous ces machins-là, grand bien te fasse. Mais je refuse que tu entraînes ma fille là-dedans.

– Entraîner ta fille ? C'est elle qui est venue me voir !

– Tu aurais dû l'en dissuader !

– Je te rappelle que tatouer, c'est mon boulot, Morgan. Je ne peux pas dissuader tous mes potentiels clients sinon, j'aurais mis la clé sous la porte depuis longtemps. Tu dissuades les tiens de consommer de l'alcool, peut-être ?

– Elle n'a que 17 ans !

Je crois qu'un truc en moi s'écrase au sol.

17 ans ? Non, ce n'est pas ce qui était écrit sur sa carte, bon sang !

– Je…

Il poursuit, comme s'il se moquait éperdument de ce que je pourrais dire :

– Et excuse-moi si je ne veux pas qu'à son âge, elle ressemble à une junkie tout droit sortie d'un centre de désintox ! crache-t-il sans même se soucier de l'impact de ses mots.

– Pardon ? répliqué-je, estomaquée, une vive brûlure dans mon thorax. C'est… c'est vraiment ce que tu penses ? Que je suis une junkie ?

Il a frappé là où ça fait mal. Fort. Là où mon père a déjà trop souvent frappé sans que j'aie le courage de réagir. Je ne capitule pas sous la puissance de son regard réprobateur. Il est en colère, et je sais que les paroles peuvent parfois dépasser la pensée. C'est pour ça que je lui laisse l'occasion de s'excuser, de déposer les armes. J'ai déjà trop de combats à mener, je ne veux pas entrer à nouveau en guerre. Pas maintenant.

Pas avec lui !

Mais il ne répond pas. Ses lèvres pincées restent closes et le feu dans ses prunelles brûle toujours aussi fort. Son ego prend toute la place et me prouve que j'avais tort. Qu'il ne reviendra pas en arrière.

Qu'il le pense et l'assume.

– T'avais pourtant l'air de les apprécier, mes tatouages.

Tentative amère et désespérée de lui rappeler ce que nous avons partagé il n'y a pas si longtemps.

– J'apprécie aussi le cognac et les cigares. Ça ne veut pas dire que j'aimerais qu'elle en consomme.

Tentative échouée.

Je ne sais même pas quoi lui répondre. Ce mec est tellement borné que c'en devient ridicule. Alexandra n'a que 17 ans, d'accord. Je suis profondément déçue qu'elle m'ait menti, à moi aussi. Je pensais que nous étions proches, mais elle m'a simplement manipulée pour arriver à ses fins, sans tenir compte des ennuis qu'elle pourrait m'attirer.

Mais je suis censée faire quoi, moi, maintenant ?

– Je ne suis pas une débutante, Morgan. Et je respecte la loi. Je sais ce que tu me reproches, mais sur la carte d'identité que ta fille m'a présentée, elle était majeure. Tu ne peux pas débarquer comme ça et me hurler dessus pour un truc dont je ne suis pas responsable.

– Elle a une fausse carte, je viens de l'apprendre. Mais Alexandra est mineure, donc je t'interdis de la tatouer, c'est clair ?

Il y a certaines révélations qui vous font l'effet d'une gifle, d'autres d'un coup de poing dans le plexus. Le genre d'attaques sournoises capables de vous scier les jambes et les poumons en même temps. Ici, c'est carrément un semi-remorque qui vient de me rouler dessus avant d'opérer une jolie petite marche arrière. Je reste transie devant lui, la gorge serrée et la mâchoire tendue.

Je le croyais en colère d'avoir découvert que j'ai tatoué sa fille – mineure ; je le sais à présent hors de lui pour ce qu'il pense n'être *encore* qu'un simple projet sur une feuille.

Alors quand il comprendra qu'il est trop tard, que mes aiguilles ont déjà fait leur travail irréversible…

C'est irréel. Toute ma vie vient d'être mise sur pause en quelques mots. Mon corps est bien là, face à un homme qui me fixe comme une étrangère, le doigt pointé sur ce bout de papier. Mais mon esprit est ailleurs, enchaînant les réflexions à une allure impressionnante. Noyée sous les excuses qui tentent de s'imposer sur mes lèvres, je me sens perdue.

Complètement perdue.

J'ai peur de le perdre, même si je sais que repousser l'inévitable ne fera qu'aggraver la situation. J'ai peur de perdre mon travail aussi, s'il finissait sincèrement par me détester. Que me resterait-il ?

Peu importe, Gwen. Tu dois lui dire la vérité !

– Morgan, je…

La clochette de l'entrée résonne, un jeune homme métis, grand, aux dreadlocks rassemblées derrière son crâne, s'engage dans la boutique, balayant cet élan d'honnêteté sous le tapis de ma conscience coupable.

– Je m'efforce juste d'être un bon père, conclut-il comme pour s'excuser, et je m'en voudrais pour le restant de mes jours si je ne l'empêchais pas de faire cette connerie.

Il disparaît au profit du client qui s'avance jusqu'à moi pour détailler les bijoux éparpillés dans la vitrine. Mon regard ne se décroche pas de la porte que Morgan referme derrière lui, comme si j'allais y voir apparaître des réponses. Tout se bouscule dans ma tête. Je ne réalise pas encore ce qu'il vient de se passer, mais une chose est sûre : je dois contacter Alexandra au plus vite pour tenter de rattraper le coup !

***

Mais tu vas décrocher, oui ?

Six fois que je tombe sur la boîte vocale. Six fois que je retiens mon souffle tandis que le comptoir de ma boutique me retient, moi. Six fois que je prie, aussi, pour qu'on trouve une solution puisqu'il n'existe aucune formule magique pour remonter le temps, refaire le passé, gommer ce tatouage qui a terminé de creuser un gouffre entre Morgan et moi.

14 h 23. Elle doit probablement être en cours, mais m'acharner sur ce téléphone m'aide à ne pas succomber à la panique. J'ai complètement merdé. Il me suffisait de dire à Morgan que c'était trop tard, que j'avais déjà commis l'irréparable. Il m'aurait sans doute haïe, virée du Versus et de sa vie, mais j'aurais dû le faire malgré tout. C'était la seule chose à faire : choisir la voie de l'honnêteté. Ou peut-être pas. Je l'aurais sûrement regretté tout autant si je lui avais avoué la vérité. On ne peut pas deviner les conséquences de nos choix avant de les faire, de les vivre…

Quelque chose me dit que je paierai bientôt l'addition.

Très bientôt.

Mais le destin s'acharne. Mon portable vibre dans ma main, affichant un numéro qui n'est pas celui d'Alexandra. Comme si tout cela n'avait pas suffi à ébranler les fondations déjà instables de mon existence, mon père tente de me joindre. Enfin… il tente de joindre la personne qui l'a appelé sans laisser de message. Sans se douter qu'à l'autre bout du fil, c'est moi, sa fille, l'ombre d'un passé qu'il semble avoir enterré depuis longtemps, qui tient le combiné.

Je fixe l'écran durant plusieurs secondes, face à l'un des plus grands, des plus urgents dilemmes qui m'aient été imposés.

Il y a mon ego qui le déteste d'avoir pourri ma vie. Mon cœur qui ne cesse d'espérer qu'il puisse avoir changé. Mon estomac terrifié à l'idée que je puisse encore être déçue. Ma tête me suppliant de tout faire pour retrouver ma mère.

Retrouver. Ma. Mère.

Je retiens mon souffle en décrochant.

– Allô ?

Un silence lourd et pesant. Je crois entendre sa respiration brouillée par les battements effrénés dans ma poitrine, mais je n'en suis pas certaine. Qu'attend-il pour me répondre ? Pourquoi suis-je incapable de parler ?

– Gwenaëlle ?

Son ton est toujours le même. Monocorde, froid, détaché. Un peu surpris, peut-être, mais pas heureux comme devrait l'être un père qui n'a pas de nouvelles de sa fille depuis cinq ans.

J'ai mal, mais je me focalise sur mon but. Je n'ai pas pris son appel pour lui demander de revenir dans ma vie, mais pour une seule et unique raison : retrouver ma mère.

– Ouais. Excuse-moi de te déranger, je cherche maman. Tu sais où elle aurait pu aller ?

Tu ne me déranges pas. Je suis content que tu me téléphones. Comment ça, ta mère a disparu ? sont autant de phrases que j'aurais aimé entendre de sa bouche, mais qui ne resteront que les chimères de mes espérances déçues. Il n'est plus un père. Il n'a jamais été ce genre d'homme. Et il me le rappelle encore une fois, d'un seul petit mot pour toute réponse :

– Non.

Visiblement, j'ai fait une erreur. Une de plus. Soit il me ment, soit il ne sait réellement pas où elle est. Dans les deux cas, je n'en tirerai rien.

– OK, merci quand même.

– Alors tu auras finalement réussi.

Son timbre implacable me glace le sang, les os. Absolument tout.

– Pardon ?

– À tout détruire autour de toi. C'est bien ce que tu voulais, non ?

Putain d'enfoiré ! Comment ose-t-il ? Après nous avoir lâchement abandonnées, maman et moi, il se croit vraiment légitime pour balancer ce genre d'horreurs ? J'ai envie de lui dire à quel point il me dégoûte, qu'il est injuste et que je le déteste. Mais… à quoi bon ? C'était une bêtise de répondre, mais je l'ai fait pour maman. Uniquement pour elle.

Je me contente de raccrocher et d'essuyer une larme silencieuse d'un revers de manche. Je n'oublie rien, mais j'apprends à vivre avec, et cette douleur, cette déception, je ne les connais que trop bien. Je sais les dompter, les empêcher de hurler à tout va, les ranger dans un coin de ma tête comme je l'ai toujours fait et… avancer.

D'ailleurs, puisque ce foutu destin n'attend pas, j'ai un rendez-vous avec Celina pour en savoir plus sur l'histoire que Fabio m'a contée. Il est hors de question qu'elle se punisse à cause des méfaits de son fils ; je ne l'accepterai pas. Nous trouverons une solution, même si pour cela, je dois perdre le peu qu'il me reste.

31

UNE PETITE VICTOIRE

Morgan

En bon père que je m'efforce d'être, comme je l'ai *gentiment* expliqué à Gwenaëlle (comprendre ici : hurlé dessus comme un chien enragé), j'ai remis le dessin où je l'avais trouvé sans avoir le cran d'en parler à Alexandra. Au fond, j'espère sincèrement qu'entre le moment où elle a pris la décision de se faire tatouer et aujourd'hui, elle aura changé d'avis. Notre relation commence tout juste à s'améliorer. Alors, lui avouer que j'ai fouillé dans sa chambre, ça ne va sûrement pas jouer en ma faveur.

Ouais. J'ai aussi perdu mes couilles dans la bataille.

Cela fait dix bonnes minutes que je suis assis en face du bureau vide de Garett, attendant son arrivée. Je lui ai demandé de me rejoindre un peu plus tôt afin de lui parler de mes projets pour le Versus. Et du retour de Maryline. Et de la météo aussi, pourquoi pas ? Tout pour ne pas penser à mon comportement hostile envers Gwen ; indigne envers Alexandra. Tout pour ne pas devoir affronter mes erreurs du présent, ajoutées à celles (déjà bien trop nombreuses) du passé. Tenter de limiter les dégâts en passant toute cette histoire sous silence. Faire taire cette voix qui me hurle à quel point je suis un idiot. Un connard immature et lâche.

Une merde, en fait.

– Salut, me lance Garett en entrant dans la pièce.

– Salut, lui réponds-je laconiquement.

Sans plus de cérémonie, mon meilleur ami et associé

retire sa veste, la pose sur le support de sa chaise, remonte les manches de son pull noir et s'installe sans me quitter des yeux.

– Eh bien, tu avais l'air beaucoup plus enthousiaste ce matin, quand tu m'as vaguement parlé de tes idées.

– Je le suis, affirmé-je en me redressant pour lui tendre un dossier. Tiens, j'ai regroupé les différentes choses à prendre en compte, j'espère n'avoir rien oublié. En fait, je pensais revoir entièrement la disposition des meubles. Changer l'ambiance, les couleurs, la déco. J'aimerais quelque chose de plus chaleureux, intime. Dans le style des années trente, avec des tabourets hauts en bois et des fauteuils chesterfield en cuir marron. En fond sonore, du classique. Non, du jazz ! Tout modifier le temps d'une soirée pour organiser des dégustations.

Je lui laisse une minute pour consulter mon business plan, guettant sur son visage concentré le moindre signe d'assentiment à mon projet. Je reprends lorsqu'il vérifie avec une grande attention les études marketing que j'ai trouvées sur le sujet.

– J'ai fait des recherches comme tu peux le voir, et ce marché est en plein essor !

– C'est intéressant, acquiesce-t-il finalement, le nez toujours dans la paperasse.

– On pourrait proposer du whisky comme le Highland Park ou le Linkwood, des raretés provenant d'Écosse. Il y a aussi le Chichibu, le Hakushu, on monte en gamme, mais les Japonais sont très prisés en ce moment. Bien sûr, il y en aurait pour tous les goûts. Rhum, cognac, vodka, calvados… Si tu as des idées, je suis preneur.

– On ne jouera pas dans la même cour, commente-t-il en me lançant un regard entendu.

– Je veux cibler un autre genre de clientèle, confirmé-je. Élégante, influente et connaisseuse. Donner aux gens l'impression de voyager rien qu'en fermant les yeux, leur offrir un endroit hors du temps où ils pourront échanger avec des personnes qui partagent leur engouement à détenir des alcools exceptionnels dans leurs caves privées. Leur faire découvrir de nouvelles saveurs, aussi. Je veux susciter l'intérêt, la curiosité, l'admiration des produits que nous leur dévoilerons. Et c'est une manière de faire parler du Versus.

– Tu n'as pas peur de mettre notre clientèle actuelle sur la touche ?

– Je ne veux pas chambouler leurs habitudes ni nous priver d'une rentrée d'argent non négligeable, c'est pour ça que j'ai pensé au mercredi soir. Pas forcément très tard, ni trop tôt. La première soirée sera en portes ouvertes pour attirer un maximum de monde, la seconde sera uniquement sur abonnement, avec un nombre de places limité.

– Et pour les VGS ? Certains pourraient se vexer de n'avoir pas droit à autant d'attention.

– J'y ai pensé, oui. Nous aurons besoin de partenaires pour tout organiser ; location de matériel, publicité, prestataires sérieux et compétents, marchandises de qualité. Ils pourront profiter des avantages de la VIP room et faire des affaires en même temps, ce serait tout bénef pour eux. Et pour nous. J'ai déjà fait une liste de ceux avec qui nous pourrions travailler, mais je voulais ton aval avant de les contacter pour leur proposer le projet.

Stressé plus que je n'accepte de le laisser paraître, je me sens comme un étudiant devant un grand jury à convaincre. Je me suis investi, documenté sur tous les aspects et plus encore, je me suis projeté. Garett détient entre ses mains la concrétisation ou l'abandon de mon idée. Les coudes sur le bureau et la tête en avant, il marque un temps d'arrêt tout en lissant sa barbe, plus longue qu'à l'accoutumée. Garett a toujours pris un malin plaisir à jouer avec mes nerfs. Il est d'ailleurs très doué pour ça !

Je respire enfin lorsqu'il relève les yeux sur moi et m'adresse un sourire confiant.

– Je marche, mais je veux un détail plus poussé de ce que ça va nous coûter dès que tu auras contacté des prestataires et un plan précis des modifications de la salle.

Il va falloir engager du monde pour décorer à nouveau le Versus, puis le remettre en état à la fin de la soirée ou le lendemain matin, au plus tard. Il est indispensable qu'un de nous deux soit présent jusqu'à ce que ce soit terminé, et vérifie que tout soit en ordre.

– Bien sûr, compte sur moi.

– Ce n'est pas tout, attends avant de sortir le champagne et les cotillons, se moque-t-il doucement de l'enthousiasme qui se dessine sur ma tronche de bienheureux. On va devoir revoir les plannings du personnel. On est fermé les mercredis, c'est inscrit noir sur blanc dans leurs contrats de travail. On doit voir qui serait dispo et avoir leurs accords écrits dans des avenants. On ne peut pas imposer un soir de plus par semaine parce que ça nous chante.

– Je sais, il faudra qu'on prévoie une réunion avec tout le monde, peut-être augmenter certains volumes horaires, expliqué-je ce à quoi j'ai déjà réfléchi. On ne peut pas simplement prendre des heures du week-end pour les mettre au mercredi, on se retrouverait en sous-effectif.

Garett referme mon dossier en me fixant gravement. Un instant, je crois qu'il va changer de sujet, creuser autre chose qu'il a sur le bout de la langue, mais il soupire presque imperceptiblement et reprend :

– On peut éventuellement proposer une prime pour ceux qui viendront les mercredis. Ça permettra peut-être d'avoir une rotation sur ce nouveau créneau d'ouverture, à voir.

– Tu crois que personne ne va se porter volontaire ? m'inquiété-je soudain.

– Changer leurs emplois du temps pour cinquante euros la soirée avant impôts ? C'est pas le rêve américain, Morgan. Regarde comment tu peux intégrer ça à ton plan financier. Quand tu auras réglé les derniers détails, on se lance et on voit ce que ça donne. Le but, c'est de s'engager sur la durée avec nos partenaires, on ne doit pas se planter.

J'entends aussi les mots qu'il n'énonce pas : « On ne doit pas passer pour des guignols. »

– Ça marchera, affirmé-je, heureux d'avoir réussi à le convaincre.

– Je te fais confiance. Tes idées tiennent la route et même si ça représente un sacré coût, je pense sincèrement qu'il y a du bénéfice à se faire. Et comme je ne t'ai pas vu si motivé depuis… Non, en fait, je ne t'ai jamais vu si motivé pour le Versus. Ni pour quoi que ce soit d'autre, d'ailleurs. À part peut-être le cognac et les femmes. Est-ce que ça a un rapport avec le retour de Maryline ?

Sa question me prend de court. Le sourire qui fendait ma mâchoire à m'en faire des crampes s'évanouit en un quart de seconde. J'étais transcendé par l'euphorie, je me retrouve à avaler du gravier, la poitrine en feu. L'énoncé de son prénom me ramène à mon ancienne vie, à mes échecs encore trop difficiles à digérer.

– Comment t'es au courant de ça ?

– J'ai des yeux, je te signale. Quand tu sors de ton bureau, ça attire l'attention de beaucoup de monde. La mienne aussi.

– Ça n'a rien à voir. Maryline a débarqué hier soir au Versus, j'ai été aussi surpris que toi.

– Que voulait-elle ?

– Je n'en sais trop rien, avoué-je en haussant les épaules. Je n'avais pas vraiment de temps à lui accorder. Une urgence à régler.

– Alex ?

J'acquiesce. Il ne semble pas surpris du tout. La force de l'habitude, sans aucun doute.

– Figure-toi qu'elle et Gwen se connaissent, ajouté-je amèrement.

– Ah bon ? s'étonne-t-il franchement, soudain très intéressé. Comment ça ? Elles n'ont pourtant pas le même âge.

Ouais, moi aussi, ça m'a laissé sur le cul.

– J'ai découvert hier soir qu'Alex utilisait une fausse carte, qu'elle allait se prendre des cuites en boîte et comptait se faire tatouer. Qui est-elle allée voir, à ton avis ?

Il éclate de rire, l'enfoiré.

Je ne vois vraiment pas ce qu'il y a de drôle !

– La vache, tente-t-il de se remettre, elle n'y va pas avec le dos de la cuillère ! Tu me diras, elle a de qui tenir !

– Une fausse carte, Garett ! C'est sérieux, là ! m'indigné-je de constater qu'il prend mes problèmes autant à la légère.

– Qu'est-ce que tu en as fait ?

– J'ai balancé la carte et j'ai confisqué son portable. Elle est aussi privée de sorties jusqu'à nouvel ordre. C'est bientôt le bac, alors j'ai autorisé les révisions avec ses amis à la seule condition que ça se passe à la maison.

– Comment elle a réagi ? enchaîne-t-il d'un ton calme, sourire aux lèvres, comme s'il connaissait déjà la réponse.

– Plutôt bien, en fait. Je m'attendais à une rébellion, mais elle a juste tenté de négocier pour le téléphone.

C'est une petite victoire, c'est vrai. Mais un arrière-goût acide tapisse le fond de ma gorge et gâche mon plaisir. J'ai beau tout faire pour me comporter en bon père, ça ne me laisse pas le droit de me conduire comme un putain d'abruti avec les autres.

Avec Gwenaëlle.

Ça m'écœure et me contrarie beaucoup trop pour profiter pleinement des quelques merveilleuses nouvelles qui se succèdent.

Comme toujours, mon manque d'engouement ne passe pas inaperçu auprès de mon meilleur ami. Normal, il me connaît mieux que personne.

Mieux que je me connais moi-même.

– Il y a autre chose dont tu souhaites me parler ?

Si seulement je pouvais, mon pote.

Si seulement je pouvais lui expliquer que je suis complètement dépassé par tout ça. Que j'ai beau vouloir me concentrer uniquement sur ma fille, il y en a toujours une autre qui envahit mes pensées, et qu'elle m'empêche de garder la tête froide. Qu'avec Gwen, j'ai eu l'impression libératrice et éphémère de sortir des ténèbres pour ensuite y replonger plus durement. Son absence m'est de plus en plus pénible, c'est pour cela que je m'efforce de la tenir aussi éloignée que possible. Et même si cette distance me tue, elle est nécessaire.

Parce que je suis son patron et que j'ai juré à mon meilleur ami qu'il pouvait me faire confiance.

Et parce que je n'ai rien d'autre à offrir que les remords d'un veuf éploré, étouffé par la culpabilité et incapable de faire son deuil.

– Non, mens-je en me relevant énergiquement tout en ajustant le col de mon blouson en cuir. Je vais dresser une liste de ce qu'il me reste à faire et m'en occuper rapidement.

– Attends, m'interpelle-t-il avant que je quitte son bureau. Il faut que je te parle de Gwen.

Je me raidis au centre de la pièce. Je ne sais pas si c'est mon imagination qui se joue de moi ou si Garett a bel et bien prononcé son prénom, mais j'ai du mal à ne pas laisser transparaître le malaise qui pèse soudain sur mes épaules.

– Gwen ? me contenté-je de répéter d'un ton aussi neutre que possible.

– Elle traverse une période un peu compliquée en ce moment. Fabio, son ex, ne lâche visiblement pas l'affaire. Émotionnellement, ce n'est pas facile à gérer pour elle.

– Elle t'en a parlé ?

– Non, à Catalina. Je crois même qu'elle a quelques soucis avec le salon, mais je ne sais pratiquement rien. Cat ne sème que des bribes pour ne pas avoir l'impression de la trahir. Elle aimerait l'aider. Et moi aussi.

Si Garett me connaît mieux que personne, je dois dire que j'arrive également à voir assez clair dans son jeu. Par exemple, son regard laser qui m'inspecte sous toutes les coutures ne présage rien de bon.

Devant ce suspense presque insoutenable, je décide de retourner m'asseoir.

Je m'attends au pire.

– Je t'en prie, crache le morceau, le supplié-je, en proie à une légère crise de panique.

– Je ne veux pas que sa venue au Versus soit source

d'angoisse pour Gwenaëlle. Et pour qu'elle se sente en sécurité ici, il y a une solution.

Il se tait. Inutile d'aller plus loin, j'ai compris où il voulait en venir. Garett cherche quelqu'un pour le remplacer depuis plusieurs semaines et semble avoir pris sa décision. Mes espoirs de m'éloigner de cette fille-tentation viennent d'être réduits à néant. Après notre dernière entrevue qui a tourné à la catastrophe, je vais devoir lui expliquer que les choses vont changer, que sa place n'est plus celle qu'elle occupe depuis son arrivée, mais se trouve désormais ici, dans la salle de l'Enfer…

Auprès de moi.

32

À SES YEUX

Gwenaëlle

Je n'ai pas vu passer la semaine. Après mon rendez-vous avec Celina – j'ai finalement réussi à la convaincre que vendre le salon était la meilleure chose à faire pour elle –, je me suis mise à chercher un appartement. J'en ai visité deux dans mon budget – merci mon nouveau salaire –, mais ça coinçait à chaque fois que le propriétaire me demandait mes trois dernières fiches de paie. Et puisque je suis encore en période d'essai au Versus, j'ai eu droit à un haussement de sourcils rogue et un sourire crispé, accompagné d'un « revenez dans trois mois ». Je pensais avoir plus de chance auprès d'un particulier que dans une agence ; je me suis bien plantée.

Fabio ne s'est plus montré depuis sa visite de samedi, ce qui est plutôt une bonne chose. J'ose espérer qu'il a compris le message. Cela m'a permis de digérer – en partie – ses apparitions trop nombreuses en si peu de temps, ainsi que le coup de fil de mon paternel. En revanche, je n'ai toujours aucune nouvelle d'Alexandra et je m'impatiente. J'ai prié pour qu'elle me rappelle avant de devoir à nouveau me confronter à son père, mais l'échéance arrive à son terme.

Tête baissée et épaules voûtées, je franchis les portes du Versus en espérant que personne ne me remarque. Diego, toujours aussi classe dans son ensemble bleu marine avec pantalon, gilet, chemise blanche et nœud papillon, lit un magazine sur les nouvelles tendances des cocktails en chantonnant « Vamos a la playa » de Loona. Son petit déhanché vaut vraiment le détour !

– *Hola mi querida !* Alors, t'as retrouvé ta bonne humeur ou tu vas encore bouder tout le week-end ?

– Je ne boude pas, affirmé-je en posant mon casque, ma veste et mon sac dans l'arrière-salle.

J'en profite aussi pour retirer le pantalon que je mets en dessous de mon éternelle robe-pull noire pour plus de confort sur ma moto. Diego se rapproche de la porte, mais au courant de – presque – toutes mes habitudes, il me laisse terminer avant de passer sa tête dans l'embrasure en raillant :

– Pas à moi, s'il te plaît ! T'as pris dix ans dans la gueule et tu commences à creuser les mêmes plis que Jungo, le bouledogue de ma tante. Fais gaffe, c'est hyper difficile de s'en débarrasser !

– Je te remercie, mec. T'as vraiment un don pour remonter le moral des gens, réponds-je, faussement vexée, un demi-sourire aux lèvres.

– Tu vois, t'as besoin qu'on te remonte le moral ! J'avais raison.

– Ça va, je t'assure. Un petit coup de mou, mais je vais beaucoup mieux. Les patrons sont déjà là ?

Changer de conversation. Dévier sur ce qui m'intéresse réellement.

Niveau discrétion, tu repasseras.

Mon collègue fronce les sourcils, fait mine de réfléchir puis secoue la tête.

– Garett est dans son bureau. Quant à l'autre, j'en sais rien, il est peut-être resté enfermé toute la journée, mais je ne l'ai pas vu.

Depuis mon arrivée, j'ai pu constater que Morgan ne faisait pas l'unanimité auprès de ses employés. Il est froid, distant, parfois même odieux quand il est mal luné. J'en avais fait les frais lors de notre première rencontre ; je ne peux pas leur en vouloir d'être aussi amers envers lui. Sauf que moi, j'ai découvert un tout autre individu, doté d'une fragilité bouleversante et d'une authenticité rare.

À la fois altruiste, mature et très joueur. Tantôt calme et réfléchi, tantôt fougueux et impulsif. Un homme qui se protège de tout et de tout le monde.

– Jungo, ton téléphone ! hurle Diego depuis l'autre bout du bar, me sortant fissa de mes pensées.

– Ne m'appelle pas comme ça, lui ordonné-je d'un ton calme que j'espère tout de même menaçant, en me dirigeant vers l'objet en question.

J'y découvre un long message d'Alexandra.

Enfin !

[Désolée, je suis privée de téléphone.
J'y ai seulement droit quand mon père
est au boulot. Je ne voulais pas te mentir,
je te demande pardon. Je ne savais plus
comment te dire la vérité. S'il te plaît,
ne lui en parle pas… Je te promets de le
faire au plus vite, j'attends juste le bon
moment. Encore pardon. Alex]

Cette gamine est vraiment très forte pour jouer avec mon petit cœur sensible. Me voilà toujours au même point, obligée de mentir alors que je déteste ça. Je me prépare à lui répondre, enfermée dans une bulle annihilant tout ce qui se passe autour de moi, quand une voix résonne en face de moi.

Et ce n'est pas celle de Diego.

– Bonsoir.

C'est fou le boucan que peut faire l'écho d'un simple mot dans mon cœur et dans ma tête. Son timbre m'envoûte autant que ce parfum, qui imprègne tout l'espace. C'est pire qu'un attrape-mouche. Et je viens de réaliser que je n'étais peut-être rien qu'un de ces insectes volants attirés par la fragrance épicée et masculine de Morgan. Comme tout un tas d'autres mouches, d'ailleurs.

Mes pouces restent en suspens sur l'écran de mon portable durant plusieurs secondes avant d'enfin dénicher le courage de relever les yeux. Même en colère contre lui, je ne peux m'empêcher de le trouver foutrement beau. Ses cheveux sont désordonnés, ça lui donne un air enfantin qui détonne de son visage marqué par l'anxiété. Je me perds encore à le contempler alors que je suis censée le détester. Ses iris captivants sont accentués par le bleu clair de sa chemise en jean dont les premiers boutons ne sont pas fermés. Serait-ce une tentative de séduction ?

En tout cas, ça fonctionne. J'ai une terrible envie d'y glisser mes doigts.

– Bonsoir, me contenté-je de dire en m'efforçant de calmer mes hormones en ébullition.

Il regarde autour de lui, comme pour vérifier que personne ne soit trop proche de nous, avant de poursuivre, hésitant :

– J'aurais à vous parler, Gwenaëlle. Pourriez-vous me rejoindre dans mon bureau d'ici cinq minutes ?

Un peu déstabilisée par son attitude toujours aussi changeante – et son vouvoiement déjà de retour –, je hoche imperceptiblement la tête. J'ai du mal à savoir quel comportement adopter en sa présence, parce que ce mec est impossible à cerner.

– Bien, souffle-t-il. Je vous attends.

Il n'ajoute rien d'autre et disparaît dans la pénombre du grand escalier. Je respire à nouveau de longues bouffées d'oxygène tandis que son odeur se dissipe.

– Il te voulait quoi, ce démon ? m'interpelle Diego qui revient, par le plus grand des hasards, pile à ce moment-là.

– J'en sais rien, me parler d'un truc.

– Bizarre.

La porte de secours claque, Vanessa débarque à la bourre, comme d'habitude.

– Qu'est-ce qu'il y a de bizarre ?

– Rien, interviens-je pour dissuader mes collègues de commencer à faire circuler des rumeurs.

Mais parler à Diego, dans ces moments-là, c'est comme s'adresser à un mur.

– Gwen a rendez-vous avec le patron.

– Avec Garett ? Pourquoi ?

– Non, avec l'autre, précise-t-il en pointant son doigt vers le haut.

– Sérieux ? T'as raison, c'est trop bizarre.

– Vous pouvez arrêter de faire comme si je n'étais pas là ? m'agacé-je en nouant mes longs cheveux en un chignon flou au-dessus mon crâne.

– Petite cachottière, renchérit la jeune femme d'un ton enjôleur. Il se passe un truc entre vous ? C'est vrai qu'à défaut d'être insupportable, il est grave canon. Je veux bien un tête-à-tête, moi aussi !

– Ne vous laissez pas avoir par son charisme, les filles, ajoute l'Espagnol. C'est un démon manipulateur, égocentrique et…

– Bon sang, fermez-la, tous les deux ! Je ne sais même pas ce qu'il me veut, alors rangez vos langues de vipère et allez bosser, il y a encore plein de trucs à faire.

– Écoute-la, celle-là, rit Diego en donnant un coup de coude à Vanessa, elle se prend déjà pour la patronne ou quoi ?

– Ouais, ben je préfère la voir comme ça qu'avec sa tronche de bouledogue, lui répond-elle, moqueuse.

– Ah, tu vois !

Je me contente de soupirer toute l'exaspération qu'ils m'inspirent en m'éloignant de ces deux clowns. J'ai beau être à cran et me plaindre de leur indiscrétion, je suis heureuse qu'ils soient là pour m'aider à me changer les idées. Mais j'avoue que dans l'immensité de leur connerie, il y a une petite part de vérité qui m'a fait frémir durant un court instant. Pour ne pas me noyer sous ce torrent de questions et céder à la panique, je préfère m'enfuir, même si c'est pour aller me jeter directement dans la gueule du diable.

La porte n'est pas complètement fermée, mais je frappe quand même pour lui signaler ma présence. Mes mains tremblent, elles se rappellent beaucoup trop fort la douceur de sa peau. J'arrive encore à la sentir sous mes doigts, c'est troublant. Je lui en veux autant que je le veux, et je ne pensais pas qu'il était possible de ressentir pour quelqu'un des sentiments si contradictoires. Étouffants. Salvateurs.

– Salut.

Morgan apparaît sur le seuil, la voix chaude et le regard tendre. Sa proximité bouscule mon petit cœur affolé, met mes sens en alerte et crée un voile de frissons ardents sur ma peau. Je détourne les yeux en priant pour qu'il ne le remarque pas. Je suis toujours contrariée par son attitude et ses mots de tout à l'heure. Ça, en revanche, je veux qu'il le remarque.

– Viens, entre, m'intime-t-il en se décalant.

Tutoiement, le retour !

Je m'exécute, pénètre dans son espace. En m'approchant du petit canapé en cuir, je revis ce moment que nous avons partagé chez moi. Ses mots, ses gestes. Sa façon si sensuelle de découvrir frénétiquement mon corps et de le couvrir de baisers passionnés. C'est bon de constater que ma mémoire eidétique ne m'impose pas uniquement des mauvais souvenirs à la pelle, et que certains prennent le pas sur d'autres.

Sauf que ce n'est vraiment pas le moment, là !

– Je dois te parler de quelque chose, m'annonce-t-il de but en blanc en me faisant signe de prendre place sur la chaise en face de celle qu'il vient de rejoindre.

– Je vous écoute.

Je m'efforce de ne pas montrer le moindre signe de faiblesse et lui faire comprendre que je ne suis pas un jouet qu'il peut manipuler à sa guise. Ma voix ne tremble plus. Elle est empreinte d'un détachement feint, d'une froideur qui m'aide à dissimuler le feu qui me ravage à l'intérieur.

– Je sais que tu es…

– Excuse-moi, mais j'ai un peu de mal à te suivre, le coupé-je. *Vous, tu* ? C'est quand ça te chante, c'est ça ?

– Les oreilles de Diego traînent toujours dans le coin. Tu sais que ça aurait tourné à la catastrophe en moins de deux secondes avec lui dans les parages. Il n'y a qu'à voir comment ils t'ont assaillie de questions pour un simple entretien.

Je marque un temps d'arrêt, les paupières plissées et le regard sondant le sien.

– Comment peux-tu être au courant de ça ? Tu n'étais même pas là. Tu nous as entendus depuis ton bureau ? C'est impossible. Sauf si… Ne me dis pas qu'il y a des micros en bas ? Je ne crois pas que ce soit légal de mettre tes employés sur écoute sans les avertir.

– Tu me prends vraiment pour un démon, toi aussi ? raille-t-il en mimant un air faussement blessé.

– Je ne vois pas d'autres explications, haussé-je les épaules. Sauf si tu viens de Krypton. Mais je crois me rappeler que l'alcool n'a aucun effet sur Superman, et puisque t'en as fait les frais récemment…

L'espace d'une seconde, j'ai vu dans ses prunelles translucides se refléter le souvenir de notre nuit. Parce que c'est l'alcool qui a tout déclenché. L'alcool et ce puissant désir réciproque qui nous dévore. L'alcool qui a allumé la mèche et enclenché la bombe d'une pulsion inavouable. L'alcool encore qui m'a donné le courage – la stupidité – de réclamer avidement et sans aucune gêne un premier baiser. Et ce putain d'alcool qui l'a rendu si honnête envers moi, qui l'a poussé à confesser ce que, je cite, il cachait le reste du temps.

Est-ce toujours le cas ?

– Je te l'ai déjà dit, mais tu regardes trop la télévision, Gwenaëlle, ricane-t-il en secouant la tête.

– Dans ce cas, explique-moi comment tu peux être au courant de nos conversations alors que tu étais enfermé dans ton bureau.

– La porte n'était pas fermée.

C'est dingue, il a toujours réponse à tout ou quoi ?

Je ne suis pas convaincue. Son scénario ne tient pas la route et ce n'est pas son petit sourire en coin, aussi sexy soit-il, qui va m'empêcher de découvrir la vérité !

– Tu étais trop loin pour nous entendre. Il y a autre chose.

– On a tous des secrets, me nargue-t-il comme pour faire passer un message.

– Je pourrais porter plainte contre toi, tu le sais, ça ?

Il éclate de rire ; je fulmine. Bordel ! J'ai envie de le frapper. Et de l'embrasser, aussi. Je ne sais même pas ce qui me retient d'arracher sa putain de chemise et de la lui faire bouffer.

– Tu es trop mignonne quand tu sors les griffes.

– N'essaie pas de détourner la conversation, préviens-je, déterminée. Ça fonctionne peut-être avec toutes les autres mouches, mais pas avec moi.

– Des mouches ? s'enquiert-il, complètement perdu. De quoi tu parles ?

– Réponds à ma question, Morgan.

Il reste silencieux. Au lieu d'avouer, il soupire et se lève pour se placer devant la grande fenêtre qui donne sur l'étage du dessous.

– Approche, m'invite-t-il d'un ton suave.

Ma tête refuse, mes jambes me portent déjà jusqu'à lui.

Je finis par le rejoindre, non sans pester intérieurement sur l'effet fulgurant et insupportable qu'il détient sur mon corps.

– Quoi ? croassé-je, actuellement plus en colère contre moi même que contre lui.

– Regarde. Et écoute.

J'observe alors la scène qui se déroule sous mes yeux. Diego est appuyé contre une table haute, en face du bar, tandis que Vanessa est assise sur l'un des tabourets qui l'entourent. Ils discutent, mais aucun son ne parvient jusqu'à mes oreilles. Je ne saisis toujours pas où Morgan veut en venir. Et puis, il commence à parler tout seul, sur un ton monocorde. C'est incompréhensible.

– J'avais rendez-vous hier avec Dylan. Et ça s'est bien passé ? Je crois. Il veut qu'on se revoie. Et après la nuit qu'on a partagée, pas besoin qu'il me le demande deux fois. Quelle chance. Sans blague, moi aussi j'ai envie de m'envoyer en… OK, là ça devient un peu trop personnel, rit-il en se retournant vers moi. Tu vois, aucun micro.

– Comment tu arrives à faire ça ?

– En lisant sur les lèvres.

Son regard tombe sur ma bouche. Je déteste quand il fait ça. Parce que ça me rend complètement inapte à quoi que ce soit d'autre que fondre dans la brutale et profonde intensité de ses prunelles. Je ne sais plus parler. Respirer devient difficile. Incapable de bouger. Réfléchir ? Comment ?

Embrasse-moi.

– Mais ce qu'il y a de plus fou, poursuit-il d'une voix toujours plus grave, c'est que tu n'as même pas besoin de remuer les tiennes pour que je perçoive ce qu'elles ont à me dire.

Il avance d'un pas, attiré comme l'aimant vers le métal. Les secondes semblent s'égrener, j'entends chacun de ses mots depuis notre rencontre.

« Il y a des gens doués qui sont beaucoup moins vulgaires que cette fille. » « Foutez le camp d'ici. Vous m'avez fait perdre assez de temps comme ça ! » « Vous êtes surprenante. » « Vous ne me sauverez pas non plus, Gwenaëlle. » « C'est très frustrant de ne pas être en mesure de vous faire taire. »

Ma respiration se creuse. Morgan s'approche, tel un prédateur jaugeant sa proie. Je peux presque sentir son souffle sur mon visage impatient.

« Demandez-le-moi encore. » « Je ne dois pas penser à toi. Il faut que j'arrête de te voir partout, tout le temps. » « J'ai l'air con si je te dis que je me sens plus lucide dans cet état que toutes ces dernières années ? » « À toujours vouloir tout contrôler, on laisse passer le temps sans le vivre. »

Un incendie se déclenche sous et sur ma chair. Ça crépite trop fort dans mon ventre. J'ai l'impression qu'il peut voir les flammes sur ma peau et entendre tout ce qui s'entrechoque à l'intérieur. J'ai tellement envie de lui. De me perdre dans ses bras.

« La seule question que j'aimerais qu'on se pose n'est pas pourquoi on aura cédé à ce qui nous attire l'un vers l'autre, mais pourquoi on a autant résisté, toi et moi. »

« Je meurs d'envie de toi… Tout toi, sans exception. »
« Regarde-moi. Je veux te voir jouir. »

Ses lèvres me frôlent, je les sens encore partout sur moi. Nos haleines se mélangent, sa chaleur me submerge.

« Si t'as envie de recouvrir ta peau de tous ces machins-là, grand bien te fasse. Mais je refuse que tu entraînes ma fille là-dedans. » « Et excuse-moi si je ne veux pas qu'à son âge, elle ressemble à une junkie tout droit sortie d'un centre de désintox ! »

Mon cœur se fissure un peu plus. L'ouragan de douleur revient plus vif, dévastateur. Il emporte les caresses et les rires. La lumière. L'ordre et l'espoir. Il détruit tout sur son passage, m'abandonnant dans l'étroit cimetière de nos quelques beaux souvenirs.

Je recule, cherche un souffle, puis m'éloigne en le dévisageant. Je ne comprendrai jamais comment on peut blesser volontairement les gens qu'on aime. M'aime-t-il seulement, ne serait-ce qu'un peu ? Comment pourrait-il m'apprécier alors qu'il exècre à peu près tout ce que je suis ? Cette différence que j'assume pleinement, il l'assimile à une faiblesse ; une intégration compromise par de mauvais choix. Une liberté revendiquée en laquelle il ne voit qu'une provocation inutile.

Voilà tout ce que je représente à ses yeux. Ce que je serai toujours. Ni plus ni moins qu'une originale au caractère trop piquant et à la peau trop tatouée.

33

TOUT CE QUI COMPTE

Gwenaëlle

Je ne veux plus être le jouet de qui que ce soit. Je me suis juré de ne plus me laisser écraser par un homme, et c'est exactement ce qui est en train de se passer. Morgan connaît l'effet qu'il exerce sur les femmes ; je ne fais pas exception à la règle. Il pense peut-être qu'un simple sourire suffira à me faire oublier le venin qu'il a craché, mais je suis loin d'être comme les autres. Je n'oublie pas. Jamais.

Le cœur battant à tout rompre, je retourne m'asseoir sur la chaise que j'occupais il y a quelques minutes, laissant Morgan pantois, la mine froissée par l'incompréhension ; immobile. Je mentirais si je disais que le voir ainsi, le souffle court et le regard absent, perdu dans un vide immense qui me remplace à présent en face de lui, ne bouscule pas tout ce à quoi j'essaie de m'accrocher.

– Qu'est-ce que je fais ici, Morgan ?

Il relève enfin la tête vers moi, se connecte à nouveau à la réalité, bien que toujours déstabilisé, je crois. Je m'en veux de le trouver encore plus attirant dans cette fragilité qu'il ne semble plus capable de dissimuler. J'ai parfois tendance à oublier qu'il n'est qu'un homme, avec ses émotions et sa façon bien à lui de les dompter.

De les subir.

– Je… hésite-t-il en regagnant sa place. Je suis désolé.

– Je ne veux pas de tes excuses. Si tu n'as rien d'autre

à me dire, je retourne bosser.

– Non, attends !

Il attrape ma main avant que je n'aie le temps de me lever. Je ne la retire pas. Je devrais, mais la souffrance sur son visage me paralyse.

– Je ne pensais pas ce que je t'ai dit à propos de tes tatouages, poursuit-il. Tu as énormément de talent et je suis conscient que ce n'est pas de ta faute. Mais, je… Ce dessin, Gwen…

Sa voix tremble, il peine à continuer. Il se racle la gorge pour évacuer la boule d'angoisse qui s'est formée dans sa trachée. Je le sais, je le vois. Je la partage. Parce que je n'ose imaginer le choc d'apprendre que ces lignes sont déjà encrées sous la peau d'Alex. La colère qu'il ressentira quand il réalisera que je lui ai caché la vérité alors qu'il m'assure que je ne suis pas responsable de cette situation. Mais est-ce que ce sera toujours le cas une fois qu'Alexandra aura tout balancé ?

La vérité, Gwen. C'est tout ce qui compte.

– Morgan, il y a quelque chose que tu dois savoir.

– Laisse-moi finir, s'il te plaît. Le poignard que tu as dessiné… est l'arme qui a tué sa mère.

Je déglutis péniblement sans l'interrompre. Un gouffre se forme dans ma poitrine à l'entendre si abattu, désespéré. Je découvre avec horreur la signification de ce que j'ai gravé sur l'épiderme de sa fille. Il m'est impossible ne serait-ce que d'imaginer la rage, le dégoût et la peur qui se sont emparés de lui au moment de trouver ce dessin. Je ne mérite pas ses confidences. Je voudrais qu'il s'arrête au moins autant que j'aimerais le prendre dans mes bras et lui promettre que tout ira bien.

Mais je sais que ce n'est pas le cas.

– Ma femme, Claire, s'est fait assassiner il y a cinq ans. Le 4 janvier 2017.

Parmi la quantité d'informations concernant ce jour – Tim Barrow nommé au poste d'ambassadeur du Royaume-Uni auprès de l'Union européenne ; le chef d'orchestre Georges

Prêtre est mort ; un nouveau vice-président pour le Venezuela –, une seule sort tout spécialement du lot.

Claire Delcroix, officière de police à la BAC, égorgée devant le palais de justice. Son mari, avocat pénaliste, grièvement touché. Pronostic vital engagé. Circonstances du drame pas encore connues.

Mes iris, noyés sous des larmes subites et incontrôlables, s'arriment à la cicatrice qui fend sa joue. Se souviennent de celle qui fissure sa poitrine. Une multitude de scénarios se dessinent dans ma tête, tous plus terribles les uns que les autres. Son corps agonisant. La douleur foudroyante. Sa femme tuée sous ses yeux. J'en viens à espérer qu'il ait été inconscient au moment où cela s'est produit. Mais tout ce que j'ai vu dans son regard abîmé, tout ce que j'ai entendu dans sa voix déchirante, me pousse à penser le contraire. Ce mec est bousillé par ce qu'il a vécu. Et quelque part, je crois que je l'ai su dès notre première rencontre.

J'ai froid. Des vertiges incessants qui me donnent la nausée. Mes yeux ne décollent pas de son visage marqué par son passé tragique, tandis que de fines rivières s'écoulent de mes cils jusqu'à mes lèvres.

– Tu sais parfaitement de quoi je parle. N'est-ce pas ?

– Non, c'est juste que… Je… Enfin, tu… bafouillé-je en essuyant mes pommettes humides.

– Je suis au courant de ton hypermnésie. Et je vois d'ici les rouages de ton cerveau qui se remémore les événements de ce jour-là.

Il m'embrouille. Je ne sais plus où donner de la tête ni sur quoi me concentrer. Lui. Moi. Ses paroles. Mes angoisses. Mon cœur en miettes. Le malaise qui m'emporte. La panique féroce et les doutes cinglants.

Je manque d'oxygène et de temps pour réfléchir.

– Comment ? articulé-je douloureusement.

C'est la seule et unique chose dont je suis capable.

– J'ai surpris votre conversation avec Catalina, le soir où tu l'as remplacée. Elle a parlé de ton « superpouvoir ». Ensuite, il t'a suffi de quelques secondes pour apprendre la carte des cocktails. Tu as aussi semé plusieurs indices depuis. J'ai vite compris que c'était en lien avec ta mémoire.

– Bien joué, Sherlock, me moqué-je en sortant de ma torpeur. Mais tu devrais arrêter d'espionner les gens. Déjà que tous les employés te détestent, je n'imagine même pas s'ils découvraient à quoi tu t'adonnes dans ton bureau, caché derrière ta vitre teintée. Excuse-moi de te le dire, mais ça fait légèrement psycho sur les bords.

Il sourit, je respire à nouveau. C'est un rayon de soleil après la tempête. Une accalmie durant laquelle un silence étrange résonne. Je devine à son attitude fuyante une question qui lui brûle les lèvres, mais qu'il se retient de formuler à voix haute. Je ne suis pas certaine de savoir un jour ce qu'il voulait dire, surtout lorsqu'il soupire et poursuit sur autre chose.

– Donc… je suppose que tu peux comprendre pourquoi je n'accepterai jamais qu'elle se fasse tatouer ça.

C'est trop tard, putain!

Je ne peux pas. Je ne peux plus. Pas après tout ce que je viens d'apprendre. C'est au-dessus de mes forces.

Honteuse, je me contente de hocher la tête, me dérobant à son regard pénétrant.

– Bien. Maintenant… il y a autre chose dont je dois te parler, enchaîne-t-il, soudain mal à l'aise. Il ne nous reste que peu de temps avant l'ouverture, mais je ne doute pas de tes capacités.

Il me tend une liste de noms que je récupère sans trop savoir quoi en faire.

Capacités légèrement diminuées après toutes ces révélations, ai-je envie de lui répondre en lorgnant le bout de papier.

Je suis humaine, moi aussi. Je me laisse à chaque fois submergée par toutes ces émotions qui me pulvérisent. Parce que mon cœur n'a jamais de répit, ma tête jamais de déconnexion, mon corps jamais de pause.

Et je ne vois pas ce que je dois faire de cette liste!

– Tu m'expliques?

– C'est la liste des VGS. Elle contient des infos les concernant. Nom, profession, date de naissance, préférences gustatives.

Je ne comprends toujours pas.

Je ne veux pas comprendre.

– D'accord… Et je suis censée en faire quoi ?

– L'apprendre. C'est indispensable de bien connaître nos clients pour répondre à leurs attentes.

Pitié ! C'est une blague ?

– Tu n'es quand même pas en train de me dire que je vais bosser ici ? Avec toi ?

Il ricane alors que je me décompose. Littéralement.

– C'est… possible.

– Oh, ça non ! rétorqué-je en me levant d'un bond, en pleine crise de panique. C'est hors de question !

– Calme-toi, Gwenaëlle. C'est une idée de Garett. Et après y avoir bien réfléchi, j'approuve grandement.

Comment ça, il « approuve » ?

– Mais je… Tu… Enfin, nous…

– Tu penses que nous ne sommes pas aptes à bosser ensemble ?

Je vois venir la question piège. L'enfoiré ! Si je réponds par la négative, il pourrait le retourner contre moi. Mais je ne serai pas la gamine capricieuse incapable de faire la part des choses. Surtout si, pour lui, ça ne pose aucun problème.

Il « approuve » ! Non mais je rêve !

– Tu n'as pas peur que je fasse fuir tes VIP avec mon look de toxico ?

– Gwen… souffle-t-il, à bout d'arguments.

– Oui, ça va, j'ai compris, *boss*. J'espère juste qu'ils auront l'esprit un peu plus ouvert que le tien.

Il secoue la tête, faussement exaspéré. Même si je lui ferais bien ravaler son sourire outrageusement sexy, je dois bien avouer que je préfère le voir ainsi plutôt que dévoré par ses démons.

– Je te laisse le temps qu'il te faut, m'informe-t-il en me

contournant pour regagner la porte. J'ai encore quelques petites choses à régler. Rejoins-moi quand tu auras fini.

Nous partons dans des directions opposées et tandis que je me réinstalle sur la chaise, il m'interpelle une dernière fois :

– Toi aussi, tu me détestes ?

Voilà donc la question qu'il gardait depuis tout à l'heure. Je ne me retourne pas, mais je tente quand même de retenir mon sourire en mordillant ma lèvre inférieure.

La première réponse qui me vient n'est pas raisonnable. Elle n'est pas dictée par ma tête, mais par un petit coin de mon corps en pleine révolution. La seconde est énoncée par ma conscience de diablotin. Cette entité rancunière me suggère de piquer Morgan autant qu'il m'a fait mal avec ses mots ancrés dans ma mémoire, en parlant des encres qui me recouvrent ; me protègent ; me racontent. Elle me pousse à lui balancer que oui, je le déteste quand il souffle à la fois le chaud et le froid et joue les enfoirés distants mieux que quiconque. Mais je ne veux pas de ça. Si nous devons travailler ensemble, en *très* étroite collaboration, nous ne pouvons pas sortir les fourches pour nous battre à tout bout de champ, à défaut de nous laisser gagner par cette attirance mutuelle que nous combattons. Alors je choisis une autre vérité tout en refusant de lui faciliter la tâche.

– Si seulement je savais ce que tu attends de moi, Morgan, les choses seraient beaucoup plus simples.

De toute façon, il paraît qu'on ne déteste que ceux qu'on aime.

Aimer, détester. Ce sont deux mots opposés pour exprimer un même sentiment : tu comptes pour moi.

Tout est trop intense lorsqu'il s'agit de Morgan. La colère, le désir, l'impatience et l'espoir. Je ne sais même pas ce que je veux, en cet instant. Qu'il revienne pour m'embrasser avec autant de passion qui nous a réunis durant une nuit entière ? Qu'il disparaisse dans l'ombre de cet enfer qui est, à présent, devenu le nôtre ? C'est à lui de prendre cette décision. C'est d'ailleurs ce qu'il fait en refermant la porte derrière lui, me laissant seule et suffocante au milieu d'un silence encore plus cruel que le précédent.

***

Les premiers jours de collaboration n'ont pas été de tout repos. Il a fallu faire des compromis et nous adapter l'un à l'autre ; à cette nouvelle proximité qui nous était imposée. Je crois que la première semaine a été la plus difficile à gérer. Je n'étais pas à l'aise, je redoutais la réaction des VGS et j'avais un peu peur de chambouler leurs habitudes. Ça me coûte de l'avouer, mais il s'est avéré que Lucifer n'est pas aussi diabolique et sauvage que je le croyais. Il m'a beaucoup aidée à obtenir la confiance des clients et s'est toujours montré disponible.

C'est également pour cette raison que je culpabilise encore plus de lui mentir. J'ai parlé à Alex, elle m'a demandé un délai supplémentaire pour lui dire la vérité. J'ai accepté ; je n'ai pas vraiment eu le choix. Elle compte sur de bonnes notes à son bac pour faire passer la pilule plus facilement. Je dois dire que, de mon côté, je ne suis pas plus pressée que ça de m'attirer les foudres du boss. Nous commençons tout juste à trouver un équilibre. Même si j'ai l'impression qu'il passe son temps à m'éviter depuis ce jeudi, il y a un semblant de « mieux » non négligeable dans notre relation. Il ne s'agit peut-être que du côté professionnel, d'accord, mais c'est toujours ça de gagné.

J'ai tellement, tellement peur de tout foutre en l'air.

Aujourd'hui, deux semaines après avoir rejoint le premier étage et pour la première fois, il est arrivé un truc anormal. Quatre nouveaux VIP ont fait leur entrée dans la Golden Selection. L'un d'entre eux, fils d'un publicitaire apparemment connu pour la qualité de ses services, a débarqué ici avec toute sa condescendance et son mépris des femmes. Je n'ai pas voulu mêler Morgan à tout ça bien que cette personne ait critiqué haut et fort ma façon de bosser et m'ait demandé trois fois de refaire son verre pour des prétextes totalement injustifiés. J'ai pris sur moi, parce que je devais me prouver à moi-même que j'étais capable de gérer un petit merdeux pédant qui pétait plus haut que son cul.

Sauf que tout ne s'est pas passé comme prévu.

Cet enfoiré s'est permis de me coller une main aux fesses alors que je nettoyais le bordel qu'il avait volontairement foutu sur sa table. Ça aussi, j'aurais pu le gérer. Mais Morgan sortait de son bureau au même instant, et j'ai vu se dessiner une fureur foudroyante dans ses billes bleues qui sont tout à coup devenues plus sombres que la nuit.

Le retour du diable.

Avec beaucoup de calme et d'élégance, il a ordonné au gamin de foutre le camp de son club. Ce dernier ne s'est pas fait prier et Morgan, dans toute son imposante virilité, s'est vu remercier par quelques VIP qui ne supportaient plus la présence de ce nuisible. Mais le boss ne semblait pas ravi outre mesure. Il ne m'a pas adressé un mot avant de retourner s'enfermer dans son bureau et depuis, c'est silence radio. De mon côté, j'ai continué comme si de rien n'était jusqu'à la fermeture du Versus. De toute façon, je ne voyais pas vraiment quoi faire d'autre.

Je me sens responsable de la situation. Jusqu'à aujourd'hui et à ma connaissance, il n'y a jamais eu de problèmes majeurs, ici. Ou, du moins, pas au point de mettre un client à la porte. Je ne sais pas pourquoi, mais j'ai le sentiment étrange que cette soirée est loin d'être terminée.

34

PETIT COIN DE PARADIS

Morgan

L'heure qui vient de s'écouler n'a pas été des plus productives. Pour être honnête, cela fait plusieurs jours que ça dure. Même si j'ai quand même réussi à avancer sur mes dossiers, j'ai sûrement dû passer beaucoup plus de temps à fixer ma pendule de Newton en fourrageant mes cheveux, comme si le bruit régulier des boules qui frappent les unes contre les autres avait une espèce de pouvoir relaxant ; hypnotique. Je me laisse prendre au jeu, car j'ai terriblement besoin que mon cerveau fasse une pause, et je refuse d'aller chercher cette tranquillité au fond de ma carafe en cristal. Pour deux raisons. La première, parce que je dois être capable de gérer mes émotions sans être obligé de me noyer dans le cognac. La deuxième, parce que je veux mettre toutes les chances de mon côté afin de garder le contrôle. Je ne sais que trop bien ce que donne le cocktail alcool/Gwenaëlle.

Deux semaines.

Deux semaines que la fille-lumière bosse avec moi. Deux semaines que j'entends son rire résonner dans tout l'étage et que je suis incapable de décrocher de la courbe sensuelle que prennent ses lèvres à chaque fois que cela se produit. Deux semaines que je m'efforce de me comporter en être humain alors que l'animal en moi meurt d'envie de la dévorer entièrement. Deux semaines que je me repasse en boucle la promesse non tenue que j'ai faite à Garett, les mensonges, les fantasmes ; cette pseudo-relation qui va à l'encontre de toutes les règles. C'est pitoyable. Son parfum sucré réveille dans tout mon corps des endorphines dont j'aurais beaucoup de mal à me passer.

Je suis vraiment dans la merde.

Je soupire pour la dix-huitième fois, au moins. Gwenaëlle doit probablement être partie, à l'heure qu'il est. Je peux donc sortir de mon antre sans risquer de tomber sur elle. Depuis quelque temps, j'ai pris l'habitude de me détendre autour du billard avant de rentrer à la maison. J'améliore mon jeu et ça m'aide à faire redescendre la pression.

Dans cette petite salle cosy, j'ai créé une déco qui dénote complètement du style night-club. Les lumières y sont plus douces, la moquette rouge a remplacé le parquet noir du reste de l'étage. Une grande bibliothèque en bois, fabriquée sur mesure, habille joliment le mur en face de l'entrée tandis que la table de billard trône au centre de la pièce. Personne ne lit ces livres, mais ils donnent un sacré cachet à l'endroit. Cette ambiance appelle au calme, à la sérénité. Elle rend la solitude plus agréable, rassurante, tout en y ajoutant un côté presque poétique. Je m'y sens bien.

Plus de bruit, je prévois enfin de sortir. C'est le meilleur moyen que j'ai trouvé pour ne pas être confronté au désir insatiable que Gwen éveille en moi. J'ai parfaitement conscience que tout cela peut paraître idiot, mais cette fille, depuis le premier jour, me rend complètement inapte à prendre les bonnes décisions. C'est un fait, j'ai fini par l'accepter et c'est pour cela qu'aujourd'hui je fais tout mon possible pour ne pas entraver nos relations.

Je longe le bar sans jamais relever les yeux vers les banquettes en velours rouge orangé, sur lesquelles je l'ai déjà maintes fois imaginée nue, suppliante et à ma merci ; gémissante sous la lueur des flammes factices donnant pourtant une réelle impression de chaleur. Ou c'est simplement Gwen, même lorsqu'elle n'est pas là, qui fait grimper la température de plusieurs degrés.

J'accélère le pas pour accorder mon rythme aux battements effrénés de mon cœur devenu beaucoup trop sensible.

Mais, tandis que je saute littéralement sur la porte derrière laquelle se trouve mon petit coin de paradis, tous mes espoirs d'apaisement s'évanouissent sur le sol tapissé, là où la gardienne des ténèbres s'active à retirer une tache, semblerait-il, trop bien incrustée. C'est incroyable. Cette fille se débrouille toujours pour apparaître là où on s'y attend le moins. Là où on ne veut *pas* la voir apparaître. Et, pire que tout, dans une position bien trop suggestive pour mon cerveau (et mon corps) en ébullition : à quatre pattes, le postérieur fièrement dressé.

C'est une putain de blague ?

Gwen se relève d'un bond en remarquant ma présence.

– Oh, bordel ! jure-t-elle en réajustant sa petite robe noire, terriblement gênée. Je ne savais pas que tu étais encore là.

Elle a rassemblé ses cheveux devenus aujourd'hui plus blonds que roses dans un chignon flou au-dessus de son crâne, dégageant son cou frêle et gracieux ; un véritable appel aux baisers.

– Désolé, je ne voulais pas te faire peur.

– Ça va, j'ai l'habitude avec toi, sourit-elle en replaçant une mèche rebelle derrière son oreille.

Une chance. Je ne m'y habituerai jamais, moi.

– Besoin d'un coup de main ? reprends-je sur un ton aussi détaché que possible tout en m'approchant de quelques pas.

– Commence par me dire qui a eu l'idée stupide de foutre de la moquette dans un bar ! Sûrement quelqu'un qui n'a jamais eu à se farcir les nettoyages. Sérieux, c'est une vraie merde, ce truc-là !

– C'est moi.

Ma voix a claqué dans l'air aussi solennellement qu'un juge prononce sa sentence. J'adore jouer avec elle. Voir ses joues s'empourprer et ses dents malmener ses lèvres. Lire sur son visage farouche autant d'amusement que d'embarras.

Ainsi, je ne la trouve que plus belle encore.

– Oh. Très jolie couleur ! ajoute-t-elle pour rattraper sa bourde, sans pour autant se laisser déshabiller.

Déstabiliser ! Putain de cerveau détraqué.

Ses grands yeux d'acier scrutent la moindre de mes réactions tandis que je ravale le fou rire qui menace d'éclater. Son naturel et sa spontanéité finiront par me rendre complètement dingue, si ce n'est pas déjà le cas. J'ai aussi envie de l'être, un peu plus souvent. Laisser parler mes émotions, dire tout haut ce que je pense tout bas... Mais ce ne serait bon ni pour elle, ni pour moi.

Je me retiens, malgré ses lèvres beaucoup trop tentantes et son regard qui me désarme. Le goût de sa peau délicate me manque plus que je n'ose me l'avouer.

Contrôle.

– Il y a un produit détachant derrière le bar, juste sous l'évier.

– Je vais le chercher.

Je ne veux même pas savoir si je suis soulagé ou frustré de la voir s'éloigner. Je profite de ce moment de répit pour m'avancer près de la table de billard et rassembler les billes dans le triangle. Gwen ne va pas tarder à revenir, je dois me préparer mentalement à affronter un nouveau sursaut de désir.

– Trouvé ! se réjouit-elle en agitant la bouteille.

Elle s'agenouille par terre. Je m'efforce de balayer les images qui traversent insidieusement mon esprit engourdi par mon imagination beaucoup trop enthousiaste.

Il faut qu'elle se relève, putain !

– Laisse, je vais le faire. Tu peux rentrer chez toi.

Sans prendre le temps de réfléchir (je n'en ai plus la capacité, de toute façon), je m'accroupis à ses côtés et lui retire les accessoires des mains. La brosse dans une, le produit dans l'autre, je me lance dans l'abolition de cette tache de... de quoi ? Whisky ? Rhum ambré ? Peu importe. Ne surtout pas lever les yeux ni croiser son regard confus. Éviter à tout prix de harponner sa bouche entrouverte au risque de ne plus pouvoir m'y soustraire.

Penser tache. Respirer tache. Vivre tache. Être tache !

Elle bouge, enfin. Je souffle le trop-plein d'air amassé dans mes poumons et me félicite d'avoir su conserver mon self-control tandis qu'elle s'apprête à partir. Sauf qu'elle ne se déplace pas dans la bonne direction. Elle va même à l'opposé de la sortie, pour s'installer sur le petit fauteuil vintage aux graphiques noir et blanc dans l'angle, qui sert habituellement de portemanteau aux joueurs.

– Qu'est-ce que tu fais ? Tu ne rentres pas chez toi ?

– Si, si, m'assure-t-elle en croisant les jambes. Mais bon… ce n'est pas comme si quelqu'un m'attendait. Et je ne voudrais surtout pas rater ça.

C'est toujours ainsi, avec cette fille-surprise. J'ai beau m'attendre à tout, elle trouve constamment le moyen de me désarçonner ; de m'arracher un sourire alors que je m'efforce de garder mes distances.

Je déteste ça !

– Toujours aucune nouvelle de ta mère ? reprends-je pour oublier que je suis en train de devenir beaucoup trop sentimental.

– Non. J'espère juste qu'elle est encore en vie. J'ai prévenu les flics, mais ils ont dit que, d'après sa lettre, c'est un départ volontaire. Donc ils ne feront rien. Tu imagines s'il lui est arrivé quelque chose ? Je ne sais même pas si…

Elle baisse la tête sans terminer sa phrase, portant son attention sur ses petits doigts agiles qu'elle entortille nerveusement.

– Eh, l'appelé-je pour qu'elle rive ses iris métalliques aux miens. Elle reviendra, j'en suis certain.

Il n'y a pas d'autre scénario possible parce qu'on ne peut pas abandonner une fille comme elle. Aucune chance que sa mère oublie qu'elle a donné naissance à un être à part ; hors du commun. Personne ne voudrait être responsable de la souffrance de son enfant. Et si tel est le cas, alors une vie entière ne suffirait pas à essayer de se faire pardonner.

Oui, elle reviendra pour tout lui expliquer, je le sais.

Gwenaëlle hoche imperceptiblement la tête en détournant le regard, mais je ressens la profonde inquiétude qui la ronge. Je ne supporte pas de la voir ainsi, c'est plus fort que moi.

Encore à frotter vigoureusement cette foutue moquette, je me redresse en balançant la brosse sur le sol.

– Bon, je vais laisser agir jusqu'à demain, ça devrait aller. Est-ce que tu veux te joindre à moi ?

Lorsqu'elle lance à nouveau un regard dans ma direction, c'est pour constater que je me suis appuyé contre le billard et que j'ai récupéré un cube de craie bleue.

– Ç'aurait été avec plaisir, mais je ne sais pas jouer, me confie-t-elle en fixant la structure en bois.

– Je vais t'apprendre.

T'es dingue ou quoi ? Non !

– Vendu !

– Cool, soufflé-je en priant pour qu'elle ne remarque pas les grosses gouttes de sueur qui se forment sur mon front. Attrape une queue pendant que je m'occupe des boules.

Des billes, Morgan ! Ce sont des billes !

Elle s'exécute en s'esclaffant joyeusement. Des nombreuses mauvaises décisions que j'ai prises, celle-là est sans aucun doute la pire de toutes.

Mais, de la même façon que j'ai assumé mon idée totalement foireuse pour la moquette, je vais apprendre à Gwen à jouer au billard. Avec ses facultés hors norme, elle ne devrait pas avoir trop de mal à reproduire mes gestes. Il me suffira de garder une distance raisonnable entre nos deux corps et cela devrait se passer sans accroc.

Enfin, ça, c'était en théorie.

En pratique, il semblerait que cette personne atteinte d'hypermnésie soit aussi maladroite que je le suis sur une paire de skis. Je n'ai jamais vu ça ! Elle est incapable de tenir la canne correctement (c'est ainsi que j'appelle ces longues tiges de bois, à présent). Sur au moins vingt-cinq tentatives, elle doit avoir touché la bille blanche une seule fois et c'était pour l'envoyer directement dans une poche. Je désespère.

Et elle aussi, visiblement.

– On devrait arrêter, je suis vraiment trop nulle.

– Attends. On va… essayer autre chose.

Ce n'est qu'au moment de me retrouver à quelques centimètres de son dos que je me rends compte que ma stupidité pouvait encore monter d'un cran. D'aussi près, sa nuque est un océan de sensualité dans lequel j'aimerais plonger pour ne plus jamais rejoindre la terre ferme.

Reprends-toi ! Le jeu. Concentre-toi sur le jeu et tout ira bien.

– Ta main gauche, elle doit être plus haut sur le fût, expliqué-je en déplaçant délicatement son poignet.

– Comme ça ?

Son timbre vibrant réveille un milliard de frissons sur mon épiderme. J'aimerais pouvoir lire sur ses traits si son combat est aussi impitoyable que le mien. Je voudrais qu'il le soit, qu'elle ressente l'impossible dilemme qui m'ankylose l'âme et le cœur.

– C'est très bien. Ton mouvement doit être sec au moment de toucher la bille, mais tu dois mesurer la force avec laquelle tu frappes. Et ta main droite…

Elle recule d'un pas, annihilant le ridicule petit espace que je m'efforçais de maintenir entre nous. À croire qu'elle n'a pas conscience des sentiments qu'elle fait naître en moi. Mon cerveau est en surchauffe. Mes pensées s'entrechoquent et je peine à trouver un point d'ancrage assez solide pour ne pas complètement perdre pied.

– Place ton pouce contre ton index pour guider ta canne, poursuis-je sans respirer. L'endroit de l'impact définit la trajectoire de ta bille. Choisis bien ta hauteur d'attaque en fonction de l'emplacement des billes. Une fois que tu es sûre de toi, tu prends ton élan en glissant ta canne entre tes doigts…

Il fait chaud. Trop chaud. Ma voix se fait de plus en plus grave, profonde. Elle vibre jusqu'à mes entrailles, là où le désir s'accumule depuis si longtemps. Je ne contrôle plus ma queue (celle faite de chair et de sang), qui veut s'amuser, elle aussi. À des jeux beaucoup plus érotiques, sensuels, où Gwenaëlle serait allongée sur cette table, sa petite robe gisant à mes pieds.

Il ne me manque qu'un signe de sa part. Un geste qui démontre que tout ceci est plus qu'une simple leçon. Un seul mot m'invitant à aller au bout de ce que j'ai en tête et je ne réponds plus de rien.

– Morgan, je dois t'avouer quelque chose.

Son timbre étouffé m'excite autant qu'il m'effraie. Je ne suis pas certain de vouloir entendre la suite, mais je l'encourage tout même à continuer.

– Dis-moi.

– Mon père a remporté deux tournois nationaux de billard. Je n'avais que 10 ans lorsqu'il n'arrivait déjà plus à me battre.

Elle accompagne ses révélations d'un coulé, un coup technique réalisé à la perfection, qui débouche sur un carambolage. Malgré mes doigts toujours sur les siens, elle empoche les deux billes. Le claquement singulier de la résine balaie l'écho de sa voix haletante, laissant place à un silence oppressant.

Qu'est-ce que…

Si elle sait jouer au billard, pourquoi suis-je emboîté à elle pour lui apprendre ?

– Je voulais… te sentir proche de moi, poursuit-elle en percevant ma confusion.

Elle ne fait qu'en ajouter davantage.

– Tu as fait exprès de rater tous tes coups ?

– C'est… possible.

Elle se retourne enfin. Son visage uniquement, car nos corps semblent soudés l'un à l'autre, paralysés dans leur entêtement à ne pas vouloir se découpler. Son regard, d'une intensité palpable, me transperce l'âme comme déjà bon nombre de fois. Elle brise peu à peu cette armure qui me protège depuis tellement d'années, oubliant de vivre chaque jour où je n'ai fait que me battre pour survivre. J'en ai le souffle coupé, tant ses pupilles dévorent ses iris métalliques habituellement si clairs. Sa beauté m'électrise, je suis en phase de perte de contrôle. Je la veux, bordel. C'est trop fort.

– Tu joues à un jeu dangereux, Gwenaëlle.

– Ce n'est qu'une partie de billard, murmure-t-elle en donnant plutôt l'impression de poser une question.

Je me redresse, plaque mes mains sur ses hanches, la retourne sans ménagement et la retiens fermement contre la table. Elle balance la queue qui claque sur le bois avant de me faire face. Sa respiration s'intensifie tandis que mon érection, de plus en plus douloureuse et impatiente de la posséder, presse langoureusement sur son bas-ventre. Les yeux toujours rivés aux miens, les lèvres entrouvertes et le corps arc-bouté contre moi, elle s'accroche si fort au rebord du meuble que j'ai l'impression qu'il va céder sous la crispation de ses doigts. J'ai tellement envie qu'elle me touche, qu'elle sente à quel point je la désire.

J'en crève, putain !

– C'est beaucoup plus que cela, tu le sais très bien.

– Morgan, embrasse-moi… me supplie-t-elle en expirant tout l'oxygène de ses poumons.

Ma bouche s'écrase sur la sienne dans un gémissement de satisfaction. C'est comme si tout se remettait à fonctionner à l'intérieur, comme si j'étais capable d'éprouver des choses que je n'espérais plus ressentir, ni même apprécier. C'est grisant et terrifiant. Cette fille arrive à rendre illusoire tout ce qui se passe autour de nous, à alléger les fardeaux qui m'incombent. Je ne veux pas résister.

Plus maintenant.

Gwenaëlle approfondit notre baiser en glissant sa langue entre mes lèvres, tandis que ses mains trouvent enfin le chemin de ma peau. Elle m'attire à elle, s'agrippe à ma nuque puis tire sur mes cheveux, probablement ébouriffés par ses caresses incessantes. Sa fougue nourrit la mienne et j'ose me montrer plus entreprenant encore en faufilant mes paumes brûlantes sous sa robe pour profiter du délicieux galbe de ses fesses. Mes doigts s'enfoncent dans sa chair pendant que nos langues poursuivent leur danse lascive. Mon appétit ne fait que prendre de l'ampleur, surtout lorsque la fille-tentation relève une jambe sur ma hanche et me fait clairement comprendre que le feu la consume, elle aussi. Qu'elle en veut plus.

– Donne-toi à moi. Ici. Maintenant. Je t'en prie.

Je la réclame, à bout de souffle, à bout de forces, sombrant dans les méandres de cette passion bouleversante et indomptable.

– Je suis à toi.

Mes dernières résistances s'effondrent et je sais que, désormais, plus rien ne pourra m'arrêter.

35

LA COLOMBE ET LE CORBEAU

Morgan

Son corps. Je le redécouvre sous mes paumes alors que je le connais déjà par cœur. Impossible à oublier et, à la fois, tellement plus intense et merveilleux que dans mon souvenir. Nos bouches se dévorent, affamées, bien conscientes que le temps nous est compté. Je retire l'élastique de ses cheveux et les laisse retomber en cascade sur ses épaules délicates. De mon autre main impatiente, je relève le tissu de sa robe pour lui permettre d'enrouler ses jambes autour de ma taille en prenant appui sur le petit rebord de la table.

Elle est à moi.

Je presse mon sexe bandé contre le sien, que je sais ruisselant de ce désir partagé, afin de lui faire comprendre à quel point je la veux. Gwen halète entre mes lèvres, ça me rend complètement fou. Elle relève mon tee-shirt pour glisser ses doigts sur mon ventre, redessinant la ligne de mes abdos, provoquant des millions de décharges électriques sur ma peau bien trop réceptive à ses caresses. Les miens palpent ses cuisses et ma bouche part à la conquête de son cou, que je mords avec la ferme intention d'y laisser des marques.

Elle est à moi.

Notre étreinte n'a plus rien de doux, ne présente plus aucune trace de retenue. C'est brutal, sauvage, dément. Nos dents s'entrechoquent, nos respirations sont bruyantes, hachées. Je retire ma ceinture à la hâte ; elle en profite pour mettre un terme à notre baiser endiablé afin de descendre lécher mes pecs, ma cicatrice, en relevant toujours plus haut le vêtement qui les recouvre. Je vais exploser, littéralement. Sa langue… Je veux la sentir plus bas, enroulée autour de ma queue. Je veux la mienne au plus profond de son intimité, me délectant de ses chairs trempées et cajolant son clitoris jusqu'à la faire hurler de plaisir, au bord de l'orgasme.

Elle est à moi… Putain !

– Gwen… soupiré-je, fébrile, brûlant sous la torture de son précédent refus.

Elle relève son visage d'ange, le souffle court, ses lèvres rougies et gonflées ; ses grands yeux gris noyés sous un torrent de passion. Je vacille sous l'intensité ardente de ses prunelles qui me sondent, me supplient, m'ordonnent et m'interdisent.

– Laisse-moi te prouver que tu peux aimer ça. S'il te plaît…

– Non, murmure-t-elle en secouant la tête, paniquée.

– Pourquoi ?

– Je… n'ai jamais fait ça. Je ne suis pas prête.

Je fronce les sourcils en obligeant mon cerveau à analyser plus rapidement ses derniers mots. Face à mon silence, elle baisse les yeux, mal à l'aise. Malgré le choc de son aveu, je ne retiens qu'une seule chose : elle n'est pas prête.

– Regarde-moi. Tout va bien, la rassuré-je en relevant son menton de mon pouce et mon index. Je comprends et je ne t'oblige à rien, d'accord ?

Elle opine discrètement en se mordillant la lèvre inférieure. Je m'approche de son oreille, la voix grave et vibrante de la demande insensée que je m'apprête à lui faire.

– Mais si un jour tu te sens prête, et je prie pour que ça arrive, promets-moi d'être celui qui te fera jouir pour la première fois de cette façon. Tu veux bien ?

Une lueur joueuse naît dans ses billes d'acier.

Que diable prépare-t-elle encore ?

– Je vais y réfléchir, déclare la fille-mystère, amusée. La liste d'attente est déjà longue, tu sais.

Je hausse un sourcil, incapable de contrôler la vague désagréable qui me tord l'estomac. Elle déboutonne innocemment mon jean, comme si elle ne venait pas de faire exprès de me contrarier.

– Tu essaies de me rendre jaloux ?

– J'en sais rien… Ça fonctionne ?

Elle est à moi.

J'enroule délicatement mes doigts autour de sa gorge, resserrant juste assez la pression pour l'empêcher de bouger sans jamais lui faire mal. Elle stoppe son geste, mais garde les mains accrochées à mon pantalon. Je la sonde un instant, ses longs cils noirs encadrant ses yeux de biche, ses joues échaudées par l'excitation presque palpable qui règne dans cette pièce et ses cheveux ébouriffés qui viennent caresser sensuellement ses lèvres entrouvertes.

– Ça se pourrait, lui avoué-je avant de capturer brutalement sa bouche. Tu es à moi.

Mon autre main descend impudiquement vers son string. Je devine de la dentelle, mais le repousse aussitôt sur le côté pour atteindre sa fente trempée du désir qui l'inonde de l'intérieur. La frénésie m'emporte lorsque j'enfonce deux doigts jusqu'au creux de son ventre et qu'elle me répond en s'arc-boutant contre moi.

En criant mon nom.

Je crois n'avoir jamais ressenti quelque chose d'aussi puissant. Une parfaite cohésion des sens, connexion des âmes et harmonie des corps. La pression de mon jean s'amoindrit lorsqu'elle réussit enfin à en décrocher les boutons. Ses mains tremblantes cherchent mon membre tendu à l'extrême, le saisissent après avoir baissé les quelques couches de vêtements qui le retenaient prisonnier puis le massent lascivement de haut en bas. Le grognement qui m'échappe est digne d'un animal sauvage en rut, mais je m'en contrefous. C'est peut-être ce que je suis, après tout ? C'est peut-être ce qu'elle a fait de moi ?

– Morgan… halète-t-elle, si proche de succomber.

Je recourbe mes phalanges, accélère la cadence. Ses cris

résonnent dans la pièce, dans ma tête, dans mes entrailles. Tout va tellement vite.

– Bientôt, tu jouiras sur ma langue, Gwenaëlle. Et tu me supplieras de recommencer, encore et encore. Mais en attendant, comptons combien d'orgasmes ton corps est capable de supporter. Est-ce que tu es prête ?

– Tu ne devrais pas être si vaniteux, trouve-t-elle la force de m'envoyer malgré l'état second dans lequel elle est plongée depuis plusieurs minutes. Occupe-toi de… me… mon Dieu ! Oui ! T'arrête pas !

Mon diable, ai-je envie de la corriger. Mais je me contente de la regarder en sentant son sexe se contracter autour de mes doigts et sa jouissance se déverser jusque dans ma paume. Je ne tiens plus. Je meurs de m'envoler avec elle. Je lui laisse le temps de reprendre son souffle tandis que j'attrape de quoi me protéger dans mon portefeuille. Gwenaëlle me dirige en elle, sûrement aussi impatiente que moi, en pressant ses talons sur mes fesses pour que je me hâte de la posséder entièrement. Elle s'adapte rapidement à ma taille, réclame à nouveau mes lèvres sur les siennes en empoignant sauvagement mes cheveux. Je ne peux m'empêcher de répéter son nom comme une prière. Mon échappatoire. Ma lumière. Mon foyer. Colombe si pure pour le sombre corbeau que je suis. C'est alors qu'une folie plus grande encore me traverse l'esprit, quand tout le reste est pourtant complètement brouillé. Une évidence inadmissible. Un remède intolérable.

Et si, finalement, cette fille était faite pour moi ?

***

Au lendemain de cette effervescence, j'ai encore un mal fou à descendre de mon petit nuage. J'ai dû me mettre un énorme coup de pied au cul pour sortir du lit, m'enfiler quatre tasses de café noir pour réussir à réarranger mes idées embrumées et prendre deux douches successives pour enfin me débarrasser de son parfum addictif, qui m'a tenu éveillé jusqu'au petit matin. Son parfum… et les souvenirs qui ont perduré des heures après l'avoir quittée. Des images, des sons, des sensations.

– Morgan ? Tu m'écoutes, au moins ?

Garett s'impatiente. Pour sa défense, c'est la troisième fois que je perds le fil de la conversation depuis que nous nous sommes installés à la terrasse de ce restaurant italien.

– Excuse-moi, je n'ai pas beaucoup dormi. Tu disais ?

– Encore des cauchemars ?

– Insomnie. C'est bientôt que nous débutons les dégustations, et maintenant que j'ai eu l'accord de l'État pour vendre les cigares, je stresse un peu. J'ai peur d'avoir été trop gourmand.

– J'ai déjà reçu plus d'une centaine de messages. Les gens sont très intéressés, je pense que tu t'inquiètes pour rien.

– Sans doute, affirmé-je en détournant les yeux, de peur qu'il puisse lire les autres tourments qui m'habitent. Mais il faut encore terminer les travaux du toit que l'on transforme en terrasse. J'espère que tout sera prêt d'ici là. Mais si tu me disais pourquoi tu m'as invité à déjeuner ? Ce n'est pas habituel.

Il soupire, laisse passer un court instant de silence avant de poser ses avant-bras sur la table nappée d'un tissu jaune moutarde, de joindre ses mains et de planter son regard pétillant dans le mien.

– Je… je suis amoureux.

Je marque un temps d'arrêt, immobile, incapable de prononcer le moindre mot. Il attend sans doute une réaction de ma part, que je tarde à émettre. Je suis si surpris que je ne sais pas quoi dire.

– Oh. C'est… soudain. Je veux dire, tu ne m'as même pas dit que tu avais rencontré quelqu'un.

– La situation est un peu compliquée. J'ai préféré attendre avant d'en parler à qui que ce soit.

– Ça l'est toujours un peu, quand ça vous tombe dessus…

murmuré-je plus pour moi que pour lui, tandis que le visage de Gwen m'apparaît en pensée. Vas-y, raconte.

– C'est une femme du centre. Elle est arrivée il y a quelques semaines et ça a été le coup de foudre. Je te jure ! Ça m'est littéralement tombé sur le coin de la gueule, je n'ai rien vu venir.

– Du centre ? répété-je d'un ton désapprobateur. C'est une ado ? Tu te fous de moi, j'espère ?

Il rit. Je crois même apercevoir un léger voile rougeâtre recouvrir ses joues. Je l'ai toujours soutenu jusque-là, mais cette fois, c'est carrément au-dessus de mes forces. Il pourrait avoir de sérieux problèmes, foutre sa vie en l'air. Je ne peux pas le laisser faire ça !

– Ce n'est pas une ado, rassure-toi. Elle a mon âge et elle s'en sort plutôt bien.

– D'accord… émets-je, toujours aussi dubitatif. Alors c'est quoi, le problème ? C'est ton statut qui t'empêche d'avoir une relation avec une résidente ?

– Il y a de ça. Ce n'est pas terrible pour l'image de l'asso. Le plus délicat, c'est qu'en fait… tu la connais. Mais elle veut que personne ne soit au courant de sa présence au centre. Donc, il faudra que tu tiennes ta langue.

Ma curiosité piquée au vif, je passe en revue la liste des nanas que j'ai rencontrées, invitées à boire un verre et même jusque dans mon lit (étrange situation). Je n'oublie pas les clientes, partenaires ou fournisseurs, mais aucune ne se démarque.

– Bien sûr, tu peux me faire confiance, lui assuré-je, trépignant d'impatience.

– Elle s'appelle Nadia.

– OK…

Son prénom me dit quelque chose, mais je ne vois pas.

– C'est la maman de Gwenaëlle.

Cinq mots. Tous minutieusement décomposés par mon cerveau à l'agonie afin de ne laisser aucun doute quant à leur signification. Garett est amoureux de la mère de Gwen. C'est impossible, impensable ! Ce doit encore être un coup de cette foutue providence qui semble m'en vouloir plus que de raison. Un signe que je ne suis pas sur le bon chemin avec cette fille. Un avertissement pour me rappeler que non, elle n'est pas faite pour moi.

Parce que l'ombre et la lumière ne se mélangent pas. Jamais.

Les secondes s'allongent et je ne trouve pas le moyen d'adoucir la brûlure du seau d'acide qu'il vient de me balancer dans la tronche sans même s'en rendre compte. Et le pire, c'est qu'en bel égoïste que je suis (et que j'ai toujours été), je suis incapable de faire semblant d'être heureux pour lui. Il n'y a que ce gouffre sans fond, cette chute interminable dont je redoute l'impact, qui m'envahit le corps et l'esprit.

– Morgan ? m'interpelle-t-il, soucieux. Tu es tout blanc. Ça va ?

– Pas vraiment, en fait. Je… je vais rentrer.

Je me lève trop rapidement et manque de tomber. D'un geste habile, Garett bondit pour me soutenir.

– Tu veux que je te raccompagne ?

– Non, c'est gentil. Je suis désolé, c'est sûrement le stress. Mais je suis vraiment content pour toi, tu sais. Tu mérites d'être heureux.

– Merci, sourit-il en me frappant doucement l'épaule. Je peux compter sur ta discrétion ?

J'acquiesce en détournant les yeux et m'enfuis le plus rapidement possible. Le sort s'acharne et je redoute à présent toutes les autres surprises qu'il me réserve.

***

Alexandra a longuement cherché à savoir ce qu'il s'était passé avec Garett pour que je sois dans un tel état. Elle n'est ni dupe, ni assez naïve pour gober le coup de l'indigestion. Bien que, dans un certain sens, cela pourrait s'y apparenter. Mais j'ai promis à mon meilleur ami de tenir ma langue et je ne veux pas que les choses se compliquent entre eux à cause de moi. Surtout maintenant que je sais que ma fille et Gwen se connaissent !

Heureusement, elle a fini par lâcher l'affaire. Après une nuit épouvantable, j'ai feint une grasse matinée pour éviter son regard laser avant ma première tasse de café. Me voilà planté au milieu de la cuisine après qu'elle est partie en cours, à maudire tout ce que j'ai pu espérer malgré moi depuis que la demoiselle aux tatouages est entrée dans ma vie. Au fond, tout cela n'est pas vraiment une surprise, même si je trouvais un certain réconfort à me bercer dans mes propres illusions.

Dans ses bras, aussi.

Mon téléphone vibre. Une petite part de moi, beaucoup plus grande que je ne veux l'admettre, souhaite intimement qu'il s'agisse de Gwenaëlle. Je n'ai pas de nouvelles d'elle depuis notre dernier corps-à-corps, mais avant de nous quitter ce soir-là, nous avons jugé bon de nous accorder un peu de temps pour savoir où nous en sommes ; je ne voudrais pas lui donner le sentiment de m'imposer. Et puis, c'est mieux ainsi. Ma lâcheté espère sans doute qu'elle réalise n'avoir rien à faire avec un type comme moi. Brisé et dévoré par la culpabilité. Un monstre d'égoïsme incapable d'aimer.

Mais c'est le prénom d'une autre femme qui s'affiche en haut du message.

[Maryline N
J'ai ma soirée de libre,
tu m'offres un verre ?
P.-S. Je pars bientôt,
c'est ta dernière chance ! ;)
Je t'embrasse.]

Je m'apprête à décliner son invitation lorsqu'une voix étrange résonne à l'intérieur de mon crâne. J'en viens à douter. Pourquoi ne pas accepter ? Maryline était pour moi ce qui se rapprochait le plus d'une amie, durant ma courte carrière d'avocat. Elle faisait partie de ceux qui croyaient en mon potentiel, qui n'avaient pas peur de parier sur le mauvais cheval quand j'étais dans la course. Ses conseils m'ont toujours été précieux, mais je suis parti en la laissant derrière moi, comme tout ce qui concerne mon ancienne vie.

Et la voilà qui réapparaît, comme par enchantement. Dois-je y voir un autre signe du destin ?

[Je passe te prendre à 19 heures.
Quel hôtel ?]

[Le Régent, à Montmartre.
J'espère qu'on aura
plus de temps cette fois !
À tout à l'heure,
Maître Delcroix.]

Je souris en troquant mon portable contre ma tasse de café fumant. Après tout, me détendre en bonne compagnie durant une soirée me fera du bien. Et puis, je me dis qu'un avis féminin sur toute cette histoire m'aidera peut-être à y voir plus clair.

Je passe la matinée à la salle de sport. J'ai besoin de me vider la tête et rien ne vaut une longue séance de souffrance physique pour oublier la douleur interne. *Oublier* est un bien grand mot… Disons, *rendre plus supportable*.

De retour à la maison, je jette un œil sur les derniers détails à régler pour mercredi, checke la boîte mail du club et constate que certains veulent déjà obtenir l'abonnement des soirées dégustation avant même d'y avoir participé une première fois, preuve que la publicité et la renommée du Versus ont porté leurs fruits. Le soir venu, je revêts un pull en cachemire blanc cassé et un jean brut tombant sur des boots en cuir marron. Classe, oui, mais pas trop pompeux. Après tout, Maryline n'a parlé que d'un verre, cela devrait donc suffire à me fondre dans la masse.

19 h 24. Je gare l'Audi en face de son hôtel. Elle apparaît, toute vêtue de rouge, de ses escarpins vernis jusqu'à sa petite robe moulante qui ne laisse que peu de place à l'imagination. Maryline a toujours fait tourner pas mal de têtes. Pas la mienne, car j'étais marié et je ne voyais que Claire, mais je mentirais si je disais n'avoir jamais été attiré par cette femme. Par sa force de caractère et sa ténacité. Par son physique avantageux aussi, évidemment. Ce soir, alors qu'elle a bouclé ses longs cheveux châtain foncé et accentué ses lèvres fines d'un rouge carmin, parfaitement accordé au reste, je peux affirmer qu'elle est le genre de créature que je me plairais à fréquenter. Maryline est de celles que je courtiserais, ramènerais à l'appart afin d'y passer une nuit d'enfer pour ensuite la reconduire chez elle. Pourtant, sans doute parce que je n'ai plus fait cela depuis des lustres, j'ai le sentiment de ne pas être complètement à l'aise avec cette idée.

Gwenaëlle y est sûrement pour quelque chose, d'ailleurs. Et même si je ne sais pas réellement où nous en sommes, je ne peux pas simplement décider de ne pas y penser pour la sortir de ma tête. Elle est omniprésente.

La soirée débute plutôt bien. Maryline m'emmène dans un bar à tapas branché dont je ne connaissais que le nom. L'endroit ne paie pas de mine, l'ambiance est jeune, dynamique. Beaucoup de gens, tout comme nous, sont installés sur la terrasse afin de profiter de la douceur de ce mois de juin.

– Je ne pensais pas que c'était si compliqué avec ta fille, m'avoue-t-elle, navrée, en saisissant amicalement ma main. Contente de savoir que vous êtes sur la bonne voie ! Le dialogue, il n'y a que ça qui puisse régler les problèmes. Ça, et le courage d'aller les chercher à la racine.

– Ça ne l'a pas empêchée de refaire des conneries.

– Elle reste une ado malgré tout. Une jeune femme qui s'est entourée de gens pas forcément de bonne influence. C'est par là que tu devrais commencer, si tu veux mon avis.

– Qu'est-ce que tu proposes ? Je ne peux tout de même

pas l'enfermer dans sa chambre en espérant que ses amis finissent par l'oublier.

– Eh bien, je suis ravie que tu me poses cette question, sourit-elle après avoir bu une gorgée de son Martini Dry. Tu vois, j'ai beaucoup réfléchi et je crois qu'être tombés l'un sur l'autre n'est pas le fruit du hasard.

– Ça fait longtemps que je ne crois plus au hasard, tu sais.

– Justement. Il se trouve que j'ai monté ma boîte, il y a quelques mois.

– Génial ! Quel domaine ?

– Consulting privé. Secteur prometteur, ça démarre plutôt bien. En te voyant, j'ai pensé à un truc. C'est peut-être une idée complètement stupide. Ça l'est sûrement. Mais ça m'obsède, et j'avais besoin de ton avis.

– Je t'écoute.

– Mon conseiller juridique m'a remis sa démission il y a quelques semaines. Il s'est fait harponner par la concurrence. Bon débarras ! crache-t-elle, le nez froissé par la colère. Du coup, le poste est toujours vacant.

– Et tu voudrais me l'offrir ? m'étonné-je non sans cacher mon amusement. C'est de la folie, je ne peux pas tout abandonner comme ça !

– Et pourquoi pas ? Ce serait l'occasion de repartir de zéro dans un environnement sain pour Alexandra. Tu n'es pas fait pour diriger une vulgaire boîte de nuit. Tu devrais avoir honte de gâcher tes talents ainsi !

Elle se trompe. Gérer le Versus m'a permis de remonter la pente, de me plonger dans un projet que Garett et moi avons mené à bras-le-corps, même si je me suis longtemps contenté d'appliquer ce qu'il me demandait sans trop faire preuve d'initiative. Je dois bien admettre qu'elle a au moins raison sur un point : un nouveau départ dans un meilleur environnement pour Alex ne pourrait qu'être bénéfique. Mais il n'y a pas que cela. Il n'y a pas qu'un poids dans la balance. En plus de Garett et du Versus, il y a… *elle*. Je ne veux pas la quitter. Je le réalise brusquement tandis que je tente de me projeter loin d'ici. Et même si je devrai forcément me résoudre un jour à la laisser vivre sa vie, j'ai encore besoin de sa présence à mes côtés. C'est viscéral.

– Ne t'inquiète pas, reprend-elle en se levant. Tu n'es pas obligé de me répondre dans la seconde ! Si on allait plutôt manger ? Il y a cet incroyable pianiste, William Frey, qui donne une représentation ce soir à l'Aparté.

– Le resto doit probablement être complet depuis longtemps.

– Sauf que j'ai une réservation.

La surprise déforme mes traits, mais Maryline poursuit aussitôt ses explications sans me laisser le temps de réfléchir aux dizaines d'interrogations qui s'amassent dans mon crâne.

– J'avais un rencard et il m'a posé un lapin. À moi ! Tu imagines ? Et tu sais depuis quand j'ai réservé pour avoir une place ? Hors de question que je laisse passer cette soirée. Donc soit tu m'accompagnes, soit j'y vais seule.

– Je suis ton plan de secours, en fait ?

Elle hausse les épaules, sourire aux lèvres, et me lance un regard qui me percute et me bouscule un peu trop fort à mon goût.

– Si le hasard existe, il fait plutôt bien les choses, non ?

Je secoue la tête en riant, toujours aussi impressionné par son audace.

– Allons-y, Maître Navarro.

36

UN MAL DE CHIEN

Gwenaëlle
Quelques heures plus tôt

« *Tu es à moi.* »

Une explosion dans tous mes organes à chaque fois que j'y repense. C'est-à-dire à peu près tout le temps. Ça crépite incessamment dans mon ventre et dans ma tête depuis hier soir. Je n'ai pas dormi de la nuit, mais j'ai l'impression de pouvoir déplacer des montagnes. D'être légère comme une plume et aussi solide qu'un roc. Invincible. J'aimerais ressentir ça jusqu'à mon dernier souffle. C'est trop bon !

– Gwen ? Tu es avec moi, là ? s'enquiert Catalina, visiblement agacée que j'aie la tête ailleurs depuis ce matin. Ce n'est pas que je n'apprécie pas te voir sourire, au contraire, mais tu vas finir par attraper des crampes.

– Désolée.

– Ça va, fait-elle mine de me pardonner en posant ses coudes sur la table. Si tu me racontais plutôt ce qui t'arrive.

– Je ne peux pas. Je suis désolée.

– Ouais, tu l'as déjà dit. Donne-moi un indice au moins. C'est à propos de ta mère ? T'as gagné à la loterie ? T'as rencontré un mec ?

La tristesse m'étreint en songeant à maman, mais mes joues s'enflamment sitôt après que le visage de Morgan m'apparaît en pensée. Je détourne le regard, espérant me soustraire aux lasers de ma meilleure amie qui me scrutent trop intensément. Pour la discrétion, c'est raté.

Eh merde !

– Oh, putain ! hurle-t-elle en sautillant de joie. C'est ça ? T'as rencontré quelqu'un ? C'est qui ? Je le connais ?

– C'est… juste un gars qui est venu au salon récemment.

Ce n'est pas tout à fait faux.

– Oh, putain ! répète-t-elle comme si elle n'en revenait toujours pas. Il s'est passé quelque chose entre vous ? Je veux dire… c'est sérieux ?

Je hausse les épaules, perplexe.

En réalité, je crois que j'aimerais que ce le soit, oui.

– J'en sais rien. On a couché ensemble. Deux fois. À part ça, on se contente de vivre nos vies chacun de notre côté.

– OK. Prends-le cool, t'as raison. Profite des bonnes choses sans trop te poser de questions. Comment il s'appelle ?

Mon téléphone vibre.

Alléluia !

Sauvée par le gong. Une parfaite synchronisation. J'inspire en attrapant rapidement l'objet avant d'ouvrir le dernier message reçu.

[Salut, c'est Fabio. Maman m'a donné
ton numéro pour prendre contact
avec toi et te faire signer de la paperasse.
Elle ne peut pas encore se déplacer,
mais c'est pour bientôt, j'espère !
L'acheteur aimerait que ça aille vite,
je suis désolé :(Ce soir, tu es dispo ?]

Mon sourire s'évanouit, ce qui n'échappe pas à ma meilleure amie.

– Ça va ?

– Ouais, c'est Fabio.

– Qu'est-ce qu'il te veut encore, celui-là ? Ce n'est pas lui ton plan cul, rassure-moi ? panique-t-elle soudain en pointant son index vers mon iPhone.

– T'es dingue ou quoi ? Non, c'est à propos de… Tu sais,

je t'avais dit que le salon allait être vendu. Eh bien, ça y est. Maintenant, je dois dégager au plus vite.

– Mais… qu'est-ce que tu vas faire ? Où vas-tu aller ?

Je réfléchis quelques instants aux différentes options qui s'offrent à moi. Il n'y en a pas tant que ça, finalement. L'hôtel coûterait une fortune et je ne saurais pas où stocker mes affaires. Hors de question que je squatte la maison de Cat ou celle de n'importe qui d'autre. Je veux un chez-moi. Un endroit qui me ressemble, dans lequel je me sente bien et non pas de trop. Un lieu où je n'aurais pas besoin de demander la permission pour déplacer un meuble, écouter de la musique ou changer de chaîne.

Un jour, peut-être.

– J'ai réussi à obtenir une chambre à partager dans un appart du centre-ville. Une coloc de six personnes. C'est une sous-location pour les vacances d'été seulement, mais je n'ai rien trouvé d'autre. Je prendrai un garde-meuble pour y mettre mes affaires.

– Quoi ? Tu vas vivre avec cinq inconnus, et tu n'auras même pas ta propre chambre ?

– Ouais, souris-je pour cacher mon malaise. Ça va, j'ai connu pire.

– Mais tu mérites mieux ! Même si tu penses le contraire. Et je te rappelle que moi, j'ai un plan.

– Cat, je ne veux pas que tu m'aides. Je dois apprendre à me débrouiller toute seule.

– Arrête avec ces conneries ! Ça n'a jamais tué personne de demander de l'aide dans une période difficile.

Debout en face de moi, au milieu de son salon bohème, les pieds bien ancrés dans un tapis beige aux poils ultra longs et super doux, Catalina croise fermement ses bras sur sa poitrine en me défiant de son regard assassin. Je n'en mène pas large et mon but n'est pas de la provoquer outre mesure. Je veux simplement qu'elle comprenne que j'ai besoin de me prouver que j'en suis capable.

– Tu ne seras pas toujours là pour me sortir du pétrin. Ton père non plus, d'ailleurs. Si je prends de mauvaises habitudes, je ne vais jamais réussir à m'en tirer toute seule. Et le jour où vous ne serez plus là pour…

– Alors, première chose, m'interrompt-elle, je serai *toujours* là. Je ne te laisserai jamais tomber, OK ? Et ensuite, dis-moi… À quoi je sers, moi, si je n'ai pas le droit de t'aider ?

Cette fille me connaît beaucoup trop. Elle sait très bien qu'en grattouillant la corde sensible, je vais finir par abdiquer. Surtout quand elle me scrute avec ses yeux de cocker anglais et sa moue toute triste digne d'une gosse de 10 ans essayant de soudoyer ses grands parents. Je détourne le regard pour ne pas me faire avoir, mais je sens les fêlures qu'elle provoque à mon ego. Je souffle, grogne, lorgne les moulures du plafond et le lustre en tissu blanc qui domine la pièce. Tout pour ne pas entendre les craquements bruyants de mes certitudes bornées, ni cette voix intérieure qui me répète incessamment deux simples petits mots : pourquoi pas ?

– Très bien, lâché-je en même temps que le trop-plein d'air amassé dans mes poumons. C'est quoi, ton idée ?

Elle hurle victoire en agitant ses bras dans tous les sens, s'adonnant à une danse de la joie qui ressemblerait plus à une incantation pour rappeler à elle les âmes perdues dans les abysses, avant de se rasseoir en retrouvant aussitôt son sérieux.

– Mon père a un appart. Il ne s'en sort plus depuis plusieurs semaines. Tu pourrais le lui louer, ça lui ferait une rentrée d'argent et tu aurais ton chez-toi. Ce serait pareil que d'habiter ailleurs, tu sais. Sauf que là, ton proprio, ce serait mon paternel. Il n'est pas chiant, au contraire. A-do-rable. Il sait même réparer les lave-linge et déboucher la tuyauterie. Un pro du…

– Cat, tu t'emballes un peu, là, ris-je devant son excès d'enthousiasme.

– Ouais, pardon. Alors, tu en dis quoi ? Je pourrais au moins lui poser la question ? Ce serait dommage de passer à côté de cette aubaine. Surtout si c'est pour qu'il finisse par le louer à quelqu'un d'autre.

– Personne n'y habite ? Mais alors c'est quoi, cet appart ? Pourquoi tu n'y vas pas, toi ?

– Parce que je suis bien, ici. La maison est géante et j'ai mon petit studio avec entrée perso. Pourquoi je voudrais partir ? Bon, souffle-t-elle, je dois y aller, là. Je vois mon père tout à l'heure et je lui en parle. Tu fais quoi cet aprèm ?

– Préparer mes cartons. Nettoyer. Lustrer. Déstocker tous mes bijoux. Bref, j'ai du boulot !

– Courage, me soutient-elle en me serrant dans ses bras. Je peux t'aider demain, si tu veux.

J'accepte sa proposition avant d'attraper mon sac et de rejoindre ma moto. Inconsciemment, je repousse l'échéance de ma réponse à Fabio. Parce que c'est lui. Parce que je ne suis pas certaine d'arriver un jour à penser à cet homme sans ressentir une peur viscérale qui me donne toujours la même impression de crever sur place. Parce que tout cela marque un changement que je ne suis pas prête à affronter. Parce que ma mère n'est pas là pour me promettre que tout ira bien et que Morgan me manque. Parce que je m'inquiète pour l'avenir. Parce qu'à force de subir le passé, le présent finit par m'échapper. Je ne veux plus me laisser crouler sous le poids d'un trop grand nombre de douloureux souvenirs.

C'est avec cette dernière phrase tournant incessamment dans mon esprit et bien décidée à y mettre un terme, que je trouve le courage de lui répondre.

[OK pour ce soir. On boit un verre ?]

Non, je n'ai pas soudainement envie de faire ami-ami avec lui. Je veux juste le rencontrer dans un lieu public. Avec, si possible, beaucoup de monde autour de nous.

[Avec plaisir. Je connais un bar sympa,
je t'envoie l'adresse. 19 h 45 ?]

Je réponds d'un simple émoji en forme de pouce relevé et verrouille mon téléphone. Ce soir, je vais dire adieu à tous ces démons qui me pourrissent la vie. Ce soir, je vais combattre mes craintes et repartir de ce rendez-vous la tête haute. Je suis forte. J'en suis capable. Je dois me détacher des ombres du passé. Les affronter et en ressortir victorieuse !

***

Je ne me suis pas spécialement apprêtée pour l'occasion. Mes Converse rouges, mon slim bleu et mon top blanc feront parfaitement l'affaire pour ce pseudo-rendez-vous qui n'a rien d'un rencard ; plutôt tout d'une corvée dont je dois me débarrasser. Inutile de me voiler la face : j'ai l'estomac noué et je deviens complètement parano à l'idée de revoir Fabio. J'essaie de combattre cette sensation de toutes mes forces, mais elle s'accentue à mesure que l'heure approche.

J'attends mon épreuve devant l'entrée de ce fameux bar-restaurant déjà bondé. Comme toujours, j'ai l'impression d'être le vilain petit canard au milieu des cygnes. Trop de paillettes, de talons et de poitrines parfaites pour que je ne me sente pas comme une idiote en guenille – une Cendrillon des temps modernes, oubliée par sa marraine la bonne fée. Beaucoup de monde s'est fait refouler à l'entrée, j'espère que Fabio sait ce qu'il fait en m'invitant ici. Pourquoi ici, d'ailleurs ? Je déteste ce genre d'endroits ! De plus, seules quelques tables sont encore disponibles sur la terrasse, mais les pancartes « réservé » dissuadent les clients de s'y asseoir. Moi y compris.

C'est en me tournant légèrement vers l'entrée que je comprends l'engouement de tous ces gens qui s'amassent devant la porte. Ce soir est un soir très spécial ; un pianiste de renom donne un concert en toute intimité. William Frey est un musicien ultra connu dans le milieu. Même ceux qui n'ont jamais touché un instrument de leur vie ont déjà entendu parler de ce type. Pour moi, c'est un virtuose. Il manie son clavier comme peu d'autres en sont capables.

Je l'admire depuis toujours ; je sais d'ores et déjà que Fabio s'en souvient.

Et je comprends mieux, à présent, pourquoi il a choisi ce lieu.

– J'espère que tes goûts musicaux n'ont pas changé, me lance une voix familière, juste derrière moi.

Je me retourne vivement, me préparant à devoir calmer mon cœur terrifié… mais il n'en est rien. Le jeune homme qui me fait face, un sourire sincère sur les lèvres, n'a plus rien du monstre qui hante mes nuits depuis cinq ans. Bien sûr, il lui ressemble trait pour trait, mais il se dégage de lui tellement de douceur que je peine à le reconnaître.

– Tu… tu savais qu'il donnait une représentation ce soir ? On ne pourra jamais entrer.

– Ça, j'en fais mon affaire.

Il s'avance d'un pas confiant jusqu'au vigile qui garde l'entrée. Les deux types se serrent la main en riant, visiblement contents de se voir, avant de se retourner en même temps vers moi. Le gros bras hoche la tête tandis que Fabio me fait signe de m'approcher, puis nous pénétrons dans le resto.

La première chose qui me frappe, c'est la moquette aux motifs étrangement colorés, ressemblant à des éventails. C'est une blague ? Une putain de moquette ! Il y en a absolument partout. Morgan s'impose dans mon esprit aussi brutalement que les frissons recouvrent ma peau marquée à vie de la merveilleuse caresse de ses lèvres. Submergée un instant par le souvenir de notre dernière partie de jambes en l'air à trois orgasmes pour moi et deux pour lui, je peine à revenir sur la terre ferme. Je relève les yeux pour contempler le papier peint aux formes géométriques variées, caché derrière de grands miroirs rectangulaires d'où s'échappe une douce lumière jaune, virant presque à l'orange. Certaines tables ovales, d'autres carrées, sont entourées de poufs, fauteuils et banquettes en velours bleu nuit.

– Nous sommes près du piano.

– Tu essaies de m'impressionner ou quoi ? demandé-je, un léger rictus au coin des lèvres.

– En fait, le patron fait régulièrement affaire avec ma compagnie de taxi. Je lui assure un service rapide et discret, surtout en fin de soirée, quand les clients ne sont plus aptes à conduire. Il a certains privilèges, j'en ai aussi. Ce n'est que du business, mais si ça t'impressionne… alors ça me va.

Il plante ses yeux noir intense dans les miens, songeurs. Quand je pense que Fabio n'a jamais eu la moindre envie de travailler et qu'il dealait pour se faire de l'argent facile ! Au moins, je ne peux pas lui enlever qu'il a toujours eu le sens des affaires, même si celles dans lesquelles il traînait à l'époque n'étaient pas légales.

Je prends un instant pour le détailler et je ne peux m'empêcher de le comparer à celui qu'il était autrefois. Ses cheveux sombres sont plus longs et forment de jolies vagues retombant sur son front. Ses joues sont toujours impeccablement lisses parce qu'il n'a jamais aimé la pilosité de son visage. « Pas assez fournie ni régulière », se plaignait-il sans cesse. Il a troqué son éternel débardeur gris contre une chemise immaculée marquant parfaitement ses larges épaules et cintrant sa taille avec beaucoup d'élégance. Comme il a relevé ses manches sur quelques centimètres, je distingue les deux bracelets tressés qu'il porte à son bras gauche, ainsi que la montre en métal qui habille son autre poignet. Sa peau est encore plus bronzée qu'à l'époque. Et tandis qu'il n'avait d'yeux que pour les pantalons de survêtement, le chino beige qu'il arbore aujourd'hui lui donne un air beaucoup plus classe, mature.

Fabio est un très bel homme, ce ne serait que pure mauvaise foi de dire le contraire.

– Assieds-toi, je t'en prie, m'invite-t-il en tirant ma chaise.

J'esquisse un sourire tout en m'avançant d'un pas, jusqu'à ce qu'un détail vienne tout remettre en question. Cette soirée. Les raisons de ma présence ici. La sincérité de Fabio.

– Tu n'avais pas de papiers à me faire signer ?

Mon ton est dur, mes sourcils froncés. J'aimerais qu'il me prouve que je n'ai pas à me méfier de lui, mais le fait qu'il n'ait aucun porte-documents, sacoche ni rien qui puisse contenir de la paperasse ne fait qu'accentuer la suspicion que j'éprouve à son égard.

– Je… j'avais espoir que tu mettrais plus de temps à t'en rendre compte, m'avoue-t-il, déçu.

– Me rendre compte de quoi ?

– Je ne t'ai pas invitée pour ça, même si je ne t'ai pas menti pour le reste. Je ne savais pas comment faire pour que tu acceptes de venir.

Je soupire. Je ne suis pas en colère, juste agacée qu'il ne comprenne pas que je ne suis – pour l'instant, peut-être jamais – pas capable de lui pardonner ni de faire comme si. J'ai besoin qu'il me laisse gérer mes angoisses, avec toutes les difficultés et le temps nécessaire que cela implique.

– Je te remercie pour tout ça, vraiment. Je vois bien que tu essaies de faire des efforts, mais je ne suis pas prête. Il faut que tu le comprennes, Fabio… Que tu arrêtes de t'accrocher à ce que nous avons été et que tu voies les choses en face : plus rien ne sera jamais comme avant.

– Il y a tellement de choses que tu ne sais pas, Gwen. J'aimerais juste que tu les entendes, s'il te plaît.

Je refuse, les larmes aux yeux. J'ai mal d'être si faible et fragile. Mal de ne pas pouvoir me détacher de tout cela. Étrangement, j'ai mal de lui faire mal.

– Je suis désolée…

Je me sauve au pas de course. Ce sont mes jambes qui commandent, guidées par mon cœur meurtri, et non plus par le champ de bataille qui règne dans ma tête. J'essaie de penser à Morgan, son sourire enfantin, sa voix suave, son corps délicieusement athlétique et son odeur virile et rassurante. Morgan… que j'aperçois à quelques mètres de moi, pris d'un éclat de rire sonore et chantant. L'organe vital qui s'affole dans ma poitrine devient rapidement hors de contrôle. Tout se passe soudain au ralenti. Ses mouvements, les miens ; tous ces inconnus qui vont et viennent entre lui et moi… jusqu'à ce que tout s'arrête, d'un unique coup foudroyant. Mon cœur éclate, ma respiration se coupe, mon corps entier ne répond plus. Je reste stoïque, choquée, à tenter de survivre sous un ciel qui s'effondre.

Morgan n'est pas seul.

Il est accompagné d'une brunette incroyablement belle. Une femme superbe qui transpire la confiance en elle par tous les pores de sa peau satinée sous l'éclairage feutré. Une créature au sourire ravageur et aux courbes de déesse. Le genre de femme qui lui correspond en tous points. Tout l'inverse de moi, en somme. Je le réalise, même si au fond, je le savais déjà. Mais j'avais tellement envie d'y croire que j'ai fini par me convaincre qu'une fille comme moi pourrait lui suffire. Je me suis trompée. Lourdement.

Et putain, ça fait vraiment un mal de chien.

37

TOUT VA BIEN DANS LE MEILLEUR DES MONDES

Gwenaëlle

Souvent, les chocs émotionnels trop puissants vous font faire des choses totalement irréfléchies. Surtout lorsque ceux-ci sont suivis d'une colère intolérable qui s'immisce sous chaque parcelle de votre peau endolorie.

J'aurais pu m'avancer jusqu'à la table de ce trou d'cul, lui balancer son verre de cabernet sauvignon blanc à la gueule – à défaut de lui envoyer directement la bouteille et son putain de seau à glaçons –, mais je n'aurais pas réellement su quoi lui dire pour expliquer mon geste. Nous ne sommes pas ensemble, Morgan fait ce qu'il veut de son temps libre. Et même de son temps de travail, d'ailleurs. C'est mon boss, putain ! Il semblerait qu'une petite piqûre de rappel s'impose. Mais je déteste me sentir ainsi. Inutile et sans intérêt. Surtout quand lui accapare chacune de mes pensées, jour et nuit.

Alors, je fais une chose encore plus stupide : je retourne m'asseoir en face de Fabio qui m'observe, abasourdi, les yeux écarquillés et la bouche à moitié ouverte.

– Bon, lâché-je d'un ton sec. Si on commençait par prendre un verre ?

Il acquiesce sans oser me poser de questions, probablement par crainte que je ne change à nouveau d'avis. Et il a raison de ne pas le faire, parce que je pourrais réaliser trop vite à quel point tout cela est une mauvaise idée et décider – pour la deuxième fois – de me barrer en courant. Mais là, tout de suite, j'ai juste envie que Morgan soit vert de jalousie en me découvrant avec un autre. C'est ridicule, parce qu'il ne me voit même pas d'où il se trouve. Disons simplement que je veux me prouver que, moi aussi, je peux attirer l'attention des hommes. Même s'il s'agit de Fabio, l'homme qui a failli me tuer il y a cinq ans.

C'est peut-être enfin l'occasion d'écouter ce qu'il a à me dire.

Après avoir commandé nos plats, mais avant qu'ils nous soient servis, Fabio prend une profonde inspiration. Son comportement laisse transparaître une nervosité presque palpable, ses paumes glissant sur ses cuisses et ses yeux cherchant à me fuir depuis de longues secondes.

– Mon père… c'était un homme violent, Gwen. D'aussi loin que je m'en souvienne, il l'a toujours été. Il ne buvait pas, ne se droguait pas. C'était dans sa nature, ça coulait dans ses veines.

– Fabio, je…

Ma voix se brise sous l'émotion, je ne la maîtrise pas. Parce que même si je lui en veux pour tout le mal qu'il m'a fait, je ne supporte pas l'idée qu'on puisse blesser si fort les gens qu'on aime. C'est un concept que je n'accepterai jamais, que personne ne mérite. Même pas lui.

– Non, m'interrompt-il soudain. Laisse-moi finir. Je ne t'ai jamais parlé de lui parce que je pensais à tort que l'effacer de ma vie m'aiderait à me sentir mieux… à me sentir comme tout le monde. Mais j'ai eu tort. Fuir n'était pas la solution. J'essayais de combattre ce que je croyais être ma nature à moi aussi ; celle d'un monstre, en me bourrant de drogue et d'alcool. L'ironie, c'est que c'est précisément toute cette merde qui m'a fait ressembler à mon père. Ce soir-là, ma mère a porté plainte contre moi. Elle est allée au commissariat pour dénoncer son propre fils. Et elle a eu raison de le faire. Les flics m'ont arrêté puis j'ai accepté de faire une cure de désintox. Ce n'était même pas pour éviter la tôle, mais parce que j'ai pris conscience de l'être abject que j'étais devenu ; celui que je ne voulais plus être.

Celui que je ne savais pas que tu étais…

– Contrairement à ce que tu penses, reprend-il après une gorgée d'eau, je sais depuis ce jour-là que j'ai perdu la femme la plus merveilleuse qu'il m'ait été donné de rencontrer.

Une alarme résonne en moi, suspendant le temps à ses derniers mots prononcés avec une intensité déconcertante. Je crois qu'elle retentit si fort qu'il peut l'entendre. Nos regards se croisent. Le mien, mélange de panique et de questionnement. Le sien, brillant d'une lueur insondable.

– Je…

– Je ne suis pas là pour tenter de te reconquérir, Gwen, s'empresse-t-il de me rassurer. Si j'ai compris une chose, c'est que tu n'accepteras sans doute jamais de me pardonner, tout comme je ne pardonnerai jamais à mon père. Mais le Fabio qui t'a fait tant de mal, celui qui n'avait plus conscience du monde qui l'entourait, n'existe plus. Il ne reviendra jamais. Et… j'ai besoin que tu me croies. Je t'en supplie.

Le serveur dépose nos assiettes sur la table, m'octroyant une seconde de répit pour reprendre ce souffle qui m'avait abandonné. Un suprême de poulet pour lui, un pavé de saumon pour moi.

Pas sûr que mon appétit soit de la partie après ces révélations.

William Frey fait danser ses doigts sur le clavier depuis dix bonnes minutes déjà ; les notes m'emportent et m'apaisent. J'essaie de m'y accrocher tant que je peux. L'ambiance est calme, douce, rassurante. Tout semble absolument parfait, excepté les bruyants coups qui massacrent ma poitrine à chaque pulsation. Je ne savais rien de l'enfance de Fabio. Il m'avait simplement dit que son père était mort. Je n'osais pas trop poser de questions au cas où le sujet serait trop douloureux pour lui. Cela ne change pas tout, évidemment. C'en est même très loin. On ne peut pas se cacher derrière les défauts de nos parents pour excuser nos erreurs. Mais je sais aussi à quel point il est difficile pour un gamin de se construire dans de telles conditions. Dans la douleur, le mépris, la violence et la honte. Fabio n'a pas un mauvais fond, il a forgé son âme d'enfant dans la peur, il a grandi en étant si malheureux que rien ni personne n'aurait été en mesure de retenir sa chute. Tout au plus la ralentir, comme j'ai essayé de le faire sans même connaître l'immense détresse dans laquelle il se noyait toujours plus profondément.

On n'était pas si différents, on n'a simplement pas emprunté le même chemin. À un moment donné, la violence a pris le dessus chez lui ; moi, j'en ai fait les frais.

Aujourd'hui, je vois bien qu'il a changé. J'en suis intimement convaincue. Il assume entièrement ses torts et souhaite se prouver à lui-même, à moi, au reste du monde, qu'il n'est plus un monstre et qu'il mérite cette seconde chance. Je ne veux pas être celle qui l'en empêche. Je n'en ai pas le droit. Je suis coincée entre les griffes de ce démon du passé depuis cinq longues années. Mais devant ce jeune homme, assis en face de moi, les yeux brillant d'espoir, je n'ai qu'une seule envie : l'encourager.

– Je te crois, murmuré-je en plantant mon regard dans le sien.

– Quoi ?

– Je n'excuse pas ton comportement, et je n'oublie pas. Mais nous devons avancer. Tous les deux. Tu n'es plus le Fabio de ce temps-là, et je ne suis plus la même, moi non plus. Je ne sais pas toujours ce que je veux, mais je sais ce que je ne veux plus. Subir plus longtemps le souvenir de cette nuit-là en fait partie.

J'attrape mon verre de jus de pomme en le dirigeant vers lui avant de reprendre :

– À ces pages que l'on déchire, et à celles qu'il reste encore à écrire.

Il sourit en hochant la tête, fait tinter son ballon de bordeaux contre le mien, scellant l'accord d'un nouveau départ et d'un avenir, je l'espère, beaucoup plus serein.

Le dîner se passe dans une ambiance plus légère. Je n'aurais pas cru cela possible en arrivant ici. Fabio me parle de sa boîte, de ses ambitions et, sujet plus sensible, de la vente imminente du salon. Il me propose d'aller m'installer chez Celina en attendant de trouver autre chose, m'affirmant qu'elle passe plus de temps à l'hôpital que chez elle. Je décline avec courtoisie. Je ne veux pas reproduire les mêmes erreurs, cela fait aussi partie de mes certitudes.

– Tu ne vas pas jouer un morceau ? demande-t-il en désignant le piano d'un coup de menton.

Visiblement, le musicien fait sa pause clope. J'écarquille les yeux en secouant la tête.

– Tu es dingue, ça fait des mois que je n'ai pas touché un clavier !

– C'est comme le vélo, non ? Ça ne s'oublie pas.

S'il savait…

Mon sourire s'évanouit en un instant. Mon regard s'accroche à celui de Morgan, figé dans l'entrée, analysant la situation avec, semble-t-il, beaucoup de difficulté. Je déglutis tandis qu'il s'avance entre les tables, les sourcils obliques et les lèvres pincées. L'animosité se dessine sur les traits de son visage sévère. La jalousie le rend encore plus sexy, et je le déteste encore plus pour ça.

Alors que je suis certaine qu'il va se donner en spectacle, je réalise que c'est bien mal le connaître. Il dévie de sa trajectoire et disparaît dans le petit couloir du fond qui mène aux toilettes. La différence entre lui et moi, c'est qu'il me connaît beaucoup trop. Il sait que je ne résisterai pas à l'envie de lui parler, d'en découdre, de l'envoyer balader ou de lui cracher ses quatre vérités. C'est d'ailleurs ce que je fais, après m'être excusée auprès de Fabio. Je me lève en déposant ma serviette sur la table et emboîte le pas à mon coup d'un soir – enfin, deux –, cet hypocrite qui, je le sens, va me demander des comptes comme si c'était moi la fautive.

Ça ne loupe pas. À peine suis-je arrivée à sa hauteur, à

l'abri des regards, qu'il se retourne brusquement pour me faire face.

– Qu'est-ce que tu fous avec ce type ? lance-t-il sur un ton empli de haine en pointant la salle d'un doigt accusateur.

– Ça te regarde ? Je te pose des questions, moi, sur ton invitée sapée comme ses consœurs de Pigalle ?

– Je ne vois pas le rapport. C'est une amie.

– Oh, bien sûr, me moqué-je amèrement. C'est quel genre d'amitié ? Du genre « je te baise sur la table de billard et j'invite une autre femme à dîner le lendemain » ? Ou plutôt du genre « et si on passait directement au dessert, j'ai réservé une chambre à deux pas d'ici » ? Non, parce que l'amitié à la Morgan, c'est assez vaste comme concept.

– Tu es vraiment insupportable, souffle-t-il, exaspéré. Arrête de te comporter comme une gamine et grandis un peu, merde !

Enfoiré.

– Tu sais ce qu'elle te dit, la gamine ? Va te faire cuire le cul ! Et tu as de la chance qu'on soit dans un endroit classe parce que j'aurais pu être beaucoup plus vulgaire. Bonne soirée avec ton *amie*.

Je me retourne et m'apprête à rejoindre ma table, excédée. Il a raison, je me comporte comme la dernière des pestes parce que je ne gère pas ce venin qui se répand dans mes veines pour m'empoisonner le cœur et le cerveau. C'est trop puissant, trop rapide. Trop douloureux.

Pourquoi elle et pas moi ? Putain !

Il me retient fermement par le bras avant de me saisir par les hanches et de m'attirer contre lui.

– Arrête ton cirque, m'ordonne-t-il sèchement, et explique-moi ce que tu fous attablée en face de ton ex. Surtout après ce qu'il t'a fait !

– Comment es-tu au courant de ça ? m'enquiers-je, sciée en deux.

– Ne change pas de sujet. Donne-moi une seule bonne raison, Gwen, parce que là je vais devenir complètement cinglé.

Il panique, ça me déstabilise. Son timbre sonne comme

une supplique, un besoin vital de réponse. Son regard tourmenté me transcende, me coupe le souffle. Je sens son cœur affolé battre violemment sous ma paume que je viens de déposer sur son torse, dans un geste que je veux rassurant.

Il ferme les paupières en expirant lourdement tandis que je reprends d'une voix plus douce :

– Il faut que j'y retourne. Ne la fais pas trop attendre.

Je claque un baiser chaste sur sa cicatrice avant de m'éloigner. Je ne lui laisse pas le temps de répondre, parce que j'ai peur. Peur qu'il me mente sur sa véritable relation avec cette femme ou, au contraire, qu'il se montre trop honnête. Je viens de déposer les armes sur l'un des plus gros combats de mon existence, et même si je sais que rien n'est encore gagné, j'ai besoin de repos, pas de m'engager dans une nouvelle bataille.

Sans trop comprendre comment cela se produit, je me retrouve assise non pas en face de Fabio, mais derrière le piano. Personne, à part lui, n'a remarqué que j'avais pris place sur le petit tabouret rectangulaire et qu'un de mes pieds glissait déjà sur la pédale de sustain. Il me lance un regard fier, habille ses lèvres d'un sourire encourageant et hoche discrètement la tête.

Lorsqu'on prend la peine d'écouter son corps, il peut parfois nous apporter les réponses que l'on n'attendait plus. Je suis à fleur de peau, surmenée et complètement déboussolée. Ce soir, je suis en compagnie d'un homme qui a brisé bon nombre de mes rêves, pendant que l'homme grâce à qui j'en ai vu naître des dizaines est en compagnie d'une autre femme. J'ai le sentiment de m'enfoncer dans des sables mouvants et que tout ce monde autour de moi se contente de me regarder sombrer.

Les premières notes de la *Fantaisie n° 3 en ré mineur* de Mozart s'envolent à travers la pièce. En jouant ce morceau, j'ai toujours eu l'impression de voir toute une vie défiler devant mes yeux ; juste sous mes doigts. Autant d'émotions que de saisons qui se succèdent. D'intensité profonde suivie de légèreté harmonieuse. Je plaque des accords, vibrant plus fort à chaque nouvelle mesure. J'accélère la cadence, bravant les collines des arpèges ascendants, puis descendants. Je passe d'une gamme mineure à une gamme majeure, tout comme les plus belles histoires d'amour peuvent nous sauver avant de nous forcer à mettre un genou à terre. Pendant plus de cinq minutes, je n'existe que par la musique qui s'étend sous mes mains. Je ne suis plus qu'un être immobile dansant au-dessus du monde. Je suis tout. Je ne suis rien. Je suis moi, sans artifices, sans compromis. À cœur ouvert, mon âme à nu, je m'offre entièrement à tous ceux qui m'entourent.

À ceux qui m'écoutent.

Jusqu'à. La. Dernière…

Note.

Le silence. Un restaurant bondé parfaitement muet. Seul le bruit d'un couvert tombant dans une assiette vient briser cette absolue quiétude, me ramenant brusquement à la réalité. Puis des applaudissements qui vont crescendo, commencés par William Frey lui-même, rejoints par tous les clients de l'Aparté. Je sens le rouge me monter aux joues tandis que tous les regards sont, à présent, braqués sur moi. Tous les regards, mais surtout un, plus intense et pénétrant que les autres.

Celui de Morgan.

Il n'applaudit pas, se contente de me fixer durant de longues secondes pour finalement rompre le contact et rejoindre son rencard.

C'est à ce moment-là qu'une révélation foudroyante me percute de plein fouet. Non, il ne m'est plus possible de nier l'évidence…

Je l'aime.

38

LE COBAYE

Morgan

Cette fille est un diamant brut.

Depuis que je la connais, elle n'a pas cessé de me surprendre. Lundi soir, j'ai été scotché par son talent prodigieux, l'aura éblouissante se dégageant d'elle tandis que sa lumière nous enveloppait d'une douceur émouvante. J'étais incapable de lever les yeux tant Gwenaëlle m'attirait à elle aussi fort que la flamme appelle le papillon. Pourtant, je suis resté statufié à l'autre bout du restaurant. J'avais bien trop peur de gâcher la magie de ce moment unique. Je crois même que tous les clients partageaient ce sentiment. Pour un court instant, j'ai eu l'impression qu'elle avait capturé, par la beauté des notes et la justesse du tempo, l'attention de chaque personne présente. Ne rien rater du spectacle leur était primordial, aussi vital que le besoin de respirer.

C'était incroyable. Sans qu'aucun ne connaisse son nom, Gwen était devenue notre but essentiel à tous, dans l'ode éphémère d'une mélodie hypnotisante dont elle seule détient le secret. Elle nous a emportés dans un flot de tendresse et d'humilité, en m'offrant, à moi, la liberté d'une conscience tranquille et d'une âme en paix. Elle m'a rappelé que vivre pouvait être agréable et que la douleur pouvait être soulagée. Ne serait-ce que durant cette poignée de minutes, c'était largement plus que je ne l'aurais jamais espéré.

Je dois la revoir demain au Versus, mais je n'ai pas la

patience d'attendre. J'ai besoin de lui parler de ce qui s'est passé, de savoir pourquoi elle mangeait tranquillement avec ce gamin qui l'a envoyée sans pitié faire un séjour à l'hôpital. Ça me bouffe qu'il puisse profiter d'elle. Je suis malade d'imaginer qu'il arrive à la coincer à nouveau dans ses filets. Je ne peux pas laisser cela se produire. Je tiens beaucoup trop à elle pour permettre à qui que ce soit de lui faire du mal.

Ouais, je tiens à elle…

J'ai déjà voulu la contacter hier, mais je sais par Garett qu'elle a passé sa journée avec Catalina, à ranger et nettoyer le salon. J'ai aussi eu vent des intentions de ma colombe qui compte installer son nid dans notre garçonnière du dix-huitième arrondissement. Je ne pense pas qu'elle ait eu connaissance des activités auxquelles nous nous adonnions dans cet endroit, ni même du fait que je suis propriétaire du lieu également ; sans quoi je doute qu'elle aurait considéré cette idée. Catalina sait se montrer très convaincante et je n'ai pas voulu foutre en l'air leurs projets. Après tout, je n'y vais plus depuis plusieurs semaines… Autant que cet appartement serve à quelqu'un !

Finalement, je craque. J'avale la dernière gorgée de ma troisième tasse de café et lui écris un message. Je recommence à six reprises, n'étant plus certain de comment je dois m'adresser à elle. Quelque chose a changé. Je n'arrive pas à mettre des mots sur ce que je ressens, mais je crois que cette fille-lumière m'est devenue… indispensable.

[As-tu un moment de libre dans
l'après-midi pour qu'on se voie ?]

Sa réponse ne se fait pas attendre.

[J'ai encore pas mal de choses à faire,
mais je peux trouver un créneau pour
mon boss.]

Le problème avec les textos, c'est que l'intonation n'y est pas. Elle pourrait aussi bien plaisanter qu'être en colère. Mais je note qu'elle a dit oui… à son boss.

[Ce n'est pas ton patron
qui te le demande.]

[Alors qui ? Un « ami » ?]

Cette nana a la rancune tenace. C'est aussi une chose que je veux mettre au clair avec elle ; Maryline est une amie. Rien de plus. De passage, qui plus est. Visiblement, Gwen a besoin que je la rassure, même si nous ne savons pas très bien où nous en sommes. La vérité c'est que je n'ai aucune envie d'une autre femme. Elle est la seule qui anime toutes ces choses en moi, qui fait jouir mon corps aussi intensément que mon esprit. Dans ses bras, je me sens libre, fort ; prêt à surmonter n'importe quel obstacle. Mais sitôt qu'elle n'est plus là, je m'égare dans la profondeur ténébreuse de mes doutes.

Et ce sont ces doutes qui m'empêchent de lui avouer à quel point elle me manque.

[14 heures, chez moi. J'en profiterai
pour t'expliquer la différence entre
l'amitié et ce que nous partageons.
Et si les mots ne suffisent pas,
je trouverai bien un autre moyen
de te convaincre, ma jolie colombe.]

[Je préfère ça à « gamine ».
P.-S. J'ai hâte d'y être…]

Voilà, trois textos et je bande. Bon Dieu, cette fille aura ma peau !

Un footing et une longue douche plus tard, je feuillette l'un des magazines de décoration qu'Alex adore lire le soir, emmitouflée dans son plaid multicolore. En réalité, je ne suis pas friand de ces trucs, mais j'aime connaître ses centres d'intérêt et ça m'aide à m'occuper l'esprit en attendant Gwenaëlle.

On frappe à la porte. Je bondis du canapé tout en réajustant mon polo immaculé et m'empresse d'aller ouvrir. En la découvrant avec sa jolie robe à fleurs qui lui tombe juste au-dessus des genoux et ses Converse blanches, mon cœur s'affole. Son teint est frais, aussi clair et sans défaut que celui d'une poupée. Le rose mat qui colore ses lèvres charnues accentue le contour parfait de sa bouche, ainsi que mon désir de les dévorer avidement. Et, comme l'écho d'une délicieuse vengeance, elle y fait glisser une sucette rouge qu'elle enroule indécemment de sa langue.

Bordel…

J'essaie de réprimer cette envie irrationnelle de la prendre dans mes bras, de la serrer si fort contre moi que nos cœurs n'auraient d'autre choix que de s'accorder dans un même rythme et finiraient par battre à l'unisson.

Je me retiens. Je sais que l'odeur de sa peau mélangée à la tentation insoutenable de la voir jouir en criant mon nom aurait raison de moi et de ma volonté. Elle a besoin de réponses et je vais lui en donner.

– Tu es… ravissante.

Elle sourit légèrement, puis détourne les yeux en bouffant sa lèvre sucrée. Je frissonne.

Putain.

– Merci, se contente-t-elle de murmurer, les joues en feu.

– Viens, entre. Je t'offre quelque chose à boire ?

Elle se faufile à l'intérieur en jetant un coup d'œil circulaire à la pièce, s'arrêtant sur la petite étagère dédiée à Claire qu'Alexandra et moi avons décorée le lendemain de son anniversaire. Gwenaëlle détaille avec beaucoup d'intérêt les nombreuses photos que nous y avons déposées, ainsi que quelques-uns de ses bijoux, dont nos alliances.

– Je veux bien de l'eau, s'il te plaît.

Je m'exécute. Lorsque je reviens avec une carafe et deux verres, elle a retiré ses chaussures avant de marcher sur le tapis beige du salon puis s'est assise sur le canapé, les épaules droites et les mains sur ses cuisses que sa robe a pratiquement désertées. Elle est magnifique. Mes doigts me démangent ; je les glisserais bien le long de ses jolies jambes, moi aussi.

Et partout ailleurs.

– Je suis content que tu sois venue, avoué-je en m'installant près d'elle.

– C'était qui, cette femme, Morgan ?

Sa sucette à présent dans la main, elle plonge son regard téméraire dans le mien, résolue à ne pas laisser filtrer le moindre signe de faiblesse.

C'est fou, je suis complètement sous le charme de cette fille.

– Je te l'ai dit, Maryline est une amie. Elle est de passage dans le coin et elle m'a invité à la dernière minute.

– Elle est avocate ?

– Elle l'a été. À présent, elle a ouvert sa propre boîte de consulting privé à Nice.

Je me garde bien de lui parler de la proposition. Même si je l'ai refusée, le timbre acerbe de Gwen m'indique clairement qu'elle ne porte pas Maryline dans son cœur, inutile d'en rajouter.

– Est-ce que tu as déjà couché avec elle ?

Sa voix a tremblé, elle s'empresse de ramener le bonbon à sa bouche. La demoiselle sait qu'elle franchit une limite que nous n'avons pourtant jamais réellement fixée. Étrangement, ça me plaît. Et je suis encore plus satisfait de pouvoir lui apporter la réponse qu'elle attendait.

– Non, Gwen. Je n'ai jamais couché avec elle et je n'ai jamais eu l'intention de le faire. Maintenant, si tu m'expliquais ce que tu faisais dans ce resto avec ton ex ?

Elle soupire de soulagement, je crois.

– Il m'a attirée sous un mauvais prétexte. J'étais décidée à partir, mais quand je t'ai vu avec cette… *Maryline*, reprend-elle amèrement, j'y suis retournée. À bien y réfléchir, je pense que nous en avions besoin pour avancer. Passer à autre chose. Tourner cette page de ma vie une fois pour toutes. Mais comment tu as su pour Fabio ?

– Catalina.

Ses yeux s'écarquillent, mon pouls déraille. J'aperçois d'ici les rouages de son esprit.

– Ne lui en veux pas, m'empressé-je d'ajouter. Elle a paniqué quand elle l'a vu débarquer au Versus.

Elle hoche la tête avant de boire un peu d'eau. J'en profite pour dévier mon regard sur sa gorge qui s'active au passage du liquide, imaginant ma langue y dessiner des tatouages invisibles, éphémères, mais éternels pour la mémoire épidermique de sa peau de porcelaine. J'aime savoir qu'elle n'oubliera jamais le goût de mes baisers, et je suis persuadé de ne pas avoir besoin d'une hypermnésie pour m'en souvenir jusqu'à la fin de mes jours.

Je profite de ce moment d'accalmie pour tenter de détendre l'atmosphère avec un autre sujet de conversation.

– Ça fait longtemps que tu joues ?

– J'avais 12 ans quand j'ai commencé à prendre des cours. Mais je n'avais pas touché un piano depuis longtemps, je suis un peu rouillée, sourit-elle, le regard dans la vague.

Pendant qu'elle interprétait ce morceau de classique, beaucoup de qualificatifs me sont venus en tête pour la décrire. Rouillée n'en faisait pas partie.

– C'était magnifique, Gwen. Toi, la musique… Tout. Tu joues divinement bien et je ne t'ai jamais vue aussi belle qu'en cet instant.

Ses prunelles confuses s'ancrent aux miennes pendant que j'ose réarranger délicatement une mèche de ses cheveux derrière son oreille. L'électricité qui grésille entre nous est intensifiée par le contact de sa peau sous ma paume, que je balade à présent sur sa joue écarlate, puis le long de sa mâchoire tendue.

– Merci, je… Excuse-moi pour tout ce que je t'ai dit,

articule-t-elle péniblement. Je ne comprends pas ce qui m'a pris de réagir comme ça.

– Oh, moi, je sais, ricané-je en me déplaçant pour me coller contre sa hanche.

Je penche le haut de mon corps vers elle afin de murmurer quelques mots au creux de son oreille :

– Tu es monstrueusement jalouse, Gwenaëlle.

Elle feint d'être outrée par mes propos en exagérant ses réactions, mais je poursuis d'une voix plus grave, teintée de toute la sensualité et du désir qu'elle m'inspire :

– Et je l'étais au moins autant que toi.

Elle tourne lentement son visage d'ange vers moi. Nos bouches se frôlent, nos souffles se mélangent alors que nos regards se percutent pour ne plus se quitter. Je meurs d'envie de l'embrasser ; de la toucher. Au moment où je m'apprête à laisser parler cette pulsion, annihilant ce ridicule petit espace qui nous sépare, elle pose sa main sur la cicatrice de ma joue gauche. Je me perds quelques instants dans la tendresse infinie de son geste et me surprends à fermer les yeux pour le ressentir plus intensément encore. Et tandis que mon attention est happée par ce contact qui m'apaise plus que n'importe quoi d'autre en ce monde, je sens une légère pression sur ma bouche. Un baiser aussi doux qu'émouvant. La délicatesse à l'état brut. Une sensation puissante qui atomise tous les murs et les barrières érigés depuis la mort de Claire. Un sentiment qui me redonne foi en la vie et me réveille enfin du sommeil interminable dans lequel j'étais plongé jusqu'à aujourd'hui.

C'est bien trop merveilleux pour l'ignorer plus longtemps.

– Je… tente-t-elle avant que je ne la fasse taire en capturant avidement ses lèvres.

Elles ont un goût de fraise, c'est délicieux. J'attrape sa sucette pour la déposer sur la table, histoire d'offrir à ses mains toute liberté de mouvement.

De caresse.

Le temps n'est plus à la conversation. J'ai envie de

nos langues enlacées et de son corps moulé au mien. J'ai besoin de me perdre en elle, de lui faire l'amour pour avoir encore cette impression qu'elle est libre de m'appartenir.

Et qu'elle réalise à quel point je suis fou d'elle.

Gwenaëlle enroule ses bras autour de ma nuque tandis que je l'attire à moi, la plaçant d'un mouvement rapide et habile à califourchon sur mes jambes. Elle lâche un petit cri de surprise, mais se laisse faire avant de revenir dévorer ma bouche et descendre dans mon cou. Les rôles semblent soudain s'inverser ; elle prend le contrôle et j'adore ça. Ses doigts maltraitent mes cheveux, ses hanches se balancent sensuellement contre mon sexe aux abois qui tente de percer nos couches de vêtements trop nombreuses et encombrantes. Mes mains, qui agrippaient fermement sa taille, glissent sur ses jambes pour enfin sentir sa peau. J'empoigne ses fesses nues pour approfondir ses mouvements concupiscents qui ne tarderont pas à avoir raison de mon self-control.

Je n'ai plus besoin de lui, dans notre bulle.

Elle relève le haut de son corps, attrape mon polo et le passe par-dessus mes épaules. Je sens des millions de frissons de plaisir recouvrir mon torse lorsqu'elle y promène sa langue. Ma tête bascule sur le dossier à mesure qu'elle descend toujours plus bas, allant même jusqu'à se mettre à genoux par terre pour tracer une ligne de baisers vers mon nombril. Mes doigts se resserrent autour du plaid qui recouvre à moitié le canapé pendant que les siens s'affairent à détacher ma ceinture et ouvrir mon pantalon. Je vais devenir complètement cinglé. Sa position, son visage si proche de ma queue qu'elle masse à présent au travers de mon caleçon, son regard qui va et vient entre ce dernier, tendu à l'extrême, et mes yeux affamés… C'est trop pour mon esprit brouillé et mon corps consumé par le désir.

– J'ai envie de… murmure-t-elle timidement sans terminer sa phrase.

– De quoi, Gwenaëlle ?

Ma voix n'est plus qu'un grognement venant du fin fond de mes entrailles agonisantes.

– Je voudrais… Tu sais…

– Si tu essaies de me dire que tu aimerais me faire une fellation, je t'en prie, ne te gêne surtout pas, déclaré-je d'un ton suppliant en caressant délicatement sa joue de mon pouce.

– C'est que… je n'ai jamais fait ça.

Elle baisse les yeux, vacillant entre panique et honte. On dirait presque qu'elle s'excuse. Non. Je ne veux pas la voir comme ça.

– Et je ne t'oblige à rien, la rassuré-je en plaçant mon index sous son menton pour lui faire relever la tête. Mais si tu as envie de tenter de nouvelles expériences, je serais ravi de te servir de cobaye.

Je lui souris avant d'ajouter d'une voix douce, et le plus sérieusement du monde :

– Je suis à toi.

Sa lèvre inférieure disparaît entre ses dents et ses joues rougissent légèrement. J'ai toujours adoré son côté timide, je l'aime encore plus lorsqu'il s'accorde parfaitement avec son besoin de repousser ses propres limites. Son regard ne quitte pas le mien tandis qu'elle passe ses doigts sous l'élastique de mon sous-vêtement pour me faire comprendre qu'il est de trop. Je soulève les hanches et, d'une main de maître, Gwen me déshabille en un rien de temps. Me voilà entièrement nu, la respiration profonde, frémissant d'impatience sous la douceur de ses paumes qui remontent sur mes cuisses avant d'empoigner mon érection avec véhémence.

Bordel de m…

Je soupire lourdement tout en la regardant approcher sa jolie bouche pulpeuse de mon pénis et bande plus fort en sentant son haleine chaude sur ma verge. La pointe de la langue durcie, Gwenaëlle redessine la courbe de mon gland avant de descendre sensuellement le long de mon sexe. Je jure tout haut, tant la sensation est exacerbée par ses mouvements langoureux, déjà maintes fois imaginés, qui me carbonisent de l'intérieur. J'ai besoin que cette fille-lumière ait conscience de l'effet qu'elle me fait. Je meurs d'envie de la toucher, mais je veux la sentir libre de s'arrêter à n'importe quel moment. Je veux lui laisser les commandes parce que c'est important et, accessoirement, parce que ça m'excite terriblement. Je ne sais pas quoi faire de mes mains qui ne désirent qu'une chose en cet instant : partir à la reconquête de son corps. Mais ces questions sont vite balayées par ses lèvres grandes ouvertes qui m'engloutissent une première fois. J'étouffe quelques gémissements que je ne sais retenir en la voyant s'affairer comme une déesse autour de mon sexe. Elle me regarde, me prend plus profondément encore et me branle en même temps. C'est magique. *Elle* est magique. Le plaisir grandit si vite en moi que j'ai l'impression d'être sur le point de craquer.

Déjà.

– Du calme, tigresse, la supplié-je en souriant. Si tu continues comme ça, je ne vais pas réussir à me retenir.

Elle relève la tête, un peu perdue, sans relâcher mon membre qu'elle resserre même entre ses doigts.

– Et… c'est une mauvaise chose ?

– Non, au contraire. Je pensais simplement que tu… Bordel !

Gwenaëlle ne me laisse pas le temps de finir ma phrase, avant d'accélérer la cadence. Je lis quelques mots dans son regard joueur, tels que « arrête de penser » et « je compte bien aller jusqu'au bout » et puis… plus rien. Ma vision se trouble, mon souffle erratique s'échappe par saccades tandis que mon cœur peine à garder le rythme. Je perds le contrôle de mon propre corps. Je ne vis plus qu'au travers de l'euphorie qu'elle a fait naître en moi et qui ne cesse de gagner en intensité… jusqu'à exploser.

Littéralement.

39

AU-DELÀ DES MOTS

Gwenaëlle

Mon Dieu, j'ai tellement honte !

Tout se passait bien, jusque-là. J'ai adoré donner du plaisir à Morgan, et je suis intimement persuadée qu'il a apprécié, lui aussi. Mais je voulais tant que tout soit parfait que je me suis engagée dans un truc dont j'ai complètement perdu la maîtrise.

– Gwen, ouvre, s'il te plaît, insiste-t-il pour la sixième fois au moins, derrière la porte.

De tout ce que j'ai pu voir – ou lire –, il y avait une chose dont j'étais certaine : avaler est une des meilleures façons de terminer une fellation. C'était stupide, mais j'ai voulu tenter le coup. Sauf qu'à l'instant même où son sperme chaud s'est répandu dans ma bouche, j'ai paniqué. J'ai détesté. Le goût, la texture épaisse et gluante qui restait bloquée au fond de ma gorge sans que j'arrive à l'évacuer, m'a fait perdre tous mes moyens. Alors j'ai plaqué une main sur mes lèvres pour retenir un haut-le-cœur et j'ai couru. Loin de lui, dans cette maison que je ne connaissais pas. J'ai finalement trouvé une salle de bains, craché le foutre qui recouvrait ma langue et me suis gargarisée avec de l'eau. Trois fois.

Maintenant, j'ai tellement honte de ma réaction que je n'ose plus ressortir. Je commence même à me demander si je ne vais pas passer par la petite fenêtre au-dessus de la baignoire et disparaître à jamais de la vie de Morgan.

– Je t'en prie. C'est ridicule !

Je distingue le timbre amusé de sa voix et planque à nouveau mon visage entre mes paumes glacées. Ouais, c'est ridicule. Le mot est parfaitement bien choisi.

– On peut faire comme si rien ne s'était passé ? murmuré-je au travers du mur.

– Je ne crois pas, non.

Il est juste là, de l'autre côté, à quelques centimètres de moi. Je bascule ma tête en arrière, contre cette foutue porte qui nous sépare, et j'expire tout l'air de mes poumons en espérant sans doute retrouver un peu de dignité sous les décombres de mon angoisse. Mais non, il ne reste rien.

J'ai envie de mourir, là, tout de suite. Je suffoque sous ma propre honte et le pire, c'est que je suis incapable de réagir en adulte.

– Est-ce que tu veux toujours de moi ?

– Gwen…

– As-tu seulement déjà voulu de moi, Morgan ?

Je m'enlise dans mon comportement puéril en caressant le battant en bois comme si c'était lui. Comme si son corps imposant se tenait devant moi, le cœur battant à tout rompre. Comme s'il pouvait ressentir à quel point je tremble, je doute, je crève de peur.

– Ouvre, m'intime-t-il dans un soupir. Je n'ai pas envie de devoir expliquer à Alex pourquoi j'ai dû défoncer la porte.

Je craque. Parce que je suis perdue, embarrassée, mais surtout terrorisée à la simple idée de tout foutre en l'air. Mon corps fond sur lui, j'évite son regard à tout prix et me cache contre son torse nu, chaud, rassurant. Je sens la douceur du plaid multicolore qu'il a noué à sa taille caresser mes jambes. Il resserre ses bras autour de moi avant d'embrasser tendrement le sommet de mon crâne. Une vive émotion sinue en moi jusqu'à me secouer totalement. Je peine à contenir un débordement qu'il trouverait encore plus pathétique.

– Regarde-moi, m'ordonne-t-il en relevant mon visage

vers le sien. N'aie jamais honte de dire ce que tu veux, ni ce que tu ne veux pas.

– C'est tellement nouveau pour moi, avoué-je en détournant les yeux.

– Et tu n'as pas aimé, il n'y a aucun problème, Gwen.

Je demeure silencieuse durant plusieurs minutes, humant son odeur à grandes bouffées comme une toxico en manque. Et lui, il se contente de rester immobile, compréhensif, la respiration lente et profonde.

– En fait… décidé-je enfin de me confier, légèrement apaisée, j'ai quand même apprécié certaines choses.

Il sourit en levant un sourcil, curieux et amusé à la fois. Mes joues prennent feu, mon nez aussi. Mes oreilles, dans la foulée.

– Tu m'en vois ravi.

Son timbre graveleux prend une teinte sensuelle, tandis qu'il caresse délicatement mes lèvres de son pouce.

Finalement, il n'y a peut-être pas que mon visage qui s'embrase. Ça se passe bien plus bas, maintenant. Et c'est beaucoup plus fort. Impossible à dissimuler malgré l'épaisseur et la longueur de ma robe. Mes mains s'accrochant à ses épaules, je me hisse pour déposer un baiser chaste sur sa bouche. Morgan ne réagit pas. Ses paupières ne se ferment pas. Son corps est une statue de marbre dont seule la poitrine se soulève sous les sursauts de son palpitant que je crois entendre d'ici. Ou peut-être est-ce le mien ? En réalité, j'ai l'impression de ne faire plus qu'un avec cet homme lorsque son parfum viril me submerge, lorsqu'il me tient si fort contre lui, me scrute avec cette intensité déconcertante. Je me perds un instant dans la profondeur immense de son regard azur et me liquéfie sous ses prunelles ardentes. C'est chimique entre nous, putain. Ça l'est depuis notre première rencontre.

Morgan replonge sur ma bouche, insatiable et impatient. Il saisit mes fesses sans ménagement, me porte à travers la pièce tandis que j'enroule mes jambes autour de sa taille en fourrageant ses cheveux de mes mains tremblantes et fougueuses, ma langue dansant avec la sienne dans un rythme toujours plus soutenu. Puis il me dépose délicatement sur un lit confortable, dans une chambre que j'ai à peine le temps de détailler, si ce n'est les spots de lumière jaune aux quatre coins du plafond parfaitement blanc. Mes yeux percutent les siens, étincelants sous le désir pur que je lis en lui. Celui que je ressens, bouillonnant dans ma tête et mon ventre. Mon épiderme se couvre d'une multitude de frissons, sur mes seins, le long de ma colonne vertébrale avant de se répercuter entre mes cuisses. Je le veux tellement fort. Partout. Tout de suite.

Il s'éloigne.

Non!

Je me relève sur les coudes pour voir ce qu'il fait quand il commence à chercher quelque chose dans l'un des trois tiroirs d'une étagère en bois clair. Il est dos à moi, ses muscles se tendent à chaque mouvement. Il m'impressionne, m'excite, me désarme. En revenant sur ses pas, il fait glisser un foulard bleu nuit entre ses doigts tout en scrutant chacune de mes réactions.

– Tu me fais confiance? m'interroge-t-il en replaçant une mèche de cheveux derrière mon oreille.

Je hoche la tête, légèrement tendue mais plus impatiente que jamais. Il fronce les sourcils en stoppant son geste.

– Parle-moi.

Sa voix est douce, mais ferme. Cette fois, il ne demande pas, il exige.

– Oui. Je te fais confiance.

J'ai tremblé. Pas que je doute de mes propos, au contraire. Ce que j'éprouve pour lui va au-delà des mots, et j'ai du mal à gérer l'émotion qui m'envahit. En particulier lorsqu'il se tient si proche de moi, si beau, si désirable et provocateur.

– Bien, alors lève-toi, s'il te plaît.

Je me prête au jeu, pétillant de curiosité, étouffant sous la chaleur asphyxiante de son regard qu'il coule partout sur moi. Il s'attarde plus longuement sur ma poitrine qui pointe en sa direction à travers le tissu de ma robe. Ma respiration se creuse tandis que je n'esquisse plus le moindre mouvement.

– As-tu seulement idée de l'effet que tu me fais, Gwenaëlle ?

– Non, susurré-je, pas tout à fait honnête.

– Non ?

Il sourit. Je ne le regarde pas mais le devine à son ton amusé.

Morgan passe derrière moi, puis place le foulard sur mes yeux avant de le nouer à l'arrière de mon crâne. Il fait noir, je l'entends à peine. Mes autres sens sont exacerbés par l'absence de vision, son odeur musquée tourbillonne autour de moi, son souffle brûlant vient chatouiller mon oreille. Je frémis d'excitation.

– Tu ne portes pas de soutien-gorge.

– C'est une question ?

– Simple constatation. Chaque fois que je pose les yeux sur toi, la courbe de tes tétons se dessine sous tes vêtements. Comme aujourd'hui, là, maintenant. Est-ce que tu fais ça pour m'exciter ?

Je n'ai jamais aimé les soutiens-gorge. C'est douloureux, encombrant, et je n'en ai pas vraiment besoin. Parfois je me contente de triangles en dentelle pour éviter la transparence d'un tee-shirt blanc, mais si j'ai le choix, je préfère ne rien mettre. Sans doute l'un des seuls avantages de ma petite poitrine.

Pourtant, maintenant que j'ai entendu l'écho d'un aveu dans sa question, je crois que cette raison est devenue tout aussi légitime que les autres.

– Tu n'es pas le centre du monde, Morgan.

Silence. Je me mords la lèvre, la respiration chaotique et le sang pulsant trop fort dans mes veines. Il n'est pas le centre du monde, c'est vrai. En revanche, il est peut-être un peu le centre du mien, mais plutôt crever que le lui avouer. Les secondes s'allongent et son mutisme s'étire. Je ne sais pas ce que je dois faire, ni ce qu'il attend de moi.

Je sens alors sa main sur mon épaule. Elle voyage à la

naissance de ma nuque, dans mon dos, puis sur mon autre bras. Ma robe tombe sur le sol, gisant à mes pieds avant même que je ne réalise être pratiquement nue devant lui. Mais je ne me cache pas. Ne bouge pas. Je ne distingue que l'infime brise qui effleure mon épiderme, puis la brûlure de son regard qui détaille mes courbes. Je le sens, je le sais.

Il s'avance, tire sur mes cheveux, me faisant relever la tête, le menton bien haut. Sa bouche s'abat le long de ma mâchoire, il y dépose quelques baisers avant de descendre dans mon cou. Je soupire de plaisir, il grogne contre ma peau. C'est délicieux. Plus encore lorsqu'il enveloppe mon sein de sa large paume, le masse entre ses doigts tandis que ses dents mordillent mon autre pointe. Je manque de perdre l'équilibre, me retiens à ses bras puissants pour éviter la chute. Je m'arc-boute de plus belle contre lui, sentant sa main gauche migrer vers ma petite culotte, le seul bout de tissu qui me couvre encore, pendant qu'il continue de titiller et pincer mon téton beaucoup trop sensible. Il n'y a plus que ça qui compte. Cette sensation incroyable qui s'insinue dans mes veines et se déverse dans chaque parcelle de mon être avide de lui, tout entier.

Ses lèvres quittent ma poitrine et s'emparent de ma bouche, de ma langue, de mon souffle. Je lui donne tout parce que je lui appartiens. Je le savais déjà, mais cela ne m'a pourtant jamais semblé si évident. Mon corps, mon cœur, mon âme. Tout. Absolument tout.

Il s'impose entre mes cuisses, laissant sa main baladeuse se faufiler dans mon sous-vêtement et ses doigts glisser le long de mon sexe trempé. Je tire sur ses cheveux, écarte les jambes, par réflexe. J'en veux plus. Tellement plus ! Morgan le sait. Il me connaît comme personne. Il arrive à décoder mon corps aussi facilement que certains lisent des romans d'amour. Il comprend mes silences, traduit mes soupirs et devine mes doutes autant que mes désirs.

Son prénom s'échappe de ma gorge, une supplique qui résonne dans la pièce devenue trop calme à mon goût.

Comme s'il entendait mes pensées, sa voix vibrante fait écho à la mienne.

– Je deviens dingue, Gwen. Tu me rends complètement dingue.

J'ai envie de hurler, de pleurer, de jouir. Je ne sais plus. Toutes les sensations sont amplifiées dans l'obscurité que me confère le foulard sur mes paupières closes. Mais tout s'arrête puis s'enchaîne. Il retire ses mains, ses lèvres de ma peau et m'entraîne jusqu'au lit, où il m'intime de m'allonger. Ma petite culotte s'échappe le long de mes jambes. Je manque d'air. J'ai du mal à réfléchir. Ma nervosité grandit jusqu'à ce qu'il me touche à nouveau, balayant mes inquiétudes de ses caresses sensuelles. Le désir finit par prendre toute la place, loin devant les craintes et les hésitations. Et lorsqu'il embrasse mes seins, mon ventre, mes hanches, mes cuisses en remontant ensuite vers l'intérieur, le point culminant de mon excitation, je n'ai plus peur. J'ai envie de lui. De goûter à tous les plaisirs qu'il est prêt à m'offrir ; à toutes les manières qu'il aura de m'aimer. Il crochète ses doigts aux miens en continuant de me cajoler. C'est bouleversant. Puissant. Divin.

Je veux qu'il m'embrasse là où personne ne m'a jamais embrassée. Je veux qu'il soit le premier. Le seul.

– Tu ne m'arrêtes pas ? s'enquiert-il d'une voix caverneuse entre deux baisers, poursuivant sa langoureuse ascension.

– Non, secoué-je la tête, étourdie, haletante.

– Tu aimerais que je continue ? Tu es sûre ?

– Oui, s'il te plaît, le supplié-je une nouvelle fois.

Il marmonne quelque chose que je ne comprends pas avant de poser ses lèvres sur mon clitoris. Mon corps tout entier se tend contre lui. Je ressens ses attouchements tellement fort, intensément. J'essaie de l'imaginer, de savoir ce qu'il pense, s'il aime ce qu'il me fait autant que moi, jusqu'à ce que sa langue tourne autour de mon bouton et m'ôte le peu de capacité de réflexion qui demeurait encore.

Je découvre cette sensation douce et chaude pour la toute première fois. C'est dévastateur. Je me trémousse contre sa bouche, accueillant chacune de ses caresses comme de violentes décharges électriques. Je suis tellement excitée, prête à recevoir cet orgasme qui me guette, grandit dans mon ventre et menace de s'emparer de tout mon être. Je délaisse ses mains pour m'accrocher à ses cheveux, presser sur son crâne, lui faire comprendre que je veux plus, que j'ai *besoin* de plus. Il grogne en écartant mes jambes, je gémis plus fort en sentant sa langue voyager sur mon sexe, ses dents mordiller mes lèvres et sa fine barbe griffer ma peau sensible. C'est tellement bon ! J'en tremble. Je suis en suspens au bord du précipice, prête à me balancer dans le vide. Je résiste, parce que je ne veux pas que cela s'arrête. Rester encore. Juste lui et moi. L'osmose de nos corps, la connexion de nos esprits. Mes cris, sa tendresse. La fougue de nos baisers, la douceur dans nos regards. Me nourrir de son odeur, de sa peau. Le laisser soigner mes blessures, tenter de colmater ses failles. L'aimer malgré tout. L'aimer malgré moi.

Rien que *nous*. Pour toujours.

40

ÇA NE PEUT PLUS DURER

Gwenaëlle

Après avoir expérimenté ces nouveaux plaisirs, m'être laissée aller dans les bras de Morgan durant plusieurs heures et finalement avoir quitté les lieux avant le retour de sa fille, je suis à nouveau dévorée par la culpabilité. Si j'avais réussi à mettre ce sentiment de côté pendant un temps, il est revenu plus pénible, plus amer, plus étouffant qu'avant. Il augmente à chaque instant, proportionnellement à ce que j'éprouve pour Morgan. Je n'ai pas dormi de la nuit.

Ça me tue de réaliser combien je l'aime et à quel point je pourrais lui faire du mal. J'ai essayé de me convaincre qu'il ne découvrirait jamais la vérité, parce qu'Alex aura bientôt 18 ans et qu'elle pourra, à ce moment-là, se faire tatouer par n'importe qui et en toute légalité. Mais le problème, c'est que plus le temps passe, plus j'ai la douloureuse impression d'avoir trahi Morgan. J'évite son regard par peur qu'il puisse y lire toute la honte qui me dévore. J'ai peur de m'accrocher à lui, qu'il s'attache à moi ; qu'il soit déjà trop tard et que la chute soit plus brutale encore.

Et ça ne peut plus durer.

J'ai envoyé un message à Alex avant d'arriver au Versus ; pour l'avertir que j'allais tout avouer à son père, ce soir même. Bien sûr, j'ai gardé pour moi que je suis terrorisée par les conséquences que mes révélations pourraient engendrer, comme me faire virer du club, ou carrément de sa vie... Mais je l'aime. Je l'aime comme je n'ai jamais aimé, alors je refuse de lui mentir plus longtemps.

Je m'avance vers le bar où j'aperçois Catalina qui accompagne son père. Tandis que ce dernier file dans son bureau, ma meilleure amie vient à ma rencontre, les lèvres pincées et les sourcils froncés par l'inquiétude que ma mine lui inspire.

– Gwen ? Tout va bien ?

Durant une fraction de seconde, je suis tentée de lui mentir à elle aussi. Mais je reste silencieuse, essayant de contenir toute la peine et l'anxiété qui m'engloutissent comme un violent trou noir. Face à elle, je ne contrôle plus rien. Des larmes se mettent à couler abondamment sur mes joues.

Cat lâche tout, contourne le comptoir comme si je pouvais disparaître sous mes flots.

– Ma chérie, qu'est-ce qui se passe ? s'enquiert-elle en me serrant dans ses bras. C'est Fabio ? Il t'a fait du mal ? Je promets que je le tue s'il a osé lever de nouveau la main sur toi. Ou même la voix. Ou n'importe quoi d'autre. Putain, je vais me le faire cet enfoiré !

Je sanglote contre son épaule, puis réussis à reprendre mon souffle.

– Non, ce n'est pas lui. Est-ce que Morgan est déjà là ?

– Morgan ? répète-t-elle, incrédule. Euh… non, on est arrivés les premiers. Pourquoi ?

– J'ai merdé. Complètement merdé, avoué-je dans un murmure étranglé.

– Parle-moi. Je suis là, OK ? Tu peux tout me dire.

Si seulement c'était aussi simple avec lui…

Les mots sortent enfin. La vérité fait plus mal que n'importe quel dermographe estampillant la partie la plus sensible de mon épiderme à vif. Ce mensonge qui pourrait m'enlever l'homme que j'aime si je ne trouve pas rapidement une solution. Cette vérité qui me rend folle, me fait perdre le nord, le sud et tous mes autres repères.

– J'ai tatoué sa fille… Elle est venue au salon avec une

fausse carte d'identité il y a plusieurs semaines. Je ne savais pas qui elle était. Morgan pense que je ne suis pas allée au bout de ce projet, mais c'est trop tard. Je n'ai pas eu le courage de le lui dire…

– D'accord, opine-t-elle lentement, d'un calme olympien que je lui envie. Ce n'est pas à toi de le faire, Gwen. Alexandra doit assumer ses conneries et tu n'as pas à t'en mêler. Au pire, il fera la gueule un moment, mais honnêtement, ça ne changera pas grand-chose.

– Et s'il me met à la porte ?

J'ai couiné ma question tant la peur a pris possession de moi.

– Mon père ne le laissera jamais faire. Ne t'inquiète pas. Il ne peut pas te licencier pour ça, voyons…

Réaction logique. Cat ne sait pas ce qui me lie à lui, les sentiments profonds que j'éprouve à son égard, la confiance qu'il m'accorde ni même ce que représente ce tatouage à ses yeux. Comment pourrait-elle me conseiller autrement ?

J'inspire longuement et reprends peu à peu mes esprits en essuyant d'un revers de manche mon visage mouillé.

– Ouais, tu as raison. Je vais les laisser régler ça.

Elle m'étudie avec suspicion. J'ai peur qu'elle comprenne ce que je tente tant bien que mal de lui cacher. Garett débarque, ses cheveux blonds rassemblés en une queue de cheval, un sourire lumineux sur les lèvres et un dossier sous le bras.

– Bonjour, Gwen. Tout va bien ? Tu sembles… fatiguée.

– Dis tout de suite qu'elle a une sale gueule ! intervient sa fille en riant.

Je baisse les yeux mais souris un peu, malgré moi.

– Non, ce… n'est pas ce que… bafouille-t-il avant de soupirer lourdement. Je m'inquiète, c'est tout. Mais faites comme si je n'avais rien dit. Est-ce que tu pourras apporter ça à Morgan quand tu monteras ?

Son regard bienveillant me touche, sa sollicitude aussi. Je me demande ce qu'il penserait de moi s'il apprenait que j'ai couché avec son meilleur ami. Plusieurs fois. Et que j'ai adoré ça.

En fait, non, je ne veux pas savoir.

Il me tend la pochette en carton que je récupère presque machinalement. J'ai l'impression d'avoir le prénom de Morgan écrit sur le front, en lettres capitales, laissant le loisir à tous ceux qui plantent leurs yeux sur moi de deviner ce que je ressens pour lui.

– Bien sûr, acquiescé-je finalement. Il n'est pas encore arrivé. Je le pose sur son bureau ?

– Oh, si, il est resté enfermé là-haut tout l'après-midi. Gros projet, précise-t-il tandis que je me décompose.

Panique. Alors que je viens de tout avouer à ma meilleure amie, il pourrait avoir lu sur mes lèvres. Mes idées se mélangent, se fracassent les unes contre les autres, se brisent et m'empêchent d'assembler une pensée cohérente. Non, je refuse de le croire. Il est sûrement bien trop pris pour avoir fait attention à ma présence. Il le faut. Ce n'est pas comme s'il passait tout son temps derrière cette putain de vitre. J'ai l'impression que Catalina prononce quelques mots dans mon dos, mais je n'en suis pas certaine. Je retiens ma respiration en montant les escaliers. Je reste debout mais à l'intérieur, tout s'effondre.

L'Enfer n'a jamais si bien porté son nom.

Je frappe à sa porte, la main tremblante, le dossier contre ma poitrine sur le point d'imploser, les jambes prêtes à céder sous mon propre poids.

– Entrez.

Il me vouvoie, l'espoir renaît. S'il ne sait pas que c'est moi, c'est peut-être qu'il n'a rien vu. J'ouvre, un peu plus confiante, presque soulagée.

– Salut, lancé-je en me dévoilant.

Les cheveux en bataille, la chemise déboutonnée au niveau de son col et remontée sur ses avant-bras, Morgan est assis derrière son bureau, gribouillant quelque chose sur une feuille. J'ai envie de fondre sur lui, le prendre dans mes bras, lui demander pardon. Me répandre en excuses et en larmes jusqu'à ce qu'il me dise que tout va bien, qu'il comprend ma position. Mon dilemme. Mais je ne bouge pas et sans même relever les yeux, sa voix fend le silence qu'il a déjà trop laissé traîner. Un truc ne va pas. Je le sens.

Mais je refuse encore d'y croire.

– Posez le dossier sur la table et refermez la porte derrière vous, mademoiselle Carlier.

Son timbre cassant est une claque magistrale. Je tente d'analyser ses mots, mais mon cœur bat trop vite, trop fort. Ou plus du tout. Je n'arrive pas à me concentrer. Il me faut plus de temps. Je voudrais retourner dans le passé, tout effacer. Sauf nous.

S'il sait pour le dossier, alors il sait tout.

– Morgan, je…

– Ce sera M. Delcroix désormais, tranche-t-il sèchement en relevant enfin son regard sombre vers moi.

Je chute.

Il me déteste. C'est la seule chose que j'arrive à discerner dans ses billes couleur océan. Mon cœur s'essouffle, craque, se fendille, devient poussière. Toutes mes angoisses prennent vie et je prie pour que ce ne soit qu'un cauchemar.

Un horrible cauchemar. Une réalité inconcevable où je l'aurais perdu.

– Je voulais te le dire, mais…

Ma voix se brise et mes larmes reprennent du service ; elles me brûlent la peau sans rien dissoudre de mes maux. Je suis incapable de faire ce qu'il me demande. Et il semble incapable de s'y tenir, lui aussi.

– Mais tu ne l'as pas fait. Tu n'as rien dit. Tu m'as menti !

La rage, la haine, la souffrance et le dégoût. Je vois tout cela dans ses prunelles furieuses, j'entends tout cela dans ses soupirs agacés. Et j'ai encore plus mal, alors que je me croyais déjà au fond du trou.

– J'avais tellement peur de te perdre, murmuré-je, comme s'il existait la moindre chance qu'il me pardonne.

Un rictus moqueur naît sur sa bouche et manque de m'achever.

– Tu avais peur de *me* perdre ou juste peur de perdre ton job ?

– Quoi ?

Il secoue la tête, balance son stylo sur la table. Je fais tout mon possible pour ne pas sombrer, m'écrouler, supplier.

– Ne t'inquiète pas, reprend-il d'un ton implacable, je sais qu'il est important de faire la part des choses quand on fait l'erreur de baiser ses employés. J'ai l'habitude.

Il s'appuie contre le dossier, sa chaise grince. Mon âme s'abîme un peu plus encore. Son visage est à moitié dévoré par l'ombre, l'autre scintille sous les flammes de l'Enfer. Il est là, devant moi, impitoyable, aussi beau qu'un dieu, aussi cruel qu'un diable.

J'en crève de ne pas réussir à le détester malgré les coups de poignard que sont devenues ses paroles. Je suis tétanisée, en manque d'air et de mots, tandis qu'il demeure inébranlable.

Il se lève, s'approche. Je ne me suis jamais sentie si vulnérable en sa présence. Il ne m'a jamais semblé si grand, imposant, monstrueux.

– Mais si toi, tu penses ne pas être capable de rester à ta place, tu peux toujours prendre tes affaires et partir.

Ce n'est plus le même homme que j'ai face à moi. Celui qui m'a embrassée avec passion, fait l'amour avec tendresse, ferveur. Celui qui a adoré mon corps comme personne ne l'avait jamais fait avant lui. Celui qui a ranimé mon cœur, m'a révélée à moi-même mieux que je ne l'aurais fait. Je l'ai blessé, ma punition pour ce péché est de redécouvrir cette facette de lui que je croyais derrière nous. Très loin derrière nous.

– C'est ce que tu veux ? Que je m'en aille ?

Je ne sais pas d'où me vient la force de soutenir son regard glacial, mais c'est ce que je fais. S'il y a la moindre chance que je puisse gagner le droit de m'expliquer, je dois la saisir.

Mes poumons parviennent à expirer quand, au bout d'un long blanc pendant lequel il n'a cessé de me fixer, je percute qu'il ne répondra pas par l'affirmative. J'y vois une ouverture, un infime interstice dans lequel me glisser. J'avance d'un pas, triture mes bagues, prends une grande inspiration, puis commence, la gorge encore nouée :

– Quand tu es venu à la boutique et que j'ai compris, j'ai paniqué, Morgan. J'ai fait le mauvais choix et depuis, ça me ronge, tu n'as pas idée. J'allais te le dire et d'ailleurs…

Mon aveu se perd lorsque tout à coup, Morgan saisit sa veste avec rage et, sans plus un regard vers moi, quitte son bureau, non sans me bousculer volontairement au passage. La porte claque, ma respiration se coupe net, mes lèvres tremblent puis mes jambes cèdent finalement sous un poids plus grand que le mien. Je crois que je saigne à l'intérieur, une douleur terrible que même les coups de Fabio ne m'avaient jamais infligée.

Et je reste là sans plus pouvoir bouger, avec ces mots fantômes qui résonnent encore et encore en moi sans même qu'il les ait prononcés : tout est terminé.

41

JUSTE UN TATOUAGE

Morgan

Découvrir que Gwenaëlle m'a caché la vérité à propos du tatouage de ma fille a été un troisième coup de poignard qui, cette fois, n'a pas raté sa cible ; en plein centre dans mon putain de cœur. Elle n'avait pas le droit de couvrir les conneries d'Alexandra, ni de jouer contre moi. Elle est la seule à avoir franchi le seuil de ma porte, celui de ma chambre ; celle que je n'avais plus partagée depuis la mort de Claire. La seule à tout savoir de moi, ou presque. Ma douleur, mes démons.

Mes... *sentiments*.

Un goût d'acide et d'essence se répand dans ma gorge à la simple évocation de ce mot. Une étincelle de tristesse et tout s'enflamme. Ça me crame, me crève de l'intérieur. J'en fais sûrement beaucoup trop, mais c'est viscéral. Je n'ai plus jamais eu confiance en personne, plus jamais voulu m'attacher à qui que ce soit depuis tellement longtemps que je me suis littéralement jeté sur la première que je pensais différente. J'ai eu tort, et je me déteste pour ça. Je *la* déteste. Je déteste ce que nous avons été et ce que nous aurions pu devenir.

Mais je ne compte pas me laisser aller. En matière de désespoir et de désolation, j'ai déjà donné. La souffrance finira bien par s'atténuer, comme toujours. L'humain a cette faculté exceptionnelle de pouvoir oublier, jusqu'aux événements les plus terribles.

Enfin… pas tous.

Elle ne pourra pas. Et je ne sais pas pourquoi, mais d'une certaine manière, ça me soulage. Me rassure. Comme si je n'étais soudainement plus certain d'être un jour en mesure de l'effacer de ma mémoire, de ma peau, de chaque cellule de mon corps, et que je me sentais moins seul face à la douleur de cette trahison. À cette absence qui s'annonce insupportable.

Ça suffit !

Je vais (je dois) me concentrer sur cette deuxième chance que la vie m'a offerte et que je n'ai pas encore pris la peine de considérer. Ou, pour l'instant du moins, me contenter d'en parler avec mon meilleur ami.

– Nice ? répète-t-il, surpris. Tu voudrais partir là-bas ?

– Je n'en sais rien. Pourquoi pas ? J'ai refusé la proposition de Maryline sans même essayer d'en apprendre davantage, mais… j'y repense sérieusement. Je me dis que ce serait l'occasion d'un nouveau départ. Pour moi, mais aussi pour Alex.

Il me sonde, boit une gorgée de bière avant de sourire bêtement.

– Alors j'avais raison ? Tu as craqué ?

– Ça n'a rien à voir ! m'insurgé-je en fronçant les sourcils. Une deuxième chance sur le plan professionnel. *Uniquement* professionnel.

– Elle te fait du bien, Morgan. Et je me fous de savoir ce qu'il y a entre vous, parce que c'est tout ce qui compte. Je ne t'ai jamais vu si calme, souriant. Si inspiré.

– Garett, je t'en prie…

Non. Ne me dis pas ça. Je ne veux pas l'entendre.

– Tu as toujours eu cette ombre au-dessus de toi, comme si tu portais toute la misère du monde sur tes épaules et cela, bien avant la mort de Claire. Mais depuis quelque temps, je ne sais pas… tu as changé. En bien. En mieux.

Bordel. Moi aussi, je l'ai remarqué, mais ça n'a rien à voir avec Maryline. L'unique raison, c'est Gwen. Je suis un autre homme. Un homme que je n'ai jamais été. Patient.

À l'écoute. Disponible. Même Claire ne m'a jamais connu ainsi. Quand nous nous sommes rencontrés, je n'avais que mes études, mes ambitions, mes projets d'avenir professionnel en tête. J'étais souvent absent, froid, distant même lorsque je me tenais près d'elle. Je l'ai laissée gérer sa grossesse, les échographies, les prises de sang, comme si cela n'avait pas la moindre importance pour moi ; comme si j'avais mieux à faire. Je ne comprends même pas pourquoi elle a épousé un sale type comme moi, mais c'est également pour ça que tout le monde l'adorait. Elle voyait toujours le meilleur côté des gens. Sauf lorsqu'il s'agissait des criminels qu'elle interpellait. Là, elle était implacable.

Je regrette tellement de ne pas avoir su l'aimer comme il le fallait. Aussi fort qu'elle le méritait.

– Tu en as parlé à Alex ? m'interroge mon ami en me sortant de mes pensées.

– Pas encore. J'ai pas mal de choses à régler avec elle.

Et j'aurai de très bons arguments si elle n'est pas d'accord pour me suivre.

– Honnêtement, souffle-t-il, je n'ai pas la moindre envie de te voir partir… Mais si tu penses que c'est mieux pour vous, alors fonce ! Si c'est réellement ta deuxième chance, tu dois la saisir. N'hésite pas. Pas pour moi, ni pour le Versus.

J'acquiesce, heureux qu'il comprenne, mais la tête un peu ailleurs ; le regard perdu au fond de mon verre de cognac. Je pense à Gwenaëlle et je constate que tous les signes me montrent un chemin bien différent de celui emprunté avec elle. Je le savais depuis le début. La toute première fois où j'ai posé les yeux sur cette fille-tentation, j'ai compris qu'elle n'était pas faite pour moi. Que je n'étais pas fait pour elle. Que nous n'avions rien à faire ensemble.

Mais j'ai découvert cette putain d'alchimie, je m'y suis accroché bêtement et j'ai fini par y croire.

***

Alexandra s'avance vers le canapé où je suis assis depuis plus d'une demi-heure. Je ne la regarde pas, tentant de contenir ma colère dans mes poings fermés qui martèlent inlassablement mes genoux. Elle s'installe à côté de moi sans dire un mot. Elle sait que je sais, je me doute que Gwen a dû la mettre au courant, puisqu'elle semble plus proche de ma fille que de moi.

Ce n'est pas de la jalousie. J'aurais pu en être très heureux si seulement elle ne l'encourageait pas dans ses conneries.

– Dis quelque chose, s'il te plaît.

Sa voix tremblante me ramène sur terre, sur ce canapé, face à mes responsabilités, à mon rôle de père que je n'aurai définitivement pas réussi à tenir.

– Pourquoi ? lui demandé-je, suffoquant sous cette trop lourde incompréhension.

– C'est juste un tatouage, papa.

La mâchoire tendue, je serre les dents en relevant des yeux flingueurs sur elle. Alex déglutit, mal à l'aise, se rendant compte de l'énormité qu'elle vient de me sortir.

– Un papillon, une fleur, un animal ou un tribal n'auraient été que de simples tatouages, Alex ! Mais un poignard… Pourquoi ? répété-je péniblement. C'est pour te venger ? Me faire payer mon absence ?

Elle souffle en fermant les paupières, le visage levé vers le ciel. Je ne respire plus.

– Il représente la plus douloureuse épreuve de ma vie. De *nos* vies. Mais il me rappelle surtout à quel point nous sommes forts, parce que regarde, on s'est relevés, papa.

Elle plante ses iris noisette dans les miens, inondés de larmes. L'égoïsme qui me pousse à toujours croire que le monde entier s'est ligué contre moi me joue des tours à nouveau. Non, Alex ne s'est pas fait tatouer *contre* moi, mais *pour* elle.

Pour nous.

– Tu te trompes, rétorqué-je malgré le trou béant qui s'est formé dans ma poitrine. Tu t'es relevée seule. Je n'ai jamais trouvé la force de me pardonner.

Les mots fusent sans que je puisse ni les maîtriser ni les choisir. Je ne suis plus capable de réfléchir, mais simplement de me livrer. D'enfin libérer tout ce qui me torture depuis cinq ans.

– Tu n'as rien à te pardonner, tu n'es pas responsable de ce qui s'est passé.

C'est ma fille que je vois, mais sa mère que j'entends. C'est dingue comme elle lui ressemble, autant physiquement qu'à sa façon de s'exprimer, avec son cœur, sa douceur, sa franchise. Mais je sombre, putain ! Je n'arrive pas à m'arrêter alors que ma tête me hurle de la fermer. C'est trop. Gwen, Claire, Alexandra ; ces trois femmes qui ont chamboulé ma vie à jamais.

Qui m'ont changé, moi.

– C'est de ma faute, Alex. Ta mère est morte parce que je ne suis qu'un putain d'égoïste.

Je ne suis plus capable d'affronter son regard, de voir mes propres faiblesses s'y refléter. J'enfouis mon visage entre mes mains pour me cacher, ne plus sentir mes larmes couler. L'assise du canapé remue, Alexandra s'approche de moi.

– Les responsables sont celles qui tenaient les armes, papa. Pas toi. Tu as failli y rester, comment tu peux dire ça ?

Je me lève d'un bond, embarrassé, tourmenté, presque agacé qu'elle ne comprenne pas. Moi-même, je ne me capte pas. Ni ces émotions qui m'étreignent ni ces réactions qui ne me ressemblent pas. Mes muscles sont tendus, ma gorge nouée. J'enfonce mes mains tremblantes dans les poches de mon jean en faisant les cent pas à travers la pièce.

– Ta mère est venue me rejoindre au tribunal parce que ce matin-là, on s'était encore engueulés. Elle n'a jamais compris que je fasse passer ma carrière avant mon sens moral, que dans notre système judiciaire, tout le monde dispose du droit d'être défendu correctement, même les pires criminels. C'était le jour du procès d'un terroriste que je représentais. Le procès de ma vie, ironisé-je amèrement. Je me suis rendu compte qu'elle avait raison, que je ne pouvais pas plaider la cause d'un assassin, alors j'ai ignoré des vices de forme dans le dossier.

– Tu as fait exprès de perdre ? s'étonne-t-elle en appréhendant mes paroles.

– C'est plus compliqué que ça. J'ai bafoué mon intégrité, Alex. En ne protégeant pas sciemment l'intégralité des intérêts de mon client, j'ai trahi mon serment, ce pour quoi j'avais bossé si dur. Et je l'ai payé, quelques minutes plus tard.

– Tu aurais gagné ?

– Quoi ?

Alex se saisit de ma main, sa question me prend de court.

– Est-ce que tu aurais gagné ce procès si tu avais signalé ces… vices de forme ? réfléchit-elle aux mots que j'ai prononcés plus tôt.

Je ne respire plus, bloqué entre deux portes, celles du passé et du présent. En accéléré, mais sans rien perdre de la douleur qui s'est amassée depuis ce jour ancré en moi, encrée sur la peau claire de ma fille, je revis tout. Et je me surprends à encore penser à Gwen et son hypermnésie, avant de la chasser illico de ma tête ; elle n'y a plus sa place.

Devant mon silence, Alex insiste.

– Papa ? Oui ou non ? Je crois que tu t'en veux pour quelque chose sur lequel tu n'avais aucun pouvoir.

Les choses auraient-elles pu être différentes ? Est-ce qu'Alex pourrait encore avoir sa mère à ses côtés, d'une manière ou d'une autre ? Oui, j'en suis persuadé, même si obtenir une remise de peine pour mon client n'aurait pas changé grand-chose, puisque les accusations étaient considérables et les circonstances du drame bien trop nombreuses pour imaginer un autre dénouement.

Depuis cinq ans, je me réveille chaque foutu matin avec la conviction que la place de Claire est ici et la mienne où elle repose. Depuis cinq ans, j'avance dans le temps sans vraiment me détacher du passé, à cause de cette culpabilité étouffante que je suis certain de mériter. Ma sentence, cette punition qui n'admettait aucun chemin de repentance. Depuis cinq ans, je suis persuadé que je perdrais le peu de liens qui subsiste entre ma fille et moi, si jamais elle découvrait la vérité. Or, en cet instant, sa voix tremblante et ses grands yeux luisants me supplient de tout lui raconter. Me haïra-t-elle quand elle apprendra tout ce que je lui cache encore ?

Je ne réponds pas à sa question, trop tourmenté par les révélations que je m'apprête à lui faire. Je ne peux plus reculer, non. Je *dois* lui dire.

– Le verdict est tombé : il a été jugé coupable de tous les chefs d'accusation et condamné à la perpétuité incompressible[1]. Sa femme et sa fille ont quitté la salle d'audience sans un mot. J'ai rejoint Claire sur le parking et c'est là qu'elles nous ont agressés.

Je me tais, jauge ses réactions. Mon sang pulse tellement fort sous ma peau que j'entends mon cœur résonner partout dans mes veines. J'attends ses reproches qui ne viennent pas, comme si elle ne saisissait pas la gravité de mes propos. Alors je précise :

– Elles étaient là pour moi, Alex. Elles avaient besoin de se venger sur quelqu'un, et ce quelqu'un, c'était *moi*. Ta mère est morte parce qu'elle patientait sur ce parking pour s'excuser d'avoir osé me dire ce qu'elle ressentait. Tout ce qui s'est passé ce jour-là est un enchaînement de circonstances qui résulte de chacune de *mes* actions, de *mes* paroles, de *mes* choix.

Un peu comme si j'avais tenu l'arme du crime, finalement.

Je lui tourne le dos, appuyé contre l'îlot central de la cuisine. Le courage me manque pour affronter le mépris qu'elle éprouvera à la seconde même où elle comprendra que je suis entièrement responsable de ce qui s'est passé. Que j'ai toujours été un père indigne, un mari pitoyable et plus encore, que je suis un…

– Je sais tout ça, papa, murmure-t-elle dans mon dos. Je le sais depuis longtemps.

---

1. La perpétuité incompressible en France est une peine de réclusion criminelle à perpétuité assortie d'une période de sûreté illimitée empêchant tout aménagement de peine.

Je fais volte-face, déboussolé.

– Tu… tu sais ? Comment ?

– Tout est sur Internet, m'affirme-t-elle en brandissant son portable. Il y a même quelques détails de l'enquête. C'est comme ça que j'ai su qu'elles faisaient partie de la famille du gars que tu défendais. Je connais l'identité des assassins de maman depuis plus de trois ans. Je sais aussi que tu te sens coupable de ce qui est arrivé, mais…

Elle hésite, cherche ses mots. Ça tourne. J'ai l'impression de voir les murs se refermer sur moi, de suffoquer, de sentir le sol se dérober sous mes pieds.

– Écoute… J'ai conscience que j'aurais pu, peut-être dû, t'en parler plus tôt. Mais je t'en voulais tellement de me tenir à l'écart de tout ça. De te cacher derrière tes mensonges et ta solitude. Il est temps que tu arrêtes de te torturer comme ça. Maman est morte, ses assassins aussi. Te blâmer sans cesse n'y changera absolument rien.

– Mais si j'avais fait les choses autrement…

– Je t'en prie, me coupe-t-elle d'une voix douce. Ça fait trois ans que j'attends pour te le dire, papa, mais je ne t'ai jamais jugé responsable de la mort de maman. Je t'en ai voulu pour beaucoup de choses ; ton absence, ton silence, ton refus de vivre alors que je me demandais chaque matin si je retrouverais mon père un jour… Mais *jamais* pour le drame. Tu n'es pas coupable de ça.

Elle se tient debout face à moi, les épaules en arrière, sa crinière tressée, ses lèvres habillées d'un sourire timide et réconfortant, sa main tendue devant elle qui frôle la mienne. Je craque, des torrents dévalent mes joues. J'ai mal d'avoir gâché tellement d'années, d'avoir voulu lui cacher une vérité que je ne la pensais pas prête à entendre alors qu'en réalité, c'est moi qui n'ai jamais trouvé la force de l'affronter ; de me pardonner.

Jusqu'à maintenant ?

– Tu serais vraiment la fille parfaite si tu ne faisais pas autant de conneries, raillé-je en secouant la tête.

– Et toi, réplique-t-elle effrontément, tu serais vraiment

un père parfait si… non, en fait, aucune chance.

J'éclate de rire tandis qu'elle se jette dans mes bras. Bordel. Cet énorme poids qui me maintenait la tête sous l'eau vient de s'envoler comme par magie. Je prends conscience de toutes ces années à m'apitoyer sur mon sort, de ce temps perdu, de ma fille qui m'attendait.

À présent je le sais, j'en suis certain : nous méritons une seconde chance. Un nouveau départ. Une nouvelle vie.

– Alex, il y a autre chose dont j'aimerais te parler.

42

VIDE À NOUVEAU

Gwenaëlle

Il y a vingt minutes, j'ai reçu un message d'Alexandra.

[Mon père est à la salle de sport.
Tu peux passer ?]

Le lien de son adresse sur Maps suivait sa question. Je n'ai pas osé lui dire que j'avais déjà visité les lieux. Cela aurait suscité trop d'interrogations et je n'ai plus envie de mentir. J'ai mis pas mal de temps à lui répondre. Déjà parce que l'image de Morgan sur une machine de fitness, son corps sculpté à la perfection, ses muscles saillants et sa peau perlant de sueur ne quittait pas mes pensées. Ensuite parce que depuis deux jours qu'il a découvert que je lui avais menti, un gouffre s'est creusé entre nous. Il m'évite, passe son temps cloîtré dans son bureau pendant que j'essaie de me convaincre que tout finira par s'arranger. Alors je ne sais pas vraiment si c'est une bonne idée que je me rende chez lui à la demande de sa fille.

Quelques instants plus tard, je me retrouve pourtant en face de leur maison. Malgré mes réticences, mes hésitations, je n'ai pas résisté très longtemps. J'ai besoin de savoir ce qu'elle a à me dire. De savoir si Morgan lui a parlé de moi, de quelque manière que ce soit. S'il s'est confié à elle sur… *nous*.

C'est idiot, je le sais. Mais j'essaie de m'accrocher au

moindre éclat de lumière pour me sortir des ténèbres. Mes bras l'attendent, ma peau le réclame, mes doigts le cherchent.

Je suis ridicule. Mais je souffre. Parce qu'il était le seul à me faire ressentir toutes ces choses et que là, je me sens vide à nouveau.

J'observe cette grande maison sur deux étages, aux volets gris foncé et à la façade immaculée. Ça me fait bizarre de revenir ici. De me prendre en pleine gueule cette montagne de souvenirs qui m'aveugle, m'écorche, m'étrangle et me donne envie de hurler à quel point je le déteste ; combien je l'aime. Son regard de braise, sa voix de velours. Son corps sacré, sa peau sucrée. Ses mains chaudes, douces. Ses foutues lèvres qui me font encore frémir alors qu'elles ne me touchent plus. Qu'elles ne le feront peut-être plus jamais, mais dont la sensation est gravée sur chaque parcelle de mon épiderme.

Une silhouette s'agite à la fenêtre du haut. Alex me fait signe d'approcher tout en me prévenant qu'elle m'ouvre le portail. Le métal grince, les gravillons crissent sous mes Converse blanches devenues plutôt beiges à force de ne pas en prendre soin. L'adolescente apparaît sur le seuil de la porte avant même que j'aie grimpé les quatre marches du perron. Son sourire est lumineux, le mien, un peu triste. Absent. Mais je tente malgré tout de faire bonne figure.

– Entre, me lance-t-elle en se décalant pour me laisser passer. Je suis contente que tu sois venue.

– Ça semblait important.

J'essaie d'ignorer à quel point tout me ramène à lui, à nous. Son odeur tourbillonne et emplit mes narines avec force. Ce canapé, sur lequel nous étions si proches. Moi, assise à califourchon sur lui, mes doigts dans ses cheveux, ma langue dans sa bouche ; puis à genoux, entre ses jambes, m'attelant à de nouvelles expériences.

Bordel, pense à autre chose, Gwen !

– Tu veux boire un truc ?

– Dis-moi plutôt pourquoi je suis là, Alex.

Mon ton est dur, un peu plus que je ne l'aurais souhaité. Ce que je veux, c'est qu'elle aille droit au but, que je puisse quitter cet endroit aux mille et un démons le plus vite possible.

– Je sais que tu es en colère parce que je t'ai menti et demandé de cacher la vérité à mon père… et je voulais te présenter mes excuses.

– Non, Alex, soupiré-je en m'approchant de la fenêtre, le regard dans le vide, je ne suis pas en colère. On fait tous des conneries, moi la première. C'est juste que j'ai un peu de mal à tout gérer en ce moment. Je me serais bien passée du boudin de Morgan.

C'est surtout à lui que j'en veux.

– Il te fait toujours la gueule ? s'étonne-t-elle en récupérant quelque chose dans un des placards de la cuisine. On a pourtant crevé l'abcès hier après-midi, je pensais que ça le détendrait un peu. Surtout vis-à-vis de toi.

Elle pioche dans un paquet de cacahuètes, m'en propose, je refuse d'un geste de la main.

– Le détendre ? ris-je jaune en levant les sourcils. Ton père est plein de choses – borné, irascible, lunatique, puéril, légèrement connard sur les bords, exaspérant… – mais absolument pas *détendu* ! Et maintenant, en plus de tout ça, il me déteste !

Son regard interloqué happe le mien et je pince mes lèvres, regrettant aussitôt mes propos. J'ai ouvert les vannes sans en contrôler le débit. Je me suis perdue, abandonnée à ce besoin presque vital de vider mon sac pour alléger la douleur de ce fardeau qui pèse sur ma poitrine sans mesurer la portée de mes paroles.

– Excuse-moi, Alex, reprends-je plus calmement. Ce n'est pas ce que je voulais dire.

Elle s'approche de moi, les paupières plissées sur ses petits yeux sceptiques et scrutateurs.

– Et toi, tu le détestes ?

Je hausse les épaules en détournant le regard, sentant le feu grimper jusqu'à mes joues.

– Je n'en sais rien. Parfois. C'est mon patron alors… je suppose que c'est normal.

Silence. C'est pesant et ça m'angoisse. Ce n'est qu'après plusieurs interminables secondes qu'elle soupire bruyamment, puis reprend une poignée de cacahuètes.

– Ben tu dois être contente qu'il ait prévu de se barrer alors, ricane-t-elle, la bouche pleine.

– Qu… quoi ?

Partir ? Où ? Quand ? Combien de temps ?

– T'es pas au courant ? Une de ses anciennes collègues lui a proposé un poste à Nice. Il pense que c'est une bonne chose pour nous, que c'est une chance à ne pas rater, m'explique-t-elle, amère, en mimant de gros guillemets avec ses doigts.

Maryline. Putain !

Le choc est terrible. Sonnée, paniquée, étouffée par ces révélations, je n'arrive pas à faire le tri ni à tout remettre en ordre. Rien n'a de sens. La douleur fracasse ma poitrine, mais je tente de ne rien laisser paraître lorsque je reprends :

– Votre départ est prévu pour quand ?

– Oh, moi je ne compte pas quitter Paris. Je lui ai dit que s'il voulait partir, ce serait sans moi !

Peut-être que, grâce à elle, Morgan renoncera à son désir de s'en aller ? Mais si c'est ce dont il a *besoin* ?

J'ai envie de vomir. Pleurer. Crier. Frapper contre un mur. M'écrouler sur le sol. M'effacer. Je ne désire que son bonheur, mais j'en crève de ne pas y avoir trouvé ne serait-ce qu'une toute petite place.

– Il ne t'abandonnera pas, Alex. Et vous venez à peine de vous retrouver, tu ne peux pas le laisser tomber maintenant.

– Mais ma vie est ici, m'avoue-t-elle tristement.

– Si j'ai accepté de t'aider, c'est pour protéger vos liens, votre relation que tu étais si heureuse de voir enfin évoluer. Tu pourras garder le contact avec tes amis, les voir de temps à autre… Sans oublier que tu auras bientôt

18 ans. Cette année va s'écouler très rapidement et je pense sincèrement que tu devrais la passer auprès de ton père. Vous en avez besoin tous les deux.

Elle se mordille la lèvre, une vive émotion dans ses billes caramel. Je crois retenir mes larmes autant qu'elle, peut-être même plus encore, mais pour des raisons bien différentes. Nous nous jaugeons un court instant. Elle s'apprête à répliquer quand la porte d'entrée s'ouvre soudain derrière nous.

Je me fige au milieu de la pièce, incapable de me retourner, tandis que la voix du nouvel arrivant coule partout sur mon corps en manque de lui.

– Alex ? Je crois que je me suis luxé l'épaule, il faut que je voie un…

Le mot « médecin » s'envole jusqu'à moi dans un souffle pour venir percuter mon dos. Je reste immobile, silencieuse, masquant du mieux possible la panique qui me tord les tripes.

– Qu'est-ce que tu fais ici ?

Son ton n'est pas doux. Pas glacial non plus. C'est un mélange de beaucoup d'émotions que j'ai du mal à discerner, surtout quand je n'entends plus que mon cœur qui cogne contre mes côtes endolories. Mon regard croise celui d'Alexandra, qui semble aussi perdue que moi.

– C'est moi qui lui ai demandé de venir, papa, intervient-elle finalement.

– Je te rappelle que tu es punie jusqu'à ton bac de français, Alex.

– Ouais, tu m'as interdit de sortir. Et… je ne suis pas sortie.

– Ne fais pas ta maligne, lui conseille très sérieusement son père. Ton bus ne va pas tarder, ne le rate pas parce que je ne pourrai pas t'emmener au lycée.

– Mais je…

– File !

Je lui adresse un petit signe de tête pour lui assurer que tout ira bien, puis elle disparaît en lançant un regard noir à Morgan qui le soutient, pas le moins du monde impressionné. En attendant, je me contente de les observer de loin, sans dire un mot. J'en oublierais presque que mon boss est sur le point de me passer un savon. Le pire, c'est que je vois naître en moi une profonde colère, ainsi que l'irrépressible envie de lui demander des explications, même si j'ai conscience qu'il n'a aucun compte à me rendre.

Mais mon amour-propre s'en moque.

– Alors tu t'en vas ? lancé-je avant qu'il n'ait le temps de cracher son venin.

Nous nous scrutons intensément. Il est allé chez le coiffeur, ses cheveux sont plus courts qu'hier. Il porte un débardeur blanc qui fait ressortir la taille impressionnante de ses biceps et dévoile son bandage réalisé à la va-vite sur son épaule. Son regard se veut dur, sévère, hostile. Sans doute est-il trop fier, trop en colère contre moi pour répondre simplement à ma question. Mais je tiens bon face à lui. Je n'aime pas les donneurs de leçons qui passent leur temps à reprocher aux autres ce qu'ils ne voient pas sur eux-mêmes.

Il est le premier à craquer, quelques secondes à peine avant que je ne jette l'éponge. Il soupire, glisse sa main dans ses cheveux sombres et replonge ses disques couleur océan dans les miens, féroces.

– Je… je ne suis pas certain que le poste soit toujours disponible. Rien n'est encore fait.

– Ne te fais pas trop de soucis pour ça, j'imagine que Maryline sera bien trop heureuse de t'accueillir dans sa nouvelle équipe, réponds-je, acerbe, le défiant de me mentir à son tour.

Il souffle à nouveau, passe en revue la pièce comme si c'était la première fois qu'il y mettait les pieds. Il fait tout pour éviter mon regard, éluder ma présence qui, visiblement, le fout mal à l'aise et ça a le don de m'agacer davantage. Il arrête net son tour d'horizon lorsque ses yeux tombent sur le canapé. Je frissonne, me demandant s'il pense à nous lui aussi ; autant que moi j'y pense.

– C'est une chance que je dois saisir, se contente-t-il de

formuler en focalisant enfin son attention sur moi. Je fais juste ce que je crois être le mieux pour ma fille. Et pour moi.

Sous-entendu : ce qu'il y a de mieux pour moi, ce n'est pas toi.

La grenade dans ma poitrine menace de tout ravager ; je ne sais pas combien de coups elle sera encore capable d'encaisser avant d'exploser. Je hoche la tête, résignée. Non, je ne me battrai pas pour quelqu'un qui ne veut plus de moi dans sa vie.

Je dois garder mes forces pour me reconstruire et avancer sans lui.

Tu finiras par te relever, comme tu l'as toujours fait. Tout ira bien.

– Bien compris, monsieur Delcroix. Je vous souhaite de trouver tout ce que vous avez toujours désiré. Mais surtout la paix. C'est elle qui vous sauvera.

Je parcours la pièce aussi vite que mes jambes chancelantes me le permettent. C'est trop difficile d'être face à lui et de voir autant d'indifférence, de détachement sur son visage alors que nous étions si proches il y a si peu de temps. Tout de lui me manque déjà.

– Gwen… souffle-t-il avant que je n'aie quitté les lieux.

Je ne me retourne pas et poursuis ma route. Une seule phrase tourne en boucle dans mon esprit.

Morgan ne veut pas de toi.

Je saisis mon casque tout en continuant sur ma lancée. Ses mots résonnent si fort que j'ai l'impression de me briser à chacun de leurs échos. J'ouvre la porte, je m'échappe. Je m'enfuis loin de lui, loin de ce que nous avons été ; un souvenir qui ne s'effacera jamais, qui éveillera autant de mélancolie que de regrets inutiles.

Mais j'apprendrai à vivre avec.

– Gwen ! répète-t-il plus fort.

J'accélère, foule les gravillons au pas de course, me glisse entre les battants du portail déjà en train de se refermer, mais il me talonne.

– S'il te plaît, attends !

Je traverse la route déserte de ce petit quartier parisien, enfourche ma moto et fais vrombir le moteur avant d'enfoncer mon casque sur ma tête. D'un geste rapide, j'abaisse la visière pour y cacher les larmes que je n'ai plus la force de retenir.

Son corps me fait barrage. Je fais crier ma Honda aussi fort que j'aimerais lui hurler de me laisser tranquille, mais il campe sur ses positions.

– Tu veux te mesurer à mes deux cent trente-cinq kilos d'acier, Delcroix ? le défié-je d'une voix puissante pour qu'elle couvre le vacarme de ma bécane. Tire-toi, Morgan !

– Tu n'es pas en état de conduire, Gwen. Viens, allons en parler calmement.

– Tu as perdu le droit de t'inquiéter pour moi à la seconde où tu m'as jetée. C'est la dernière fois que je te le dis : dégage !

43

DEPUIS TOUJOURS ET POUR TOUJOURS

Morgan

– Putain !

Je hurle de douleur lorsque Fred, mon médecin traitant et ami, remet mon articulation en place. Je n'ai voulu ni sédatif, ni analgésique, ni anesthésique, bien décidé à combattre ma souffrance à la simple force de mon esprit.

Tu parles d'une idée de merde.

– C'est fait. Il va falloir que tu portes cette attelle durant quelques semaines. Si la douleur persiste, appelle-moi, nous prendrons rendez-vous pour faire une radio.

J'acquiesce, encore un peu dans le brouillard. Le même que celui que Gwenaëlle a laissé dans son sillage il y a plusieurs heures déjà, lorsqu'elle est partie comme une furie sur son engin de la mort.

Je suis resté comme un con sur le bord de la route pendant près de dix minutes, avant de rentrer pour lui envoyer trois messages. Messages auxquels elle n'a évidemment jamais répondu. Je ne me suis pas encore tout à fait remis de notre altercation, même si je sais que c'est en grande partie de ma faute si ça a dégénéré. J'ai été pris de court par sa présence chez moi, ses questions. Les souvenirs de notre corps-à-corps. Son odeur de fleur et d'amande. Ses éclats de rire qui se sont envolés au profit d'une mine triste et soucieuse. Je m'en veux tellement d'être responsable de la peine qui se dessine sur ses lèvres à chaque mot qu'elle prononce, mais je suis incapable de lui donner ce qu'elle attend de moi. Pour son bien, celui de ma famille, celui de Garett et Nadia, je dois partir et recommencer un tout nouveau chapitre de notre vie. Offrir à Alexandra le soutien qu'elle mérite ; l'éloigner de ses démons et ses mauvaises fréquentations. Je veux qu'elle se rende compte que l'entièreté de son avenir reste à construire et qu'elle a toutes les cartes en main pour faire ce dont elle a envie. Réaliser ses rêves.

Moi, ce que je souhaite… ça n'a pas vraiment d'importance. Plus maintenant. J'ai cette deuxième chance offerte sur un plateau, je me dois de la saisir.

En rentrant des cours, Alexandra a voulu savoir comment s'était passé mon entretien avec Gwenaëlle. Après cette overdose de mensonges qui m'a empoisonné l'existence, j'ai décidé de me montrer le plus honnête possible et lui ai avoué que cela s'est terminé en véritable catastrophe. J'ai eu droit à quelques reproches de ma fille, défendant celle qu'elle considère comme son amie avec beaucoup de détermination. Je me suis surpris à l'imaginer plaidant dans une cour d'assises ; mon cœur s'est mis à battre plus fort et mon sourire niais ne quittait plus ma nouvelle tronche de papa poule.

Puis elle m'a subitement ramené à la réalité.

« Je suis d'accord pour te suivre. Gwen m'a fait changer d'avis. »

Une réalité à laquelle je n'avais pas forcément envie d'être confronté à ce moment-là. Peut-être même jamais. Une réalité où j'ai pris conscience de l'injustice dont j'ai fait preuve envers Gwen, submergé par des émotions que je n'avais plus eues à gérer depuis bien longtemps. À mon grand regret, c'est elle qui en a fait les frais.

Et puis, il y a eu la réponse de Maryline, arrivée tel un cheveu sur la soupe.

[Bien sûr, le poste
est toujours vacant.
Hâte de bosser avec toi !]

Finalement, c'est peut-être mieux que ma jolie colombe me déteste. Cela rendra sans doute les choses plus… faciles.

***

Après m'être répété près d'un bon millier de fois cette dernière phrase en espérant parvenir à y croire, je grimpe dans le taxi qui m'emmène au Versus. Je ne suis pas très en avance. J'ai eu pas mal de choses à faire, notamment le dossier à préparer pour l'agence immobilière qui s'occupera de la vente de la maison. En plus de tout ça, j'avais oublié la galère de devoir exécuter de simples tâches d'une seule main.

La moto de Gwen n'est pas là. D'habitude, elle est toujours garée au même endroit. C'est étrange.

– Morgan ? Qu'est-ce qui s'est passé ? s'inquiète Garett en voyant mon attelle.

– Un stupide accident à la salle de sport. Gwenaëlle n'est pas arrivée ?

Mon ami réfléchit, regarde autour de lui comme s'il n'avait pas compris le sens de ma question.

– Euh… Je… Non, je ne l'ai pas vue. Pourquoi ? Il y a un problème ?

Je me précipite à l'étage sans réellement savoir ce que je vais y chercher. Mon téléphone en main, je tente de l'appeler. Deux fois. Aucune réponse ; je râle, mais ne laisse pas de message.

Je ne sais pas si mon inquiétude est légitime ou déplacée. Honnêtement, je m'en fous. Je n'ai aucune nouvelle de la fille-tentation et je découvre malgré moi que cela m'est insupportable. Un tas de scénarios, plus dramatiques les uns que les autres, se bousculent dans mon crâne ; j'en suis malade. Ça recommence. Je suffoque à nouveau sous le poids de cette foutue culpabilité. À croire que je ne sais plus comment vivre sans elle !

Sans *elle*.

S'il lui est arrivé quelque chose par ma faute, je ne me le pardonnerai ja…

– Bonsoir.

Je sursaute avant de lâcher un bruyant soupir de soulagement. Gwen est là, dans son éternelle robe noire épousant ses jolies formes à la perfection. Elle tient son casque et un sac de sport, comme toujours. Tout semble habituel, à un détail près : ses cheveux. Elle a opté pour un carré très plongeant aux reflets rose pastel qui dévoile la naissance de sa nuque ainsi qu'une petite parcelle de ses épaules délicates. Elle est si belle, attirante. Mes lèvres frémissantes imaginent déjà s'adonner à une balade gourmande sur sa peau de pêche. Mon désir grimpe en flèche, mais je refrène immédiatement cette envie d'elle, de son corps et de sa bouche.

Reste à ta place, Morgan.

– Bonsoir, mademoiselle Carlier.

Elle me toise un court instant avant de m'adresser le sourire le plus faux que j'aie jamais vu sur son visage d'ordinaire respirant la sincérité. Je n'y arrive pas. Faire comme si de rien n'était, ne pas pouvoir lui expliquer mes choix ni lui partager mes sentiments, la laisser croire que je la déteste… tout cela est au-dessus de mes forces.

– Il faut que je te dise…

Ses yeux métalliques voyagent sur mes lèvres avant de plonger dans les miens. Les doutes m'assaillent face à l'espoir chimérique qui ranime son regard, mes mots sont bâillonnés par mon devoir de ne pas la laisser s'accrocher à ce que nous aurions pu être.

Ce que nous ne serons jamais.

– … merci d'avoir convaincu Alexandra de venir avec moi. Notre départ se fera plus sereinement. Je n'y serais sans doute pas arrivé sans toi.

– Ravie d'avoir pu me rendre utile, Morgan.

Sur ces mots empreints d'un profond désarroi, elle s'apprête à sortir de mon bureau. Je me retiens de lui dire à quel point j'aimerais qu'elle reste. Silencieux, je fixe le sol pour contempler, près de mes pieds immobiles, les fragments de mon cœur en miettes…

Mon âme à genoux.

– Vous partez quand ? s'enquiert-elle, la voix brisée, sans même se retourner.

Je devine ses larmes. J'en crève.

– Juste après le bac de français.

Elle fait volte-face, le visage défait, les yeux rougis. J'ai envie d'anéantir cette distance assassine pour la serrer contre moi. Lui promettre que tout ira bien.

Reste à ta place !

– Mercredi ?

Je confirme d'un léger mouvement de tête. J'ai peur que mon timbre ne trahisse mon émotion. Je ne dois pas. Elle et moi, c'est illusoire. Depuis toujours et pour toujours.

Gwenaëlle referme la porte derrière elle. C'est à cet instant que je sens une larme, brûlante, dévastatrice. À croire que cette perle salée attendait son départ pour rouler le long de ma joue et y laisser une trace indélébile.

Tout comme elle sur mon existence.

***

J'ai profité de cette dernière soirée au Versus pour remercier les plus fidèles clients de leur confiance et confirmer à certains que mon projet était à présent entre les mains de Garett. Voguant de table en table au rythme de quelques courtes conversations, je n'ai pas pu m'empêcher d'observer Gwen qui, toujours avenante et souriante, n'a jamais laissé filtrer la moindre émotion sur ses traits. Sauf lorsqu'elle posait les yeux sur moi. Un voile d'ombre couvrait alors son visage, mais je crois être le seul à l'avoir perçu. Et chaque fois, j'ai eu l'impression de sentir mon cœur se briser en deux.

Maintenant que tout le monde est parti et que je me retrouve seul avec elle, je réalise que ce sont là nos derniers instants ensemble. C'est une sensation presque irréelle.

Indescriptible. Partagé entre la certitude de faire le bon choix et l'appréhension de ce vide immense qu'elle va laisser dans ma vie, je ne sais plus comment me comporter.

– Un petit dernier ? me propose-t-elle en brandissant la bouteille de cognac.

Ça, c'est encore une idée de merde, Morgan.

Malgré cette voix intérieure qui essaie de me ramener à la raison, j'accepte son invitation. Il n'y a rien que je ne désire plus, en cet instant, que profiter de sa compagnie. Même si je sais que ces quelques minutes seront plus dangereuses et tentantes encore que toutes les autres.

Je m'installe en face d'elle, sur l'une des chaises hautes. Après m'avoir servi, Gwenaëlle attrape un verre à vin et le remplit de sauternes Lafleur Mallet. Un de mes préférés.

– Très bon choix, lui souris-je sans préciser le fond de ma pensée.

Elle se mordille la lèvre, concentrée sur cette bouteille de blanc moelleux qu'elle manie avec beaucoup de dextérité. Je n'arrive pas à la quitter du regard tandis qu'elle contourne le bar et vient s'asseoir juste à côté de moi.

– À quoi trinquons-nous ? demande-t-elle en attrapant le pied de son verre du bout des doigts.

– Aux rencontres inattendues. Celles qui chamboulent une vie.

Elle sourit tristement en faisant tinter son cristal contre le mien. Je le porte à mes lèvres, mes yeux ancrés aux siens. Le liquide ambré glisse sur ma langue et vers le fond de ma gorge. Même si je saurais reconnaître un Camus entre mille autres cognacs, aujourd'hui, sa saveur me semble bien différente. Plus profonde, intense. Chaque note de fruits, d'épices se distingue plus subtilement que d'ordinaire. Cette fille, ses courbes, sa timidité, sa folie, sa bouche, son rire et ses silences. Son être tout entier exacerbe mes sens, attise mes désirs les plus doux ; les plus sauvages.

Contrôle.

– Tu crois que ça aurait pu fonctionner, toi et moi ?

Gwenaëlle dans toute sa splendeur. Son regard franc, son naturel déroutant et ses putains de questions.

– Je ne sais pas, haussé-je les épaules, la poitrine douloureuse. Je préfère me dire que non, qu'on est trop différents.

– Ouais. Tu as sûrement raison.

Elle boit une gorgée de vin, je soupire. Je suis certain que la richesse des arômes est encore plus intense sur ses lèvres.

Contrôle.

– Mais c'était bien, non ?

Putain. De. Questions.

– Si c'était *bien* ? ricané-je avant de terminer mon verre d'une traite. Gwen, tu m'as prouvé que je n'étais pas complètement mort à l'intérieur. Et rien que pour ça, je…

… t'aimerai toujours.

– Oui ?

Mon sang palpite tellement fort, il se déchaîne dans mes veines. Je meurs de plonger sur elle, en elle. M'enivrer de son odeur, de sa peau, de sa présence. Une toute dernière fois.

– … je devrais y aller.

Pas dupe, elle me contre en fronçant les sourcils :

– Ce n'est pas ce que tu allais dire.

– Ça n'a aucune importance.

– Ça en a pour moi, insiste-t-elle en se relevant de son tabouret.

En un instant, ses mains fourragent mes cheveux, son haleine sucrée caresse ma peau, sa bouche frôle la mienne. Je perds pied.

Contrôle…

– Ne fais pas ça… la supplié-je, incapable de la repousser.

– J'en ai besoin, Morgan. S'il te plaît.

Son murmure désespéré me fait vaciller. Je plaque ma paume sur son visage, le détaillant avec adoration. Le désir est trop fort, la raison trop faible. Je retrouve enfin Gwen, l'embrasse ardemment ; son gémissement de satisfaction me fait vibrer jusqu'à l'âme. Elle pose ses doigts fébriles sur mon torse, s'accroche au bas de mon tee-shirt, le tire en tous sens en prenant soin de ne jamais toucher mon bras immobilisé. Je manque d'air au moins autant que de discernement. Elle mordille ma lèvre inférieure avant de rassembler nos langues à nouveau. Je ne peux pas m'arrêter. Je ne veux pas. Mais je le dois. Il le faut !

Bordel !

Je trouve finalement une force insoupçonnée grâce au peu de conscience intacte qui subsiste encore. Ma main se pose délicatement sur une des siennes, celle qui agrippe mes vêtements, pour la déloger de mon corps, là où j'ai pourtant la certitude qu'elle a sa place. Je l'éloigne de moi, ça me flingue.

– Morgan…

– Au revoir, ma douce colombe.

Je m'enfuis sans me retourner. Il est temps de rentrer, de partir, de la laisser vivre sa vie.

De réapprendre à respirer sans elle.

44

PRÉSENTATION OFFICIELLE

Gwenaëlle

– Non.
– Si, Gwen, j'insiste.
– C'est toujours non.
– Arrête un peu, tu veux ? T'as déjà passé ta journée d'hier à te morfondre dans ta chambre et t'as l'air d'avoir exactement le même programme pour aujourd'hui, alors tu prends une douche, tu te fais un bon ravalement de façade, tu t'habilles et tu raboules ton joli petit cul à la maison. Je ne veux pas rencontrer la copine de mon père toute seule. Il en est fou amoureux, tu verrais sa tronche !

Heureusement que Catalina, à l'autre bout du fil, ne voit pas que je ne l'écoute qu'à moitié tout en tirant une gueule de six pieds de long. Je n'ai aucune envie de sortir. Pas envie de voir du monde. Je ne parviens pas à me faire à l'idée que Morgan s'en va et que je ne le reverrai probablement jamais. Qu'il a réussi à me dire au revoir alors que j'en suis parfaitement incapable. Il me manque déjà. Et même si je sais que je finirai par m'en remettre, je n'arrive pas à passer outre la peine qui m'accable depuis que je l'ai regardé partir, impuissante.

– Gwen ? T'es toujours là ?
– Ouais.
– Je me fais vraiment du souci. C'est à propos du mec que tu as rencontré et dont tu refuses de me parler ?

Bingo.

– Ouais.

Elle soupire ; je m'en veux. Quand je suis malheureuse, j'ai tendance à en vouloir au monde entier. Je m'enferme dans une solitude qui me protège. Mais je sais à quel point ça fait mal d'être repoussé, rejeté par les personnes qu'on aime. Cat ne mérite pas ça.

– C'est… hésité-je. Ça n'a pas fonctionné. Problème de compatibilité.

– Je suis désolée. Mais tu sais, c'est lui le perdant dans l'histoire. Il va s'en mordre les doigts.

Je ne réponds pas, à nouveau égarée dans mes songes. Morgan finira par m'oublier. Mon visage s'estompera de plus en plus de sa mémoire, jusqu'à disparaître complètement, remplacé par ceux de ses nouvelles conquêtes. Pour moi, le souvenir de son regard aura toujours la même intensité, celui de son sourire toujours le même charme, celui de sa peau toujours ce même goût imprimé à jamais sur ma langue.

Quoi qu'il arrive à partir d'aujourd'hui, peu importe le nombre de personnes que je rencontrerai, mon corps ne cessera de comparer chaque baiser, chaque caresse, chaque mot tendre, et d'y chercher la moindre trace de cet homme que j'aimerai jusqu'à mon dernier souffle.

– Je sais que c'est plus difficile pour toi que pour n'importe qui d'autre de tourner la page… Mais, enfin, Gwen, ce n'est pas en restant enfermée chez toi que ça passera plus vite. Il faut que tu te changes les idées et je peux t'aider à le faire si tu me laisses une chance.

– OK, abdiqué-je devant ses arguments imparables.

Imparables uniquement parce que mon état de zombie en overdose de sucre ne me permet pas de livrer bataille.

– OK ? Ça veut dire que tu viens ?

Tout excitée, je l'entends hurler à son père d'ajouter un couvert pour ce soir. Je ne peux réprimer un sourire avant de raccrocher.

Après tout, elle a peut-être raison. Sa compagnie me fera sûrement beaucoup de bien.

***

Il est vingt heures trente-quatre quand j'arrive chez ma meilleure amie. J'ai plus d'une demi-heure de retard, mais je me suis endormie comme une masse après avoir englouti un gros paquet de Dragibus. Le deuxième depuis hier. C'est aussi pour ça que j'ai accepté son invitation : un bon repas ne sera pas du luxe pour mon estomac qui crie famine depuis deux jours.

En parcourant la grande allée fleurie après avoir garé ma moto, je commence même à croire qu'elle a eu raison d'insister. La légère brise fait virevolter quelques mèches de mes cheveux, s'engouffre par-dessous la capuche de ma robe-sweat grise, chatouille ma nuque puis longe ma colonne vertébrale. C'est agréable de ressentir autre chose que cet énorme pieu qui me crève le cœur.

Catalina ouvre la porte avant même que je n'aie le temps de sonner. Surexcitée, elle me tire à l'intérieur en me collant un bisou express sur la joue.

– Bouge, on attendait plus que toi !

Je me crispe.

– C'est-à-dire ? Il y a d'autres invités ?

– Ouais. Je ne l'ai su qu'après, se justifie-t-elle en esquissant une petite moue désolée, mais mon père nous voulait au grand complet pour les présentations officielles.

C'est à ce moment précis que tout vole en éclats. Un son que je ne pensais plus jamais entendre éveille une salve de frissons sur toute la surface de mon épiderme. L'écho d'un souvenir éternel s'infiltre en moi et chamboule absolument tout à l'intérieur.

Son rire.

Il résonne depuis la terrasse, me rappelant à quel point la vie peut être cruelle. Tous mes muscles se tétanisent, je me bats pour ne pas rebrousser chemin sur-le-champ. Pourquoi n'ai-je pas droit à un peu de répit ? Comment pourrais-je accepter son départ si je suis confrontée à lui tous les quatre matins ?

Je ne veux pas le voir !

– Ça y est, elle est arrivée ! hurle Catalina pour être sûre que tout le monde nous entende.

Elle s'accroche à mon bras, comme si elle sentait qu'à la moindre ouverture, j'allais prendre mes jambes à mon cou. Décidément, elle me connaît trop bien. Nous traversons le salon – j'évite de fouler le tapis moelleux avec mes Converse défraîchies – puis contournons l'îlot central de la cuisine américaine pour sortir par la grande baie vitrée.

Immédiatement, mon regard s'arrime à celui de Morgan, qui semble à un cheveu de la crise cardiaque. Il est clair que, tout comme moi, il ne s'attendait pas à me revoir de sitôt, et j'ai l'impression qu'il a beaucoup de mal à avaler la pilule de ma présence. Ou alors il était certain que je ne viendrais pas, moi d'habitude si ponctuelle. C'est limite vexant de constater la mine décomposée, presque horrifiée qu'il arbore en me détaillant.

Il détourne finalement les yeux et trouve une contenance en récupérant fébrilement son verre de vin de son bras encore fonctionnel.

– Ah, Gwen ! La soirée va enfin pouvoir commencer, lance Garett, tout sourire, sans s'imaginer un seul instant que son meilleur ami est sur le point de défaillir.

Alexandra est là, elle aussi. Elle m'observe avec suspicion, ses prunelles se balançant entre son père et moi. Se douterait-elle de quelque chose ? Je dois faire en sorte que ça n'arrive pas. Je ne veux pas que tout le monde autour de cette table soit au courant de notre – trop courte – relation. Passer la soirée à devoir rendre des comptes, s'expliquer sur nos actes, se faire remonter les bretelles comme des ados de 15 ans qui font le mur, être jugés par des gens qui ne pourraient sans doute pas comprendre ce qui nous lie – liait… –, très peu pour moi !

Personne ne doit le savoir. Jamais.

– Installe-toi, m'intime notre hôte en me montrant l'une des deux chaises vides. Catalina, sers-lui quelque chose à boire, je reviens dans deux petites minutes.

– Qu'est-ce qui te ferait plaisir ? s'enquiert ma meilleure amie. Jus d'orange, coca, eau pétill…

– Un verre de vin, la coupé-je. Blanc, s'il te plaît.

– Tu bois de l'alcool maintenant ? Depuis quand ?

– Pas longtemps.

Le comportement de Morgan commence vraiment à m'inquiéter. Même si je ne le lui lance que de petits coups d'œil discrets, je vois bien que quelque chose cloche. Il est stoïque, perdu. On dirait qu'il attend, anxieux, que le ciel se décide enfin à lui tomber sur la tête.

Et c'est exactement ce qui se produit sur la mienne.

– Bonjour Chupa.

Connexion en cours. Voix : familière. Surnom : familier. Dernier contact : plus d'un mois. État général : trop d'informations. Système surchargé. Erreur. Réinitialisation nécessaire.

Je me retourne vers cette voix que je désespérais d'entendre à nouveau, les épaules tendues et le cœur battant à tout rompre, sur le point de lâcher.

– Maman ?

45

RETROUVER POUR MIEUX PERDRE

Gwenaëlle

– Maman.

Je le dis tout haut parce que je peine à y croire. Pas d'erreur. Elle se tient bien debout devant moi, plus belle que jamais, un sourire doux sur ses lèvres teintées de rouge et ses longs cils noirs bordant ses yeux remplis d'affection. Sa mine est néanmoins légèrement inquiète de ne pas savoir comment je vais réagir à tout cela. Je ne me rappelle plus la dernière fois où je l'ai vue maquillée. Elle semble changée, transformée. Elle ressemble étrangement à la mère que je croyais avoir perdue il y a longtemps. Si je comprends bien, la personne que Garett va nous présenter en tant que sa nouvelle petite amie, c'est elle.

Ma mère.

Même si les réponses sont évidentes, je ne peux m'empêcher de poser les questions qui ont tourné et retourné mon esprit durant de trop longues semaines.

– Où étais-tu ?

– Au centre, avec Garett.

Ce dernier ne dit rien. Il se contente de caresser doucement son épaule, de la regarder amoureusement et d'acquiescer à chacune de ses paroles.

Mes mains deviennent moites, la colère monte d'un cran.

– Quoi ? Alors toi aussi, tu le savais, Cat ? l'accusé-je en la dévisageant, dégoûtée qu'elle m'ait menti.

– Quand tu m'as parlé des problèmes de ta mère, j'ai

été la trouver à l'hôpital, me confie-t-elle, mal à l'aise. Je ne supportais plus de te voir ainsi, tu n'étais plus que l'ombre de toi-même. Ta maman a accepté d'être aidée à condition de ne rien te dire… Mais pour elle et mon père, je viens de l'apprendre, tout comme toi.

– J'avais peur de te décevoir encore, intervient ma mère en s'adressant toujours à moi. Je ne m'en pensais pas capable. Ne leur en veux pas, Chupa. Ils n'ont fait que respecter ma demande.

– Je croyais que tu étais morte, putain! Peux-tu seulement imaginer ce que j'ai ressenti ces dernières semaines?

Ma voix tremble, l'émotion m'étreint. J'ai l'impression d'avoir été trahie par les personnes en qui j'avais le plus confiance. Je sais que ce n'est pas vraiment de la faute de Cat, mais je lui en veux de m'avoir laissée crever d'angoisse alors qu'elle était au courant de tout.

– Excusez-moi, j'ai… besoin de prendre l'air.

J'utilise ce qu'il me reste de force pour fuir. J'étouffe, entre soulagement et rancune, joie et désespoir.

Retrouver l'un pour mieux perdre l'autre.

Je ne sais pas combien de temps exactement je reste assise sur ce banc en pierre, dans un petit recoin de l'énorme jardin qui entoure la maison. Les minutes défilent, mais je suis trop occupée à essayer de remettre un peu d'ordre dans mon crâne pour en prendre conscience.

Une silhouette se dessine dans le brouillard qu'est devenue mon existence. Je m'attendais à ma mère, à Catalina. Même à Garett, pourquoi pas.

Mais pas à *lui*.

– Ça va? me demande Morgan en s'asseyant à mes côtés.

– Tu étais au courant, toi aussi?

Mon ton est sec, mais je m'en fous. J'en ai marre de leur petit jeu à tous. De ce début de soirée de merde. Et le malaise qu'il transpire malgré lui depuis que je suis arrivée, ainsi que le silence qui traîne et s'alourdit de seconde en seconde ne laisse plus aucun doute.

Oui, il savait.

– Quand je repense à ton cinéma sur l'honnêteté et la confiance. Je rêve !

– Ça n'a rien à voir, rétorque-t-il durement.

– Oh, je t'en prie ! sifflé-je de colère. Ça n'a rien à voir ? Tu ne m'as pas menti ? Tu ne m'as pas délibérément caché la vérité quand je te disais que je m'inquiétais pour ma mère ? Vous m'avez tous menti !

– Tu mélanges tout, Gwenaëlle. Tu ne peux pas me dissimuler des infos qui concernent ma fille. Elle est mineure et c'est moi qui en ai la responsabilité. Ta mère, elle, a le droit de disparaître si elle le souhaite. Nadia n'était pas en danger, je n'avais pas à aller contre sa volonté.

– Tu me fais chier avec tes sermons débiles, Morgan. Garde-les pour Alex.

Il malmène sa lèvre inférieure avec ses dents tandis qu'une lueur de tendresse s'anime au fond de ses yeux translucides. Je les déteste, lui et son putain de charme à induction. J'ai envie de lui hurler dessus, le gifler, le mordre, le bouffer.

Parmi tant d'autres choses.

– Tu boudes, mais tu sais que j'ai raison, me balance-t-il, amusé, en replaçant une mèche rebelle derrière mon oreille.

– Ça n'a plus vraiment d'importance, soufflé-je, plus détendue après avoir extériorisé ma colère. De toute façon, il faut qu'on y retourne, ils vont finir par se faire des idées.

– Je m'en fous. Je ne peux pas partir en sachant que tu m'en veux.

– Eh bien, je t'en veux. À mort, tenté-je une ultime fois pour le retenir.

Mais il voit clair dans mon jeu. Morgan lit en moi comme dans un livre ouvert et pour une fois, j'aurais aimé qu'il ne le fasse pas. Il sourit. Ses doigts, qui sont restés en suspens près de mon oreille, frôlent à présent ma mâchoire, puis mon menton. Je frémis, bous de l'intérieur, comme à chaque fois qu'il me touche.

J'enfouis mes mains dans mes manches en espérant

calmer l'envie irrépressible de les poser sur son visage, son corps, sa peau. Mais je ne peux m'empêcher de le détailler avec indiscrétion, gourmandise.

– J'aurai essayé, haussé-je les épaules pour seul aveu de mon mensonge.

Il soupire en secouant la tête presque imperceptiblement. Ses billes couleur océan dans lesquelles j'ai tant aimé me perdre tombent sur ma bouche qu'il caresse de son pouce. Instinctivement, ma joue cherche le réconfort de sa paume, cette chaleur rassurante dont son départ va me priver. Je retiens difficilement les larmes qui menacent d'inonder mes yeux, m'engloutir dans un tsunami de tristesse que je ne suis plus si sûre de parvenir à combattre.

– Tout arrive pour une bonne raison, Gwenaëlle, anhèle-t-il trop près de mes lèvres. Mais tout n'est pas fait pour durer.

Ses mots me font mal. Ils sont colorés d'une peine jumelle à la mienne. Il y résonne l'espoir vain qu'on aurait peut-être réussi à tout réparer s'il n'avait pas accepté ce poste, cette nouvelle vie pour lui et Alex. Est-il vraiment trop tard pour nous deux ? Ai-je réellement tout tenté pour le retenir ?

– Je vais te manquer un peu ?

– N'en doute pas.

Les paupières scellées, j'entrouvre la bouche, comme une invitation à y glisser sa langue. Il ignore cet appel silencieux, tourne autour, s'en rapproche à plusieurs reprises, mais ne m'embrasse pas, préférant caresser mon visage de son souffle chaud et erratique. Immobile, je n'ose plus prononcer le moindre mot ni esquisser un seul geste, par peur de rompre cette proximité qui ne vivra bientôt plus que dans mes songes. Il est là, si proche, ses doigts dans mon cou et son odeur saturant mes poumons. Je voudrais que cela ne s'arrête jamais.

Même si certaines choses ne sont pas faites pour durer.

– Il se passe quoi ici ?

La question de Garett, formulée à quelques mètres de nous, fait exploser notre bulle en même temps que mon cœur déraille. Morgan se sépare de moi et recule, comme brûlé par notre proximité révélatrice d'une intimité qui aurait dû rester un secret.

– Morgan ?

L'insistance de son meilleur ami est déstabilisante. Ni mon amant interdit ni moi n'émettons un seul son, perdus dans un tourbillon de questions sans réponses. Ou alors est-ce le regard dubitatif du père de Cat, voguant entre nos visages craintifs, qui nous fige telles deux statues ? Mon pouls s'emballe d'autant plus quand sa ligne de sourcils bruns se froisse, trahissant les rouages de son cerveau. Puis ses yeux imitent de parfaites soucoupes et là, je sais qu'il a compris, qu'il nous a surpris en flagrant délit de flirt. Dans son jardin. Le soir où il avait prévu de nous présenter la femme qui partage sa vie. Celle dont il est fou amoureux.

Ma. Mère.

– Gwenaëlle, retourne à l'intérieur, m'ordonne-t-il d'une voix qui ne laisse aucune place à la négociation. Je dois parler à Morgan.

Le visage baissé vers mes Converse, je contourne Garett pour rejoindre la maison aussi vite que mes jambes me le permettent. Dans un coin de mon esprit, je m'imagine traverser la cuisine, le séjour, le hall d'entrée puis passer la porte pour fuir cette réalité qui achève d'enterrer mes derniers espoirs.

Mais je m'installe à table après une brève hésitation, sous les regards anxieux des trois femmes qui m'y attendaient. Mes yeux se perdent dans la jolie déco estivale, comme pour éviter de les poser ailleurs. J'imagine que rien n'a été laissé au hasard pour que tout soit parfait. Et tout devrait l'être, en théorie. Ce soir, je m'endormirai avec la certitude que ma mère va bien et qu'en prime, elle a enfin fait le deuil de son passé. Tout comme Garett a fait le deuil du sien. Je devrais être heureuse pour eux, mais je ne me sens plus du tout en phase avec ce monde. J'ai l'impression de ne plus y avoir de place alors que celle entre les bras de Morgan était la plus confortable, apaisante, vivifiante.

Ma place.

Ce monde qui me rend un être cher au prix d'un autre.

Quelle situation cynique !

Machinalement, j'attrape mon verre de vin, le porte à mes lèvres quand je croise les prunelles compatissantes de maman qui, en posant sa main sur ma cuisse, s'approche pour me murmurer quelques mots à l'oreille :

– On ne résout rien avec ça, ma chérie. Viens, suis-moi dans la cuisine. J'ai à te parler.

Je m'exécute, anéantie et trop faible pour livrer bataille. Elle referme la porte pour nous offrir un peu d'intimité puis s'approche doucement de moi.

– Maman, je… tenté-je avant d'être interrompue par un sanglot que je ne sais retenir.

– Dis-moi ce qui se passe, Gwen. Je vois bien qu'il y a un problème. Tu m'en veux, d'accord, mais il n'y a pas que ça.

– Je ne t'en veux pas, affirmé-je en plantant mon regard brouillé de tristesse dans le sien. C'est juste que… j'ai un peu de mal à gérer tout ce qui se passe. C'est trop.

– Laisse-moi t'aider. J'ai tellement d'années à rattraper, tellement de choses à me faire pardonner. Je suis là, Chupa ; je ne te laisserai plus jamais tomber.

Les larmes coulent à torrents sur mes joues, tandis qu'elle me serre dans ses bras. Je ne sais plus si je dois me réjouir de son retour ou m'écrouler sous cette peur viscérale d'un avenir loin de celui que j'aime. Prise de spasmes incontrôlables, je me retrouve incapable de répondre à ma mère, incapable de lui expliquer.

– C'est à propos de cet homme ? Morgan ?

Je relève la tête. Le choc doit se peindre sur chacun de mes traits. Comment peut-elle le savoir ? Comment a-t-elle pu le deviner en si peu de temps ?

– Eh bien, souffle-t-elle en souriant tristement, je suis contente de ne pas avoir complètement perdu mon instinct maternel. Je l'ai reconnu dès qu'il est arrivé. Je n'ai pas ta mémoire infaillible, mais c'était bien la première fois que tu ramenais quelqu'un à la maison.

Sa dernière remarque m'arrache un sourire. Je me garde bien de lui rappeler les circonstances de cette rencontre, sa crise d'épilepsie et le début de notre cauchemar. Nul doute qu'elle doit s'en souvenir aussi.

– Ça n'a plus d'importance. C'est du passé, tout ça. Peut-être que ça n'a même jamais existé, finalement. Parfois, on veut tellement y croire qu'on en vient à se persuader que c'est réel. Que ça durera toujours.

Je hausse les épaules, comme si les mots que j'avais moi-même prononcés m'aidaient à me rendre à l'évidence et à mieux comprendre la situation. Maman replace une mèche de cheveux derrière mon oreille, les sourcils froncés mais le timbre toujours aussi doux.

– S'il y a bien une chose dont je suis certaine, c'est que quelque chose de fort, et de bien réel, se passe entre vous. Il faudrait être aveugle pour ne pas s'en rendre compte ! Que pense Garett de tout ça ? C'est son meilleur ami, non ?

– Ouais, c'est son meilleur ami, ricané-je en essuyant mon visage d'un revers de manche. Il vient de nous surprendre, un peu trop… proches l'un de l'autre. Et vu sa réaction, il doit probablement être en train de lui passer le savon de sa vie !

46

S'OUVRIR LE CŒUR EN DEUX

Morgan

– Garett, s'il te plaît… laisse-moi t'expliquer !

– Pour que tu me mentes encore ? me reproche-t-il amèrement. Ne te donne surtout pas cette peine.

– J'ai essayé, je te jure. Je ne voulais pas trahir la promesse que je t'ai faite, mais…

– Mais quoi ? Il te fallait absolument ajouter Gwenaëlle à ton tableau de chasse ? Je la considère comme ma fille et toi, tu… tu… Putain ! Tu me dégoûtes, Morgan !

– Ça n'a rien à voir, me défends-je, blessé par ses accusations. Elle et moi, c'est… plus profond que ça.

C'était sans doute la remarque de trop. Garett me fonce dessus, le visage rougi et tordu par la colère. Je n'ai pas le temps d'éviter son poing qui s'écrase littéralement sur ma pommette, m'arrachant un cri de surprise, de douleur.

Putain, ça fait mal !

Je vacille, recule de trois, peut-être quatre pas tout en plaçant instinctivement mon bras devant moi, afin de me protéger d'un éventuel deuxième assaut. Je relève la tête pour lui faire face, sans aucune intention de lui rendre la pareille. J'ai mérité ce qui m'arrive. Je l'ai trahi, et si encaisser ses coups est le seul moyen pour gagner son pardon, je le laisserai se défouler sur moi aussi longtemps qu'il en ressentira le besoin.

Alors je ne bouge pas, me contente de soutenir son regard lourd de reproche et de déception. Il dévie une seconde vers le sang qui coule sur ma joue gauche, le long de ma cicatrice. Comme si cette vision lui était insoutenable, il se détourne de moi. Le deuxième coup qu'il me réservait finit sa course dans un arbre.

– Putain de merde ! explose-t-il dans un cri de souffrance et de rage mêlées.

– Garett, je…

– Je n'ai plus rien à te dire. Tire-toi d'ici. Maintenant.

Il me tourne le dos et je me contente de le regarder s'éloigner. Je n'ai aucune excuse, si ce n'est celle d'être tombé amoureux de la seule femme qui m'était interdite. Aucun mot, aucun geste ne saurait le retenir, je le connais assez pour le savoir ; assez pour ne rien tenter. Seul le temps sera mon allié, et j'espère qu'un jour, Garett comprendra, qu'il trouvera la force de me pardonner.

***

Deux semaines plus tard

Je n'ai pas encore réussi à prendre mes marques. Informer les clients du cabinet et les aider à faire les meilleurs choix possibles juridiquement et judiciairement parlant est un boulot très enrichissant, mais j'ai l'impression de ne pas être tout à fait à ma place.

Maryline me répète que c'est normal, que cela demande parfois du temps de s'adapter à sa nouvelle vie. Je lui fais confiance parce qu'elle a l'habitude de changer d'horizon, et je ne veux pas non plus passer mes journées à me plaindre alors qu'elle m'est d'un grand soutien.

Pourtant, depuis mon arrivée dans le Sud, ni le soleil, ni mes journées remplies, ni le chant estival des cigales ne m'ont permis de me sentir apaisé et serein. Je me fais l'effet d'un lion dans sa nouvelle cage qui, en dépit d'un meilleur environnement et plus d'espace, ressasse l'image de son ancien habitat. Certains appellent ça le mal du pays, d'autres me disent que j'ai simplement peur du changement.

Moi, je pense qu'il m'est de plus en plus difficile d'accepter le silence de Garett. Je regrette d'être parti sans avoir eu une vraie discussion avec lui, mais mes nombreuses tentatives de dialogue se sont toutes soldées par des échecs. Et puis, bien sûr, il y a… *elle*. Gwenaëlle prend encore beaucoup trop de place dans ma tête. Mes nuits sont agitées ; je ne compte plus le nombre de fois où j'ai cherché son corps en ouvrant les yeux, certain que son odeur envahissait les lieux. Ses cheveux roses, sa peau nougat, ses pommettes carnées et ses grands yeux métalliques bordés de longs cils noirs, toutes ces couleurs sont autant de nuances qui manquent aujourd'hui à ma vie.

Tandis que j'enfile ma chemise en lin, Alex, déjà emmitouflée dans un pyjama multicolore qui me pique les rétines, fait irruption dans ma chambre, une tasse fumante dans chaque main.

– Déca ? me propose-t-elle en me tendant l'objet.

– Merci, c'est gentil.

J'ajuste mon col, ferme mes boutons de manchette, mais le regard insistant qu'elle pose sur moi éveille une appréhension troublante ; un mauvais pressentiment. Même si je ne suis pas sûr d'avoir envie de l'entendre, je l'encourage à me dévoiler le fond de sa pensée.

– Un problème ?

– Non, aucun. Alors… hésite-t-elle en me détaillant de haut en bas, t'as rendez-vous avec ta pouffiasse ?

Et c'est reparti pour un tour…

– Je te l'ai déjà dit, Alex. Maryline est une amie. Et ma patronne. Il n'y a aucune ambiguïté entre nous.

– Ah ouais ? Elle est au courant, tu crois ?

Je souffle, agacé. Et peut-être un peu amusé, au fond. S'il y a bien une chose que j'ai déduite du comportement d'Alex, c'est que lui imposer une autre femme dans sa vie n'est pas envisageable. Pas tout de suite, du moins. Même si la question ne s'est jamais posée pour Maryline, j'ai pu avoir un aperçu de la réaction de ma fille si je décidais de refaire ma vie aujourd'hui. Loin de moi l'idée de tout foutre en l'air alors que nous commençons tout juste à trouver un équilibre.

– C'est juste un verre. Je ne rentrerai pas tard, éludé-je pour couper court à la discussion.

Mais ma progéniture est obstinée, tout comme sa mère.

Tout comme moi.

– J'ai bien vu comment elle te regarde. Je ne suis pas débile, tu sais. Je vois beaucoup de choses.

De ses deux mains, elle porte la tasse à sa bouche, ses billes caramel perçant les miennes. Je devine un sous-entendu dans ses mots, mais suis incapable de le décoder.

– Quel genre de « choses » ?

– Des trucs dont tu n'as pas envie de parler. De tes… *relations*, par exemple.

– Alex, je te promets qu'il n'y a rien entre Maryline et moi ! lui affirmé-je en glissant ma main libre dans mes cheveux pour tenter de calmer une méchante migraine que je sens pointer le bout de son nez.

– Je ne parle pas d'elle.

– Ah bon ? De qui alors ?

Son silence s'éternise. Elle se mord l'intérieur de la joue et je m'acharne à chercher des réponses au travers de ses hésitations, de ses soupirs ; là où il m'est pourtant impossible de les trouver. J'avale une gorgée de café pour me donner du courage, j'ai conscience que la discussion est loin d'être terminée. Évidemment, Alex choisit ce moment précis pour lâcher sa petite bombe, qui explose entre ses lèvres.

– De Gwen.

Le liquide change de trajectoire et encombre soudain mes voies respiratoires. Inapte à lui répondre, je suis pris d'une toux réflexe, violente, bruyante, qui m'empêche de réfléchir autant que d'aligner deux mots.

Et elle, pendant ce temps, elle se marre.

– Tu… Je… C'est…

J'ai du mal à reprendre mon souffle. La fausse route

du café n'en est pas l'unique raison, mais c'est une bonne excuse pour gagner du temps.

Comment diable peut-elle être au courant ? Est-ce que Gwen lui en a parlé ?

Et pourquoi n'est-elle pas en colère ?

– Si on était dans un tribunal, tu serais jugé coupable rien qu'à la tête que tu tires ! se gausse-t-elle, les pommettes rouges et le rire chantant.

– Objection, Votre Honneur, tout ceci n'est que pure spéculation ! rétorqué-je sur le même ton, après avoir retrouvé mes facultés de parole.

Nos rires s'accordent, s'emmêlent, puis s'essoufflent doucement. Elle attend toujours une réponse que je suis incapable de lui donner. Cela n'a plus aucune importance. Ça ne doit plus en avoir. Je souris toujours, mais quelque chose se brise à l'intérieur. C'est inexplicable. Je fuis son regard pour ne pas qu'elle s'en rende compte ; pour ne pas qu'elle lise en moi.

– Peu importe, c'est du passé tout ça.

– Vraiment ?

Beaucoup trop obstinée.

Mon téléphone sonne sur la commode, juste à côté d'elle. Comme une échappatoire offerte par la providence, je me précipite sur l'objet afin de mettre fin à cet interrogatoire. Je devine dans le regard perplexe d'Alexandra qu'elle n'en a pas fini avec moi, mais mon attention est soudain happée par le nom qui s'affiche sur l'écran.

Garett.

J'attends d'être à nouveau seul dans la pièce pour décrocher.

– Allô ?

– Salut.

Sa voix est monocorde. Aucune animosité, aucun plaisir. Ma nervosité redouble d'intensité alors que je me pose un milliard de questions quant aux raisons de son appel.

– Salut Garett…

– Écoute Morgan, poursuit-il après un long soupir, Nadia

a insisté pour que je te laisse une chance de t'expliquer. Alors un conseil, ne la gâche pas.

– Le problème, c'est que je ne sais pas quoi te dire. J'ai merdé, et…

– Merdé ? Tu lui as brisé le cœur ! me coupe-t-il, implacable.

Il ne prononce pas son nom, mais le visage de Gwen apparaît devant mes yeux. Son regard, son rire.

Ses larmes…

– Ce n'est pas ce que je voulais. Je te le jure.

– Alors qu'est-ce que tu voulais, exactement ?

– Je…

Les mots sont là, sur le bout de ma langue. J'ai pourtant l'impression de devoir creuser, m'ouvrir le cœur en deux pour les prononcer.

– J'en sais rien. Je suis juste tombé amoureux d'elle, Garett.

Il ricane à l'autre bout du fil. Je me prépare à la déferlante d'injures que je mérite. Mais rien. Au lieu de ça, il reprend d'un timbre teinté de surprise et de résignation :

– Bordel, Morgan… De toutes les nanas que tu as fréquentées, il fallait que ce soit elle, hein ?

– J'en ai été le premier surpris, figure-toi. Mais sois tranquille, c'est terminé entre Gwenaëlle et moi.

– Je sais. Gwen refuse d'en parler. Elle s'est contentée de me dire que c'est de l'histoire ancienne. Sauf que Nadia n'en est pas du tout convaincue. Elle m'en veut même d'avoir interféré dans votre relation. Et… je ne sais plus quoi penser.

– C'est un peu tard pour me donner ta bénédiction, tu sais, ne puis-je m'empêcher d'esquisser un sourire alors que je perçois le profond trouble dans ses paroles.

J'étouffe tout ce qui tente de remonter à la surface. Le regret. Le manque. La douleur de l'absence. Mais malgré toute ma volonté à ne pas regarder en arrière, les questions éclatent dans ma tête, les unes après les autres. Cela aurait-il vraiment changé quelque chose si Garett avait réagi différemment ? Aurions-nous pu vivre tous ensemble, en parfaite harmonie ?

« Tout arrive pour une bonne raison. Mais tout n'est pas fait pour durer. »

– Nous avions besoin de ce nouveau départ avec Alex, poursuis-je tandis qu'il se terre dans un silence coupable. Je me devais de lui offrir un avenir loin de tous ses démons. J'ai été égoïste pendant trop longtemps, c'est à elle que je dois penser maintenant. Uniquement à elle.

– Morgan, je ne sais pas comment te le dire… mais je crois que j'ai agi comme un connard. Et que tu fais une belle connerie.

– Je ne suis pas sûr de comprendre, lui avoué-je, l'esprit embrouillé par ce revirement de situation.

– Toi et moi connaissons la douleur de perdre un amour. Je n'avais pas le droit de…

– Garett, le coupé-je d'un ton suppliant, ne cesse jamais de protéger ceux que tu aimes comme tu le fais. Prends soin d'elle pour moi, s'il te plaît.

J'essaie tant bien que mal de ne pas laisser filtrer le trop-plein d'émotion dans ma voix. Difficile de convaincre quelqu'un lorsqu'on ne croit même pas à son propre discours… Mais putain, il m'embrouille ! Non, non, non ! Je ne dois pas me laisser déstabiliser. J'ai pris la bonne décision. J'en suis sûr.

– OK, comme tu voudras, abdique-t-il enfin. Je suis désolé, Morgan. Au fait, comment va Alexandra ?

– Elle va bien. On réapprend à se faire confiance. Elle n'a pas encore trop d'amis ici, mais ça viendra, je ne me fais pas de soucis pour elle.

– Je suis content que ça se passe bien entre vous. Appelle-moi, d'accord ? Quand tu veux.

– Je le ferai, conclus-je, la gorge serrée. À bientôt, Garett.

Je raccroche en m'échouant lourdement dans l'un des fauteuils de ma chambre. Je me sens complètement dépassé par tout ça. Garett. Gwen. Alex. Cette nouvelle vie ici. Ce que j'ai laissé derrière moi. Mes sentiments, mes devoirs. Ma tête. Mon cœur…

– Merde !

– Tout va bien, papa ?

– Ouais, c'était Garett.

Je fais mine de rien, les bras croisés sur mon torse. Je la fuis, comme toujours, parce que je veux la préserver. Et comme toujours, il ne lui faut pas moins de trois secondes pour me rappeler que je ne peux rien lui cacher.

– Hmm… J'ai entendu, lâche-t-elle en s'installant à côté de moi.

– Tu as… entendu ?

Elle replie ses jambes contre sa poitrine et pose sa tasse vide sur la petite table d'appoint. Si elle a entendu ça, alors elle a forcément entendu le reste de notre conversation.

– Amoureux, carrément, s'amuse-t-elle, visiblement un peu étonnée. J'avais des soupçons, c'est vrai, mais de là à imaginer que c'était si sérieux…

J'inspire profondément, à la recherche d'une bonne dose d'oxygène pour calmer la tempête qui sévit dans mon bide. Est-ce que je ne pourrais pas juste disparaître, là, tout de suite ?

– Alex… je t'assure que ça n'a plus d'importance. Je veux qu'on se concentre sur toi et ton avenir.

– Je sais, ça fait deux cents fois que tu me le répètes, maugrée-t-elle en soupirant. Mais papa, je ne comprends pas…

Je n'aime pas la voir comme ça, les traits chiffonnés par la confusion. J'ai tellement peur de l'avoir blessée, peur de lui donner le sentiment de vouloir remplacer sa mère. Je ne veux pas foutre en l'air cette complicité tant espérée et enfin retrouvée.

– Qu'est-ce que tu ne comprends pas ?

– J'ai coupé les ponts avec mes anciens amis avant même qu'on quitte Paris. Et si je veux le passer, ce concours, j'ai intérêt à me tenir à carreau !

– Quel concours ? m'enquiers-je, très intéressé par ses projets de carrière.

– L'école de police. Comme maman.

Je ne sais pas si je dois me réjouir, m'inquiéter ou simplement laisser déborder l'émotion que je contiens depuis trop longtemps. Alex m'étudie, silencieuse, tandis que j'ai l'impression de nager à contre-courant. Tout se mélange dans ma tête. J'essaie malgré tout de rester concentré sur ses mots, même s'ils me laissent un goût amer en bouche.

– C'est un métier dangereux, tu sais. Tu es vraiment sûre de toi ?

– Certaine. Maman m'a appris à ne pas fuir quand ça devient trop difficile. Et comme je n'ai pas encore envoyé ma candidature, je peux toujours m'inscrire dans une école plus proche de Paris. Je dis ça…

Elle se lève, claque un bisou sur ma joue et disparaît dans sa chambre. L'écho de ses sous-entendus résonne encore ici, quelque part entre ma solitude et mes réflexions, mais je refuse de le laisser nourrir ces espoirs insensés.

Je bondis, attrape ma veste et me précipite jusqu'à la voiture. Ce soir, je décompresse en compagnie d'une amie ; voilà qui devrait me faire le plus grand bien.

47

COCKTAIL ET CŒUR DE GLACE

Morgan

Je me décide enfin à entrer dans ce bar à tapas branché où Maryline est probablement déjà en train de m'attendre. Ce soir, nous fêtons notre récente collaboration autour d'un verre. Je veux profiter de cette occasion pour la remercier d'avoir rendu tout cela possible. Je lui dois cette nouvelle vie loin des mensonges et des erreurs du passé ; cette autre chance avec ma fille.

Je la repère immédiatement debout près du comptoir, plaisantant avec l'un des barmen probablement déjà tombé sous son charme.

Maryline est une femme qui ne passe pas inaperçue. Elle est grande, fine, mais avec des formes généreuses qu'elle assume fièrement, un caractère piquant qui la rend parfois insupportable et une force mentale hors du commun. Ce soir, elle a bouclé ses longs cheveux bruns qui s'échappent en cascade épaisse sur ses épaules dénudées. Sa robe bustier couleur coquelicot fait ressortir sa poitrine proéminente et accentue sa taille de guêpe, tandis que le tissu plus évasé sur ses hanches en redessine sensuellement la courbe.

Elle est magnifique, il n'y a aucun doute là-dessus.

Probablement le genre de nana avec qui je devrais me projeter dans une relation, un avenir. Mais la tornade aux cheveux Malabar a laissé dans son sillage des fêlures difficiles à colmater. Je ne perds pas espoir puisque je me souviens qu'avant son arrivée, j'étais persuadé de ne plus jamais ressentir quelque chose d'aussi fort pour une femme ; elle m'aura au moins prouvé que j'avais tort. J'étais certain de ne jamais pouvoir me remettre de la mort de Claire, mais j'ai eu une délicieuse impression de bonheur lorsque je tenais Gwen dans mes bras. Aujourd'hui, un désagréable goût d'inachevé me reste en travers de la gorge.

– Maître Delcroix, te voilà enfin ! s'écrie l'ancienne avocate dès qu'elle m'aperçoit.

Elle ajoute, enjouée, en me désignant l'employé d'un signe de tête :

– Ce gars-là fait les meilleurs cocktails de la région !

Elle me présente alors Kevin, le barman aux faux airs de Will Smith, plus jeune qu'elle d'au moins dix ans, ce qui ne semble pas le déranger outre mesure. Il me salue d'un grand sourire auquel je réponds par un sobre, mais poli, hochement de tête. Je m'en tiens à mon éternel verre de cognac (c'est vrai, je n'aime pas changer mes habitudes, tandis que Maryline se laisse tenter par une piña colada. Elle m'attrape ensuite amicalement la main pour me guider à notre table, dans une alcôve intimiste.

– Alors Morgan, tu trouves enfin tes marques ?

Oui. Non. C'est flou.

– Je crois qu'il me faudra un peu plus de temps, réponds-je, la voix légèrement enrouée.

– Je suis sûre que tu finiras par te plaire ici. Et Alexandra ?

– Elle souhaite suivre les traces de sa mère, mais pour ça, elle doit passer un concours d'aptitude.

– Elle veut devenir flic ? s'étonne-t-elle, les yeux ronds comme des soucoupes. Il va falloir qu'elle arrête d'enchaîner les conneries.

– C'est l'idée, je crois, ris-je en me réinstallant au fond de ma chaise.

Mon regard s'évade quelques instants vers les étagères à vin recouvrant tout un pan de mur. Les bouteilles sont rangées par couleur et ordre alphabétique. La quantité de choix proposés est assez impressionnante. Je dévie vers les blancs, jusqu'à la lettre S pour sauternes, me rappelant la manière dont je me suis retenu de goûter aux lèvres de Gwen, frémissantes et enrobées de ce délicieux Lafleur Mallet.

Quel idiot!

Le serveur pose nos verres sur la table. Je me concentre à nouveau sur Maryline qui se met à suçoter indécemment sa paille en me regardant. Séductrice jusqu'au bout des ongles, je ne sais même pas si elle a conscience de son attitude à cet instant. Cela fait simplement partie de son tempérament, je crois. Pour autant, ce petit jeu innocent me fait sourire, chassant quelques-uns de mes nuages gris. Elle et moi avons toujours eu des rapports strictement professionnels et c'est probablement la meilleure relation que nous pouvions avoir. Pour preuve, notre partenariat. Quand j'étais marié à Claire, aucune autre ne comptait. Aujourd'hui, cinq ans après son décès, une jeune femme a su se faire une place dans mon cœur endeuillé. Et son visage ne ressemble en rien à celui de Maryline.

Sans réellement l'avoir décidé, je me mets à la détailler. Mes réflexions fusent vers une unique conclusion: je n'éprouve aucun sentiment pour elle, si ce n'est une amitié sincère et une profonde reconnaissance pour tout ce qu'elle m'a apporté. Sans doute a-t-elle des failles, mais je n'arrive pas à les percevoir. Je suis certain qu'un homme est fait pour elle, qu'il tombera littéralement dans ses bras à la seconde où il croisera son regard… Mais je ne suis pas ce type-là. Je ne le serai jamais.

– Parle-moi un peu de toi, lance-t-elle en se penchant, les coudes posés sur la table. Que devient ce petit cœur de glace?

Elle pointe son index manucuré en direction de ma poitrine. Je souffle en faisant mine de réfléchir, pas encore certain de ce que je vais lui répondre.

– J'y tiens beaucoup trop pour le laisser fondre entre les mains de n'importe qui.

– Tu te rends compte que la moitié des femmes de ce bar te bouffent du regard, n'est-ce pas?

– Je pense que c'est plutôt toi qu'elles observent.

– Parce qu'elles me haïssent, Morgan !

Durant quelques heures, nous parlons de choses et d'autres, enchaînant les coladas et les verres de cognac. Je cherche à savoir pourquoi elle a raccroché après s'être donné autant de mal, et puis je me rappelle que j'ai raccroché moi aussi, pour des raisons que je n'ai pas forcément envie de mettre sur le tapis. Aller de l'avant et se faire une place dans ce monde, je crois que c'est à ça que nous aspirons tous.

Je sens peu à peu les effets de l'alcool. Ma tête tourne et tout ce qui m'entoure me semble soudain beaucoup plus amusant. La voix aiguë du barman, la façon étrange qu'ont certains clients de danser. La sensation de manque est légèrement apaisée, remplacée par une euphorie passagère. Je le vois aussi sur elle. Ses yeux pétillent, son rire gagne en intensité ; elle est plus tactile que d'ordinaire avec moi, mais je crois qu'elle ne s'en rend même pas compte. Cela ne me dérange pas trop, tant qu'elle ne dépasse pas les limites du convenable.

Il n'y a que Gwenaëlle qui a le droit de me toucher d'absolument toutes les manières. À outrance. Faire ce qu'elle veut de moi, de mes lèvres, de mon corps. N'importe où, n'importe quand. Elle envahit mon crâne à nouveau. Je me demande ce qu'elle fait et si elle pense à nous aussi souvent que j'y pense. J'ai envie d'entendre son rire, ses murmures, ses supplications, ses gémissements de plaisir. Elle ne m'aura pas laissé beaucoup de répit avant de se réinstaller sous ma peau, de renaître dans chaque cellule. Une poignée de minutes à peine et elle revient prendre possession de tout mon être, plus brutalement que jamais.

Elle a redonné un sens à ma vie.

Je termine mon verre cul sec et profite de l'absence de ma partenaire pour commander une dernière tournée. *Après celle-là, je rentre*, me promets-je en titubant jusqu'au bar.

Ça tourne un peu plus maintenant que je suis debout.

– Kevin, vous nous remettez la même chose, s'il vous plaît ?

N'y allez pas trop fort avec le rhum, par contre, plaisanté-je en sortant quelques billets de mon portefeuille.

– Aucun risque, la dame ne boit que des virgin.

Je le dévisage un instant, mais il ne relève pas, sans doute habitué à se faire regarder de travers par des gens un peu trop bourrés. Il me dépose les deux verres sur le comptoir en bois et j'use de toutes mes capacités à retrouver les idées claires avant de retourner m'asseoir à ma place.

Des virgin ?

– Ouf, ça fait du bien ! souffle-t-elle en se réinstallant en face de moi. Alors, personne n'en a profité pour te harponner ?

– Euh… non, hésité-je en essayant tant bien que mal de suivre le fil de la conversation. Je crois que je devrais rentrer.

– Quoi ? Déjà ? Mais tu viens de remettre une tournée ! Quelque chose ne va pas ?

La question serait plutôt : est-ce que quelque chose va depuis que tu as décidé d'aller vivre loin de la femme qui t'a ramené à la vie ?

– Je… j'ai besoin de prendre un peu l'air.

J'ai besoin d'*elle*, putain !

Je me lève sans vaciller, comme porté par un second souffle, une force insoupçonnée. Mes jambes me traînent jusqu'à l'extérieur, Maryline reste sur mes talons.

– Morgan, attends, me supplie-t-elle en agrippant mon bras.

Elle me fait barrage. Même avec ses jolis escarpins noirs à bride, elle mesure bien une tête de moins que moi. Mon regard incertain s'arrime au sien, froissé, vexé. Elle se rapproche, jusqu'à se coller entièrement contre mon corps, pendant qu'une de ses mains recouvre la cicatrice sur ma joue. Tous mes muscles se tendent, ma mâchoire se contracte et j'essaie de contenir les milliards de neurones qui m'ordonnent de la repousser.

Non. Pas encore.

– Est-ce que j'ai dit ou fait quelque chose qu'il ne fallait pas ? s'enquiert-elle en détaillant mon visage impassible, à la recherche de réponses qu'elle ne trouvera assurément pas.

– J'ai juste un peu trop bu, OK? On se voit demain.

Elle scrute ma bouche pendant plusieurs secondes, comme incapable de se détacher de moi. Elle fait face à une véritable statue de marbre, mais ça n'a pas l'air de la dissuader de poursuivre son petit numéro. Ses lèvres s'approchent dangereusement des miennes, jusqu'à les frôler. Cette fois, ça va trop loin. Je plaque mes deux mains sur ses épaules, l'obligeant à reculer d'un pas.

– Merde, à quoi tu joues? grincé-je entre mes dents.

Elle baisse son visage vers le sol, confuse.

– Excuse-moi, je n'aurais pas dû. Je ne devrais plus boire autant, moi non plus. Ça me fait vraiment faire n'importe quoi.

– Boire autant de cocktails sans alcool, tu veux dire?

Mon ton est dur, je perds patience. Je n'aime pas qu'on se foute de ma gueule. Je n'aime pas me tromper sur les gens. Je n'aime pas être loin d'*elle*.

Son petit air innocent et confus se recouvre soudainement d'un voile de honte. Elle détourne les yeux.

– Tu m'expliques? insisté-je en glissant mes mains dans mes poches, bien que je commence à avoir une idée de ce qui se trame.

Elle soupire, résignée.

– Je me suis dit que… ça me servirait d'excuse. C'était nul. Je suis désolée.

– Une excuse pour quoi? Qu'est-ce que tu espérais, exactement?

– Morgan, le courant est toujours super bien passé, je ne voulais pas que ça devienne bizarre entre nous si jamais tu me repoussais. Mais ouvre les yeux, bon sang! Nous pourrions former un couple parfait, jalousé de tous.

– Maryline… soufflé-je en secouant la tête, ahuri. Je ne te savais pas aussi tordue.

– Je pensais que l'alcool t'aiderait à balancer tes démons au placard, poursuit-elle, suppliante, à profiter entièrement de cette soirée. Que tu t'autoriserais enfin à laisser parler tes envies plutôt que ton esprit entravé par ton passé. C'est mal ?

Oui. Non. Aucune idée. Je n'arrive même pas à être en colère contre elle. Je me rappelle le jour où Gwenaëlle et moi avons discuté des effets de l'alcool sur nos actions et décisions. Ce soir-là, enivré d'un cocktail détonnant qui coulait dans mes veines et de son délicieux parfum, j'avais cédé à cette envie irrationnelle de lui faire l'amour. Mes démons intérieurs s'étaient tus, noyés sous un torrent de désir qui surpassait tout le reste.

Mais toutes les sensations, les émotions, les sentiments, devenus trop forts pour les nier, sont restés intacts même une fois les effets de l'alcool dissipés. Ses baisers se sont imprimés sur chaque centimètre carré de mon épiderme. Son odeur sucrée et florale sature l'air dans mes poumons alors qu'elle se trouve à près de neuf cents kilomètres de moi. Son prénom résonne incessamment dans ma poitrine, le jour comme la nuit, hurlé par mon cœur que je ne pensais plus capable d'aimer.

Encore moins d'aimer à ce point.

– Je crois que tu viens de m'ouvrir les yeux, lâché-je comme pour la remercier.

– À propos de quoi ? Tu… tu serais prêt à nous laisser une chance ?

Ses grands cils papillonnent sur son regard plein d'espoir. Un espoir que je vais étouffer dans l'œuf.

– Je suis désolé. Vraiment. Mais il y a quelqu'un d'autre. Il n'y a pas de « nous » et il n'y en aura jamais.

– Quoi ? Mais qui ?

Je ne réponds pas, soutiens son regard soudain réprobateur. Elle agit comme si cette place lui était réservée, comme si je l'avais laissée croire, à un moment donné, que nous pourrions un jour devenir plus que des amis, elle et moi. Peut-être ai-je été maladroit dans mes paroles pour qu'elle ait cette impression, mais ça n'a jamais fait partie de mes projets.

– Ne me dis pas que c'est cette gamine aux cheveux roses ?

suppose-t-elle, consternée. La pianiste de l'Aparté ? J'ai vu comme tu la regardais. Non, impossible…

Je ne confirme ni ne démens. Son avis sur la question ne m'intéresse pas le moins du monde mais, visiblement, elle compte bien me le partager quand même.

– Je t'en prie, Morgan ! C'est d'un ridicule ! Ce n'est qu'une gamine. Quel avenir tu espères pour vous deux, franchement ?

– Qu'est-ce que tu en sais ?

– Tu vas bientôt avoir 40 ans, on a vu ce qu'a donné la paternité chez toi. Elle voudra des enfants un jour, mais pas toi, et à ce moment-là, tu te retrouveras comme un con. Fais-lui le cadeau de ne pas lui faire perdre son temps !

Il n'y a pas à dire, cette femme est redoutable. Elle sait frapper là où ça fait mal et créer le doute, comme elle l'a toujours fait pour les jurés d'une cour d'assises. Bien sûr que je n'ai pas toutes les réponses, que je suis un peu paumé parce que je ne m'attendais pas à voir évoluer mes sentiments pour Gwen au point de ne plus pouvoir imaginer un avenir sans elle. Mais est-ce vraiment fichu d'avance, comme je m'entête à le penser depuis les premiers instants ?

Je n'ai jamais réfléchi à la question d'avoir d'autres enfants un jour, mais après tout, pourquoi ne pourrais-je pas l'envisager ? Me projeter dans une véritable histoire avec elle ?

– Ce n'est pas avec toi que je souhaite avoir ce genre de conversation.

– Alors quoi, tu laisses tomber ?

– Non, au contraire. Je vais enfin me battre pour ce que je veux vraiment.

Claire ne quittera jamais mes pensées et sera à jamais mon passé, à jamais dans les yeux d'Alex, dans ses sourires, mais il est peut-être temps de tourner la page. De me pardonner. De regarder l'horizon qui s'offre à moi et non plus le rétroviseur, magnéto en boucle d'un incurable malheur avec lequel je dois composer. D'avancer et de retrouver ma place dans une vie qui a filé sans moi ces dernières années. Claire n'est plus là et même si « jusqu'à ce que la mort nous sépare » a un goût amer de trop tôt, quelles que soient les prières que je pourrais réciter, elles ne seront jamais exaucées. Les souvenirs perdureront. Mais Alex n'est plus la seule pour qui je dois (je veux) me battre. Si j'ai besoin de ma fille, il y a une autre jeune femme au tempérament bien trempé qui me semble à présent nécessaire dans l'équation, pour définitivement remettre ma vie sur les rails.

48

UN LOUP DANS LA FOURMILIÈRE

Gwenaëlle

Troisième jeudi que je me rends au Versus en sachant qu'il n'y sera pas. Je ne traîne pas des pieds, j'aime travailler, mais le cœur n'est pas vraiment au rendez-vous.

Ma vie a bien changé depuis son départ. Je joue tous les mercredis sur le magnifique piano à queue récemment installé dans la salle de l'Enfer. Encore une idée de Morgan, qui n'était même pas là pour voir mes larmes de tristesse et de joie mélangées ruisseler sur mes joues. Les clients semblent ravis de pouvoir déguster leur boisson et leur cigare au contact d'une musique vivante, et ça m'a ouvert les portes de quelques nouveaux contrats. J'ai également retrouvé ma mère, la vraie, celle qui me lisait des histoires avant de m'endormir et me préparait une bonne soupe quand j'étais malade. J'ai aussi découvert d'autres facettes de Garett que je ne soupçonnais pas, comme son attrait pour tout ce qui se rapporte à la spiritualité et sa passion pour la cuisine antillaise. Il m'encourage à parler de mes émotions, surtout lorsqu'il tente d'aborder le sujet Morgan et de me soutirer quelques infos au passage, mais je m'arrange pour couper court à la discussion. Alors, sans jamais se montrer trop insistant, il se contente de m'apprendre à cuisiner et à réaligner mes chakras. Garett m'a également fait découvrir les bienfaits du yoga. J'ai décidé de prendre deux à quatre cours par semaine. Il a toujours fait attention à moi, mais il n'hésite plus à m'exprimer son attachement et n'a clairement aucun mal à me considérer ouvertement comme sa propre fille.

Au début, je pensais que Catalina ne serait pas ravie de ce rapprochement entre son père et moi. Ce dernier lui demandait d'accepter sa nouvelle femme et, en plus, de le partager avec sa meilleure amie ; il y avait de quoi péter un plomb et envoyer tout le monde sur les roses !

En fait, c'est tout l'inverse qui s'est produit. Catalina est aux anges que son papa ait enfin retrouvé l'amour et que nous soyons pratiquement devenues sœurs, elle et moi. Le bonus, c'est que nous recevons toutes les deux l'affection d'une mère, la mienne, qui tente de rattraper ses erreurs du mieux qu'elle peut. Et elle s'en sort plutôt bien.

Ce soir, je me rends au Versus avec un fardeau en moins : l'espoir d'y revoir Morgan. J'ai mis du temps à l'accepter, à faire le deuil de cette petite voix qui murmurait des mots auxquels je ne crois plus : *S'il t'aime, il reviendra.*

Je me suis fait une raison. J'ai compris que notre histoire n'avait sûrement pas autant compté pour lui que je l'aurais souhaité. Je dois aller de l'avant autant que faire se peut et par conséquent, je refuse de passer mes journées à me morfondre en me demandant pourquoi je m'accroche à un type dans son genre. Trop vieux. Trop beau. Trop bipolaire. Trop touchant. Trop intense. Trop absent. Trop inaccessible. Trop tout.

Et surtout : trop pas pour moi.

J'arrive toujours avec un peu d'avance au club puisque je suis pratiquement seule à m'occuper de l'étage, à présent. Garett y tenait, tout en m'assurant qu'il ne serait jamais loin en cas de besoin. Au fond, je crois qu'il ne se sent pas prêt à ce que quelqu'un vienne remplacer son meilleur ami. Je le comprends. Il a déjà eu beaucoup de mal à prendre en main le projet de Morgan et à voir l'engouement que cela a généré auprès d'une toute nouvelle clientèle, sans pouvoir partager ce succès avec lui. Mon boss n'ose pas l'avouer, mais je crois que son ancien partenaire lui manque plus qu'il ne veut bien l'admettre. Morgan a laissé derrière lui des silences plus profonds, des soupirs plus mélancoliques, des sourires plus tristes, des non-dits aussi amers que l'écho d'une belle histoire d'amour inachevée. Il nous a marqués à sa façon, et j'ai l'intime conviction que son ombre planera encore quelque temps au Versus, au-dessus de chacun de nous.

Garett et lui sont l'âme du club. Je ne peux pas croire que je sois la seule à ressentir encore sa présence.

Pourtant, lorsque je franchis les portes, une chose très inhabituelle m'interpelle : tout le monde s'est amassé derrière le bar dans une ambiance euphorique, presque festive. Garett, ma mère, Catalina, Diego, Vanessa, ainsi que Hank et Telma, les vigiles, parlent et rient comme ils ne l'ont jamais fait. Un peu confuse, je m'avance jusqu'à eux en me demandant si je ne suis pas passée à côté d'une info importante.

Comme les fourmis sentent la pluie avant même que les premiers nuages apparaissent, tous se dissipent à une vitesse impressionnante, retournant à leur poste en faisant mine de ne pas m'avoir remarquée. Seule ma mère s'approche pour m'embrasser et replacer tendrement une mèche de cheveux derrière mon oreille.

– Qu'est-ce qui se passe ici ? la questionné-je, intriguée.

– Comment ça ?

Son air faussement ignare ne prend pas avec moi. Elle me cache quelque chose, j'en suis certaine. Ma mère n'a jamais su mentir, même si cette fois, je crois que ce n'est pas exactement ce qu'elle souhaite. Je ne veux pas m'avancer trop vite, mais il m'est difficile de ne pas faire le lien avec mon anniversaire qui aura lieu dans une semaine.

– Si vous organisez une fête surprise pour une personne dont je ne citerai pas le nom, essayez d'être un peu plus subtils, ris-je en feignant de ne me douter de rien.

Elle relève un sourcil, m'étudie avec intérêt sans prendre la peine de dissimuler son petit sourire amusé.

– Je transmettrai le message, Chupa.

Garett et Catalina ont disparu dans le bureau, Telma et

Hank rejoignent l'entrée principale et mes deux collègues me lancent de nombreux regards en coin qui se veulent tout sauf discrets, auxquels je réponds par un profond soupir d'exaspération.

– Vous, c'est bien la première fois que vous savez tenir votre langue !

– Tu n'obtiendras aucune info, traîtresse !

Diego agite vigoureusement sa main devant lui comme pour chasser un vulgaire insecte de son espace vital, sans même relever les yeux de son petit carnet où il a l'habitude de créer ses nouveaux cocktails.

– C'est vrai, ajoute Vanessa d'un ton rieur. C'est toi qui nous as caché des choses en premier.

Je m'apprête à répliquer, mais Garett débarque, un tas de feuilles sous le bras.

– Gwen, il me faudrait l'inventaire des bouteilles à l'étage, tu peux t'en charger ? Je dois passer la commande la semaine prochaine, donc si je peux l'avoir avant la fermeture de samedi, ce serait parfait.

Malgré la deadline plutôt large, sa vitesse d'élocution laisse transparaître une réelle urgence. Quelque chose dans son attitude me rend perplexe. Il tente de capter mon regard avec trop d'insistance, comme pour jauger chacune de mes réactions. Son corps tendu reste figé dans l'encadrement de la porte d'où s'échappe la lumière tamisée de la réserve. Je m'avance en longeant le bar pour saisir les documents avec hésitation, mais son sourire sincère me rassure. Au fond, je crois que je me fais un énième film et que Garett est juste un peu à cran de devoir tout gérer seul.

– Pas de soucis, je m'en occupe.

Je rejoins l'escalier, non sans lancer un dernier coup d'œil accusateur en direction de la barmaid qui m'épie toujours, puis je monte à l'étage pour retrouver cet enfer qui est à présent le mien.

Et *uniquement* le mien.

Le nez sur la paperasse que je tiens entre mes mains, je

mets plusieurs secondes avant de remarquer que quelque chose ne va pas. Les fausses flammes dansent contre les murs, mais la pièce sombre qui, hier encore, contenait des tables remplies de toutes sortes de cigares est pratiquement déserte. Je panique. Ce n'était pas à moi de vérifier si tout était en ordre, mais visiblement, il y a eu un couac. Au moment où je m'apprête à redescendre pour prévenir Garett que je ne suis pas prête à ouvrir la VIP room et qu'il y a sûrement eu un problème de coordination entre les deux équipes, je distingue une lumière, ou plus précisément l'éclat d'une chandelle déposée sur le Steinway, trônant juste en face du bar.

Je ne comprends absolument rien à ce qui se passe. Encore moins lorsque j'aperçois des pétales de roses jonchant le sol, puis l'une des banquettes rouges – visiblement l'unique rescapée – méticuleusement placée contre l'une des trois vitres structurées qui donnent sur le rez-de-chaussée. Mais ce qui attire par-dessus tout mon attention et éveille un truc complètement dingue dans mon ventre, tandis que je m'approche toujours plus près du piano, c'est l'origami qui se trouve au pied de la bougie. Une putain de colombe.

« Au revoir, ma douce colombe. »

Ses mots résonnent dans mon crâne en ébullition aussi clairement que s'il venait tout juste de les prononcer. Non. C'est impossible. Ça ne peut pas être vrai. Je suis probablement en train de rêver, comme à chaque fois.

Alors, je fais la seule chose que me permettent encore mes muscles tétanisés : je prie pour ne jamais me réveiller. Mon cœur est sur le point de bondir hors de ma cage thoracique. Je vacille entre l'espoir hurlant de plus belle que rien n'est perdu, et l'angoisse étouffante que tout cela ne soit qu'une mauvaise blague de mes collègues, voulant me faire payer ce qu'ils appellent une trahison. Mais comment pourraient-ils être au courant de ma relation avec Morgan ? Du surnom qu'il m'avait donné ? Et est-ce réellement de cela qu'il s'agit ?

Mon sang ne fait qu'un tour et c'est au moment où, haletante, je suis prête à quitter les lieux, qu'il m'apparaît, adossé contre la porte de la salle de billard, vêtu d'un costume gris clair qui lui sied à merveille.

Le Dieu des enfers.

Il ne porte plus son attelle. Ses cheveux en bataille, un peu plus longs que lors de notre dernière rencontre, reflètent le nombre incalculable de fois où ses doigts s'y sont glissés, sans doute durant l'attente qui a précédé mon arrivée. Son regard est étincelant, malgré une ombre de nervosité que je perçois juste en dessous. Il est beau à crever. Plus incroyable encore que les souvenirs immuables de ma mémoire infaillible. Des effluves boisés s'infiltrent en moi, imposent leur présence et leur pouvoir olfactif. Je m'imprègne de son parfum qui demeure pourtant toujours aussi vivace depuis son départ ; de ses lèvres entrouvertes qui ne daignent prononcer le moindre mot ; de son corps impressionnant, fier, immobile dont j'ai déjà tant de fois redessiné la courbe sous mes doigts en manque de sa peau.

Je fais un pas vers lui, un seul, guidée par une force qui me dépasse, mais pas encore certaine de la véracité des événements. Trop souvent, j'ai rêvé de son retour avant de le voir disparaître, tel un château de sable englouti par la vague de mes vaines espérances. J'ai peur de me tromper à nouveau, de revivre la douleur de cette monstrueuse désillusion. Mais tout me semble si réel, ce soir. Ces millions de frissons qui enveloppent mon épiderme, ces picotements aigus dans mes phalanges, ces larmes qui rendent ma vision trop floue et cet oxygène qui me manque au moins autant que lui. J'ai tellement besoin d'y croire encore.

– Salut, me lance-t-il simplement, comme si une petite éternité ne venait pas de s'écouler entre nous.

– Salut.

Ma voix est à peine audible, méconnaissable. Je tremble de tous mes membres et ne sens bientôt plus ma lèvre inférieure bousillée entre mes dents.

Il bouge enfin dans ma direction. Sa démarche est rapide, impatiente. Pouvoir le contempler ainsi est tellement inespéré que ma raison a du mal à se convaincre qu'il est bien là, sublime, se mouvant dans la lueur des flammes ; son aura dévorant mes doutes et son intensité balayant mes incertitudes.

– Gwen, je… j'ai tellement de choses à te dire. Je ne sais pas par où commencer.

Il glisse ses mains dans ses poches, comme pour s'empêcher de les poser sur moi. Nous sommes conscients tous deux qu'un simple contact, tel un craquement d'allumette, suffirait à tout embraser.

Avant d'aller plus loin, il y a une seule et unique réponse dont j'ai besoin :

– Est-ce que tu comptes repartir ? Tu… tu es juste de passage ou…

– Je serai exactement là où tu veux que je sois.

Nous parlons la même langue, mais tous les mots qu'il prononce se mélangent dans ma tête. Le sang n'irrigue plus mon cerveau. Rien ne fonctionne correctement.

– Tu… quoi ?

Il sourit tendrement, sa paume caresse enfin ma joue avec autant de douceur que d'appréhension. J'y presse mon visage en fermant les paupières. J'ai l'impression de revivre ce moment où je l'ai entendu me dire au revoir, où mon cœur s'est brisé, mon âme s'est déchirée. Se pourrait-il que tout soit différent, cette fois-ci ?

– Si tu veux encore de moi, Gwenaëlle, je ferai de chaque jour une nouvelle occasion de te prouver à quel point je te suis reconnaissant de m'avoir ramené à la vie.

La dévotion que je lis dans ses yeux alors qu'il m'étudie avec minutie me transcende, littéralement. Un courant électrique s'infiltre sous mes pieds et remonte jusqu'au sommet de mon crâne, faisant frétiller les zones les plus sensibles de mon anatomie. Je ne me lasserai jamais de l'effet qu'il provoque en moi.

Mais cela ne peut pas être si simple. Une part de moi,

aussi infime soit-elle, lui en veut terriblement de m'avoir abandonnée.

– Et tes projets ? Ta *deuxième chance* ? lancé-je amèrement.

– C'est toi, ma deuxième chance. Ça a toujours été toi.

– Et tu avais besoin de partir pour t'en rendre compte ? Qu'est-ce qui a changé ?

– Ma vie n'a plus aucun sens sans toi. J'ai mis du temps à l'accepter parce que j'étais terrifié à l'idée d'aimer à nouveau. Mais te perdre, c'est… Je ne peux pas.

Aimer. À. Nouveau.

C'est tout ce que mon cerveau retient et se repasse en boucle. Ma rancune apaisée par ces mots prononcés avec tant de sincérité, je me jette à son cou pour capturer sa bouche.

Morgan me rend mon baiser avec une volonté presque animale d'imposer son autorité, ses mains sur mes hanches pour les presser fermement contre son corps. Ainsi, je remarque que son appétit féroce n'atteint pas uniquement sa langue, qu'il s'empresse de mélanger à la mienne, mais aussi son membre déjà trop à l'étroit dans son pantalon. Mes doigts glissent sous sa veste de costume et s'imprègnent encore de chaque muscle de son torse, puis la ligne parfaite de ses abdos que je redessine au travers de sa chemise. Je gémis dans sa bouche, il empoigne mes fesses, murmure mon prénom entre deux baisers. J'ai du mal à réaliser.

Il est là. Il est revenu pour toi, Gwen.

Sur un nuage à l'idée de retrouver l'homme que j'aime enfin prêt à s'engager dans une véritable relation, je m'efforce de faire taire toutes ces questions qui restent en suspens, concernant son nouveau boulot, sa fille, la liaison entre son meilleur ami et ma mère, pour profiter de lui, de nous, de cette insouciance éphémère, de cette passion dévorante.

Mais l'urgence de la situation me force soudain à reculer d'un pas, le souffle court, le sang percutant mes veines et mes lèvres délicieusement douloureuses de la morsure de ses dents.

– Quelle heure il est, là, Morgan ? Merde, merde, merde ! Il faut tout ranger avant l'arrivée des clients ! Où sont les tables ? Et les chaises ?

– Ne t'inquiète pas, personne ne viendra ici ce soir.

Je fonds littéralement sous son regard de braise qu'il coule partout sur moi.

– Comment ça, « personne » ? m'enquiers-je, sceptique.

– Tous les clients ont été personnellement prévenus que l'Enfer fermait ses portes pour la nuit.

– Tu as fait ça ? Garett le sait ?

Ça tourne à mille à l'heure dans mon crâne. Toutes les pièces du puzzle s'imbriquent les unes aux autres et, comme toujours, je ne gère pas du tout le stress qui s'empare de moi.

– Oh, bordel ! Ils sont tous au courant ? Ma mère aussi ?

– Je les ai simplement prévenus que j'étais ici pour te reconquérir et que je ne laisserai plus personne se mettre en travers de mon chemin.

Sur ces derniers mots, il défait sa cravate, l'abandonne sur la seule banquette rescapée et réduit à néant l'espace entre nous. Ses lèvres retrouvent ma chair humide et pulpeuse avant de descendre dans mon cou, où il susurre contre ma peau :

– Dis-moi qu'il n'est pas trop tard, Gwenaëlle. Je t'en supplie.

– J'ai l'impression d'avoir attendu ce moment toute ma vie, murmuré-je plus pour moi que pour lui, les paupières closes.

En captant cet aveu, il m'observe un instant d'une manière indescriptible, tant la profondeur dans ses billes couleur océan y est infinie, d'une intensité foudroyante. Il fond à nouveau sur ma bouche, comme déjà en manque.

– Attends, lui intimé-je, la respiration saccadée. Il y a une dernière chose que j'aimerais savoir.

– Quoi ?

Nos fronts se touchent, son haleine chaude caresse mon visage pendant que mes doigts se promènent dans ses cheveux sombres. C'est si bon de l'avoir près de moi. Je sens son impatience, je la partage. Mais après ce qu'il m'a fait, j'ai bien le droit de m'amuser un peu !

– Pourquoi cette banquette ?

Il se marre tout en jetant un coup d'œil rapide en direction dudit objet.

– Toi et tes putains de questions, vous aurez ma peau un jour.

– Je suis juste curieuse, ris-je en haussant les épaules.

Le regard brûlant, il s'éloigne en retirant sa veste puis la dépose sur le tabouret du piano. En se dirigeant vers le bar, il en profite pour défaire ses boutons de manchette. Aspirant à ne rien manquer du spectacle, je me contente de détailler sa démarche féline et son sourire en coin lorsqu'il rapporte une bouteille de vin blanc et deux verres à pied.

Inutile de lire l'étiquette pour savoir lequel il a choisi.

Morgan les dépose près des chandelles et nous sert sans jamais relever les yeux sur moi, puis déclare d'un ton vibrant :

– C'est un fantasme que je veux voir prendre vie, aujourd'hui même. Une fois que je t'aurai déshabillée entièrement, tu t'allongeras sur cette banquette pour que je puisse vénérer ton corps aussi longtemps qu'il me plaira. Ensuite, je te ferai l'amour de toutes les façons possibles et imaginables.

Oh.

Mon bas-ventre se contracte. Je déglutis difficilement et, à en juger par son air triomphant, c'est exactement ce qu'il cherche à faire : me déstabiliser.

Mais c'était sans compter sur mon attrait pour le challenge et mon besoin d'avoir toujours le dernier mot.

– Et à quel moment tu as prévu de boire cette petite merveille ? le défié-je, un sourcil arqué tout en pointant du doigt le Lafleur Mallet.

– Tu feras moins ta maligne quand tu me supplieras de te faire jouir.

Mon assurance se fissure à mesure que la brûlure du désir s'étend sous et sur ma peau.

– Tu es trop présomptueux.

– Je te veux. Maintenant.

Il abandonne la bouteille – et le reste – pour venir se planter juste devant moi, me forçant à relever le visage pour soutenir son regard de prédateur. Je croise les bras sur ma poitrine pour m'octroyer une certaine distance de sécurité.

– Et c'est désolant de voir à quel point tu n'as aucune patience, Morgan, ajouté-je effrontément.

– Tais-toi. Tu me rends complètement fou.

Il perd pied, j'adore ça. Sa voix sombre dans les profondeurs de l'intense passion qui crépite entre nous.

– C'est à se demander pourquoi je suis tombée amoureuse de toi.

– Enlève cette robe, m'ordonne-t-il, ses iris clairs dévorés par la noirceur de ses prunelles dilatées.

– Fais-le toi-même, Delcroix.

Il me fait taire en plongeant sur ma bouche débordant d'insolence et me plaque contre le mur. Il grogne, je gémis, ses mains s'empressent de se débarrasser de mes vêtements, les miennes s'adonnent à une lutte sans merci contre les boutons de sa chemise.

En une poignée de secondes, je suis nue devant lui alors que je ne lui ai même pas ôté son haut. Son sourire diabolique a un goût de défaite, mais je m'en moque. Parce que en réalité, j'ai tout gagné.

Nous avons gagné.

Il me détaille de la tête aux pieds en retirant – enfin – sa putain de chemise. Mes pupilles surexcitées voyagent sur son corps sculpté à la perfection, s'en nourrissent, puis tombent sur son pantalon de costume qui ne cache absolument rien de sa monstrueuse érection.

– À mon tour de jouer, vilaine petite colombe.

49

JUSQU'À MON DERNIER SOUFFLE

Morgan

Son corps est mon pays des merveilles. Rien, de tout ce que j'ai pu voir jusqu'à présent, ne m'a paru plus beau que les millions de frissons qui dansent sur sa peau, redessinant avec exactitude le parcours de ma langue. Son premier orgasme a duré plusieurs secondes et j'ai adoré sentir ses cuisses se resserrer autour de ma tête pendant qu'elle criait mon nom.

Je me délecte de ses réactions enthousiastes. Gwenaëlle est incapable de rester tranquille, elle n'a jamais su. Cela fait déjà plusieurs fois que je le lui ordonne, mais elle ne cesse de se trémousser sous les assauts impudiques de ma bouche qui cajole à présent ses seins ronds et fermes ; de mes doigts, trempés de son excitation, qui s'enfoncent en elle pour mieux revenir jouer avec son clitoris.

Je ne sais pas par quelle force surhumaine j'arrive à me retenir de plonger en elle, comme chaque parcelle de mon être me le réclame avidement. J'ai eu si peur de la perdre que je veux profiter du temps qui m'est offert pour l'apprendre. Je veux la connaître du bout des lèvres. Je veux être en mesure d'assouvir ses moindres désirs, savoir ce qu'elle cache, ce qu'elle-même n'a pas encore réalisé, ce qu'elle n'ose pas s'avouer ni prononcer à voix haute. Je veux pouvoir lire dans son regard absolument tout ce qu'elle attend de moi.

– Morgan…

Sa voix rauque résonne à mes oreilles comme un appel de détresse. Le gamin à l'ego surdimensionné qu'elle a éveillé en moi ne peut dissimuler son sourire arrogant.

Putain, qu'est-ce que j'aime cette alchimie !

– Un deuxième ? Déjà ? la taquiné-je en l'observant de nouveau si proche de l'orgasme.

– Oh, bordel !

La voir, la sentir jouir, c'est mon paradis. Mais merde, j'ai tellement envie d'elle que ça en devient terriblement douloureux. Je tremble d'excitation, la sueur perle sur mon front et, même si je donne l'impression de maîtriser mes gestes à la perfection, je sens mes défenses s'effondrer les unes après les autres.

Elle hurle mon nom, encore et encore, le regard perdu dans les abîmes du plaisir. C'en est trop. Je veux la posséder, m'enfoncer en elle jusqu'à l'extase.

– Mets-toi à quatre pattes.

– S'il te plaît, ça t'écorcherait la gu…

Je plaque ma paume sur sa bouche soudain trop cavalière, les iris menaçants.

– À quatre pattes, petite insolente. Et fais attention à ton langage, je ne me gênerai plus pour utiliser des moyens très efficaces pour te faire taire.

Je vois la lueur de défi qui inonde ses disques d'acier et je ne sais pas quelle image m'excite le plus : ses délicieuses lèvres autour de mon sexe ou son joli cul parfaitement emboîté à mes hanches. Je ne me suis pas encore tout à fait décidé quand, après un court instant d'hésitation, elle s'exécute en me regardant farouchement.

Bien.

Je me plais à observer ses mouvements maladroits pendant que je détache habilement ma ceinture.

Mais tandis que ses fesses sont fièrement dressées juste devant moi, c'est autre chose qui attire mon attention. Ma main, qui trouvait refuge dans le creux de ses reins, remonte le long de sa colonne vertébrale et redessine la ligne indélébile, magnifique, d'un nouveau tatouage sur son omoplate.

– Une colombe ? m'étonné-je en cherchant à capter son regard.

Elle tourne légèrement la tête en se bouffant la lèvre.

– Belle connerie, hein ? s'amuse-t-elle, les joues rougies et la respiration profonde. Comme si je ne t'avais pas déjà assez dans la peau !

– Un jour, tu me diras ce que tes autres tatouages signifient ?

– Un jour, peut-être. Mais là, tout de suite, si tu pouvais aller au bout de ton idée…

Elle me rappelle à l'ordre en pressant son postérieur contre mon membre aux abois. Je ricane en embrassant son dos, mes mains sur ses hanches glissent jusqu'à sa poitrine, titillant ses tétons que je sens durcir de plus belle sous mes doigts. Elle se cambre, je mordille son épaule. Ses muscles se tendent d'impatience ; la mienne augmente aussi à vitesse grand V.

Au moment où je me relève, la fille-lumière a conscience que je vais enfin passer aux choses sérieuses. Je vois ses phalanges blanchir sous la pression qu'elle exerce sur les rebords de la banquette, j'entends sa respiration saccadée lorsque je sors un préservatif de ma poche et le dépose près de son genou enfoncé dans l'assise moelleuse.

Ma boucle de ceinture tinte lorsque je descends ma fermeture Éclair. Mes gestes sont volontairement lents, cherchant à attiser toujours plus son désir qu'elle ne maîtrise pourtant déjà plus.

Et le mien, par la même occasion.

J'ai encore du mal à réaliser qu'elle et moi, c'est une histoire qui ne fait que commencer. La première nuit d'un bon millier d'autres.

Tous ces sentiments qui foutent le bordel dans ma poitrine, ce bonheur de pouvoir être avec elle au grand jour, cette certitude d'être en mesure de surmonter tous les obstacles qui se mettront entre nous et cette appréhension de la perdre malgré tout… Je veux les ressentir jusqu'à la dernière seconde.

Je veux l'aimer jusqu'à mon dernier souffle.

50

JOYEUX NOËL ET BONNE SURPRISE

Gwenaëlle
Six mois plus tard

– Hors de question ! Je ne mettrai pas cette horreur.

– Tu n'as pas vraiment le choix, Alex, rétorqué-je en lui tendant son pull. J'en ai pris trois pour faire « Merry-Christ-mas ». Ton père a voulu le « Merry », on doit se partager le reste.

– C'est écrit dans le dos, mettez une veste et personne n'y verra rien.

– Non, je ne vais pas garder mon manteau toute la soirée.

– Eh bien, il n'a qu'à en prendre un autre. « Christ » et « mas », c'est très bien, ça fait « Noël ». Pas besoin de moi.

Je soupire d'exaspération. Ces deux-là vont finir par me rendre chèvre ! Malgré tout, j'aime ce que nous sommes devenus : une vraie famille. Le lien qui m'unit à la jeune adulte n'est pas vraiment celui d'une mère à une fille – il ne le sera jamais – mais plutôt celui de deux amies très à l'écoute l'une de l'autre. Je m'efforce d'être une oreille attentive lorsqu'elle a besoin d'exprimer ce qu'elle ressent et qu'elle n'ose pas forcément en parler à son père. Je suis devenue leur moyen de communiquer plus facilement, en quelque sorte. Rien n'était gagné d'avance, mais nous avons trouvé un équilibre sur lequel avancer ensemble. J'en suis très heureuse, même si ce n'est pas toujours de tout repos.

– Je lui ai déjà demandé, mais il refuse de porter celui avec le Père Noël en slip.

– Et celui avec le cul du renne en gros plan ? rit-elle, sans doute en imaginant la scène.

« Le seul postérieur que je veux enfiler, Gwen, c'est le tien », m'a-t-il répondu quand je le lui ai proposé.

Je secoue la tête pour chasser ses paroles de mes pensées et toutes les images classées X qu'elles m'inspirent. Elles n'ont rien à y foutre, et surtout pas maintenant !

– Vous n'êtes pas encore prêtes ? soupire l'intéressé en descendant les escaliers. On va finir par être en retard.

Il passe son long manteau beige par-dessus son horrible bonhomme de neige qui fume une clope en tenant une canette de bière.

Ouais, c'est moi qui les ai choisis.

– Je fais la vaisselle pendant un mois, tenté-je en dernier recours auprès de l'ado.

Elle m'étudie un instant, les paupières plissées sur ses jolis yeux toujours dubitatifs.

– OK, abdique-t-elle en m'arrachant le vêtement des mains, mais je veux un papier daté et signé.

– Je le ferai dans la voiture. Allez, on bouge !

La presque adulte – en âge, pas dans la tête – se précipite hors de la maison. Je récupère mon sac et ma veste, sous le regard amusé de Morgan, qui s'approche pour m'embrasser. Je le repousse gentiment en fronçant les sourcils, faussement vexée.

– Tu aurais quand même pu me donner un coup de main, toi !

– Les pulls moches, c'était ton idée. Je t'ai dit que j'étais OK à condition que *tu* fasses en sorte qu'Alexandra soit d'accord.

– Ouais. Si elle n'était pas aussi bornée que son père… marmonné-je à voix basse, plus pour moi que pour lui.

Mais comme d'habitude, mes commentaires ne tombent pas dans l'oreille d'un sourd. Il me pousse vers la sortie en glissant ses lèvres dans mon cou pour me susurrer tendrement :

– C'est pour ça que tu m'aimes.

***

Nous arrivons chez Garett avec vingt petites minutes de retard. Ça fait des jours qu'il nous vante la recette de son jambon caramélisé à l'ananas, une spécialité antillaise. Je dois bien avouer qu'à peine entrée, je suis transportée par le mélange des effluves fruités et ceux du rôti. Le sapin, que nous avons décoré tous ensemble il y a deux semaines dans les tons or et argent a été déplacé dans un coin de la pièce pour nous offrir le loisir de circuler plus librement entre le salon et la cuisine.

Mais ce qui fait encore plus battre mon cœur que tout ce qui se rapporte à cette fête, c'est de pouvoir contempler ma mère s'activer aux fourneaux, vêtue d'un tablier « Pâtissière en chef », terminant la préparation de ses fameuses bûches de Noël. Une vanille, caramel et noix de pécan, l'autre trois chocolats. J'ai envie de pleurer de la voir ainsi, belle, passionnée, heureuse. Et aussi parce que je ne pensais plus jamais avoir le plaisir de dévorer ses deux merveilles ! J'en ai l'eau à la bouche.

– Chupa, tu es magnifique ! me complimente-t-elle en venant nous embrasser. Mais vos pulls sont vraiment affreux.

Je pouffe en tournant mon visage vers Morgan, fière de mon petit effet. Il secoue la tête en riant, et mon cœur rate un nouveau battement. Je ne réalise toujours pas que lui et moi, c'est officiel. Je crois que je n'en prendrai jamais pleinement conscience.

– Toi aussi, tu es sublime, maman. Et je ne parle pas que de ta tenue !

J'aperçois, à moitié cachée sous son vêtement de protection, une robe noire mi-longue et près du corps, qui semble avoir été faite sur mesure. Mais le plus beau dans tout cela, c'est la lumière qu'elle dégage. Elle est radieuse.

Éblouissante. Je suis tellement contente qu'elle et Garett se soient trouvés.

C'est au tour de Catalina de faire une entrée fracassante. Elle me saute au cou en hurlant que sa sœur lui manque et, sans aucune manière ni discrétion, me demande sur le ton de la plaisanterie :

– Alors, ça ne te fait pas trop bizarre que le meilleur ami de ton mec se tape ta mère ?

– En fait, intervient Garett, je me tapais sa mère bien avant que Morgan et elle…

– Je ne veux rien savoir ! Je n'entends rien ! répété-je inlassablement en me bouchant les oreilles.

– Arrêtez vos bêtises, tous les deux, rigole maman en venant rapidement à ma rescousse.

– Je ne voudrais pas casser l'ambiance, déclare Alexandra en s'avançant vers la grande table ornée de sublimes décorations aux couleurs identiques à celles du sapin, mais ça fait quarante-huit heures que ces deux-là ont décidé de jeûner pour pouvoir faire honneur à votre repas. Deux putains de jours que je n'ai rien avalé !

– Alex, arrête avec tes « putains », tu me fatigues, grogne son père.

– Désolée, papa, mais j'ai vraiment trop la dalle.

Maman nous invite à nous installer tandis que Garett retourne en cuisine.

Le repas se passe dans une ambiance chaleureuse, conviviale. Nous abordons beaucoup de sujets divers : le Versus, la formation en pâtisserie que ma mère a commencée, l'entrée d'Alexandra à l'école de police l'an prochain, le magasin de fleurs que Catalina a décidé d'ouvrir et le voyage au Mexique que Morgan et moi avons prévu en février.

Les heures défilent et nous ne les voyons pas passer tant les questions fusent de toutes parts.

– Et quand est-ce que vous me ferez l'honneur d'être grand-mère ? lance innocemment ma génitrice en revenant de la cuisine avec les desserts.

Je manque de m'étouffer avec le bout de pain que je viens de fourrer dans ma bouche. Morgan ricane en me tendant mon verre d'eau, pas du tout déstabilisé par sa question. Il profite de mon mutisme pour prendre la parole :

– On n'en a pas encore discuté. On a quelques projets pour l'an prochain, mais pas de bébé en vue.

– Tu m'étonnes, raillé-je après avoir enfin retrouvé mes capacités de communication. Non mais sérieux ! Un bébé, moi ?

Encore une fois, j'ai parlé plus pour moi que pour quiconque autour de cette table. Et encore une fois, ma remarque fait mouche auprès de Morgan qui me lance un regard empli d'incompréhension.

– Quoi ? Tu ne veux pas d'enfants ?

Je me décompose sur ma chaise, replace ma serviette sur mes jambes pour me donner une contenance avant de récupérer mon verre de vin.

– Je n'en sais rien, je ne me suis jamais vraiment posé la question. Mais là, tout de suite, non.

– Je comprends, mais… plus tard ? Est-ce que tu envisages d'avoir des enfants un jour ou t'es complètement fermée à cette idée ?

Je soupire, crispée, avant d'avaler une gorgée de chardonnay sous la vive attention des convives.

C'est quoi cet interrogatoire ?

– Morgan, on peut avoir cette conversation à un autre moment ?

Il acquiesce d'un léger signe de tête, mais l'ambiance qui s'installe devient oppressante. Personne n'ose ouvrir la bouche jusqu'à ce que ma mère se décide enfin à briser ce silence de mort. Debout, elle fait tinter son verre avec sa fourchette, attirant volontairement toute l'attention sur elle.

– Garett et moi avons une annonce à vous faire.

Il se lève à son tour, un sourire franc sur les lèvres.

– Oh, c'est maintenant ?

– Oui, changeons de sujet, lui murmure-t-elle, désespérée.

– Bien, reprend-il après s'être raclé la gorge. Comme vous le savez tous, Nadia et moi sommes tombés fous amoureux l'un de l'autre au premier regard. C'était une évidence. Dès la première seconde, j'aspirais à passer le restant de ma vie avec elle. Alors, il y a deux jours, je l'ai invitée au restaurant. Nous avons dîné au Jules Vernes, dans l'enceinte même de la plus célèbre Dame de fer. La vue y était splendide, mais je n'arrivais pas à décrocher mes yeux de la femme merveilleuse qui m'accompagnait ni à retirer ma main de la sienne. Alors, je lui ai posé une question. Une seule. La plus importante de toute ma vie.

– Oh, putain ! jubile Alexandra, avec son cœur d'artichaut.

– Ton langage, s'agace encore Morgan.

– Oui, oui, pardon. Continue, Garett. Tu l'as demandée en mariage, c'est ça ?

– Et elle a dit oui ! hurle-t-il en sortant un écrin de sa poche avant de lui passer la bague au doigt.

– Je ne voulais pas risquer de gâcher la surprise, mais ça a été difficile de l'enlever avant votre arrivée, s'explique-t-elle en admirant le bijou comme si c'était la première fois qu'elle le voyait.

Nous sommes tous très heureux de cette nouvelle. Je n'aurais pas pu espérer mieux pour elle, pour Garett, pour Catalina. Je suis émue aux larmes. Incapable de lui exprimer mon bonheur avec des mots, je préfère me lever pour me jeter dans ses bras, et y rester de longues secondes afin de lui transmettre tout mon amour et me nourrir du sien. Morgan félicite son meilleur ami à son tour, les tensions s'apaisent et le repas se termine sous de bons augures.

Pourtant, durant plusieurs heures, je ne cesse de réfléchir aux paroles que nous avons échangées plus tôt. Je ne pensais pas qu'il désirait d'autres enfants et cette idée me convenait très bien. Je ne me sens pas capable d'élever un gosse. Je ne veux pas répéter les mêmes erreurs que mon père, ni celles de ma mère.

Tout ça me terrifie.

Toc toc toc.

Quelqu'un frappe à la porte des toilettes. En face du miroir, je chasse une larme indésirable d'un revers de main.

– C'est occupé. J'en ai pour une minute.

– C'est moi. Ouvre.

Morgan.

Je ne me fais pas prier, déverrouille la serrure et me jette dans ses bras une fois le battant refermé. Je n'aime pas qu'il y ait des tensions entre nous. Ça n'arrive que rarement, mais j'ai toujours peur qu'il se rende compte que je ne suis pas celle qu'il espérait. Trop gamine. Trop capricieuse. Trop maladroite. Trop… pas pour lui.

– Excuse-moi pour tout à l'heure, souffle-t-il en embrassant le sommet de mon crâne. Je ne voulais pas te mettre mal à l'aise.

– Et je ne voulais pas te décevoir. C'est juste que… je ne me sens pas capable de devenir mère.

– Tu es capable d'accomplir tant de choses, Gwen… mais je ne suis pas déçu, non. J'avais en tête de fonder une famille avec toi. Je pensais que c'est ce que tu souhaitais et j'ai réalisé que c'est ce que je voulais aussi.

– On verra plus tard, d'accord ? le rassuré-je en levant le visage vers le sien. J'aimerais profiter encore de toi… Rien que toi. C'est égoïste, mais j'ai besoin de t'avoir rien que pour moi. Enfin, j'en laisse un peu à ta fille, bien sûr. Elle était là avant, donc…

Il se marre avant de m'embrasser tendrement. Ses bras autour de ma taille, il me serre fort. Blottie contre lui, j'ai à nouveau l'impression de pouvoir tout surmonter. Forte, mais faible à la fois. Incapable de résister à sa chaleur, son corps, son parfum si viril et sensuel. Mes doigts se délectent de la douceur de ses cheveux courts, tandis que ma langue s'octroie un accès à sa bouche, reflet du désir que je ne sais pas réprimer. Il grogne, se retient à peine deux secondes avant d'approfondir notre baiser, d'empoigner fermement mes fesses et de m'attirer encore plus près de lui.

– Gwen… se plaint-il entre mes lèvres. On ne peut pas faire ça ici.

– Je sais.

Cette passion dévorante n'a jamais vraiment baissé en intensité. Nous ne sommes pas des animaux – disons, pas toujours – mais je sors d'une semaine où, pour ne pas entrer dans les détails, il n'a pas eu le droit de me toucher. Une semaine qui se répète inlassablement tous les mois et qui se termine à chaque fois par une partie de baise plus incroyable encore que toutes les autres.

Mes jambes enroulées autour de sa taille, mes mains accrochées à ses épaules robustes, Morgan me plaque sans ménagement contre le mur, aspire ma langue, mes lèvres, la peau de mon cou. Il me mord ; je retiens un gémissement de douleur et de plaisir mélangés.

– Bordel de merde, jure-t-il en pressant son sexe bandé contre le mien, palpitant d'une envie de lui presque insoutenable.

Mais le timbre amusé d'Alexandra, juste derrière la porte, nous rappelle soudain à l'ordre, preuve que ce n'est ni l'endroit ni le moment d'assouvir cette pulsion ardente.

– Je ne sais pas trop ce que vous faites là-dedans, et je ne veux rien savoir. Mais bougez-vous, on va ouvrir les cadeaux.

– On arrive !

Nos voix se sont accordées sur une même note tandis que nos corps ont retrouvé une distance raisonnable. Les cheveux en bataille, les lèvres rougies et la respiration haletante, il est à couper le souffle. Chaque fois que je pose mes yeux sur lui, je réalise à quel point je l'aime. Je ne pensais pas qu'il était possible d'éprouver des sentiments aussi forts et profonds pour quelqu'un ; j'en ai la preuve aujourd'hui. Maman avait raison : il existe bel et bien quelqu'un, dans ce monde, capable de me comprendre, de me compléter et de m'aimer telle que je suis.

– Oublions les projets trop lointains, me susurre-t-il d'une voix sensuelle, j'ai déjà tout un tas d'idées pour cette nuit.

Sur ces paroles remplies de délicieuses promesses, nous retournons à la fête, main dans la main, le sourire débordant de bonheur et le cœur crépitant d'amour.

ÉPILOGUE

Gwenaëlle
Dix-huit mois plus tard

C'est le grand jour.

Garett voulait à tout prix offrir un mariage de rêve à sa future épouse. Il a loué pour le week-end, en plein cœur d'une forêt des Hauts-de-France – à deux pas de Paris –, le Domaine Château Ermenonville. Un endroit somptueux, une bâtisse historique à l'architecture élégante, un site au caractère noble encerclé de douves, une ambiance bucolique que Garett et ma mère ont pris soin de pousser jusqu'à l'extrême en arrivant chacun sur son cheval blanc.

Tout est absolument incroyable.

Dans la cour avant de ce château en forme de U, c'est Catalina qui a été chargée des fleurs. Lavande, coquelicots, tournesols, amarantes et marguerites… elle a décidé de rester dans un style champêtre qui correspond parfaitement au lieu. Aucune fausse note, ni dans la décoration, ni dans le choix de la chanteuse, Caroline Vernin, qui nous a accompagnés de sa voix pure et harmonieuse durant l'apéritif. Nous avons mangé comme des rois, bu comme des trous – pas tout le monde, heureusement – et maintenant… place à la fête !

– Attendez ! On a oublié le lancer du bouquet ! crie la jeune mariée pour couvrir le vacarme des invités.

Nous ne sommes pas si nombreux que ça, et pratiquement tous viennent du côté de Garett. Parents, tantes, oncles, cousins… Même son frère est là. Ça fait longtemps que ma mère et moi nous considérons comme seules au monde. Hors de question de faire profiter des gens qui ne se sont jamais souciés de notre sort après le départ de mon paternel ! Et puis, maman est ravie de faire partie de la grande et belle famille qu'est celle de son époux.

– Toi aussi, Chupa. Je veux TOUTES les célibataires.

Je cherche Morgan du regard pour qu'il me tire de cet enfer, mais j'ai beau passer en revue les personnes présentes, aucun signe de lui. C'est pas vrai ! Il a *encore* disparu ? C'est au moins la troisième fois depuis notre arrivée et j'ai toujours droit à la même réponse : « Désolé j'étais aux toilettes, je me suis perdu en route. »

Ouais, je trouve ça quand même un peu louche.

Le plus bizarre, c'est que Garett brille également par son absence. Bizarre, mais rassurant aussi. Je préfère savoir Morgan à moitié bourré avec son meilleur pote que tout seul, égaré dans la forêt.

Ou avec une autre.

C'est stupide, mais plus le temps passe et plus j'ai l'impression de ne pas être à la hauteur d'un homme comme lui. C'est vrai, comment pourrais-je lui suffire ? Il est tellement beau, intelligent, sexy, drôle, compréhensif, patient et doué au lit que je me bats depuis deux ans contre cette voix qui me souffle, au moindre doute, de ne pas m'accrocher trop fort et qu'un jour, il finira par s'en aller. C'est pire encore depuis que je ne travaille plus au Versus et que je vis exclusivement de la musique. Je suis terrifiée à l'idée qu'il revoie ses autres conquêtes, ou qu'il en vienne à regretter ce temps-là. Et je m'en veux, parce qu'il me répète sans cesse qu'il est heureux avec moi et que je dois lui faire confiance, mais c'est plus fort que moi.

L'appréhension est encore plus présente aujourd'hui, avec ce que j'ai à lui annoncer. Chose que j'aurais dû lui dire il y a plusieurs semaines déjà, mais que je repousse continuellement, comme si la nouvelle pouvait être plus facile à digérer plus tard. Toujours plus tard. En réalité, j'ai peur de le mettre au pied du mur ; qu'il ait changé d'avis depuis la dernière fois où nous avons abordé le sujet. Plus d'un an de vie commune lui offre la légitimité d'avoir d'autres plans d'avenir que ceux prévus au départ !

Catalina me sort de mes pensées en me tirant violemment par le bras pour m'emmener près de l'attroupement de célibataires. Je grogne en relevant le tissu satiné bleu nuit qui frôle le sol, avant de réajuster le bustier en dentelle qui vient parfaire cette magnifique robe. Un cadeau de Morgan pour mon anniversaire. En plus de tout le reste, il a des goûts divins en matière de fringues. Ce mec est beaucoup trop proche de la perfection, si on met de côté son caractère de cochon.

Il n'empêche que je n'en veux pas de ce bouquet ! Ça fera beaucoup trop à encaisser pour lui.

– Tout le monde est prêt ? Trois… deux…

Mais au lieu d'aller au bout du décompte et de lancer le bouquet comme le voudrait la tradition, ma mère se retourne, le regard braqué sur moi. Elle s'avance en souriant tandis que toutes les autres filles s'éloignent dans un brouhaha de chuchotements incompréhensibles.

Putain, mais c'est quoi ça ?

– C'est une blague ? lâché-je sous le coup de la panique.

Elle me tend le bouquet sans rien ajouter et, tel un robot, je le prends sans trop savoir qu'en faire. Tous les invités ont formé une sorte de cercle autour de moi. J'oublie soudain comment respirer et, pétrifiée, tente à nouveau de repérer le visage de celui que j'aime dans la foule. Mais il n'est toujours pas là.

J'ai besoin de lui, bordel ! Je ne comprends rien du tout !

La douce mélodie d'un violon, juste dans mon dos, m'incite à faire volte-face. Avant même d'apercevoir le musicien soliste, je vois un homme sublime, vêtu d'un costume aux tons similaires à ma robe – un costume que j'ai déjà pris plaisir à lui retirer ce matin – agenouillé devant moi. *Morgan.*

Il a sa crinière des mauvais jours, malmenée à cause du stress. Ses traits sont tendus, mais la douceur de ses iris translucides me couvre d'un amour infini lorsqu'il ouvre un écrin rouge et dévoile un diamant scintillant serti sur une bague en argent.

– Oh, bordel ! explosé-je, au bord de l'arrêt cardiaque.

– Gwenaëlle, commence-t-il, le timbre éraillé par l'émotion, il semblerait que tu aies beaucoup de mal à comprendre à quel point je suis fou de toi. Je suis bien décidé à te le répéter chaque jour s'il le faut et à te le prouver à chaque occasion si mes mots ne suffisent plus. Je veux passer le restant de mes jours avec toi. Peu importe ce que l'avenir nous réserve, je n'ai pas peur parce que tu es là. Je ne conçois pas ma vie autrement qu'à tes côtés. Tu ne dois plus t'inquiéter, douter de toi ou de mes sentiments. Je t'aime, je ferai toujours tout mon possible pour te rendre heureuse, et je serai l'homme le plus comblé du monde si tu acceptes de devenir ma femme.

Depuis qu'il a ouvert la bouche, je chiale comme un bébé. Mon Dieu, j'ai tellement honte ! Je suis submergée par l'émotion et pas vraiment aidée par le dérèglement hormonal que subit mon corps depuis quelques semaines.

– Tu… tu veux te marier avec moi ? articulé-je, déboussolée, entre deux sanglots.

Il rit tendrement, se relève pour venir me prendre dans ses bras. Sa proximité et la chaleur de sa paume nichée dans le creux de mes reins m'incitent à me calmer et à recouvrer mes esprits.

– Tu n'es pas obligée de répondre tout de suite, tu sais, me chuchote-t-il en me serrant fort contre lui. Prends le temps de réfléchir, rien ne presse.

– *Réfléchir* ? Morgan, bien sûr que je veux t'épouser ! affirmé-je en plongeant mes yeux humides dans les siens, éclatants de bonheur.

– Vous avez tous entendu ? Elle a dit oui ! s'exclame-t-il en me soulevant dans ses bras et en me faisant tournoyer avec lui dans les airs.

S'ensuit une salve d'applaudissements, de cris de joie et de félicitations pendant qu'il me repose doucement au sol pour me passer la bague au doigt. Il emprisonne mon visage entre ses mains pour venir m'embrasser passionnément. Je manque défaillir sous l'intensité de ce baiser, de sa demande, de cette journée trop riche en émotions.

Tout ressemble si fort à un rêve que je suis terrifiée à l'idée de me réveiller, de réaliser que rien n'existe que dans mes songes.

***

Nous avons quitté la fête un peu plus tôt que les autres invités. Morgan a remarqué que j'étais fatiguée et nous avons profité de l'euphorie générale pour nous éclipser en douce dans notre chambre. Après nous être glissés sous la douche, cet homme sublime m'a fait l'amour passionnément sous l'eau chaude et, je ne sais pas vraiment pourquoi, tout semble plus intense avec cette bague à mon doigt. J'ai l'impression de tomber encore plus amoureuse de lui à chaque geste tendre, chaque regard enflammé, chaque baiser volé. Je ne le remercierai jamais assez pour le soutien, la bienveillance et l'aide qu'il m'apporte au quotidien. Je voudrais tellement pouvoir en faire autant pour lui.

Nous sommes allongés dans notre lit, ma tête est posée sur son torse et bercée par les battements calmes et réguliers de son cœur accordés aux miens. Je plonge dans une profonde béatitude. Mes doigts engourdis écrivent des mots doux sur sa peau frissonnante pendant qu'il caresse mes cheveux avec tendresse. Je me sens transportée dans un monde où lui et moi modelons un tout, là où même les plus belles étoiles nous envient cette lumière paisible qui nous enveloppe ; là où nos deux corps ne forment plus qu'une seule et même entité.

Aucun moment ne m'a jamais semblé plus parfait que celui-là.

– Il ne faudra pas trop attendre pour le mariage, sinon je risque de ne plus rentrer dans ma robe, murmuré-je contre sa peau.

– Tu comptes prendre du poids ces prochains mois ? rit-il en frôlant mon oreille.

– C'est un peu l'idée, ouais.

Il ne dit plus rien, mais j'entends l'agitation fulgurante

dans sa poitrine. Sa main reste une poignée de secondes suspendue au-dessus de ma tête ; j'imagine les rouages de son cerveau qui tournent à plein régime. Je ne peux retenir un rire amusé en relevant mon visage près du sien. Alors, je réalise l'incompréhension qui tord ses traits.

– Est-ce que tu... t'es...

Sa voix tremble, comme perdue, incapable de prononcer ces mots qu'il a si peur d'avoir mal interprétés. Mon sang cogne dans mes veines, mais mon sourire s'élargit. Tous ces doutes, qui m'ont poussée à me murer dans le silence depuis que j'ai appris la nouvelle, me paraissent soudainement si ridicules. Il me suffit de le contempler, de me perdre un instant dans ses beaux yeux troublés, de respirer le parfum envoûtant de sa peau, de sentir la douceur de ses lèvres pour avoir l'impression de goûter au paradis.

Il est mon évidence. Il l'a toujours été.

– On va avoir un bébé, Morgan.

– Mon Dieu, Gwen. C'est... c'est fantastique !

De quelques mouvements rapides et parfaitement coordonnés, il me ramène contre lui avant de me faire basculer à ses côtés et d'échanger nos positions initiales. Au-dessus de moi, son souffle erratique danse sur mon visage, puis dans mon cou, sur mes épaules, mes clavicules, mes seins, et enfin sur mon ventre. Il l'embrasse et lui parle, murmurant des mots que je ne saisis pas tant les battements effrénés de mon cœur résonnent jusqu'à mes oreilles.

– J'ai une requête, ajouté-je, incertaine.

– Tout ce que tu voudras.

– Si c'est une fille, j'aimerais qu'on l'appelle Claire.

Il ne dit rien. Il n'a pas besoin. Tout est là, débordant de ses billes céruléennes. Je fonds en larmes de le voir si ému, heureux. Claire aura toujours une place importante dans les cœurs de Morgan et d'Alexandra. J'aime les écouter me raconter leurs aventures avec cette femme incroyable qui a bouleversé leur existence à jamais. Sa disparition a été tragique, brutale, mais son souvenir restera indélébile, tout comme l'encre sur ma peau, et je ne souhaite en aucun cas la remplacer. Je veux lui rendre hommage pour tout ce qu'elle a accompli durant sa vie, ainsi que pour tout l'amour qu'elle a donné à ceux que je considère aujourd'hui comme ma famille. Je ne sais pas grand-chose sur l'avenir, mais ce dont je suis certaine, c'est que mon enfant entendra très souvent parler d'elle.

– Je t'aime tellement, Gwen.

Morgan dépose un baiser gourmand sur mes lèvres salées, et je m'empresse de glisser mes mains dans ses cheveux pour le ramener toujours plus proche de moi. Nos langues se titillent, nos peaux se cherchent, nos jambes s'emmêlent. Le bonheur m'étreint si fort que je ne peux plus l'ignorer. Je n'ai plus le droit de douter puisqu'à présent, je porte en moi le fruit de notre amour. Je sais que Morgan fera tout pour ne pas répéter les erreurs du passé, et j'ai la certitude qu'il sera un père présent, aimant, attentionné et tendre avec son enfant. *Notre* enfant.

– Je t'aime aussi, Morgan.

Je ne suis pas sûre d'être prête à devenir mère, mais l'est-on réellement un jour ? J'aime déjà cet enfant de tout mon cœur, de toute mon âme, et je lis dans les yeux de Morgan qu'il ressent exactement la même chose pour ce petit être que nous pourrons enfin tenir dans nos bras d'ici quelques mois.

Il m'arrive de repenser à notre première rencontre, comme si elle datait d'hier. J'ai conscience que les blessures de Morgan ne pourront jamais totalement être soignées, tout comme mes démons intérieurs ne pourront sans doute jamais disparaître complètement. Mais grâce à cet homme, j'ai appris que nos combats ne valent la peine d'être menés que si nous sommes ensemble pour partager nos victoires, nos échecs. J'ai compris que rien n'est gagné d'avance, que tout reste à construire et que, même si le destin nous joue parfois de sales tours, il y aura toujours une issue. Il y aura toujours une bonne raison de se battre.

Et la mienne, c'est lui.

C'est *eux*.

Extrait

Manon Lane

IMPRÉVISIBLE COLOC

1

Saejin

Je me réveille au son horripilant d'un doigt qui reste appuyé sur la sonnette. Un coup d'œil au réveil m'indique six heures trente.

Greg.

Je sors du lit et me traîne à regret jusqu'à la porte de notre appartement, qui s'ouvre sur mon petit ami. Il entre en pressant le pas vers le salon, sans même un regard vers moi.

– Je vais être en retard et j'ai oublié mes clés ! Tu les as vues ?

Le cerveau encore sur off, je regarde la scène se dérouler comme si je n'en faisais pas partie, oubliant même de lui répondre.

Est-ce que j'ai réellement la tête de quelqu'un qui a fait le tour de l'appart avant d'ouvrir la porte ?

Après quelques secondes, je le vois débouler de la cuisine presque au pas de course. Ses cheveux châtains sont impeccablement coiffés et son long trench beige n'a pas un pli.

– Je les ai trouvées, merci de ton aide ! me lance-t-il avec un sourire mi-amusé, mi-boudeur. À ce soir, poussin. N'oublie pas, on va à la soirée de ma boîte après le travail, essaie d'être jolie !

Il dépose une bise sur ma joue et sort en refermant la porte, me laissant seule et de mauvaise humeur.

Je ne suis pas un poussin. Et la sonnette n'est pas un buzzer, appuyer une fois suffit pour qu'on l'entende. Ça veut dire quoi « essaie d'être jolie » ?

Mon reflet dans le miroir de l'entrée me laisse apercevoir mes longs cheveux bruns, presque noirs, en bataille et mes sourcils froncés au-dessus de mes yeux couleur ambre et légèrement bridés, encore ensommeillés. J'ai une mine horrible.

Exaspérée par à peu près tout ce qui vient de se passer, je décide de retourner m'étaler dans le lit – tout en envisageant de lui faire greffer ses clés quelque part sur le corps, juste pour être tranquille.

Après m'être retournée un milliard de fois dans les draps, je finis par me lever vers sept heures dix. Le début de journée est tout de même productif. Je nettoie et range l'appartement, puis je m'attèle aux courses et aux lessives. Bref, une vraie fée du logis ! Ma vie est des plus palpitantes.

Je suis en train d'étendre mes petites culottes quand je reçois un message de Judith.

[J'ai trouvé un super cours de
yogalates dans le centre-ville !
Il commence dans une heure.
Rejoins-moi là-bas, je t'envoie
l'adresse.
PS : pas d'excuses,
on est vendredi et je SAIS
que Greg est au boulot, bouge-toi
les fesses !]

Ce texto est suivi d'une multitude d'émojis de gros bras musclés et de pêches.

Judith est ma meilleure amie depuis nos 10 ans. C'est une jeune femme débordante d'énergie, positive à chaque seconde et qui prône le *carpe diem*. Je ne sais pas comment elle se débrouille pour toujours nous trouver des activités plus bizarres les unes que les autres. Et surtout, pour y exceller à chaque fois.

Elle s'acharne à me traîner dans ses aventures en prétextant que j'ai perdu ma spontanéité ces derniers temps. Toutefois, il y a un monde entre être spontané et attendre à l'aéroport qu'une place se libère dans un avion, pour partir vers une destination inconnue. Avec une valise remplie de bikinis et de polaires ! Bref, sans elle, ma vie serait à la fois plus sereine et bien plus ennuyeuse, aussi.

Je ris seule face à l'écran de mon téléphone, en repensant au moment où elle a décrété, il y a quelques semaines, qu'elle voudrait que ses fesses ressemblent à une pêche. Comme celles de sa voisine de palier. J'ai bien essayé de lui faire comprendre que, déjà, le fait d'abandonner l'ascenseur au profit des escaliers jouerait en sa faveur. Mais elle était butée sur l'idée de trouver un sport que l'on devrait faire ensemble, arguant que mes fesses aussi méritaient de ressembler à des pêches. Lorsque je lui ai demandé en boudant « qu'est-ce qu'elles ont, mes fesses ? », elle a répliqué : « Elles sont bien mais elles manquent un peu de fermeté. Vu que tu es en couple avec M. Je-suis-un-grand-père-de-trente-ans, j'ai peur que tu t'empâtes. Tu n'auras pas toujours un corps ferme de 23 ans. Si tu ne fais rien, d'ici maximum trois ans, elles ressembleront à des vieilles prunes flétries. Je dis ça pour toi… »

Une chose est sûre, je peux toujours compter sur sa sincérité ! Après ça, on avait explosé de rire toutes les deux et j'avais passé de longues minutes à jauger la fermeté de mes fesses dans le miroir.

***

J'ai renoncé à googler « yogalates » par peur de ce que j'allais découvrir, je me contente donc d'enfiler une tenue de sport et d'emporter un tapis, me basant sur la partie « yoga » du mot.

Apparemment, le bâtiment où se trouve le cours donne également accès à toutes sortes d'autres sports. C'est un genre de quartier général du sportif.

Super, après avoir vu ça, Judith voudra qu'on y vienne chaque semaine.

En passant la porte de l'immense bâtiment, tout en bois avec de grandes baies vitrées, j'arrive dans une pièce très lumineuse. D'instinct, je lève la tête.

Les étages supérieurs ont l'air d'avoir été construits autour du hall, comme s'il était le point de repère principal, et quelques passerelles ont été ajoutées au-dessus du vide afin de circuler d'un côté à l'autre. Le plafond est si haut qu'il me donne le vertige.

J'avance vers le bureau d'accueil. Derrière lui se trouve une jeune femme rousse, à la brassière ultra-moulante, qui laisse apparaître ses abdos parfaitement dessinés. Je la hais déjà.

– Bonjour !

Elle m'accueille avec un grand sourire, qui me fait me sentir coupable de l'avoir détestée cinq secondes plus tôt.

– Vous êtes là pour un cours en salle ? reprend-elle.

Je tente de paraître aussi à l'aise qu'elle lorsque je lui réponds.

– Bonjour. Oui, c'est la première fois que je viens. Je cherche le cours de yogalates.

– Bien, je vais vous laisser remplir cette fiche de renseignements et prendre votre carte d'identité.

Elle me tend une page noircie de questions et je glisse ma carte sur le comptoir avant d'y répondre. Nom, prénom, âge, poids, taille, antécédents cardiaques… Tout y passe ! Une fois le questionnaire rempli, la rousse aux abdos m'indique le chemin pour le cours, en précisant que la première séance est gratuite.

Il ne manquerait plus que je paie pour souffrir !

Arrivée devant la salle, j'aperçois ma meilleure amie en train de me faire de grands signes.

– Saejin ! Saejin ! Je t'ai gardé une place !

J'avance vers elle en levant les yeux au ciel.

– Est-ce qu'il fallait vraiment qu'on soit au premier rang, pour suivre un cours de sport dont je n'avais jamais entendu parler avant ce matin ?

– Bonjour à toi aussi, dit-elle en m'offrant son plus beau

sourire qui compense le début raté de ma journée. J'ai pensé que ce serait mieux. Comme ça, si on effectue mal un exercice, le prof le verra directement et pourra nous aider.

Je la regarde, dubitative. Depuis quand est-elle aussi studieuse ?

– OK, et la vraie raison ?

– Je l'ai croisé en entrant tout à l'heure ! Il est CA-NON, dit-elle en articulant exagérément pour augmenter l'impact du mot. Le genre fesses musclées, bras musclés, torse musclé, cuisses musclées…

Pendant qu'elle continue sa liste, des étoiles plein les yeux, je tourne la tête et aperçois une femme entrer dans la salle. La quarantaine, cheveux courts et jogging. Elle porte un badge « coach ».

Je retiens un fou rire devant l'expression de Judith, quand elle comprend que son beau prof musclé ne sera pas de la partie.

– J'ai bien fait de venir, finalement. Juste pour voir ta tête ! lancé-je.

Je pouffe pendant que la coach se présente, puis je déchante rapidement. Elle se met à nous expliquer que, pendant chaque exercice, il faudra contracter le périnée, les fesses et les abdominaux en même temps.

Où est-ce qu'on est ici ? À un cours prénatal sur l'accouchement ?

Elle nous indique comment trouver la bonne position au sol, puis nous présente le premier exercice. Il consiste à faire des abdos, tout en amenant un de nos coudes toucher le genou opposé, puis à recommencer de l'autre côté. Le tout, en tendant la jambe non fléchie et en la gardant loin du sol. Je suis déjà à deux doigts de faire un malaise rien qu'en la regardant.

– Je pensais qu'on passerait la moitié du cours les fesses en l'air à essayer de garder un équilibre, pas qu'on me ferait faire des exercices dignes d'un entraînement de l'armée de terre ! chuchoté-je à Judith.

Mais elle est déjà trop occupée pour me répondre.

Après avoir cru mourir pendant deux heures, on décide

d'aller manger un burger et des frites au fast-food d'en face. Judith et sa passion pour le gras, c'est une vraie *love story*. Tout en lui parlant de ce qui s'est passé ce matin avec Greg, je la regarde dévorer ses frites et remarque que ni son chignon blond, ni son maquillage n'ont bougé pendant l'effort. Elle relève les yeux vers moi et fronce les sourcils : elle déteste que je la regarde manger.

– Tu sais que pratiquer un sport ne sert à rien, si tu te bourres de cochonneries juste après ?

Mon amie me tire la langue – encore pleine de sauce – et poursuit notre discussion en ignorant ma remarque.

– Alors, qu'est-ce que tu vas porter ce soir ?

– Je n'en sais rien. À vrai dire, je n'ai pas franchement envie d'y aller. Est-ce que tu penses qu'on remarquerait mon absence, si je décidais de faire le légume devant la télé ?

– Vu l'effet soporifique de ton mec dès qu'il ouvre la bouche, je pense que si tu n'es pas là pour relever le niveau, le monde entier s'en rendra compte.

– Tu ne l'aimes vraiment pas, hein ? dis-je en grimaçant.

– Je suis réaliste, c'est tout. Je t'aime, Sae, mais je n'ai pas signé pour te voir sombrer dans une relation qui ne te correspond pas. Tu as toujours l'air résignée depuis que tu l'as rencontré. Ose me dire que tu es heureuse avec lui ! me répond-elle en pointant une frite accusatrice vers moi.

– Être en couple implique qu'il y a des passages à vide. Tu ne peux pas être heureuse en permanence, sinon tu ne l'es jamais. C'est une question de logique.

– Arrête d'essayer de philosopher avec moi. La situation est merdique. Tu es devenue une femme au foyer, qui attend que son petit mari avocat rentre du boulot pour lui servir le dîner. Tu étais tellement plus fun et plus vivante avant ! Même ta façon de t'habiller est devenue fade. Ce mec rend chiant tout ce qu'il touche. Il est tellement coincé. Parfois, je me demande même si vous couchez encore ensemble.

Je croque distraitement dans une frite, en espérant qu'elle s'épuise toute seule et finisse par se taire. Je me pose déjà assez de questions sur ma relation sans qu'elle vienne s'en mêler en plus. Chaque fois que je la quitte, j'ai le cerveau en bouillie et je suis à deux doigts d'envoyer bouler Greg et notre petite routine. Cependant, Judith continue de me fixer, son burger en suspens près de sa bouche. Elle ne me lâchera pas.

– Écoute, on ne va pas revenir là-dessus. Greg est un mec stable. Il a un boulot qui le passionne et une vie bien rodée. Et surtout, je sais que je n'ai rien à craindre de lui. Il ne me laissera jamais en plan pour une autre, il n'ira jamais voir ailleurs.

– Donc, vous couchez encore ensemble ?

– Bien sûr que oui !

– OK. Tous les combien de temps ?

– Arrête.

– Combien ?! insiste-t-elle. Je veux juste un ordre d'idées.

– Je ne sais pas... Trois ou quatre fois par mois peut-être...

– Meeeeeerde ! Mais faut que tu te sortes de là, ma pauvre ! 23 ans et déjà nonne !

– C'est bon, il n'y a pas que le sexe dans la vie. On ne peut pas toutes être plus chaudes qu'une théière en ébullition.

– Ben oui, tu dis ça parce que tu ne sais pas réellement ce que c'est que le sexe. Je vais t'offrir un de ces jouets en silicone rose pour Noël.

– Notre relation me convient très bien. On n'est plus des ados, Ju, j'ai besoin de quelqu'un de mature. Avec la tête sur les épaules. Pas d'un mec qui ne sait pas ce qu'il veut et qui change d'avis comme de chemise, pour que je finisse encore une fois le cœur en miettes.

– Tu es sûre de ne pas confondre, là ? Avec une autre histoire de ton passé par exemple...

– Non.

Je vois très bien où elle veut en venir et il est hors de question que je la laisse m'entraîner sur ce terrain-là. Plutôt mourir que de reparler de cette période de ma vie.

– Sae...

– Bon. Est-ce qu'on peut arrêter de spéculer sur ma vie

sexuelle et se concentrer sur ma tenue de ce soir, s'il te plaît ?

– OK.

Elle passe sa main à plat devant son visage et prend une grande inspiration.

– Qu'est-ce que tu es en train de faire ? lui demandé-je, un sourire aux lèvres.

– Je tente d'oublier que mon amie est en détresse affective et je me concentre sur un nouveau but : l'habiller comme une chaudasse, pour que son mec ait envie de lui faire prendre son pied ce soir !

– Tu es une plaie.

– Oh ! Est-ce que tu veux que je te prête une robe tapisserie en velours de ma grand-mère ? Je suis sûre qu'elle sera tout à fait au goût de Greg.

Je lève mon majeur dans sa direction. Elle rit et imagine déjà le récit de la « soirée boulot », où chaque seconde qui s'écoulera sera plus longue que la précédente.

Autrice : Candy Adley

Edisource – Éditions Addictives
1 bis, avenue de la République, 75011 Paris
Imprimé par FINIDR – Lipova cp. 1965 – 73701 Cesky Tesin,
République tchèque
Dépôt légal : mai 2024 – Achevé d'imprimer : avril 2024
ISBN : 978-2-37126-662-9
Réf. contrat : ZWEN_001